DRACHEN

kennt Ella nur aus Legenden längst vergangener Zeiten. Bis sie einem Fremden begegnet, mit glühenden Augen und umhüllt von Dunkelheit. Razul gehört zum Clan der Weißdrachen und ist gekommen, um ein Opfer zu fordern. Nur wenn Ella ihn auf sein Schloss begleitet, verspricht er, ihr Dorf von Hunger und Kälte zu erlösen. Fest entschlossen, ihre Familie und Freunde zu retten, lässt sie sich auf den Handel ein. Sie ahnt nicht, wie unberechenbar die Bestie in Razuls Herzen wütet ...

Covergestaltung: formlabor
Satz: Pinkuin Satz und Datentechnik, Berlin
Herstellung: Gunta Lauck
Litho: Margit Dittes, Hamburg
Druck und Bindung: CPI books, Leck
ISBN 978-3-551-58421-2

EYRISHA SUMMERS

DRACHENDUNKEL

DIE LEGENDE VON ILLESTIA

CARLSEN

PROLOG

Sie kamen von den Sternen – ihr Licht heller als die Strahlen der Wintersonne. Ihre Magie voller Wunder und Kraft. Sie hatten sich in den Sommerlanden niedergelassen und waren zu Hütern der Menschen geworden. In dunkler Not standen sie den winzigen Wesen bei, brachten sie auf den rechten Pfad und schon bald erkannten die mächtigen Drachen, dass sie unter den Frauen dieser hilflosen Rasse ihre Rettung fanden – die eine, die in der Lage war, das Tier in ihnen zu bändigen. Doch dafür zahlten die Drachen einen hohen Preis.

(AUS DEN CHRONIKEN DER DRACHEN)

Der weiße Drache brüllte seinen unbändigen Zorn in die rauchgeschwängerte Nachtluft, die vom Lärm der tobenden Schlacht erfüllt war. Hilflos musste er mit ansehen, wie sein Freund und Kampfgefährte neben ihm zu Boden ging. Die dunkle Bruderschaft hatte sie in den letzten Stunden immer weiter zurückgedrängt und jetzt sah es schließlich so aus, als ob sie zum ersten Mal seit Ausbruch des Krieges eine Schlacht verlieren würden. Als ob selbst die geballte magische Kraft der Drachen nicht mehr ausreichen würde, die finsteren Gestalten zu bezwingen.

Viel zu lange dauerte diese Auseinandersetzung bereits an. Razul konnte sich kaum noch an den Tag erinnern, als sie enthusiastisch losgezogen waren, um die verkommene, finstere Brut daran zu hindern, in die Sommerlande einzudringen.

Seitdem waren viele Monde ins Land gezogen und aus den Monaten waren Jahre geworden – viele, viele Jahre.

Inzwischen hatte Razul den Überblick verloren, aber er wusste, dass er den Sommerlanden bereits zu lange ferngeblieben war, denn so wie seine Magie in seinem kleinen Reich für immerwährenden Sommer sorgte, brauchte auch er zumindest manchmal den Kontakt zu dem Boden, auf dem er geboren war. Die Stärke seiner Flammen und seines eigenen Zaubers hingen davon ab. Eigentlich war er bereits zu schwach, um die heutige Schlacht zu bestreiten, doch ihm blieb keine andere Wahl. Im letzten Monat war es den Gegnern geglückt, mehr und mehr seiner Freunde vom Himmel zu holen und einen Drachen nach dem anderen mit ihrem schwarzen Zauber einzufangen. Und jetzt hatte es Chandra getroffen.

Razul beobachtete, wie sein bester Freund – der rote Drache aus den Donnerbergen – ins Trudeln geriet. Seine gigantischen Schwingen trugen ihn nicht länger über den Himmel. Die rot glänzenden Schuppen, die seinen mächtigen Leib bedeckten, funkelten im Schein der zahlreichen Feuer in der Stadt noch einmal auf, bevor sie in der Dunkelheit der dichten Rauchwolken verschwanden.

Razul konnte Chandra nicht im Stich lassen. Obwohl er

wusste, dass der rote Drache bereits verloren und sein Herz in Finsternis getaucht war, konnte er die Hoffnung nicht aufgeben. Sollte noch ein Fünkchen von Chandra vorhanden sein, würde er alles geben, um daraus wieder ein loderndes Feuer zu machen. Er durfte nichts unversucht lassen, um Chandra vor seinem grausamen Schicksal zu bewahren.

Eine glitzernde Wolke aus Eis drang aus seinem Maul, als Razul seine weißen Flügel an den Körper legte und sich fallen ließ. Wie ein leuchtender Blitz jagte er der Erde entgegen, stieß durch den beißenden Rauch und ließ dabei seine Gegner nicht aus den Augen. Er konnte die Übelkeit erregenden Schlingen der schwarzen Magie genau erkennen. Wie ein dichtes Spinnennetz zogen sie sich durch die Luft und Razul musste dem klebrigen Gespinst immer wieder ausweichen. Je näher er dem Boden kam, desto enger wurden die magischen Fallen und ihm blieb kaum Zeit, seinen Blick auf etwas anderes zu richten als auf die bösen Zauber, die ihn hier umgaben. Trotzdem entging ihm nicht, wie Chandra hart auf der brennenden Erde aufschlug – umgeben von dicken Strängen aus tiefer Schwärze.

Razul brüllte auf und spie einen eisigen Strahl seiner blauen Flammen. Knisternd fraßen diese sich ihren Weg durch das dichte Netz aus fauligen Zaubern. Rechts von ihm tauchte im selben Augenblick Harken auf – der blaue Drache von Verlaine. Er unterstützte Razul mit heißer, glühender Lava, die er der dunklen Bruderschaft entgegenschleuderte. Seine Flügel waren so heiß, dass Razul sie spüren konnte. Ohne hinzusehen, wusste er, wer seine Flanke deckte. Ein Gefühl von Stolz auf seine Kameraden und ihren Zusammenhalt erfüllte ihn. Das war ihre größte Stärke – der Wunsch einander zu schützen und für den anderen einzustehen. Allerdings war auch genau dieser Umstand ihre größte Schwäche.

Als Razul gleich darauf einen weiteren Blick auf Chandra erhaschte, war der kurze Moment der Freude verflogen. Der rote Drache wurde von zahlreichen Bestien umringt und Razul glaubte, den dunklen Singsang und die bösen Schwingungen bis hinauf in den Himmel zu vernehmen. Er wusste, was dort unten geschah, und sein Herz zog sich vor Kummer zusammen. Man würde seinem Freund das Empfinden von Liebe und Freude für immer verwehren, ihm den Teil seiner Persönlichkeit stehlen, der ihn zu einem mitleidenden Wesen machte. Zurück bliebe dann nur noch die leere und zornige Hülle eines machtvollen Wesens, das töten würde, sobald es in der Gestalt eines Drachen erschien.

Wieder brüllte Razul den Feinden seinen Kampfschrei entgegen und für den Bruchteil einer Sekunde zerrissen die Fäden des dunklen Zaubers. Ganz kurz nur konnte Razul einen Blick in Chandras Augen erhaschen. Augen, in denen Angst und Schmerz geschrieben standen – Liebe und Leid. Doch dann änderte sich ihr Ausdruck. Die einstmals klar leuchtenden bernsteinfarbenen Augen wurden zuerst trüb und verdunkelten sich nach und nach immer mehr, bis sie schließlich Onyxen glichen. Tiefschwarz und ohne jegliches Gefühl darin.

Razuls Kopf wurde leer, während er mit ansehen musste, wie sich sein Freund in einen todeswütigen Berserker verwandelte. Wie aus dem ehemaligen Gefährten ein grausamer Feind hervorging, der im nächsten Moment bereits auf Harken und ihn losgehen würde. Die Qual, die Razul bei dem Gedanken daran erfasste, gegen Chandra kämpfen zu müssen, war unerträglich, und lähmende Schwäche ergriff von ihm Besitz. Er hörte noch Harkens lauten Schrei, Worte der Warnung, die er ihm zurief. Doch es war bereits zu spät. Irgendetwas drang in sein schlagendes Herz und ließ seine Entschlossenheit schwinden. Es war so finster und die Pein so überwältigend, dass Razul nun wie ein Stein zu Boden fiel. Nichts konnte ihn halten. Es war, als ob man ihn sämtlicher Kraft mit einem Schlag beraubt hätte und ein fremder Wille plötzlich über ihn und seinen Körper gebot. Er fiel immer weiter. Mitten durch die dunklen Gespinste der Finsternis und mitten durch Kälte und Dunkelheit. Als er auf der Erde aufschlug, war sein Geist bereits so finster, dass er zu keiner Gegenwehr mehr fähig war. Sein Herz pochte schmerzhaft in der Brust und erinnerte ihn daran, dass er widerstehen sollte, dass er sich wehren musste, doch dazu war er nicht mehr in der Lage. Alles schien weit weg zu sein. Sein Leben, seine Erinnerungen und die Freundschaft, die ihn mit seinen Gefährten verband – das alles war nun nicht mehr wichtig für ihn. Der seltsame Gesang, den er schon häufiger vernommen hatte, als ihm lieb sein konnte, schwoll an und je lauter er wurde, desto weniger fühlte Razul. Nur eine unbändige Wut und eine grausame Kälte. Etwas Düsteres drang in ihn ein. Es eroberte sein rasendes Herz und er spürte, wie es ihn veränderte. Eis und Zorn machten sich in dem Teil seines Herzens breit, den er in ferner Zukunft einer Frau hatte schenken wollen. Der Frau, die in Liebe mit ihm verbunden sein würde. Diese Liebe würde es nun nicht mehr geben, denn man hatte ihn seiner Gefühle beraubt. Stattdessen würde er Blut trinken und Tod bringen – jedem Lebewesen, das ihm in seiner Drachengestalt über den Weg lief.

Razul brüllte ein letztes Mal seinen Schmerz den rot glühenden Wolken entgegen, doch dann erlosch auch der letzte Funke Widerstand. Sein Sichtfeld veränderte sich und graue Nebel schoben sich vor seine Augen, bis zu dem Moment, in dem er nur noch Finsternis wahrnahm. In seinem Kopf herrschte nur noch ein einziger Gedanke: Töte … töte … töte …

KAPITEL 1

Geteiltes Herz, nur vereint durch der Liebe Kraft. Gezähmtes Biest durch sanfte Hand, doch zahlst du den Tribut für dieses Glück. Vorbei das ewige Leben. Das ist der Liebe Preis.

(AUS DEN CHRONIKEN DER DRACHEN)

»Windsom war der erste Drache, der über die Auen von Maphradun seine schützenden Schwingen ausbreitete. Unter seiner Herrschaft gab es niemals Winter. Die Gärten waren stets voller Blumen und die Bäume trugen schwer an den Früchten, die auf ihnen heranreiften. Die Menschen von Mooresdahl hatten immer genug zu essen und führten ein Leben voller Freude und Glück. Niemand musste schwer arbeiten und es gab keine Krankheiten oder Gebrechen. Die Drachenmagie behütete uns vor allem Übel …«

Während Ellas Brüder der Stimme der Alten lauschten, kuschelten sie sich eng unter der fadenscheinigen Decke zusammen – suchten die Wärme des jeweils anderen. Selbst das munter prasselnde Feuer im Kamin konnte die Kälte nicht vertreiben.

»Das reicht jetzt, Barka! Ich habe dir schon mindestens hundert Mal gesagt, dass du den Kindern nicht immer solche Märchen erzählen sollst. Am Ende glauben sie dein Gefasel von Wärme, Glück und Nichtstun, statt sich auf die wesentlichen Dinge zu besinnen. Geschichten füllen keine Mägen, und solche erst recht nicht.« Ella schüttelte mürrisch den Kopf, während sie der alten Barka einen tadelnden Blick zuwarf. Immer wieder verbreitete sie unter den Kindern solche Lügenmärchen, und die hatten natürlich auch nichts Besseres zu tun, als an den runzligen Lippen Barkas zu hängen. Drachen? Wer glaubte hier eigentlich noch an Drachen und ihre Magie? Falls es diese machtvollen Geschöpfe einst gegeben hatte – was Ella ernsthaft bezweifelte –, waren sie bereits vor langer Zeit von den Straßen und aus dem Leben der Menschen verschwunden. Nostalgische Erinnerungen an eine Zeit des Überflusses halfen ihnen nicht weiter und trugen auch in keiner Weise zu ihrem Überleben bei.

»Die Kinder lieben meine Geschichten, Ellianne! Und du solltest nicht gleich alles schlechtreden, nur weil du die goldenen Zeiten nicht mehr kennengelernt hast!« Ihren vollen Namen benutzte Barka immer nur dann, wenn Ella in ihren Augen mal wieder etwas angestellt hatte. Anscheinend war es gerade wieder so weit.

Während Ella die Pfeile für ihren Langbogen sicher im Köcher verstaute und sich ihre Schneeschuhe griff, lamentierte die Alte weiter.

»Irgendwann wirst du mir glauben, Ellianne! Ich habe die stolzen Drachen noch mit eigenen Augen gesehen … Und auch die Wunder, die sie vollbringen konnten. Es kommt der Tag, da werden sie zurückkehren aus diesem furchtbaren Krieg, und dann wird alles besser werden.« Ella erkannte die Hoffnung in den trüben, fast blinden Augen – eine Hoffnung, die sich nicht erfüllen würde. Voller Mitleid sah sie mit an, wie Barka ihr dünnes Schultertuch fester um ihre knochigen Arme schlang und trotzdem nicht aufhören konnte zu zittern. Es war so kalt in der kleinen Hütte, dass die Eisblumen an den Fenstern leise knisterten.

»Wenn es so weit ist, werde ich mich bei dir entschuldigen, Barka. Bis dahin möchte ich dich bitten, den Kleinen nicht den Kopf mit solch einem Unsinn zu verdrehen. Sie haben es ohne deine Geschichten schon schwer genug.«

»Du bist zynisch, junge Dame«, gab die Alte in einem meckernden Tonfall von sich, der Ella an eine Ziege erinnerte.

»Und du zu vertrauensselig«, schoss Ella zurück. Dabei hatte sie es verdächtig eilig, nach draußen zu verschwinden, selbst auf die Gefahr hin, dass das nicht unbedingt ihre beste Idee war.

Schon in dem Moment, als die Tür mit einem lauten Knall hinter ihr zufiel, wäre Ella am liebsten umgekehrt. Seit ein paar Tagen zog ein unglaublicher Sturm über Mooresdahl hinweg. Es schneite ohne Unterbrechung und Ella konnte kaum die Hand vor Augen sehen, so sehr trieb der Wind die Flocken vor sich her. Ohne ihre Schneeschuhe würde sie hoffnungslos im weißen Nass versinken.

Ella schob sich die Kapuze mit dem dichten Rand aus Feyanfell auf die langen schwarzen Haare und zog sich die Lederfäustlinge über die froststarren Finger. Sie musste sich unbedingt bewegen, denn ansonsten würde sie binnen weniger Minuten zu Eis erstarrt sein – so wie die Bäume hinter dem Haus und der nahe Wald, der ihr eigentliches Ziel war.

Ihre erste Aufgabe bestand darin, die aufgestellten Fallen zu kontrollieren, obschon sie sich denken konnte, dass sich kein Wild darin verfangen hatte. Bei diesem Wetter würde sich nicht ein einziges Tier an die Oberfläche wagen. Sie würden eng aneinandergekuschelt in ihren Bauten schlafen und auf einen Tag ohne Sturm hoffen. Einen Tag, an dem die Sonne den Schnee zum Glitzern brachte und Eiskristalle verheißungsvoll funkelten. Ella wusste, dass sie sich sehr würde anstrengen müssen, um heute etwas auf den Tisch zu bringen. Die Speisekammer war erschreckend leer und außer ein paar Tarikwurzeln gab es dort nichts mehr, woraus man eine Mahlzeit hätte zubereiten können. Für ihre Geschwister war das viel zu wenig. Sie waren gerade mal acht und fünfzehn Jahre alt. Schuldbewusst seufzte Ella.

In der letzten Woche hatte sie es nicht gewagt, das Haus zu verlassen. Viel zu stark hatte der Orkan gewütet und das Krachen der umstürzenden Bäume war bis in ihre Schlafkammer zu hören gewesen. Selbst der nahe Feuerwald gab sich mittlerweile den Schneemassen geschlagen. Noch im vergangenen Jahr hatten die lodernden Baumkronen das Schlimmste an Kälte abgehalten, doch in den letzten drei Monaten war die Kraft der lichten Bäume fast vollkommen erloschen – von dem Feuer war nur noch ein Glimmen übrig.

Ella hob den Blick und bereute es sogleich. Die heranbrausenden Flocken bissen wie mit kleinen Zähnen in ihre unbedeckten Hautstellen. Sie senkte schnell ihren Kopf, doch sie hatte trotzdem für eine Sekunde das rötliche Glühen direkt vor sich erkennen können. Dort lag der Feuerwald. Jene verheißungsvollen Bäume, die bisher ihre Lebensgrundlage gebildet hatten. Doch jetzt drohte auch diese Nahrungsquelle zu versiegen und Ella wusste beim besten Willen nicht mehr, was sie dann machen sollte.

Ab und an hob sie kurz ihren Blick und schaute in die Richtung der weit entfernten Donnerberge. Diese konnte man trotz des heftigen Schneetreibens noch immer erkennen. In besonders hoffnungslosen Stunden hatte sie darüber nachgedacht, Mooresdahl zu verlassen. Ihre Geschwister zu nehmen und nach einem Ort zu suchen, an dem man leben konnte. Doch um ein solches Risiko zu wagen, war Erek, ihr jüngster Bruder, einfach noch zu klein. Es würde noch ein paar Jahre dauern, bis Ella ihn mit auf eine Reise ins Ungewisse nehmen konnte. Der Gedanke, so lange hungern zu müssen, zermürbte sie, und die Verantwortung lastete schwer auf ihren Schultern. Allerdings nutzte es nur wenig, wenn sie sich in ihrer Hoffnungslosigkeit verlor. Wenn sie alle überleben wollten, musste Ella stark bleiben.

Ein paar Minuten später tauchte sie in den Schutz des Waldes ein und genoss die wenigen Grad Wärmeunterschied, die den glühenden Baumkronen zu verdanken waren. Sie wagte es sogar, ihre Kapuze vom Kopf zu schieben und ihre Schneeschuhe abzuschnallen. Ohne diese breiten geflochtenen Auflagen aus Bast würde sie sich weitaus schneller zwischen den Stämmen bewegen können. Sicherheitshalber nahm sie ihren Bogen in die eine und einen Pfeil in die andere Hand. Wer wusste schon, ob ihr nicht doch ein Feyantier über den Weg laufen würde, oder ein paar Breassels – wobei auch dafür die Chancen schlecht standen.

Wie Ella es befürchtet hatte, war die erste Falle leer. Noch viel schlimmer war allerdings, dass sogar die Tarikwurzeln, die sie als Köder hinterlassen hatte, verschwunden waren, sodass sie die Falle neu beschicken musste. Als sich ihr bei der zweiten das gleiche Bild bot, glaubte sie noch an einen Zufall, bei der dritten allerdings nicht mehr. Der Beutel mit den Ködern leerte sich erschreckend schnell, und als sie die fünfte Fangschlinge erreichte, war Ella kurz davor, in Tränen auszubrechen. Es gab tatsächlich keine Beute für sie und den Bogen hatte sie auch noch nicht einsetzen müssen. Selbst wenn es zwischen den Bäumen deutlich wärmer als auf den freien Feldern war, die Mooresdahl umgaben, lag auch hier der Schnee so hoch, dass sie bis über die Knöchel darin einsank. Wäre ein Tier unterwegs gewesen, dann hätte sie Fährten finden müssen, doch das Weiß zu ihren Füßen präsentierte sich unberührt und glatt. Das leise Knistern der brennenden Wipfel schien sie zu verhöhnen und Ella schwankte zwischen Angst, Trauer und einer unbändigen Wut, die sich gegen ihre eigenen Lebensumstände richtete. Gegen die eisige Kälte und eine Umgebung, die ein sorgenfreies Leben unmöglich machte. Bis zum heutigen Tag hatte sie nicht begreifen können, warum sich ihr Volk ausgerechnet an diesem Ort niederließ. Sie wollte nicht verstehen, was die Menschen dazu trieb, ein Land zu besiedeln, das sie nicht ausreichend ernähren konnte.

Ella sah sich mit hängenden Schultern und einem leisen Seufzen um. Die Bäume waren nach dem Sturm in einen dicken Eispanzer gehüllt, aus dem nur noch die Kronen unbeschadet hervorschauten. Wie Skulpturen aus kristallklarem Frost präsentierten sie sich in den bizarrsten Formen und einem überirdisch schönen Funkeln. Doch die kostbare Pracht täuschte. Die feurigen Lohen in den Baumkronen waren zusammengesunken zu einem Glimmen, das nur noch ungenügend Wärme an den Boden abgab. Hielt der Sturm noch ein paar Tage an, so würde auch diese Wärmequelle für immer versiegen und Ellas Leute mussten dann jämmerlich verhungern.

Eine einzige Falle musste sie noch kontrollieren, und falls sie dort nichts gefangen hatte, würde es heute schon wieder nur eine dünne Suppe aus den übrig gebliebenen Knollen geben. Ein winziger Kanten Brot war noch übrig. Damit konnte Ella ihren Geschwistern eine Freude machen, und das tat sie gerne. Lieber verzichtete sie selbst auf das Nötigste, als den wilden Hunger in den Augen ihrer jüngeren Geschwister mit ansehen zu müssen.

Plötzlich hörte sie ein Geräusch. Links von ihr bewegte sich etwas durch den hohen Schnee. Ein leises Schleifen und das Knacken eines abgebrochenen Zweiges ließen Ella aufhorchen. Ganz automatisch fasste sie ihren Bogen fester und legte den Pfeil in die Sehne. Dabei bemühte sie sich, nur ja keinen Laut von sich zu geben. Das Wild war scheu, und wenn sie sich durch irgendetwas verriet, war die potenzielle Beute schneller verschwunden, als sie den Pfeil abschießen konnte. Ella hielt sogar die Luft an, so sehr hoffte sie darauf, dass gleich ein Feyantier durch das Gebüsch auf die kleine Lichtung trat. Ihr Herz trommelte vor Aufregung und zum ersten Mal seit langer Zeit betete sie zu Göttern, von deren Existenz sie keinesfalls überzeugt war.

»STOPP!« Eine gebieterische Stimme donnerte mit Gewalt durch das Gebüsch. Vor lauter Schreck löste sich der eingelegte Pfeil und sauste los. Zitternd blieb er im Stamm eines Baumes stecken – gleich neben einem hochgewachsenen Mann, der jetzt langsam aus seinem Versteck trat und dabei einen leisen Pfiff ausstieß. Ohne große Mühe zog er den Pfeil aus der Rinde und schaute dabei in ihre Richtung. Viel konnte Ella auf die Entfernung nicht erkennen, da der Fremde einen weiten Umhang trug, dessen Kapuze tief ins Gesicht gezogen war. Dass sie es mit jemandem zu tun hatte, der nicht zu ihrer kleinen Gemeinde gehörte, war ihr jedoch auf den ersten Blick klar – kein Mann in Mooresdahl war so groß, geschweige denn so breitschultrig. Dieser hier wirkte wie ein Krieger. Wie jemand, der in zahlreichen Schlachten gekämpft hatte. In diesem Moment begann Ellas Herz noch schneller zu rasen. Sie war mutterseelenallein im Wald. Und sie erinnerte sich an die Ermahnungen der Dorfältesten, als Frau nicht allein auf die Jagd zu gehen. Man wusste schließlich nicht, wer oder auch was einem begegnen würde. Ella hatte die Dorfvorsteher immer belächelt, denn nie zuvor war ihr auf der Jagd eine Menschenseele über den Weg gelaufen – bis zum heutigen Tag. Vorsichtig tastete sie nach ihrem Köcher und den Pfeilen, die sie wie ihre Augäpfel hütete.

»Ich werde dir nichts tun. Du kannst deine Waffe sinken lassen!« Die Stimme klang voll, aber auch sehr kalt und Ella dachte gar nicht daran, ihre einzige Verteidigung aufzugeben. Ihr war klar, dass sie der rohen Kraft des unbekannten Mannes nichts entgegenzusetzen hatte, außer einem gut platzierten Pfeil, der ihn im Ernstfall sehr schnell töten würde.

»Sagt wer? Wer bist du und was willst du in diesem Teil des Feuerwaldes? Er gehört noch immer zu Mooresdahl.«

Der unbekannte Hüne machte einen Schritt nach vorne und ganz kurz nur hatte Ella den Eindruck, ihr würden glühende Kohlen aus den Tiefen der Kapuze entgegenleuchten. Ein bernsteinfarbenes Glimmen an der Stelle, wo eigentlich die Augen saßen. Sie blinzelte heftig und versuchte die Schneeflocken abzuschütteln, die sich auf ihren langen schwarzen Wimpern niedergelassen hatten. Garantiert war sie einer Täuschung aufgesessen. Kein Mensch besaß glühende Augen! Doch sie hatte keine Zeit, weiter darüber nachzudenken, denn der Fremde kam immer näher. Und er schien weder Angst vor ihr noch vor ihrem Bogen zu haben. Außerdem hatte er einen seltsamen Gang. Es sah für Ella fast so aus, als würde er ein bisschen schweben – den Boden gar nicht wirklich berühren. Dann erst sah sie, was er hinter sich herzog – und die blutige Spur, die er dabei im Schnee hinterließ. Der Fremde hatte tatsächlich ein Feyantier erlegt. Eine junge Ricke, die der Hunger wahrscheinlich aus dem Bau getrieben hatte und die bei der Nahrungssuche unvorsichtig gewesen war. Es war ein hübsches Tier, sein weißer Pelz hob sich kaum vom Schnee ab. Zu Lebzeiten hätte es Ella bis zur Taille gereicht. Die großen braunen Augen, mit denen die Tiere auch im Dunkeln hervorragend sahen, waren geschlossen, und es sah fast so aus, als würde es einfach nur schlafen.

Ella spürte, wie ihr Magen zu knurren begann, wie heftig der Hunger in ihren Eingeweiden wühlte, und sie schämte sich dafür. Sie bildete sich ein, dass der Unbekannte hören konnte, wie sehr ihr Körper nach etwas Essbarem lechzte. Seit Tagen hatte sie sich nur noch von harten Wurzeln ernährt und alles andere für ihre Geschwister aufgespart. In diesem Moment neidete sie dem Mann sein Jagdglück und dafür schämte sie sich gleich noch mehr. Wahrscheinlich litt er ebenso großen Hunger wie sie und war froh, dass er ein Feyantier erlegen konnte.

»Bleib bitte stehen! Das ist nah genug für meinen Geschmack.« Ella hob den Bogen ein Stück weit an. Das erlegte Wild hatte sie für einen Augenblick vergessen lassen, dass ihr ein fremder Mann gegenüberstand.

»Sei nicht albern, Mädchen, ich will dir nichts tun. Im Gegenteil: Du siehst aus, als könntest du etwas Essbares gebrauchen, und ich bin bereit, mit dir zu teilen.«

Ella schluckte mühsam. Konnte sie dem Mann tatsächlich vertrauen? Alles an ihm wirkte so anders, so fremd und geheimnisvoll, dass es Ella in den Beinen juckte, ganz schnell das

Weite zu suchen. Andererseits tat sich hier eine Möglichkeit auf, Nahrung für ihre beiden Brüder zu beschaffen. Zum ersten Mal seit Wochen würden sie nicht hungrig ins Bett gehen müssen und im Geiste stellte sie sich bereits die satten und zufriedenen Gesichter vor. Musste sie nicht alles dafür geben, dass die beiden Kleinen das bekamen, was sie brauchten?

In diesem Moment landete das Tier vor ihren Füßen. Ella hatte zu lange gewartet und jetzt stand der Hüne direkt vor ihr. Er war noch größer, als sie zunächst gedacht hatte, und Ella musste ihren Kopf anheben, um in die Dunkelheit seiner Kapuze zu starren – dorthin, wo sie seine Augen vermutete. Sie bekam eine Gänsehaut, als der Mann einen seltsam aussehenden Dolch unter seinem Umhang hervorholte. Ein Messer mit einer wellenförmigen Klinge und einem opulenten, blutrot schimmernden Stein im Griff. Die fremdartigen Symbole und Bilder, die die Klinge zierten, konnte Ella nicht genau erkennen, doch sie war sich sicher, noch nie eine handwerklich so feine Arbeit gesehen zu haben.

Mit geschickten Bewegungen teilte der Mann das Wildbret und richtete sich schließlich wieder auf – seinen Anteil des Feyantieres sicher in einem Sack auf dem Rücken verstaut. Ella staunte nicht schlecht, als sie erkannte, dass er ihr den weitaus größeren Teil der Beute überlassen hatte.

»Aber … aber das ist zu viel!«, stotterte sie überrascht. »So viel brauche ich gar nicht.«

»Nimm es und geh nach Hause«, kam prompt die kalte Antwort. Ella beobachtete, wie er einen Blick in den immer dunkler werdenden Himmel warf, nur um sich dann erneut in ihre Richtung zu wenden. »Der Sturm wird noch stärker werden und nach Einbruch der Dunkelheit ist es draußen nicht mehr sicher. Du solltest dich auf dem schnellsten Weg zu deiner Familie begeben. Verriegele die Fenster und die Türen und bleib drinnen! Nachts geschehen seltsame Dinge hier draußen und ich möchte nicht, dass dir etwas passiert.« Wieder hatte Ella das komische Gefühl, als wären es glühende Kohlen, die sie betrachteten.

Doch statt weiter darüber nachzudenken, was das bedeuten konnte, ließ sie ihren Rucksack von den Schultern gleiten, nahm eine Ölhaut heraus und schlug ihren Anteil der Beute darin ein. Dann befestigte sie feste Stricke an dem schweren Fleischstück und hob es mitsamt dem Rucksack wieder auf ihren Rücken.

»Wer bist du eigent…« Ella erstarrte. Die Lichtung war leer. Der Unbekannte war nirgendwo mehr zu entdecken – auch nicht der Teil des Feyantieres, den er für sich beansprucht hatte. Nur der Blutfleck im Schnee erinnerte noch an ihn und an die seltsame Begegnung.

Ein Blick in den Himmel sagte ihr allerdings, dass sie auf seine Worte hören sollte. Die Dämmerung war bereits hereingebrochen und es würde nicht mehr lange dauern, bis die Dunkelheit der Nacht die Macht übernahm. Dann konnten nicht einmal die flammenden Baumkronen des Feuerwaldes sie vor dem Erfrieren bewahren.

Ella sputete sich, dachte aber die ganze Zeit an den seltsamen Fremden. Er hatte etwas in ihr berührt. So merkwürdig es klingen mochte, sie bedauerte, dass sie nicht mehr über ihn herausfinden konnte und dass sie sich wahrscheinlich niemals wiedersehen würden. Er und seine selbstlose Tat gingen ihr einfach nicht mehr aus dem Sinn. Während sie in der Nacht satt und zufrieden in ihrem Bett lag, hörte sie noch immer seine kühle Stimme, die ihr riet, bei Dunkelheit nicht nach draußen zu gehen. Und dabei lauschte Ella dem lauten Knacken und

Brechen des Eises und dem fürchterlichen Wind, der um ihre kleine Kate heulte, als wolle er diese zum Einsturz bringen.

Die junge Frau wollte Razuls Gedanken einfach nicht mehr freigeben. Seit ihrer Begegnung war sie nicht mehr aus seinem Kopf verschwunden. Nicht die langen schwarzen Haare und auch nicht ihr zartes Gesicht mit den hellblauen Augen.

Er hatte das Mädchen bereits bemerkt, als es den Schutz der flammenden Bäume erreichte. Ihr Geruch war ihm in die Nase gedrungen wie die Spitze eines Pfeils. Ihr unerträglicher Hunger hatte seine Sinne gepeitscht und ihre Unerschrockenheit, sich alleine in den gefährlichen Wald zu wagen, hatte jede Faser seines Körpers zum Erzittern gebracht. Als sie schließlich vor ihm stand, waren es ihre großen Augen gewesen, die ihn zunächst misstrauisch, dann hoffnungsvoll angesehen hatten und die etwas in ihm weckten. Ein Gefühl von Wärme, das er gar nicht spüren sollte – sich eigentlich schon lange damit abgefunden hatte, es niemals wieder zu fühlen.

Sie gehörte dem Volk an, das er vor langer Zeit zu schützen geschworen hatte. Doch er ließ es schmählich im Stich, um in einem Krieg zu kämpfen, den seine Rasse nicht gewinnen konnte. Das wusste er inzwischen. Er selbst hatte es nur mit Müh und Not geschafft, den Klauen der dunklen Bruderschaft zu entkommen – aber um welchen Preis?

Vor einigen Tagen hatten die finsteren Mächte Drache gegen Drache kämpfen lassen. Razul war gegen seine eigenen Brüder in die Schlacht gezogen, hatte sie gnadenlos in die Fallen der Bestien gelockt. In Gestalt des Drachen war er seinen bösen Herren machtlos ausgeliefert. Sie steuerten ihn und bestimmten darüber, gegen wen er kämpfte. Jeglicher Versuch, gegen die Ketten ihrer Magie anzukämpfen, scheiterte bereits gleich zu Beginn. Gegenwehr war zwecklos, denn die schmerzte so unerträglich, als würde er in kleine Stücke gerissen.

Zu Beginn seiner Knechtschaft hatte er es trotz der sengenden Pein immer und immer wieder versucht. Er hatte dabei zugesehen, wie zuerst Chandra resignierte, dann Orphan und schließlich er selbst. Irgendwann war er es müde geworden zu kämpfen. Zu zerstört, um den Willen seiner Gegner infrage zu stellen. Monat um Monat kämpfte er nun in einem Krieg, der nicht seiner war, und sah dabei zu, wie all seine Freunde zugrunde gingen. Entweder unterwarfen sie sich dem kalten und tödlichen Zauber der Finsteren oder sie starben. Es gab kaum noch genügend Drachen, um die Brücke von Quai'Aaruzah zu schützen, und es war auch nur noch eine Frage der Zeit, bis die schwarzen Seelen in die Sommerlande eindringen würden.

Razul blieb stehen und wuchtete seinen Anteil der Jagdbeute von den Schultern. Er hatte nicht gelogen. Die Nacht war nicht mehr fern und mit der Dunkelheit kam auch die Verwandlung, gegen die er nichts ausrichten konnte. Nichts konnte sie aufhalten, weil sie ein Teil seiner Natur war. Es gab nur eine einzige Sache, die dem hätte Einhalt gebieten können, doch die lag weit außerhalb seiner Möglichkeiten. Nur eine Frau konnte die Bestie in ihm zähmen, doch die Fähigkeit zu lieben hatte man ihm mitsamt seiner Ehre und seinen Freunden genommen. Razul schüttelte den Kopf. Allein die Tatsache, dass er an so etwas überhaupt dachte, zeigte ihm, wie weit es bereits mit ihm gekommen war.

Vor zwei Wochen war ihm die Flucht aus den finsteren

Kerkern der Bruderschaft gelungen. Ein einziger Fehler seiner Wächter hatte dazu geführt, dass er in Menschengestalt türmen konnte. Solange er Mann war, hatten die Dunklen keine Macht über sein Herz. Deshalb unterlag es ihrer strengen Aufsicht, dass kein Drache sich zurückverwandelte. Doch der Zauber, der ihn gefangen hielt, war an einem Morgen ganz besonders schwach gewesen. Den Grund dafür würde Razul wohl niemals herausfinden, doch es spielte auch keine Rolle. Das Einzige, was er wirklich schlimm fand, war die Tatsache, dass er seinen gefangenen Freunden nicht helfen konnte. Solange sie in ihrer Drachengestalt gefangen waren, würde er nicht auf hundert Meter an sie herankommen.

Zunächst hatte Razul noch geglaubt, die Macht der dunkeln Brüderschaft würde an der Brücke von Quai'Aaruzah enden, hatte aber sehr schnell feststellen müssen, dass er einem Irrglauben aufgesessen war. Der Arm ihrer Magie reichte selbst bis in seine Heimat und jede Nacht musste er gegen den Drang ankämpfen, in die Gefangenschaft zurückzukehren. Jedes Mal, wenn seine Natur ihn dazu zwang, den Drachen loszulassen, beherrschte ihn nur ein einziger Gedanke: *Du musst töten. Du musst vernichten. Du musst der Welt Unheil bringen …*

Razul hob den Blick. Dicke weiße Flocken tanzten in der Luft, als seine Augen das Schloss seiner Ahnen suchten. Trotz des diffusen Lichtes konnte er die hohen, schlanken Zinnen und die trutzigen Mauern ohne Probleme erkennen. Der dicke Eispanzer, der das Schloss umgab, leuchtete ebenso blau wie die Augen des jungen Mädchens. Er sah sie so lebhaft vor sich, dass er fast glauben konnte, sie wäre hier bei ihm, und tatsächlich kam mit ihrem Bild auch wieder jenes sonderbare Gefühl von Wärme zurück.

Unwillig schüttelte Razul seinen Kopf. Wahrscheinlich

würde er ihr den Tod bringen, wenn er nicht von ihr ließ. In wenigen Minuten übernahm das Biest die Kontrolle und es löschte für die Dauer der dunklen Stunden den Mann vollständig aus – dafür hatte die dunkle Bruderschaft gesorgt. Er sollte das Mädchen so kurz vor der Verwandlung aus seinem Gedächtnis tilgen, denn sonst würde der Drache nichts unversucht lassen, um sie für sich zu beanspruchen. Als Opfer für das Eis in seinem Inneren.

Er spürte bereits das Brennen in seinen Adern, und als er den Kopf in den Nacken legte, um den Wolken seine Wut entgegenzuschleudern, da war sein Schrei bereits mehr der eines wilden Tieres als der eines Menschen. Der fürchterliche Laut fing sich in den hohen Türmen seines Palastes und das Eis begann gefährlich zu knirschen.

Razul krümmte sich und versuchte alles, um den Drachen nicht ans Licht zu lassen, doch wusste er auch, dass er dieses Wunder nicht vollbringen konnte. Sein Kopf verformte sich, ebenso seine Arme, die zu mächtigen Schwingen aus weißem Leder wurden. Aus seinem Rücken schossen Stacheln, die so spitz waren, dass sie selbst Fleisch und Knochen mühelos zerteilten, und die ganze Zeit über spürte Razul die sengende Pein, nicht zu wissen, wie viele Leben er in der kommenden Nacht auslöschen würde. Das Feyantier würde den Hunger des Drachen auf keinen Fall stillen. Die langen Klauen aus blauem Stahl, die alles zerfetzen konnten, was in ihre Nähe kam, gierten nach Blut, und genau das würden sie auch bekommen. Sein letzter klarer Gedanke, bevor Hass sein gesamtes Sein erfüllte, galt den glitzernden blauen Augen, die ihn selbst in seiner dunkelsten Stunde nicht mehr losließen. Das Mädchen war verloren …

KAPITEL 2

Wende dich nicht ab vom Licht, Kind der Sterne. Verlasse niemals den Pfad deiner Bestimmung, denn das reißt dich hinfort in die Abgründe der Finsternis. Nur das Licht in deinem Inneren ist der Quell deiner Stärke. Nur dein Herz verhindert, dass du zu einer Bestie wirst.

(AUS DEN CHRONIKEN DER DRACHEN)

Ella hatte eine Woche lang die kleine Hütte nicht verlassen müssen und darüber war sie froh. Der Sturm war einen Tag nach ihrer Begegnung mit dem unbekannten Mann noch heftiger geworden und es war unmöglich gewesen, nach draußen zu gelangen. Jeder, der es versucht hätte, wäre in der Kälte umgekommen.

An diesem Morgen war zum ersten Mal die Wolkendecke aufgerissen und hatte kitzelnde Sonnenstrahlen durch die zugefrorenen Scheiben geschickt. Ein Umstand, den Ella gleich für sich nutzen wollte. Mit ein bisschen Glück konnte sie die begehrten Eisbeeren finden, denn der Wind hatte kräftig in den Niederungen geblasen und somit die wenigen Felder vom hohen Schnee befreit – zumindest so weit, dass sie die süßen Früchte ernten konnte. Sie musste sich allerdings beeilen, wenn sie eine halbwegs vernünftige Menge nach Hause bringen wollte, denn heute würde jeder Bewohner ihres kleinen Ortes auf den Beinen sein, um für sich und die Seinen etwas Essbares zu finden.

Ella streifte sich gerade ihre lederne Hose über die dicken Wollstrümpfe, als sich ein früher Besucher ankündigte. Das Poltern vor der Tür war ziemlich eindeutig und Ella gab einen unwilligen Laut von sich. Für einen gepflegten Plausch unter Nachbarn war sie gerade nicht aufgelegt. Erst recht nicht, wenn sie in die erwartungsvollen Gesichter der Menschen blickte, die sich auf sie verließen. Doch bevor sie eingreifen konnte, hatte Barka die Tür bereits geöffnet und ausgerechnet Jander war es, der sich an der alten Frau vorbeizwängte und wie immer jede Spur von Höflichkeit vermissen ließ.

»Hast du es schon mitbekommen?«, schnaubte er halb erschrocken, halb ängstlich.

»Was sollte ich deiner Meinung nach mitbekommen haben?« Ella schenkte dem ungebetenen Besucher kaum Beachtung. Sie zog ihre pelzbesetzte Lederjacke über und schnallte ihre Ausrüstung fest.

Jander war der Sohn ihres Nachbarn und ein Dorn in ihrem Auge – hatte er doch vor Monaten beschlossen, dass Ella seiner Aufmerksamkeit wert war. Seitdem bestürmte er sie mit Anträgen, endlich seine Frau zu werden, doch darüber wollte Ella nicht eine Minute nachdenken. Auch dann nicht, wenn Barka ihr ständig damit in den Ohren lag, dass sie endlich einen

Mann an ihrer Seite brauchte, der ihr die schweren Dinge des Lebens abnehmen konnte. Mit Jander hätte sie bestenfalls für eine weitere Person die Verantwortung tragen müssen, denn der war ein verweichlichtes Muttersöhnchen.

»Vorletzte Nacht hat es in Mooresdahl zwei Tote gegeben. Yevell und Orsoy sind nicht von ihrem Jagdausflug heimgekehrt. Heute Morgen hat man ihre steif gefrorenen Leiber am Stadtrand entdeckt. Sie standen dort, als hätten sie in der einen Sekunde noch gelebt und wären in der nächsten bereits eingefroren gewesen. Ihre Gesichter sind Masken des Grauens.«

»Dann waren sie dumm, denn wir wissen doch alle, dass der Aufenthalt im Freien bei Nacht tödlich ist.« Natürlich taten Ella die beiden jüngeren Männer leid, aber noch mehr bedauerte sie die Familien, die jetzt keine Jäger mehr hatten, um sie mit frischem Fleisch zu versorgen.

»Du bist hartherzig!« Janders Stimme bekam einen weinerlichen Tonfall. »Und ich weiß eigentlich gar nicht, warum ich dich immer noch zur Frau haben möchte.«

»Dafür weiß ich es umso besser!«, gab Ella spöttisch zur Antwort. »Du möchtest jemanden haben, der dich versorgt, wenn deine Eltern irgendwann einmal nicht mehr da sind.« Im Geiste schickte sie noch hinterher, dass sie sehr gut auf dieses zweifelhafte Vergnügen verzichten konnte.

Sie hörte genau, dass Barka scharf Luft holte, und warf der Alten daraufhin einen bitterbösen Blick zu. Wenn es nach dieser gegangen wäre, hätte sie Janders Antrag bereits vor zwei Jahren angenommen. Dann wäre sie jetzt wahrscheinlich Mutter zweier Kinder und wüsste nicht, wie sie die Arbeit bewerkstelligen sollte, die dieser Mann ihr aufbürden würde. Nein! Allein war sie bei Weitem besser dran.

»Ich muss jetzt gehen, Jander. Vielleicht hast du ja Lust, mich zu begleiten? Ich will raus zu den Feldern, um dort nach dem Rechten zu sehen.« Ella wusste ganz genau, dass der schlaksige Kerl unter gar keinen Umständen mitkommen würde. Kälte und Eis waren so gar nichts für ihn und der Gedanke an die gefährliche Wildnis vor den Toren von Mooresdahl schüchterte ihn ein – ganz so, wie es in ihrem Sinne war.

Sie stapfte energisch an Jander vorbei und öffnete die Tür. Frische Luft schlug ihr entgegen und Ella hob ihr unbedecktes Gesicht in die Sonne. Ganz entgegen dem, was sie gerne gehabt hätte, drängte Jander sich dicht an ihre Seite. Er ließ einfach nicht locker.

»Ich muss dir noch etwas sagen – fast hätte ich es vergessen!«

»Dann sag, was du zu sagen hast. Ich verliere hier wertvolle Zeit, und wie dir sicherlich bekannt sein dürfte, habe ich wichtigere Dinge zu tun, als hier rumzustehen und mit dir zu schwatzen.« Langsam riss Ella der Geduldsfaden.

»Corvin Jaarengston hat uns zu einer außerordentlichen Versammlung einberufen. Wir treffen uns zum dritten Teil des Tages und er hat außerdem gesagt, dass es für ein Fernbleiben keine Entschuldigung geben würde. Jeder Haushaltsvorstand muss anwesend sein.«

Das passte Ella überhaupt nicht, denn eigentlich wollte sie den ganzen Tag auf den Feldern zubringen. Trotzdem schenkte sie Jander ein Nicken zum Zeichen dafür, dass sie ihn verstanden hatte. Dann hob sie ihren großen Rucksack auf und türmte regelrecht aus seiner nicht unbedingt angenehmen Nähe.

Ella wollte sich den schönen Tag nicht von Jander oder dem Gedanken an die nachmittägliche Sitzung des Gemeinderats verderben lassen und sog jeden einzelnen Sonnenstrahl förmlich ein. Dort, wo Licht auf Eis und Schnee traf, glitzerte dieser wie funkelnde Edelsteine, und als Ella genauer hinsah, erkannte sie, dass es leicht taute. Die Eiszapfen an Bäumen und Büschen begannen zu tropfen, doch das würde nicht von Dauer sein. Spätestens in der nächsten Nacht würde der Frost sich den verlorenen Boden wieder zurückholen.

Ella ging immer schneller, die Sonne befeuerte förmlich ihre Energie. Gerade als sie die ersten Ausläufer der Felder erreichte, erklang das Horn, das die Einwohner ihrer kleinen Gemeinde vor Gefahren warnte. Irritiert blieb Ella stehen und sah sich um. Es war kein einziges Wölkchen am Himmel zu sehen und auch kein Schwarm der gefürchteten Selkisvögel – zumal diese Tiere auch eher eine Gefahr für die Tarikwurzeln ihrer Bäume waren, einem Menschen taten diese Wesen eigentlich nur selten etwas zuleide. Ella versuchte sich zu erinnern, wann sie das Warnsignal zum letzten Mal gehört hatte und mit welchem Ereignis sie es in Verbindung bringen musste. Doch außer einem schlimmen Schneesturm konnte sie sich an keinen weiteren Einsatz des Horns erinnern. Vielleicht hatte es etwas mit den beiden Toten zu tun, die man am Morgen entdeckt hatte?

Sehnsuchtsvoll blickte Ella in Richtung der fast vollständig freigewehten Felder. Die blauen Früchte leuchteten im Sonnenlicht. Doch eine Warnung einfach zu ignorieren war gefährlich. Ella war hin- und hergerissen zwischen dem Wunsch, die kostbaren Beeren zu pflücken, und dem Gedanken an das Unglück, das ihre kleine Familie heimsuchte, wenn ihr etwas zustoßen sollte. Noch während sie dastand und überlegte, was sie tun sollte, bemerkte sie, dass sich am Ende des Ackers zwischen den niedrigen, teilweise von Eiskristallen bedeckten Sträuchern etwas bewegte. Es sah so aus, als würde sich der

Schnee dort hinten kräuseln und sich in Wellen auftürmen wie in einer Wanne mit Wasser, in die man einen Stein warf.

Ella kniff die Augen zusammen und trat einen Schritt auf den Acker – dann noch einen und noch einen. Je näher sie kam, desto deutlicher erkannte sie die wirbelnden Bewegungen, die sich auf eine einzige Stelle zu konzentrieren schienen. Ein paar Meter weiter wurde ihr schließlich klar, was an dieser Stelle vor sich ging. Sie keuchte, das Blut stockte ihr in den Adern.

Nur ein paar Dutzend Schritte von ihr entfernt wimmelten Tausende Breassels über den froststarren Boden. Winzige, handtellergroße Tiere mit acht langen Beinen, die beim Laufen klickernde Geräusche machten. Ihr weißer Pelz ließ sie im Schnee beinahe unsichtbar werden und normalerweise stellten sie keine Bedrohung dar – auch wenn sie Fleischfresser waren. Die Tiere waren viel zu klein, um einen Menschen ernsthaft zu verletzen. Wenn sie, wie üblich, vereinzelt auftraten. Ella konnte sich nur an ganz wenige Berichte erinnern, in denen die Rede von einem Angriff auf einen Menschen war – meist hatte es Kinder getroffen, die allzu neugierig versuchten, mit den putzig aussehenden Tierchen zu spielen, und dabei gebissen wurden. Das Aufkommen auf diesem Feld erreichte allerdings eine ganz andere und vollkommen neue Dimension. Ella befürchtete plötzlich, dass ihre Missachtung des Horns keine allzu gute Idee war. Noch machte die riesige Horde von kleinen scharfzahnigen Biestern keine Anstalten, auf sie loszugehen, doch das konnte nur noch eine Frage von wenigen Sekunden sein.

Vorsichtig wollte Ella sich umdrehen, um schnellstmöglich den Rückzug anzutreten, da streiften ihre Augen auf einmal ein schwarzes Stück Stoff. Er wirkte kostbar und edel und war auf dem Feld ebenso fehl am Platze wie die Breassels, die eigentlich in den Flammenwald gehörten. Ella erinnerte sich unwillkürlich an die Begegnung mit dem Fremden und an den Umhang, den dieser getragen hatte. Er bestand aus einem ebenso schweren, kostbaren Material wie der Fetzen, der halb begraben unter Tierleibern im Schnee lag. Das Herz schlug Ella bis zum Hals. Anscheinend hatte der seltsame Krieger die Gegend noch nicht wieder verlassen und das Wetter verführte auch ihn dazu, auf Nahrungssuche zu gehen.

Wieder war Ella hin- und hergerissen zwischen dem Drang, nachzuschauen, ob der Mann Hilfe brauchte, und ihrer Verpflichtung ihren Brüdern gegenüber. Gleichzeitig verfluchte sie den Umstand, dass ihre Schleuder auf dem kleinen Tisch in der Hütte lag. Erek hatte erst am Tag zuvor unerlaubterweise mit der Waffe gespielt und dabei die Schlaufe kaputt gemacht. Dass er selber darüber am traurigsten war, half Ella gerade nur sehr wenig und sie überlegte fieberhaft, was sie unternehmen konnte, um die Breassels zu vertreiben. Auch wenn es eine dumme Idee war, sie konnte den Fremden nicht einfach seinem Schicksal überlassen. Erst recht nicht, nachdem er ihr vor ein paar Tagen noch geholfen hatte.

Feuer! Jedes Tier in den Auen von Maphradun fürchtete Feuer und die kleinen Bestien waren da keine Ausnahme. Einige Breassels hatten sich inzwischen von dem großen Männerkörper gelöst und eilten über das Eis auf sie zu.

Blitzschnell warf Ella ihren Rucksack in den Schnee und zog die Zunderbüchse und eine Fackel hervor. Sie brauchte nur zwei Anläufe, um diese zu entzünden, und gleich darauf eine zweite, die sie ebenfalls aus ihrem Rucksack fischte. Ella schwenkte die beiden hell lodernden Holzstücke in jede Richtung und stellte sogleich fest, dass die Tiere nicht näher an sie heranrückten. Stattdessen konzentrierten sie sich wieder auf das am Boden liegende Bündel und jetzt konnte Ella hören, wie dieses ein erbärmliches Stöhnen von sich gab. Sie hatte also vollkommen richtiggelegen mit ihrer Vermutung – da vorne lag ein Mensch. Ob es allerdings der Fremde war, der mit ihr seine Beute geteilt hatte, konnte sie noch nicht endgültig sagen.

Ermutigt von ihrem Erfolg, sich die pelzbesetzte Plage vom Leib zu halten, näherte sie sich langsam dem sich windenden Körper. Sie schwang die beiden Fackeln hin und her und die Tiere wichen weiter zurück. Das Klickern der gepanzerten Beine bekam dabei einen bösartigen Klang, der Ella ziemlich zusetzte, doch sie ließ sich nicht von ihrem Weg abbringen. Dort drüben am Boden würde jemand sterben, wenn sie jetzt aufgab. Wahrscheinlich hatten die Breassels ihn bereits mit ihrem Gift vollgepumpt und es war höchst fraglich, ob er diese große Menge überhaupt überleben konnte.

Immer mehr Tiere ließen von ihrem Opfer ab, zogen sich zischelnd zurück, und tatsächlich – jetzt erkannte Ella, dass es der Mann aus dem Feuerwald war. Sie hörte ihn ächzen, gleichzeitig aber auch knurren wie ein wildes Tier und dann sprang er plötzlich auf – einfach so. Vor lauter Schreck zuckte Ella zurück und hätte beinahe die Fackeln fallen lassen.

Anscheinend hatte die schiere Übermacht der Tiere ihn zu Boden gerungen und jetzt, nachdem Ella mehr als die Hälfte von ihnen in die Flucht geschlagen hatte, konnte er sich wieder selbst helfen – was Ella mehr als erstaunlich fand. Allerdings verflog der Gedanke, sobald sie zum ersten Mal sein Gesicht genauer betrachten konnte.

Am auffallendsten war sein langes schlohweißes Haar, das im Sonnenlicht genauso prachtvoll glitzerte wie der Schnee. Es sah so seidig aus, als wäre es an einem edlen Spinnrad gesponnen worden. Seine Haut war sonnengebräunt und er hatte tatsächlich bernsteinfarbene Iriden, die im Licht wie glühende Kohlen wirkten. Von seinen Augen bis hinauf zu den Schläfen glaubte Ella ein merkwürdiges Muster zu erkennen – fast so, als ob er sich Schuppen auf die Haut hätte malen lassen. Sein stechender Blick fing sie ein und in diesem Moment wusste Ella plötzlich, dass das hier keinesfalls ein Mensch aus den Auen sein konnte. Vielleicht aus den Donnerbergen oder den noch weiter entfernt liegenden Steppen und Savannen, von denen Barka so gerne erzählte.

Ein ganz klein wenig befürchtete sie, dass er überhaupt kein Mensch, sondern etwas ganz anderes war – etwas, das sie nicht wirklich begreifen konnte. Auf alle Fälle hatte der Fremde etwas an sich, das ihr Angst einjagte, und da es ihm augenscheinlich gut ging, wollte Ella so schnell wie möglich seiner Nähe entfliehen. Ella spürte nahezu die Gefahr, die ihn zu umgeben schien. Sie hatte noch nicht ganz beide Fackeln mit einer Hand gepackt, als …

»Willst du schon wieder vor mir weglaufen?« Die kalte Stimme traf Ella bis ins Mark. »Vielleicht solltest du deinen Instinkten trauen – vielleicht führen sie dich aber auch in die Irre.« Seine Worte klirrten vor Frost und Kälte, waren aber trotzdem so einnehmend, dass Ella wie festgenagelt auf dem Acker stehen blieb und dabei zusah, wie der Mann sich ihr Schritt für Schritt näherte. Schon beim ersten Mal hatte sie den Eindruck gehabt, dass er den Boden unter seinen Füßen nicht wirklich berührte, und auch jetzt kam es ihr wieder so vor. Trotz seiner Größe und seines Gewichts hatten seine Bewegungen etwas Leichtes, fast schon Tänzerisches. Ella schaffte es einfach nicht, ihren Blick von ihm zu lösen. Bevor ihr bewusst wurde, wie schnell der Fremde war, stand dieser auch schon vor ihr und blickte auf sie herab. Diesmal allerdings ohne die weite Kapuze, die sein Gesicht bei ihrem letzten Zusammentreffen verhüllt hatte.

Aus der Nähe betrachtet, sah Ella, dass sich rund um seine Augen keine Zeichnungen befanden, wie sie zunächst angenommen hatte. Stattdessen wirkte es fast auf sie, als ob … als ob …

Nein! Kein Mensch hatte eine schuppige Haut. Kein Mensch hatte … aber Drachen hatten …

Jetzt bekam Ella es ernsthaft mit der Angst zu tun und ihr Herz flog mit dem aufkommenden Wind davon. Das konnte, nein, das *durfte* nicht sein. Es gab keine Drachen! Nicht hier, nicht jetzt – nicht in ihrem auf Mooresdahl beschränkten harten Leben.

Wieder heulte in der Ferne das Signalhorn. Dieses Mal, um zu melden, dass die Gefahr vorbeigezogen war, doch das bekam Ella nur am Rande mit. Sie starrte das Wesen wie hypnotisiert an und wagte es nicht, sich zu bewegen.

»Du musst noch immer keine Angst vor mir haben – nicht am helllichten Tag.« Sein Ton war ein paar Grad wärmer geworden, doch das machte für Ella keinen Unterschied. Gerade versuchte sie nämlich, sich an all die Geschichten zu erinnern, die Barka ihren Brüdern erzählt und die sie immer belächelt hatte. Sie hätte in diesem Moment einiges darum gegeben, ein Mehr an Wissen zu haben, doch dagegen hatte sie sich immer gesperrt.

»Ihr seid … ihr seid ein …« Ella wagte nicht, es auszusprechen, denn das hätte aus der Vermutung eine Wahrheit werden lassen, die sie noch nicht bereit war zu akzeptieren.

»In erster Linie bin ich ein Mann, der helfen will.« Mit keinem Wort ging er auf ihre unvollendete Frage ein. Stattdessen öffnete er einen Sack, den Ella erst jetzt bemerkte. Aus diesem holte er einen kleineren hervor und drückte den schweren Beutel in ihre freie Hand. Das Gewicht war so enorm, dass Ella leise ächzte.

»Und jetzt möchte ich, dass du gehst. Hier draußen ist es zu gefährlich für dich! Die seltsamen Geschöpfe könnten wiederkommen und dein Körper kann das Gift nicht so schnell abbauen, wie meiner es tut.« Auch wenn er es nicht aussprach, so hatte er in diesem Augenblick zugegeben, was Ella bereits vermutete – er vertrug das Gift der Breassels tatsächlich, und das gelang bei der Menge mit Sicherheit niemandem, der menschlich war.

Trotzdem ärgerte es sie, dass das fremdartige Wesen so herablassend mit ihr umging. Vergessen war der Moment der Furcht. Immerhin war sie es gewesen, die ihr Leben riskiert hatte, um ihn zu retten. Scharf sog sie die kalte Luft in ihre Lungen, um ihm die passende Antwort an den Kopf zu werfen, musste jedoch husten. Das beißende Gefühl in ihrem Hals wollte kein Ende nehmen und so krümmte sie sich leicht und versuchte flacher zu atmen.

Als sie wieder aufsah, war der unheimliche Mann genau wie bei ihrem ersten Zusammentreffen einfach verschwunden, und obwohl Ella sogleich ihren Blick auf Wanderschaft schickte, konnte sie ihn nirgends mehr entdecken. Neugierig öffnete sie den Sack, den er ihr in die Hand gedrückt hatte, und staunte nicht schlecht. Eisbeeren! So viele, dass sie für eine weitere Woche genügend Nahrung für sich und für ihre kleine Familie hatte. Und es waren ganz frische Beeren. Nicht diese bräunlichen und schon gärenden Dinger, die man gewöhnlich auf den Äckern finden konnte. Anscheinend hatte der Fremde eine Quelle aufgetan, die ihr selbst nicht bekannt war, aber sie schwor sich, danach zu suchen.

Zwei Stunden später – natürlich mal wieder als Letzte – betrat Ella das große Versammlungshaus im Zentrum von Mooresdahl. Eine wunderbare Wärme, aber auch zahlreiche aufgeregte Stimmen erwarteten sie im Inneren. Da alle Sitzplätze belegt schienen, sah sie sich suchend um. Nach kurzer Zeit entdeckte sie zwischen den hohen hölzernen Säulen, die das Dach des Gebäudes trugen, eine Gruppe älterer Jäger und schloss sich diesen an. Freundlich begrüßten sie Ella in ihrer Mitte, während Corvin Jaarengston seinen Platz hinter dem großen Tisch einnahm.

Ella konnte nicht begreifen, warum man ausgerechnet diesen Mann zu ihrem Anführer gewählt hatte, denn er war nun wirklich nicht das Vorbild, das sie sich auf dieser Position wünschte. Er war nicht mehr der Jüngste – dreiundfünfzig Eisperioden hatte er bereits erlebt. Trotz des allgemeinen Hungers trug er einen Wohlstandsbauch vor sich her und hörte sich selbst gerne reden – zumeist dummes Zeug. Auch jetzt machte er auf Ella nicht den Eindruck, dass die Botschaft, die er ihnen zu verkünden hatte, besonders wichtig wäre. Vielmehr wirkte er auf sie, als wollte er mal wieder auf sich und seine Taten aufmerksam machen. Statt sich seine Rede anzuhören, wäre Ella jetzt lieber zu Hause gewesen, um die Eisbeeren am Feuer zu trocknen und danach ihre Schleuder zu reparieren. Noch einmal wollte sie nicht ohne diesen kleinen Helfer in eine solche Situation wie am Nachmittag geraten.

»Wo warst du denn, als der Alarm ausgelöst wurde?« Trexos, ein Jäger, dessen Haar bereits lichtgrau war, ein Mann, dem sie viel zu verdanken hatte, beugte sich zu ihr und sah sie abwartend an.

»Ich war draußen auf den Feldern und habe Eisbeeren gesammelt.«

»Und warum bist du nicht gleich zurückgekommen?« Jetzt

klang seine Stimme leicht gereizt und Ella wusste genau, was er ihr damit zu verstehen geben wollte: Sie hatte sich benommen wie eine Anfängerin.

»Ich bin auf eine Herde Breassels gestoßen und wurde aufgehalten.« Ella verschränkte die Arme vor der Brust – ein unmissverständliches Zeichen dafür, dass sie nicht darüber reden wollte. Trexos war klug genug, auch nicht weiter nachzuhaken. Die Begegnung mit dem Fremden behielt Ella für sich, obwohl sie nicht genau wusste, ob das die richtige Entscheidung war. Es konnte durchaus sein, dass er eine Bedrohung für ihre Gemeinde darstellte.

»Meine lieben Freunde und Nachbarn«, hob in diesem Augenblick Corvin salbungsvoll an und Ella dachte bei sich, dass der schwergewichtige Mann niemandes Freund war. Der Dorfvorsteher liebte nur einen einzigen Menschen – und zwar sich selbst. Er tat nichts, woraus er nicht am Ende seinen eigenen Vorteil ziehen konnte, und sie war sehr gespannt, was er heute von seiner Gemeinde wollte. Aus reiner Menschenfreundlichkeit hatte er sie nicht zusammengetrommelt, so viel stand für Ella fest.

»Wie einige von euch sicherlich schon wissen, hat uns ein fürchterliches Unglück ereilt. Zwei starke junge Männer wurden unserer Gemeinschaft entrissen und wir haben nicht nur den Verlust ihrer Leben zu beklagen, sondern auch den zweier großer Jäger, die sehr viel für Mooresdahl und seine Bewohner getan haben.« Ella hörte nur noch mit halbem Ohr hin, als Corvin die guten Taten der beiden Männer aufzählte und sich in der Vergangenheit verlor. Das alles half ihnen recht wenig. Sie mussten mit diesem Schlag klarkommen und die Lücke, die Yevell und Orsoy hinterließen, schnellstens wieder schließen. So einfach war das!

Ella wurde erst wieder munter, als plötzlich aus Corvins Mund das Wort *Drache* fiel.

»Meine lieben Mooresdahler! Ich muss euch mitteilen, dass der Drache von Maphradun nach Hause zurückgekehrt ist. Nicht nur der Sturm und die beiden toten Männer sind die besten Beweise dafür.«

»So ein Schwachsinn!« Ella hielt das dumme Gerede keine Sekunde länger aus. Sie hoffte nur, dass keiner der Anwesenden glaubte, was Corvin hier gerade zum Besten gab. Obwohl sich ein Hauch von Unsicherheit einstellte, als sie an den Fremden dachte. »Yevell und Orsoy waren gute Männer und kannten das Risiko. Jedem Jäger ist klar, was mit ihm geschieht, wenn er in der Nacht keinen Unterschlupf findet. Jeder von uns weiß, dass er dann jämmerlich erfrieren muss – erst recht bei einem Sturm, wie er uns in den letzten Tagen heimgesucht hat. Es brauchte keinen Drachen, um die Männer zu töten. Der Wind aus den Bergen war ausreichend.« Ella trat ans Licht und musterte das Dorfoberhaupt mit kalten Blicken. »Doch die anderen Beweise für die Rückkehr des Drachen, die würde ich zu gerne sehen!« Zustimmendes Gemurmel klang nach ihren harschen Worten auf. Ella hatte genau das ausgesprochen, was alle Anwesenden dachten.

»Ich bin durchaus bereit, diese vorzulegen.« Auf Corvins Gesicht erschien ein überlegenes Lächeln, das Ella eigentlich hätte warnen sollen, aber sie war viel zu aufgebracht, um auf die kleine innere Stimme zu hören.

»Auf die bin ich gespannt«, murmelte sie kein bisschen überzeugt.

Corvin gab zwei Männern einen Wink. Die beiden Handlanger des Dorfvorstandes schleppten zwei große Säcke in den Gemeindesaal und wuchteten diese auf den großen Tisch in der Mitte. Einer der beiden zog sein Messer und schlitzte den vorderen Beutel auf. Heraus quoll wie ein Wasserfall goldenes Korn – etwas, das Ella bereits seit vielen, vielen Jahren nicht mehr zu Gesicht bekommen hatte. Der Anblick weckte sogleich Erinnerungen in ihr. Erinnerungen an den Geruch von frisch gebackenem Brot. An die kurzen schneefreien Phasen im Sommer, wenn das Getreide die Felder von Mooresdahl bedeckte. Doch diese Zeiten hatten sich längst im Nebel der Vergangenheit aufgelöst.

Staunende Ausrufe und einsetzender Tumult sagten Ella, dass das goldene Korn kein Traumgespinst war. Dass es genauso echt war wie ihre beiden Begegnungen mit dem Fremden. Ihr lief ein kalter Schauer über den Rücken.

In diesem Moment hob Corvin gebieterisch einen Arm und gebot der Menge Schweigen. Es war mit einem Mal so still, dass man das Knistern des Schnees von draußen bis in die Gemeindehalle hinein hören konnte.

»Diese Säcke fanden wir kurz vor dieser Versammlung auf dem Marktplatz. Es waren sogar noch einige mehr, zusammen mit vier erlegten Feyantieren und drei Säcken voller reifer Eisbeeren.« Bevor die Leute wieder in freudigen Jubel ausbrechen konnten, hob der Gemeindevorstand erneut seinen Arm. »Lasst mich ausreden, Leute von Mooresdahl!« Er räusperte sich gewichtig und zog die Spannung unnötig in die Länge. Er war und blieb ein Possenreißer und Ella wäre am liebsten gegangen – wenn sie nur nicht so neugierig gewesen wäre. Stattdessen sah sie angespannt dabei zu, wie Corvin eine kostbar aussehende Schriftrolle in die Hand nahm und diese entrollte. Noch einmal ließ er die kleinen Schweinsäuglein über seine Anhängerschaft wandern, doch dann begann er zu lesen.

Einwohner von Mooresdahl,
ich hoffe, dass ich das Leid, das ich verursacht habe, mit meinen Gaben ein wenig lindern kann. Nach vielen Jahren im Kampf bin ich zurückgekehrt in das Schloss meiner Ahnen und würde euch gerne sagen, dass es in meiner Macht stünde, den ewigen Winter zu vertreiben, und dass endlich wieder Glück und Wohlstand in den Auen von Maphradun einziehe – doch das kann ich nicht. Viel ist geschehen in den Schlachten um die Brücke von Quai'Aaruzah und es erwartet uns alle großes Unheil, wenn es der dunklen Brut erst gelingt, den Weg der Unendlichkeit zu überwinden.
Vorerst nehmt meine Geschenke und seid gewiss, dass ich weiter für euch sorgen werde. Kein Dorfbewohner soll an Hunger und Kälte zugrunde gehen. Doch all das hat einen Preis und es liegt an euch, ob ihr ihn entrichten wollt.
Ich fordere für meine Hilfe ein Leben aus eurer Mitte. Das ist der Tribut, den ihr zollen müsst, um euch meiner Hilfe zu versichern. Ich verlange, dass Ellianne Zelphiras auf mein Schloss gebracht wird und ihr Wort gibt, dort zu bleiben, bis ich sie in Ehren entlasse. Morgen, noch vor Sonnenuntergang, muss sie sich in meinem Gewahrsam befinden. Für ihre Brüder wird gesorgt werden! Das verspreche ich beim Blut meiner Ahnen.
Gezeichnet
Razul, aus dem Clan der Weißdrachen

Ella stand vollkommen erstarrt in einem wogenden und murmelnden Meer aus Leibern und bekam nur vage mit, wie die anderen sie erwartungsvoll musterten. Sie wurde nur von einem einzigen Gedanken beherrscht: Sie musste sich opfern, damit die Menschen von Mooresdahl leben konnten.

KAPITEL 3

Wenn Finsternis das Herz entzweit,
Mädchen, lauf geschwind.
Der Mann will dich lieben,
doch der Drache will dein Blut.

(AUS DEM HOHEN LIED DER DRACHEN)

Nach dem ersten Zusammentreffen mit der jungen Frau hatte Razul gespürt, dass die Stimmen der Bruderschaft nicht mehr die Allmacht auf ihn ausübten, die er zuvor beständig gefühlt hatte. Sie wisperten leiser und der Drang, in die dunklen Lande zurückzukehren, war ebenfalls nicht mehr so zwingend wie kurz nach seiner Flucht. Fast so, als ob die Jägerin die Stimmen in seinem Inneren zum Schweigen brachte – zumindest so weit, dass Razul nicht fortwährend gegen sie ankämpfen musste.

Es war ihm ein Leichtes gewesen, herauszufinden, wer sie war und wo sie lebte. Auch auf die Gefahr hin, dass der Drache in ihm sie ebenfalls ausmachte, konnte er sich einfach nicht von ihr fernhalten. Ihre großen hellblauen Augen gingen ihm nicht mehr aus dem Sinn und auch nicht das Risiko, das sie auf sich nahm, um für sich und ihre Geschwister zu sorgen.

In den letzten Tagen hatte sie dank des erlegten Feyantieres das Haus nicht verlassen müssen und Razul war voller rastloser Ungeduld, sie endlich wiederzusehen. Und genau das wurde durch einen Teil seiner selbst verhindert. Der Drache hatte den Sturm immer weiter befeuert, und erst nachdem der Orkan zwei Opfer gefordert hatte, war sein Drang zu töten so weit befriedigt, dass der Wind endlich nachließ. Sofort war Razul aufgebrochen, um nach dem Rechten zu sehen und um sich zu vergewissern, dass dem Mädchen nichts geschehen war. Bei jeder einzelnen Verwandlung in den letzten Tagen hatte Razul die Panik verspürt, dass der Drache Ellianne finden könnte – dass er ihr bereits auf der Spur war. Doch anscheinend hatte sie bisher großes Glück gehabt. Und genau dieses Glück wollte Razul nicht weiter herausfordern. Es gab nur einen einzigen Ort, an dem sie sicher sein würde: im Herzen seines Palastes – in den unterirdischen Gewölben, in die selbst der Drache nicht eindringen konnte.

Razul machte sich nichts vor. Niemals würde die junge Frau freiwillig bei ihm einziehen, aber er wusste inzwischen, dass sie ehrenhaft und besorgt für andere einstand und niemals einen Menschen im Stich lassen würde. Ein Umstand, den er sich skrupellos zunutze machte, als er dem Ortsvorstand seine Botschaft übermittelte.

Das Zusammentreffen mit ihr auf den Eisbeerfeldern war weder geplant noch von ihm vorherzusehen gewesen. Er hatte schlicht und einfach die Ernte für die Dorfbewohner einbringen wollen und war dabei von den kleinen Mistviechern überrascht worden. Während er auf dem Boden kniete, waren sie genau vor seinen Füßen aus einem größeren Loch im Erdreich geströmt und hatten sich über ihn hergemacht. Natürlich war Razul gegen das Gift der Breassels immun, aber das hatte Ellianne nicht ahnen können. Sie hatte sogleich eingegriffen und dabei sogar ihr eigenes Leben aufs Spiel gesetzt. Eine bodenlose Dummheit – Razul würde dafür Sorge tragen, dass so etwas nicht noch einmal geschehen würde. Auch wenn ihr Mut ihn beeindruckte, ihr Leichtsinn musste ein Ende haben. Während sie seine Gastfreundschaft genoss, würde es kein Umherstreifen in den Auen mehr geben – auch keine Jagd. Es war seine Aufgabe, sich darum zu kümmern, dass die Menschen bekamen, was sie brauchten, und dieser Aufgabe würde er gewissenhaft nachkommen.

Razul lief unruhig über den hohen Wehrgang und beobachtete dabei die Sonne, die jetzt schon im Zenit stand. Es war Mittagszeit. Erst vor wenigen Stunden hatte er sich zurückverwandelt und seltsamerweise erinnerte er sich daran, dass der Drache in der letzten Nacht ungewöhnlich ruhig gewesen war. Es hatte ihn nicht wie üblich nach Blut gedürstet. Stattdessen war er lediglich rastlos über den sternenklaren Himmel gezogen. Diese Art von Frieden hatte Razul lange nicht mehr verspürt, und auch das schrieb er dem schwarzhaarigen Mädchen zu, das einen so tiefen Eindruck auf ihn gemacht hatte.

Heute! Heute würde sie ankommen – falls sie das Angebot nicht am Ende doch noch ablehnte. Razul spürte die nagende Ungewissheit und Wellen von Nervosität, die ihn beherrschten. Lange hatte ihn nichts mehr so aufgewühlt wie der Gedanke, sie in seinem Schloss zu haben. Er würde ihr den Aufenthalt so angenehm wie möglich machen. Ihr durfte einfach nichts geschehen.

Razul ließ seinen Blick über die weiße Ebene wandern. Auch heute schien die Sonne – nicht ganz so strahlend wie am Tag zuvor, doch sie zauberte noch immer glitzernde Reflexe in den Schnee. Die Landschaft schien mit Diamantsplittern übersät zu sein und die Bäume direkt unter seinem Heim bogen sich unter der Last des Eises. Die vielen Türme und Zinnen seines Palastes schillerten blau vor Frost und Razul fragte sich in diesem Moment, ob es ihm jemals gelingen würde, wieder Wärme und Güte zu empfinden und diese auch an das Land weiterzugeben. Sein Herz war ebenso kalt wie die ihn umgebende Landschaft, und genauso tot war auch der Abschnitt seines Herzens, den er einst seiner Frau hatte schenken wollen. Er wusste, dass er nur auf einem Weg diesen Teil seiner selbst zurückbekommen würde, doch daran durfte er nicht einmal denken. Das würde nämlich bedeuten, dass er sich der finsteren Bruderschaft stellen musste, und wo das endete, war ihm nur zu klar. Razul konnte nicht mehr darauf hoffen, dass seine Brüder diesen fürchterlichen Krieg gewannen. Irgendwann würde der dunkle Zirkel den Weg der Unendlichkeit überwinden und in die Sommerlande eindringen. Das war ein Fakt, den er allmählich akzeptieren musste, und so wandte er seinen Blick in die Ferne.

Vor wenigen Minuten hatten ihn seine magischen Sinne bereits spüren lassen, dass sich eine Person dem Schloss näherte. Sie lief über die alten Pfade und wanderte zögerlichen Schrittes über den harschen Schnee. Eis knisterte unter kleinen Füßen und Razul ahnte, dass sie es war, die sich auf sein Heim zubewegte – aber sie war nicht allein, so wie es auf den ersten Blick scheinen mochte.

Razul hörte ganz genau, dass sich eine weitere Person an ihre Fersen geheftet hatte. Größer und schwerer als sie und so vorsichtig, dass die Frau ihren Verfolger zunächst nicht bemerkte.

Der Drachenwandler wurde unruhig. Der Weg von Mooresdahl bis hinauf zu seinem Schloss war eigentlich zu weit und zu gefährlich, um ihn allein zu beschreiten. Ein weiteres Risiko, das die junge Frau eingegangen war, und davon hatte Razul inzwischen mehr als genug. Seine Entscheidung, über sie zu wachen, war weise gewesen. Er war kein normaler Mensch und konnte das Mädchen jederzeit aufspüren, wenn er es wollte. Seine Sinne waren viel stärker ausgeprägt als die der Menschen. Er hatte ihren Geruch einmal in sich aufgenommen und würde sie überall wiederfinden, wenn es darauf ankam – und jetzt schien der Zeitpunkt gekommen zu sein.

Razul machte auf dem Absatz kehrt und verließ den Wehrgang. Auf keinen Fall würde er riskieren, dass Ellianne auf dem Weg etwas zustieß. Was auch immer ihn bewog, diese junge Frau schützen zu wollen, trieb ihn jetzt dazu, sich ihren heimlichen Begleiter näher anzusehen. Falls dieser etwas Böses im Sinn hatte, würde ihm das schlecht bekommen …

Ella hatte am frühen Morgen schweren Herzens Abschied genommen. Sie würde Barka und ihre beiden Brüder, die ihr alles bedeuteten, schrecklich vermissen. Erek und Tabor waren genauso verzweifelt, wie sie es war, und Tabor hatte tatsächlich versucht gegen seine Tränen anzukämpfen, als sie ging.

In den letzten Stunden hatte Ella sich immer wieder gefragt, warum es ausgerechnet sie getroffen hatte. Warum nicht eines der hübschen Mädchen, die sich mit Sicherheit darum gerissen hätten, auf einem Schloss und im Überfluss zu leben. Sie selbst dachte mit Abscheu an den Zwang, den man ihr auferlegte, all jene zu verlassen, die sie liebte und die sie beschützen wollte. Sie befürchtete, dass sich hinter dem Drachen niemand anders verbarg als der Mann, dem sie im Flammenwald und auf den Eisbeerfeldern begegnet war. Ihr Groll kannte keine Grenzen, während sie darüber nachdachte, dass sie ihn sogar hatte retten wollen. Wahrscheinlich hätte es ihrer Hilfe nicht einmal bedurft und er hatte sie gründlich an der Nase herumgeführt – warum auch immer. Darüber wollte Ella lieber nicht nachdenken, denn dann würde aus dem Ärger ein nicht zu bezwingender Zorn werden, und das wäre überhaupt nicht gut. Nicht in ihrer derzeitigen Lage.

Natürlich war sie froh, dass die Bewohner von Mooresdahl in naher Zukunft keinen Hunger mehr leiden mussten, doch mit ihrer Freiheit dafür zu bezahlen, behagte Ella überhaupt nicht. Was würde dieser Drache von ihr im Gegenzug erwarten? Und würde sie überhaupt in der Lage sein, seine Wünsche zu erfüllen?

Kurz bevor sie die kleine Hütte verließ, hatte Ella Barka in den Arm genommen und sich bei der alten Frau entschuldigt. Sie hatte die ganze Zeit über recht gehabt – Ella konnte es nicht länger verleugnen, dass es Drachen tatsächlich gab. Barka hatte sie fest an ihren schmalen Körper gedrückt und beinahe wäre Ella in Tränen ausgebrochen. Ein ersticktes Schluchzen hatte sie jedoch nicht unterdrücken können.

»Ella, Kind! Du musst dich nicht fürchten.« Sie strich ihr sanft über das Gesicht und Ella spürte, wie schwächlich und steif die Bewegungen der alten Frau geworden waren. Das erfüllte sie mit Schrecken, denn in diesem Moment wurde ihr klar, dass Barka nicht mehr viel Zeit blieb. Ein weiterer Abschied stand ihr dann bevor – ein endgültiger.

Als vor einigen Jahren ihr Vater nicht von der Jagd heimgekehrt und kurze Zeit später ihre Mutter an den Folgen des Hungers und eines gebrochenen Herzens verstorben war, da war es Barka gewesen, die sie und ihre Brüder in ihrer Hütte aufgenommen hatte. Sie war es gewesen, die Trexos dazu gebracht hatte, ihr das Handwerk der Jagdkunst beizubringen, und nun musste sie Barka und ihren väterlichen Freund ebenso verlassen wie ihre beiden Geschwister.

»Ich habe keine Angst.« Das klang wenig überzeugend und Barka ließ sich von ihr auch nicht täuschen. Trexos auch nicht, denn er warf ihr einen skeptischen Blick zu.

»Drachen sind immer schon Freunde der Menschen gewesen und unser Schutz liegt diesen magischen Geschöpfen am Herzen. Hege keinen Groll gegen den Herrn von Maphradun. Er will dir nichts Böses!« Ella wünschte sich nichts mehr, als dass Barka recht hatte.

»Vertrau deinem Herzen, Ella!« Trexos umarmte sie warm. »Du bist stark. Ich glaube fest daran, dass du meisterst, was man dir auferlegt. Ich kenne deine Stärke, habe sie oft erlebt. Du musst dich nicht ängstigen.«

Genau an diese Worte musste Ella denken, als sie sich durch den hohen Schnee vorwärtskämpfte. Ihr Herz klopfte schmerzhaft in ihrer Brust und nur der Gedanke daran, dass sie ihrer Gemeinde das Überleben sicherte, hielt sie aufrecht und gab ihr die Kraft, weiterzugehen. Was der Drache auch mit ihr vorhatte, sie würde es für ihre Leute ertragen.

Ella kannte nicht einmal den genauen Weg. Barka hatte ihr

die Lage des Schlosses auf einer alten Karte zeigen müssen. Nie zuvor hatte sie den Flammenwald durchquert, geschweige denn sich so weit vom Dorf entfernt. Nachdem sie allerdings schon seit einer Stunde unterwegs war und den Flammenwald noch nicht einmal zur Hälfte passiert hatte, kamen Ella leise Zweifel. Ein Blick in den sich langsam eintrübenden Himmel stimmte sie auch nicht gerade froh, und statt wie geplant ein Weilchen zu rasten, beschleunigte sie jetzt ihre Schritte. Der freundliche Tag schien einem heraufziehenden Unwetter weichen zu wollen. Ella vergewisserte sich, dass Bogen und Köcher noch an Ort und Stelle saßen, und tastete vorsichtig nach der reparierten Schleuder. Unvorbereitet würde sie dem Drachen nicht entgegentreten, und sollte ihr nicht gefallen, was er von ihr wollte, dann …

Neben ihr knackte plötzlich ein Zweig. Irgendetwas bewegte sich dort durch das dichte Unterholz. Ella wusste um die Stimmen des Waldes und der Natur. Eines der ersten Dinge, die ein erfolgreicher Jäger lernen musste, wenn er hier draußen überleben wollte: Ein großes Tier bedeutete immer Gefahr, denn je größer das Tier, desto größer auch das Risiko, einem Fleischfresser gegenüberzustehen. Die Breassels waren da eher die Ausnahme. Ella rechnete damit, dass ihr jeden Moment ein Forcal oder eine Wehrechse in den Weg springen würde, und auf beides war Ella nicht gerade erpicht. Während Forcale noch relativ langsam waren, bewegten sich die Wehrechsen nicht nur schnell vorwärts, sondern waren auch mit so scharfen Krallen bewaffnet, dass sie Ella mühelos in zwei Teile hauen konnten. Ella wusste, dass der Bogen ihr in diesem Fall nicht helfen würde, denn die Pfeile konnten den dicken Panzer der Echse nicht durchdringen. Das gelang nur mit den kleinen Metallkugeln, die die Mooresdahler für ihre Schleudern benutzten.

Ella sicherte ihr Umfeld nach allen Seiten und legte gleichzeitig eine Kugel in die lederne Schlaufe. Dann knackte wieder ein Zweig – dieses Mal weiter rechts von ihr – und nun dämmerte es Ella. Eine Wehrechse bewegte sich vollkommen lautlos. Wer auch immer sich dort seinen Weg bahnte, konnte nicht einmal ein Jäger sein, denn der würde sich ebenfalls geräuschlos durchs Unterholz schleichen. Bevor sie jedoch weiter darüber nachdenken konnte, teilten sich gleich vor ihr die Büsche und heraus trat …

»TABOR!« Jetzt blieb Ella buchstäblich das Herz stehen. Mit allem hatte sie gerechnet, aber nicht damit, dass der ältere ihrer Brüder ihr folgen könnte. Mit seinen fünfzehn Jahren war er zwar schon größer als sie, aber immer noch deutlich zu jung, um sich hier allein rumzutreiben.

»Verdammt! Was machst du hier?« Ellas Stimme kippte leicht und es gelang ihr nicht, den gereizten Tonfall zu unterdrücken. Statt zu antworten, warf der Junge sich schluchzend in ihre Arme und umfasste sie so fest, dass sie glaubte, er würde sie umwerfen.

»Ich … ich … du darfst nicht …« Weiter kam Tabor nicht, denn im selben Moment erklang ein Furcht einflößendes Gebrüll. Ella reagierte mit den Reflexen, die sie auf der Jagd am Leben hielten. Mit einem Ruck löste sie sich von ihrem Bruder, der rücklings in den Schnee fiel, während sie mit einer Hand die Schleuder kreisen ließ. Das kleine Geschoss verließ die unscheinbare Waffe in dem Augenblick, als sich die Büsche auf ihrer anderen Seite ein weiteres Mal teilten. Zum Vorschein kam ausgerechnet der Mann, der sie erwartete – und von dem sie geahnt hatte, dass es der Drache war.

Ella rechnete fest damit, dass er jeden Moment umkippen würde – tödlich getroffen von der kleinen Metallkugel, die sie sehr präzise abgeschossen hatte. Ihr Herz zog sich seltsamerweise zusammen, während sie ihn nicht aus den Augen ließ – doch nichts dergleichen geschah.

Stattdessen huschte er wie ein körperloser Schemen auf sie zu, und das in einer Geschwindigkeit, die Ella niemals erwartet hätte – schneller noch als eine Wehrechse. Doch er stürzte sich nicht auf sie – immerhin war sie es gewesen, die den Schuss abgefeuert hatte –, sondern packte Tabor am Kragen seiner Lederjacke und zog ihn in die Höhe. In den Tiefen seiner Iriden loderte ein heißes Feuer und für den Bruchteil einer Sekunde glaubte Ella gar, dass seine Pupillen die Form von Schlitzen annahmen. Die merkwürdigen Schuppen in seinem Gesicht knisterten leise und stellten sich minimal auf. Obwohl Ella Angst verspürte, riss sie am Arm des Mannes, der ihren Bruder fest in seinem Griff hielt. Tabor wimmerte leise vor sich hin und trotzdem trat er mit dem Mut der Verzweiflung um sich – ganz der Wildfang, der er immer schon gewesen war.

»NICHT!«, schrie Ella. »Tabor! Hör sofort auf!« Doch keiner der beiden wollte sie hören. Es schien fast so, als ob sie plötzlich Luft wäre. Das Gesicht des Drachenmannes verzog sich immer mehr und plötzlich erkannte Ella, dass sich seine Stirn merkwürdig verformte. Waren es tatsächlich Hörner, die Ella an seinen Schläfen zu erkennen glaubte? Außerdem schien weißer Dampf aus seinen Nasenlöchern zu quellen. In ihrer Panik, dass der unheimliche Kerl ihrem Bruder ein Leid zufügen könnte, ließ Ella ihn los und holte aus. Das laute Klatschen und ihre brennende Hand bestätigten ihr, dass sie getroffen hatte – ebenso das wütende Brüllen und Tabor, der sich plötzlich auf seinem Hosenboden im Schnee wiederfand. Jetzt besaß sie die volle Aufmerksamkeit des finsteren Mannes und darüber war sie froh, denn augenscheinlich verflog gleich ein großer Teil seiner angestauten Wut. Seine Iriden funkelten jetzt schon weniger bedrohlich und auch die soeben noch aufgestellten Schuppen waren nicht mehr so deutlich zu erkennen. Stattdessen zeichnete sich auf seiner Wange ihr Handabdruck in einem leuchtenden Rot ab und Ella schluckte. Sie konnte nur hoffen, dass er sie für diese Tat nicht rösten würde.

»Er ist … er ist mein Bruder!« Ella versuchte dem frostigen Blick standzuhalten, doch das gelang ihr nur unter Aufbietung aller Willenskraft. Dieses Wesen war ihr so fremd und erschien ihr derart bedrohlich, dass sie am liebsten Tabor gepackt hätte, um mit ihm zu fliehen. Nachdem sie allerdings jetzt wusste, wie schnell der Fremde sich bewegen konnte, ahnte sie, dass sie nicht sehr weit kommen würde.

»Er hat dich angegriffen!«, grollte das Wesen jetzt leise. Seine Stimme war so eisig wie alles andere an ihm auch. Ella graute es davor, mit ihm auf seinem Schloss leben zu müssen.

Das Dasein in Mooresdahl war anstrengend und entbehrungsreich – manchmal regelrecht gefährlich. Aber dafür war es auch angefüllt mit Liebe, mit Wärme und mit vielen kleinen Dingen, die alles andere erträglich machten. Ella wurde zornig auf diesen Mann, der es wagte, sie all dem zu entreißen, was sie kannte und liebte, und wenn sie wütend wurde, dann vergaß sie sehr schnell, was gut und richtig war.

»Mein Bruder würde mich niemals angreifen, du Monstrum! Er lief mir nach, weil er den Gedanken nicht ertragen konnte, mich niemals wiederzusehen. Und daran bist allein du schuld!« Noch während Ella sich in Rage redete, bemerkte sie, wie der Drache versuchte, ruhiger zu werden. Sie spürte genau, dass ihre Worte ihn trafen, machte aber auch keine Anstalten, sie zurückzunehmen. Immerhin war sie nicht freiwillig hier, und was er mit ihr vorhatte, war ungewiss. Wäre er ein Menschenfreund, dann hätte er den Mooresdahlern geholfen, ohne irgendwelche Forderungen zu stellen – und erst recht nicht solche. Nein! Ella sah in ihm die Bestie, die hinter seinem guten Aussehen schlummerte, und sie war nicht bereit, ihm auch nur einen Fußbreit entgegenzukommen. Nicht, solange er sich benahm wie ein wildes Tier.

»Du gehst jetzt hinauf zum Schloss und wartest dort auf mich!« Im ersten Moment glaubte Ella sich verhört zu haben, doch als er weitersprach, zweifelte sie an ihrem Verstand. »Ich bringe deinen Bruder zurück ins Dorf und dann reden wir.« Er machte bereits Anstalten, sich nach Tabor zu bücken, um diesen erneut am Kragen zu packen, da warf Ella sich blitzschnell dazwischen.

»Nie im Leben werde ich dich mit meinem Bruder ziehen lassen. Außerdem ist er durchaus in der Lage, allein zu gehen. Seine Ausbildung zum Jäger hat bereits begonnen und er weiß, wie er sich durchschlagen kann.« Lieber sah Ella Tabor allein zurück zum Dorf gehen als in Begleitung dieses Mischwesens, das sich allem Anschein nach nicht sonderlich gut unter Kontrolle hatte. Seine Augen glichen nun wieder glimmenden Holzscheiten und auch die Schuppen in seinem Gesicht stellten sich erneut auf.

»Mädchen, du solltest mich besser nicht wütend machen. Dir würde nicht gefallen, was du dann zu sehen bekommst.« Da war Ella mit ihm ausnahmsweise mal einer Meinung. Trotzdem würde sie ihm auf keinen Fall das Leben ihres Bruders anvertrauen, deshalb wich sie auch keinen Millimeter an die Seite, als er drohend einen Schritt auf sie zu machte.

In der Zwischenzeit stand Tabor bereits wieder auf seinen Füßen und Ella spürte, dass er am liebsten ihre Hand gegriffen und sie von der Bestie fortgezogen hätte – doch das durfte er auf keinen Fall. Sie hatte sich dazu bereit erklärt, so lange im Schloss zu leben, wie der Drachenmann es von ihr forderte, und sie hoffte darauf, dass er sein Versprechen gegenüber den Dorfbewohnern auch einhielt. Falls nicht, würde sie einen Weg finden, ihm das Leben zur Hölle zu machen. Ella tastete nach Tabors Hand und drückte diese fest, ließ dabei aber den Drachenmann nicht eine Sekunde lang aus den Augen.

»Geh jetzt, Tabor! Und komm nicht wieder hierher«, zischte sie ihrem jüngeren Bruder leise zu, doch anscheinend nicht leise genug. Das Glühen in den Augen des Drachen nahm sofort an Intensität zu und wieder hörte Ella das leise Knistern der winzigen Schuppen. Während Tabor sich Ellas Mahnung zu Herzen nahm und sich auf dem schnellsten Wege in Richtung Dorf davonmachte, stand sie dem Drachen gegenüber und starrte ihn unverwandt an. Inzwischen hielt sie seinem stechenden Blick recht gut stand und sie spürte, dass ihre Furcht nicht mehr ganz so groß war wie in dem Moment, als der Mann Tabor gepackt hatte. Wenn ihr Bruder erst einmal in Sicherheit war, würde es für sie leichter werden. Was aus ihr selbst wurde, war zweitrangig für Ella. Hauptsache, ihren Geschwistern würde es gut gehen.

»Du überlässt den Jungen eher einem ungewissen Schicksal hier draußen, als ihn durch meine Begleitung sicher ins Dorf zu bringen? Das erscheint mir unnötig grausam.« Ella staunte nicht schlecht, als sie in das bekannte Gesicht des Kriegers starrte, der sie bereits bei ihrem ersten Zusammentreffen so nachhaltig beeindruckt hatte. In diesem Moment wirkte er beinahe menschlich, wenn da nicht das unnatürliche Funkeln in seinen Augen gewesen wäre.

»Unnötig grausam ist es, jemanden zu etwas zu zwingen, was er im Grunde seines Herzens nicht freiwillig geben möchte. Unnötig grausam ist es, mit Erpressung ein Lebewesen gefügig zu machen!« Ella hatte leise gesprochen, aber genau das waren die Worte, die ihr als Erstes in den Sinn kamen. Und auch diese bereute sie nicht.

»Ich habe dir bereits mehrfach versichert, dass du von mir nichts zu befürchten hast. Es gibt ein anderes Wesen, das dir nach dem Leben trachtet, und du wirst nur an meiner Seite sicher vor ihm sein.«

Ella hob die Schleuder auf, die sie im Eifer des Gefechts verloren hatte. Natürlich war sie wieder auseinandergerissen und Ella spürte mit einem Mal jenes heiße Brennen in ihren Augen, das einen Tränenstrom ankündigte. Diese kaputte Schleuder brachte sie dazu, die Fassung zu verlieren, während ihr Bruder alleine durch den Flammenwald nach Hause finden musste. Erst jetzt, nachdem die Wogen sich ein wenig geglättet hatten, wurde ihr bewusst, wie töricht sie gehandelt hatte und wie dumm sie gewesen war, nicht auf das Angebot des Drachen einzugehen. Bekümmert wollte sie sich abwenden und an die Seite treten, doch ein fast schon vorsichtiger Griff um ihr Kinn zwang sie stehen zu bleiben. Sie musste erneut in die flirrenden Augen schauen, die ihr bis ins Herz zu blicken schienen.

»Ich kann spüren, dass dich der Gedanke an deinen Bruder nicht in Ruhe lässt. Wenn du versprichst, zur Burg zu gehen und dort auf mich zu warten, werde ich dafür sorgen, dass er sicher im Dorf ankommt.« Ella glaubte ein leises Lachen aus der frostigen Stimme herauszuhören. Als sie genauer hinsah, erkannte sie, dass sich die Lippen ihres Gegenübers zu einem vorsichtigen Lächeln hoben. Das ließ ihn gleich weitaus weniger angsteinflößend wirken und Ella versuchte sich zu entspannen. Sie hatte das Gefühl, etwas Freundliches sagen zu müssen, doch ihre Lippen waren so trocken und spröde, dass sie ihren Mund einfach nicht öffnen konnte. Ob sie es wollte oder nicht – gerade war sie tatsächlich zum Schweigen verdammt. Selbst Räuspern half ihr nur wenig, und dass der Fremde ihr so nahe war, ließ seltsame Dinge mit ihr geschehen – Dinge, die sie sich absolut nicht erklären konnte. Ihr war unglaublich warm, gleichzeitig jagte allerdings ein Schauer nach dem anderen über ihren Rücken. Ihr klebte die Zunge am Gaumen, aber Durst hatte sie keinen. Offenbar wurde sie gerade krank – ganz bestimmt wurde sie das.

Erst als der Drache sie losließ und einen Schritt zurücktrat, konnte Ella wieder durchatmen.

»Ich heiße Razul und entstamme dem Geschlecht der Weißdrachen. Dir wird es als Gast in meinem Schloss an nichts fehlen, Ellianne. Sei ohne Sorge!« Wie um seine Worte zu untermauern, strich er Ella eine vorwitzige Strähne aus dem Gesicht und wieder fühlte sie sich seltsam. So als ob ihr Körper etwas anderes wollte als ihr Verstand. Der schien nämlich durchaus nichts dagegen zu haben, von diesem Biest berührt zu werden, und das merkwürdige Flattern in ihrem Bauch wurde auch immer stärker.

»Ella! Ich … ich heiße Ella! Ellianne nennt man mich in Mooresdahl nur dann, wenn ich Tadel verdient habe.« Wieso sie dieses kleine Detail ausgeplaudert hatte, wusste Ella selbst nicht, aber der Fremde begann zu lachen, und da war sie fast schon froh, dieses kleine Geheimnis offenbart zu haben. Sein Gesicht verlor mit einem Schlag die Härte und den grausamen Zug, und als er plötzlich wieder ernst wurde, hätte Ella gerne noch ganz andere Geschichten erzählt, nur um ihn noch einmal so befreit lachen zu hören. Er selbst schien ebenfalls verblüfft zu sein, doch Ella konnte nicht ergründen, woher seine Verwunderung stammte. Er hatte sich so schnell wieder im Griff, dass sie nicht sicher war, ob sie sich die Regung nur eingebildet hatte.

»Ich gehe zum Schloss und warte dort … Aber bitte, schau nach meinem Bruder. Erek und Tabor sind alles, was ich noch habe, und den beiden darf einfach nichts geschehen.« Verwundert stellte Ella fest, dass es ihr in seiner Gegenwart nicht einmal schwerfiel, um Hilfe zu bitten. Ihr fiel ein Stein vom Herzen, als er nickte und keine weiteren Worte verlor. Stattdessen drehte er sich um und war so schnell verschwunden, dass Ella erneut erschrak. Jetzt wurde ihr auch klar, wie er bei ihrem ersten Zusammentreffen so unbemerkt hatte entkommen können – es war seine bloße Geschwindigkeit, die ihn dazu befähigte, zu kommen und zu gehen, ohne dass jemand etwas davon mitbekam.

Ella blickte auf und erspähte unweit von sich den Waldrand. Von dort musste sie sich nur noch in der Richtung der Berge halten und dann würde sie unweigerlich auf den Drachenfelsen und das Schloss von Razul treffen.

KAPITEL 4

Eines Tages geschah das Unfassbare. Ein Verbrechen, wie kein Drache es jemals erwartet hatte. Es gab einen unter uns, dessen Furcht vor dem Ende seines Seins so groß war, dass er das Geschenk des Herzens nicht annahm – gleichwohl es ihm Frieden geschenkt hätte. Stattdessen wählte er den Pfad der Dunkelheit. Einen Weg, der ohne Umkehr ist.

(AUS DEN CHRONIKEN DER DRACHEN)

Als Ella das Schloss erreichte, traute sie im ersten Moment ihren Augen nicht. Es lag auf einer kleinen Anhöhe und war so riesig, dass sie sich unwillkürlich fragte, wie sie sich in diesem Palast jemals zurechtfinden sollte.

Glitzerndes Eis überzog das gesamte Gebäude und ließ es in einem überirdischen Licht strahlen. Es war so hell, dass Ella ihre Augen mit der Hand abschirmen musste, um überhaupt etwas sehen zu können. Während sie die breite Treppe emporstieg, bestaunte sie die kunstvollen Verzierungen, die der kalte Frost auf die Mauern zauberte. Hunderte von Drachenkörpern schlängelten sich rund um das große Tor, das einen Blick in den Innenhof gewährte. Geflügelte Leiber, die sich spielerisch zu umtanzen schienen und atemberaubende Kapriolen vollführten. Die Reliefs waren so fantastisch, dass Ella stehen blieb, um sie in Ruhe betrachten zu können. Als sie genauer hinschaute, erkannte sie auch Menschen, die winzig klein gegen die riesigen Echsenwesen wirkten. Je länger Ella die wundersamen Gebilde im Eis anstarrte, desto mehr bekam sie den Eindruck, dass sie sich bewegten – dass sie von innen heraus leuchteten. Aus den froststarren Bildern, die das Tor einrahmten, wurde ein buntes, bewegtes Treiben dargestellt und Ella sprang vor lauter Schreck ein Stück zurück. Fast hätte sie ihren Bogen fallen lassen – aber eben nur fast.

Blühende Bäume wiegten sich im Wind und die Menschen gingen ihren Tätigkeiten auf den Feldern nach, genau so, wie Barka es immer Ellas Brüdern erzählt hatte. Die Bewohner der Auen schienen glücklich und wohlgenährt, und als sie genauer hinsah, erkannte sie auch den Flammenwald, dessen Baumkronen himmelhoch loderten, wie Ella es noch nie in ihrem Leben gesehen hatte. Staunend trat sie einen Schritt näher an das wundersame Tor, das vor Magie nur so sprühte.

Riesige Herden Feyantiere zogen über grünes Gras. Über den Wipfeln der Bäume zogen flammende Vögel ihre Bahnen und die Natur war so üppig, dass ihr unwillkürlich die Tränen in die Augen schossen. Es hatte also tatsächlich eine Zeit des Überflusses in Mooresdahl gegeben. Was war nur geschehen, das die Auen in einen so kalten, lebensfeindlichen Ort verwandelt hatte?

Fröstelnd rieb Ella sich die klammen Finger und plötzlich

spürte sie auch die Kälte, die mehr und mehr Besitz von ihr ergriff. Sie stand bereits zu lange an Ort und Stelle. Der schneidende Wind fuhr ihr durch die dicke Kleidung und ließ sie frieren. Sie musste unbedingt ins Innere des Schlosses, auch wenn sie liebend gerne noch ein wenig mehr gesehen hätte.

Die bunten Bilder kamen in dem Moment zur Ruhe, als Ella ihren Blick abwandte. Angst hatte sie inzwischen keine mehr. Als sie am frühen Morgen aufbrach, war diese noch ihr ständiger Begleiter gewesen – bei jedem Schritt, der sie dem Drachenmann näher brachte. Doch nach ihrem überraschenden Zusammenstoß im Flammenwald war sie fast vollständig verflogen.

Ella hatte genau mitbekommen, wie sehr er sich bemühte, nicht aus der Haut zu fahren. Wie sehr er darum kämpfte, sich zu beherrschen. Er hatte ihr nichts Böses angetan, sah man mal von der Tatsache ab, dass er sie gerade von ihren Liebsten trennte. Während Ella tiefer in das Schloss des Drachen eindrang, nahm sie sich vor, ihn danach zu fragen, warum ausgerechnet sie bei ihm leben sollte und warum sie nur an seiner Seite sicher sein würde. Bei seiner Geschwindigkeit konnte es nicht allzu lange dauern, bis er zurück war.

Ella überquerte den Hof und gelangte durch ein weiteres Tor in das Innere des Schlosses. Die Gänge waren so riesig, dass Ella sich gar nicht vorstellen mochte, wie groß die Wesen waren, die dieses Schloss einst errichtet hatten. Sie wirkte geradezu winzig und verloren in dem Korridor, den sie gerade betrat und der nach wenigen Metern in einer Art Halle mündete.

Das Wort *Halle* traf es jedoch nicht einmal ansatzweise. *Felsendom* war der bessere Ausdruck, denn nach oben hin schien dieser Saal kein Ende zu nehmen – zumindest sah Ella die Decke nicht. Sie verlor sich irgendwo ganz weit oben in einem blendend weißen Licht, das die Halle ausleuchtete und das aus jeder einzelnen Eisblume zu sickern schien, mit denen die Wände überzogen waren. Überall glitzerte und funkelte es und trotzdem war es so warm, dass Ella zuerst ihre Fäustlinge abstreifte und kurze Zeit später ihre Felljacke von den Schultern warf.

Ella ließ ihren Blick durch die Halle schweifen und entdeckte auf der gegenüberliegenden Seite einen großen Kamin, in dem ein munteres Feuer prasselte – eines, das blaue Flammen hatte. Gleich davor stand ein großer Tisch, der von mehreren hochherrschaftlichen Lehnstühlen umringt war. Beim Näherkommen erkannte Ella, dass das Tischtuch aus purem, glitzerndem Frost gewebt und so fein wie reinste Seide war. Vorsichtig strich sie mit den Fingerspitzen über das Tischtuch, das sich überraschenderweise genauso warm anfühlte wie die Luft, die sie umgab. Eigentlich hätte es schmelzen müssen, aber das tat es nicht. Ein Wunder reihte sich hier an das andere. Ella hatte plötzlich tausend Fragen im Kopf. Die Antworten würde sie allerdings erst erhalten, wenn der Drachenmensch zurückkam. Bis dahin konnte sie sich in Ruhe noch ein wenig umsehen und so lief sie an dem großen Tisch entlang auf den Kamin zu.

Plötzlich zuckte ein rötlicher Lichtschein durch den Saal und für einen Moment musste Ella ihre Augen schließen, so sehr wurde sie von dem leuchtenden Reflex geblendet. Erst als sie noch näher herantrat, kam sie dahinter, was diesen seltsamen Schimmer ausgelöst hatte. Mitten auf dem Tisch, nicht weit von ihr entfernt, lag der wellenförmige Dolch, den Ella schon einmal an dem Fremden gesehen hatte. Damit hatte er bei ihrer ersten Begegnung das Feyantier weidmännisch aufgebrochen. Sie erkannte es ganz eindeutig an der ungewöhnlichen Form und dem großen blutroten Stein, der im Griffende eingelassen war und dessen Licht sie wie magisch anzog. Sie streckte bereits die Hand nach der Waffe aus, da …

»Nimm ihn an dich.« Die kalte Stimme jagte einen Schauer über Ellas Rücken und sie fuhr herum. Sie fühlte sich ertappt, so als ob sie etwas Unrechtes getan hätte.

»Musst du dich immer so an mich heranschleichen? Das ist nicht nur unangenehm, sondern auch verdammt unhöflich!« Ella merkte, dass sie kurz davorstand, wütend zu werden. Jedes Mal, wenn sie auf diesen Mann traf, spielte ihr Körper verrückt und ihr Verstand wollte nicht mehr so funktionieren, wie er sollte. Und die Schreckhaftigkeit, die sie seit Neuestem an den Tag legte, war auch nicht unbedingt etwas, womit Ella sich anfreunden konnte.

Statt ärgerlich zu reagieren, schenkte der Drachenmann ihr ein kühles und sehr überheblich wirkendes Lächeln. So eines, wie Jander es ihr ab und an zugeworfen hatte, wenn er ihr zu verstehen geben wollte, dass sie ja nur ein schwaches Frauchen war und männlichen Schutz benötigte. Anscheinend war auch dieser Drachenmann der Meinung, er könnte sich bei ihr alles rausnehmen, doch Ella war durchaus willens ihm zu zeigen, dass sie sich ganz bestimmt nicht alles gefallen ließ.

»Nimm ihn!«, schnarrte seine Stimme – jetzt allerdings schon um einiges ungeduldiger.

»Warum sollte ich?«, gab Ella kalt zurück. »Ich habe meine eigenen …«

»Die werden dir nicht helfen.« Der Fremde trat einen Schritt auf sie zu und Ella konnte sehen, dass seine Augen flammenden Bernsteinen glichen. Er schien genauso ungehalten zu sein, wie sie es gerade war. »Dein Bogen mag ein Feyantier töten, aber die Pfeile werden Drachenschuppen niemals durchdringen. Das schafft nur dieser Dolch. Er soll deinem Schutz dienen.«

Jetzt reichte es Ella gründlich. Dieser Razul sprach immerzu in Rätseln. Sie wusste nicht, was sie an diesem Ort zu suchen hatte, was dieser verfluchte Drachenmensch von ihr wollte, und was sie mit dem Dolch anfangen sollte, war ebenso fraglich. Zornig funkelte sie Razul an.

»Es wäre ganz nützlich, wenn du mir sagen würdest, was ich eigentlich hier soll! Warum ich? Warum muss ich hier bei dir leben, damit du den Dorfbewohnern hilfst? Mir wurde immer das Märchen erzählt, dass die Drachen uns Menschen beschützen. Bisher habe ich davon jedoch nicht viel gemerkt.« Ella holte tief Luft und wollte schon zum nächsten Schlag ausholen, als Razul seine Hand hob und ihr jegliches Wort im Halse stecken blieb.

»Ich werde dir all deine Fragen beantworten, aber zuerst wirst du den Dolch an dich nehmen und mir versprechen, ihn wie deinen größten Schatz zu hüten. Es mag die Stunde kommen, da er dein Leben rettet.« Seine Stimme klang in diesem Augenblick so gebieterisch, dass Ella vermutete, keine Antworten zu erhalten, solange sie nicht tat, was er verlangte. In ihrem Inneren stritten wildes Aufbegehren, Wut, aber auch eine unstillbare Neugierde miteinander. Am Ende siegte das Letztere. Sie wollte, nein, sie *musste* endlich in Erfahrung bringen, was hier gespielt wurde. Was an Barkas Geschichten dran war.

Trotzdem griff sie nur sehr widerwillig nach der kunstvoll verarbeiteten Waffe. Die Berührung war ein regelrechter Schock. Ella hatte das Gefühl, als würde sie in glühende Kohlen fassen. Es brannte so heftig, dass sie den Dolch vor lauter Schreck fallen lassen wollte, doch sie konnte die Finger nicht vom Griff lösen. Panisch stellte sie fest, dass sie ihre Hand nicht einmal öffnen konnte. Aber dann verschwand das Brennen so plötzlich, wie es begonnen hatte. Der rote Edelstein leuchtete grell auf und änderte im selben Moment seine Farbe. Plötzlich war er nicht mehr blutrot, sondern so blau wie ihre Augen. Angewidert ließ Ella ihn fallen und er landete klirrend auf dem Boden zu ihren Füßen.

»Was … was …«

»Der Dolch hat dich als Herrin anerkannt. Ich hatte nicht gedacht, dass es so einfach sein würde.« Razul riss die Augen auf. Auf seiner Stirn bildete sich eine tiefe Falte. Das ließ Ellas Wut gleich noch höher kochen.

»Einfach? Das nennst du einfach? Ich habe mir die Hand verbrannt und …« Bereits während sie sprach, betrachtete Ella ihre Haut und dabei vergaß sie, was sie eigentlich hatte sagen wollen. Sie war makellos. Dort zeigten sich keinesfalls Brandblasen, die sie bei dem furchtbaren Schmerz erwartet hätte. Auch das Brennen spürte sie nicht mehr. Nur noch ein leichtes Kribbeln von ihren Fingerspitzen bis in den Arm. Vorsichtshalber bewegte sie ihre Finger und stellte prompt fest, dass auch das Kitzeln langsam nachließ. »Was … was ist hier los? Was war das?«

»Das sagte ich dir bereits. Und jetzt komm!« Razul hob den Dolch auf und hielt ihn ihr hin, doch Ella war weit davon entfernt, den Drachenmenschen so einfach davonkommen zu lassen. Sie schüttelte den Kopf, verschränkte die Arme vor der Brust und blickte ihrem Gegenüber unverwandt in die Augen.

»Bevor ich nicht weiß, was hier gespielt wird und was ich hier soll, werde ich nirgendwohin gehen. Und am allerwenigsten mit dir!« Das war das Letzte, was Ella tun würde. Sie wollte Antworten, und die wollte sie jetzt.

Razul merkte sehr wohl, dass das Mädchen zornig war – *sehr* zornig, um es genauer zu sagen. Als sie ihm mit blitzenden Augen und mit in die Hüften gestemmten Händen gegenüberstand, da konnte ihre Wut es durchaus mit der eines Drachen aufnehmen. Nur füllten sich ihre Augen nicht mit loderndem Feuer, sondern wurden dunkler.

Razul hatte nicht sehr viele Erfahrungen mit Menschen sammeln können – dafür war er einfach noch zu *jung* –, aber dass diese Frau ihn nicht mochte, das konnte er deutlich sehen. Nur der Grund war ihm nicht klar. Immerhin hatte er nichts Böses im Sinn und wollte sie nur schützen. Diese Tatsache schien ihr allerdings gar nicht zu gefallen.

»Ich habe dir versprochen, dass ich dir deine Fragen beantworten werde, doch vielleicht sollten wir uns erst einmal setzen.« Razul deutete auf ein dickes Fell und gemütliche Kissen, die vor dem Kamin auf dem Boden lagen. Er machte Anstalten, Ellianne vorsichtig in diese Richtung zu schieben. Doch diese schlug einfach seine Hand weg und baute sich in fast störrischer Art und Weise vor ihm auf – fast wie die Maulesel auf dem Markt von Sumsparkan, und die wussten auch nie, wann es besser für sie war, nachzugeben. Razul spürte das Tosen des Drachen in sich aufsteigen, was aber nur seiner eigenen Hilflosigkeit geschuldet war. Die Bestie rüttelte gewaltig an den Gittern ihres Käfigs, und wäre es später am Tag gewesen, dann hätte er für nichts garantieren können.

»Vergiss es, Echsenmann! Ich bin kein Gegenstand, den man nach Belieben mal in die eine Ecke und dann wieder in die andere schiebt. Ich habe mich für das Leben meiner Mitmenschen bereit erklärt, hier auf deinem Schloss zu leben, aber ich habe ein Recht darauf zu erfahren, warum ausgerechnet ich es bin. In Mooresdahl gibt es weitaus hübschere Mädchen als mich!«

Das konnte Razul allerdings nicht finden. Ihre Augen hatten die Farbe von blauem Gletschereis und ihre Haare glänzten wie die Schwingen der Selkisvögel. Ihre Haut war so zart und hell wie Schneeflocken, die bei Nacht vom Himmel fielen, und ihre Lippen von der Farbe der Belphblüten, die nur alle zehn Jahre in den Donnerbergen gediehen. Fast schon bedauerte Razul, dass er gerade kein solches Exemplar zur Hand hatte, um es mit …

Erst in diesem Augenblick, als seine Gedanken vollkommen von ihr eingenommen waren, spürte er, dass diese Tatsache allein ausreichte, um den Drachen wieder zu besänftigen. Hatte der sich gerade noch verselbstständigen wollen, so schien er jetzt bereits wieder zu schlafen – tief und fest und ohne sich zu rühren.

»Weil du den Drachen in mir beruhigst.« Er hatte diese Wahrheit einfach in den Raum geworfen, ohne lange darüber nachzudenken, und erkannte im selben Moment das Erstaunen in den Augen seines jungen Gastes. Razul versuchte sich an seine Mutter Melea zu erinnern. An ihr sanftes und nachgiebiges Wesen und wie sie seinem Vater in allem vertraut hatte. Auch Melea war eine Menschenfrau gewesen, aber so ganz anders, als Ellianne es war. Das wurde ihm in diesem Augenblick klar.

Sie ließ sich schnaufend auf einem der thronähnlichen Stühle am Tisch nieder und schüttelte den Kopf, als könne sie nicht glauben, was sie gerade gehört hatte.

»Ich besänftige also das Tier in dir? Und warum ist das nötig? Die alten Leute im Dorf haben uns immer wieder Geschichten darüber erzählt, dass die Drachen uns beschützen. Dass wir in den Auen leben können, sei nur eurer Magie geschuldet – doch davon habe ich bisher nicht viel bemerkt. Die

Menschen aus Mooresdahl sterben an Hunger. Sie erfrieren, wenn sie bei Sturm die kargen Hütten verlassen müssen, um auf die Jagd zu gehen.« Sie sah Razul böse an und er zuckte unter jedem Wort zusammen, als ob ihn eine Peitsche getroffen hätte. Und das Schlimme war: Er konnte ihren Worten nicht einmal etwas entgegnen, weil sie absolut recht hatte. »Sag mir, Drachenmann: Ist das die Art, wie die Weißdrachen für ihr Volk sorgen? Wenn ja, dann kann ich gerne darauf verzichten.«

»Nein! Das ist niemals Drachenart gewesen.« Razul ließ sich auf dem Stuhl neben Ellianne nieder und schaute sie offen an. »Solange die Drachen in den Sommerlanden weilten, reichte allein ihre Magie, um immerwährenden Sommer zu bringen. Niemals haben die Menschen unter unserem Schutz Not gelitten. Doch dann kam der Krieg ...«

»Der Krieg? Hier hat sich bisher noch kein Feind blicken lassen.« Auf der Stirn der jungen Frau bildete sich eine Falte und Razul bekam den Eindruck, dass sie ihm kein Wort glaubte.

»Hinter der Brücke von Quai'Aahruza und dem Weg der Unendlichkeit gelangt man in die Welt der schwarzen Bruderschaft.« Razul erklärte Ella geduldig, dass der Krieg bereits vor zweihundert Jahren begonnen hatte und wie die schwarzen Drachen ihre gierigen Klauen nach den Sommerlanden ausstreckten. »Immer häufiger gab es Übergriffe an der schmalen Landzunge, die unsere Welten voneinander trennt, und immer öfter wurden in den Grenzregionen Menschen vermisst. Die Drachen konnten nicht länger tatenlos zusehen – erst recht nicht, nachdem auch noch eines unserer Kinder vermisst wurde. Drakos, der Sohn eines Feuerdrachen.«

»Und warum bist du dann hier und nicht bei deinen Kameraden?« Ellianne hatte ein unglaubliches Talent dafür, die falschen Fragen zum falschen Zeitpunkt zu stellen. Razul wollte sie gerne alle beantworten, wusste aber nicht so recht, wo er beginnen sollte.

»Was weißt du über meine Rasse?« Vorsichtig griff er nach ihren kühlen Fingern und stellte überrascht fest, dass sie ihm ihre Hand nicht sofort wieder entriss. Sie betrachtete mit großen Augen seine sonnengebräunte Haut, hielt aber ansonsten still.

»Nur das, was die alte Barka erzählt hat. Geschichten über eure Magie und darüber, dass Drachen immer nur männlich sind und sich mit …« Plötzlich stutzte sie und ihre Augen wurden wieder dunkel. Razul stellte fest, dass er ganz mühelos an ihren Iriden erkennen konnte, wie sich das Mädchen gerade fühlte. In diesem Moment war sie nicht nur wütend, sondern regelrecht entrüstet. Sie sprang von ihrem Sitzplatz auf, stemmte erneut die Hände in die schmalen Hüften, und wenn Blicke tödlich gewesen wären, dann würde Razul zweifellos bereits bei seinen Ahnen weilen.

»Du … du …« Ihre Stimme überschlug sich beinahe. »Falls du glaubst, mit mir einen Babydrachen zeugen zu können, dann lass dir gesagt sein, dass es dazu niemals kommen wird. Eher erfriere ich draußen im Wald!« Sie machte Anstalten davonzustürmen, doch jetzt war Razul ebenfalls auf den Beinen. Mit einem festen, aber nicht groben Griff packte er die junge Frau und hielt sie fest.

»Hör mir bitte zu – es ist nicht so, wie du denkst.«

»Ich habe genug gehört. Danke, nein! Es reicht! Ich will nach Hause zu meinen Brüdern und zu Barka. Such dir eine andere für deine Fortpflanzungswünsche. Ich bin dafür ganz und gar nicht geeignet.« Das Entsetzen in ihrer Stimme und der panische Ausdruck in ihrem Gesicht hätten Razul unter normalen Umständen amüsiert, doch seltsamerweise fand er die Situation gerade überhaupt nicht lustig. Irgendwie rührte die Angst in ihrer Stimme etwas tief in seinem Inneren – genau wie im Moment ihres ersten Zusammentreffens. Der Widerwille, der ihre Worte dunkel färbte, drang bis in sein Herz, und dieses Mal spürte er es ganz deutlich. Der Ort, den er bisher für tot und von den Dunklen besetzt geglaubt hatte, schwang in seltsam zarten Tönen. Ganz eindeutig war da etwas und Razul wollte es festhalten. Doch sobald er danach griff, erlosch der schwache Funke wieder in den Tiefen der dort herrschenden Finsternis.

»Lass mich sofort los«, fuhr das Mädchen ihn im selben Moment an. »Du hast kein Recht dazu, mich gegen meinen Willen hier festzuhalten!« Sie wehrte sich gegen ihn und seine Umklammerung mit allem, was sie hatte, wobei Razul feststellte, dass das nicht eben wenig war. Ihre Tritte hatten zwar nicht die Kraft, ihn ernsthaft zu verletzen, aber sie taten dennoch weh.

Ganz dumpf erinnerte sich Razul an einen heftigen Streit zwischen seinen Eltern – an dieses eine Mal, wo ihre lauten Stimmen dazu führten, dass selbst die magischen Wandbilder des Mauerwerks verblassten und die Wände knisternd Sprünge bekamen. Am Ende hatte Windsom seine Mutter gepackt und in Windeseile ins Schlafgemach getragen. Das war allerdings eine Option, die Razul gerade nicht zur Verfügung stand, wobei er das fast ein bisschen bedauerte. Aber nur fast.

Schließlich blieb ihm nur eins übrig, und er wusste schon vorher, wie sie darauf reagieren würde. Razul musste sich nicht mal anstrengen, um die junge Frau hochzuheben. Er nahm ihr einfach den festen Stand und zog sie in die Luft. Natürlich so, dass alle weiteren Tritte ins Leere liefen. Das Grollen, das ihm dabei über die Lippen drang, hatte er nicht verhindern können, aber es sorgte dafür, dass Ellianne plötzlich regungslos in seinem Griff verharrte. Dabei feuerten ihre Augen allerdings weiterhin tödliche Geschosse ab.

»Bevor ich dich loslasse, wirst du mir zuhören. Dein Leben könnte davon abhängen und ich bin nicht bereit, es zu riskieren, nur weil du die Gefahr nicht sehen willst, in der du schwebst.« Razul merkte selbst, dass er knurrte, und das aus tiefster Seele. Seit Ellianne in sein Leben getreten war, schwankte er beständig zwischen den merkwürdigen Gefühlen, die ihn in ihrer Nähe ergriffen, und einer fast schon irrationalen Wut, die er sich genauso wenig erklären konnte. Sie machte sein Leben nicht gerade einfacher. Das genaue Gegenteil war der Fall.

»Sprich!«, knurrte sie genauso böse zurück. »Aber verlass dich drauf: Wenn mir nicht gefällt, was du mir zu sagen hast, dann werde ich …«

»Ja! Ja! Ich kann es mir lebhaft vorstellen«, fiel Razul ihr ins Wort. »Der Dolch könnte dir dabei wertvolle Dienste leisten – aber erst, wenn ich mit dir fertig bin. So lange musst du dich noch gedulden.« Er merkte, wie sich ein Lächeln auf sein Gesicht stahl. Ellianne, oder vielmehr Ella, war tatsächlich ganz anders, als seine doch eher ruhige Mutter es gewesen war. Sie war eine Kriegerin – eine kleine Kämpferin, die sich auf keinen Fall leicht einschüchtern ließ. Nicht von ihren Lebensumständen und erst recht nicht von einem Drachen wie ihm. Sie schien keine Angst zu kennen und Razul hoffte, dass das auch so bleiben würde. Sicher konnte er da allerdings nicht sein und er befürchtete, dass Ella bereits in der nächsten Nacht die Schrecken der Magie kennenlernen würde …

KAPITEL 5

Der Liebe Kraft ist ohnegleichen,
wo sie blüht, muss Schwärze weichen.
In finsterer Nacht ist sie erwacht,
leuchtet heller als der Sonne Pracht.

(AUS DEM HOHEN LIED DER DRACHEN)

Jordus kniete vor seinem Herrn im Staub und wagte es nicht, den Kopf zu heben. Er konnte den Blick seines Gebieters förmlich spüren. Dort, wo er ihn streifte, begann die Haut zu brennen und an seinen Armen bildeten sich in diesem Moment bereits die ersten Blasen.

Jordus hatte das Gefühl, als ob sein schwarzes Blut kochen würde. Unbewusst griff er sich an den Kragen seiner Kutte. Doch je mehr er zog, desto weniger Luft bekam er, sodass er schließlich röchelnd zu Füßen der großen Erscheinung zusammenbrach und erschöpft liegen blieb.

»Anscheinend ist es dir noch immer nicht gelungen, den

abtrünnigen Drachen wieder in den Schoß der Familie zurückzuholen.« Die dunkle Stimme strich wie ein drohendes Unwetter über Jordus hinweg. Verex kannte kein Erbarmen – nicht einmal mit seinem engsten und vertrautesten Gefolgsmann. Wieder strich Hitze durch seine Adern. Schmerz zuckte durch seinen geschundenen Körper und Jordus hoffte, dass das Ende schnell kommen würde.

»Du winselnder Wurm! Sollte Razul nicht bis zur nächsten dunklen Erhebung wieder in unserer Hand sein, wirst du feststellen, dass Schmerz etwas sehr Persönliches ist. Dass ich Mittel und Wege finden werde, deinem unfähigen Leib Töne abzuringen, die du in deinem ganzen unwürdigen Leben noch nicht gehört hast.« Jordus spürte, wie Verex' Griff sich lockerte und er wieder freier atmen konnte. Ein sicheres Zeichen dafür, dass er sprechen sollte. Allerdings musste er jetzt jedes Wort genau abwägen. Ein Fehler würde ausreichen und es wäre aus mit ihm.

»Meine Magie ist in Razuls Herzen eingedrungen und hat sich dort ausgebreitet – genauso wie bei seinem Freund Chandra. Trotzdem entzieht dieser eine sich fortwährend meinem Einfluss.« Jordus konnte selbst nicht begreifen, was da schieflief. Immer wieder hatte er sein magisches Netz nach dem Drachen ausgeworfen, aber dieser hatte bisher allen Versuchen widerstanden, ihn so zu beherrschen, wie es nötig gewesen wäre. »Ich kann ihn spüren und ich gelange auch an jenen Ort, den ich lenken kann … Doch immer dann, wenn ich ihn fast so weit habe, verliere ich ihn wieder.« Jordus wagte es jetzt sogar, sich in die Höhe zu stemmen und sich aufzusetzen. »Fast scheint es mir, als ob da eine andere Macht ihre Hände im Spiel hat. Falls er unter einem anderen Bann steht, dann ist dieser aber so gut getarnt, dass wir ihn nicht entdecken und auflösen können.«

Jordus erkannte, wie die Augen seines Meisters zu leuchten begannen – ein sehr dunkles, fast schon schwarzes Glühen, das den Raum in ein unwirkliches Licht tauchte.

»Ich stelle dir Regoor und Oxpal zur Seite. Sollte es dir mit diesen beiden mächtigen Verbündeten nicht gelingen, Razul zu bezwingen, ahnst du vielleicht, was dich erwartet.« Verex nickte mit seinem massigen Kopf und Jordus glaubte zu erkennen, wie sich die Dunkelheit in seinem Meister noch weiter verdichtete. Sie wurde so allgegenwärtig, dass sogar ein finsteres Geschöpf wie er es mit der Angst zu tun bekam. Normalerweise atmete er die Dunkelheit wie Menschen die Luft, doch Verex' Aura war für alle anderen nur schwer zu ertragen. In seiner Nähe gedieh kein Licht – nur absolute, allumfassende Schwärze.

Jordus wusste, dass er entlassen war, und er beeilte sich auf die Füße zu kommen, um seinen Meister nicht noch mehr zu erzürnen. Unter vielen Verbeugungen und rückwärtsstolpernd machte er, dass er wegkam. Jetzt musste er auf dem schnellsten Wege seine beiden Helfershelfer finden und sich auf den Weg zur Brücke von Quai'Aahruza machen. Bisher hatte der flüchtige Drache sich all seinen Bemühungen entzogen, ihn wieder in die Finger zu bekommen. Doch bislang hatte Jordus den Versuch auch immer von ihrem Lager aus gestartet, viele Meilen von der schmalen Landzunge entfernt, die den Übergang in die Sommerlande bildete. Dort – und nur dort – würde es ihm vielleicht gelingen, Razul wieder einzufangen, und genau das musste er, wenn er das hier überleben wollte. Als Mitglied des inneren Zirkels der Bruderschaft wusste Jordus natürlich auch, warum es Verex so wichtig war, Razul unter seiner Macht zu halten. Dieser Drache konnte dem Meister gefährlich werden – auf mehr als nur eine Art und Weise. Allerdings war ihm das bisher noch nicht bewusst, und das sollte nach Möglichkeit auch so bleiben.

Kurz nachdem Jordus auf seine beiden Gehilfen traf, vollführte ihr kleiner Trupp die Verwandlung und machte sich auf den Weg. Mit gemischten Gefühlen näherten sie sich der Brücke von Quai'Aahruza und dem Weg der Unendlichkeit – der stärksten Waffe, die Drachen jemals geschmiedet und die bislang nur wenige Mitglieder der dunklen Bruderschaft überwunden hatten.

Ella lief schweigend neben Razul durch die Weiten des Palastes. Inzwischen hatte sie sich wieder beruhigt und sah ihren Begleiter nun vorsichtig von der Seite an. Sie wusste noch immer nicht, was sie von Razul halten sollte. Einerseits war er sehr zuvorkommend und bemüht darum, den Menschen in Mooresdahl das Leben ein bisschen leichter zu machen, aber auf der anderen Seite zwang er sie, hier mit ihm zu leben. Dass sie nur an seiner Seite in Sicherheit sein würde, glaubte Ella ihm nicht. Sie war bisher schließlich auch ganz gut ohne ihn ausgekommen, und das würde sie auch weiterhin.

»Wo gehen wir eigentlich hin?« Ella blieb abrupt stehen und nun starrte sie Razul mürrisch an, doch dieser lief einfach weiter und beachtete ihren Einwand überhaupt nicht. So etwas wie gepflegte Umgangsformen schien das Untier nicht zu kennen und Ella schüttelte fassungslos ihren Kopf. Falls das hier für die nächste Zeit ihr Zuhause sein sollte, würde sie dem Kerl dringend so etwas wie Etikette beibringen müssen. Sogar der kleine Erek hatte bessere Manieren!

Ella musste jetzt einen kurzen Sprint einlegen, um wieder an Razuls Seite zu gelangen. Dass der sie noch immer nicht beachtete, war mehr als nur ein bisschen unhöflich. Also spurtete sie erneut los und trat Razul schließlich mit Absicht in den Weg.

»Kannst du nicht einfach antworten, wenn man dir eine Frage stellt? Was soll das denn? Du …« Entsetzt sah Ella dabei zu, wie Razul einen finsteren Gesichtsausdruck aufsetzte, nur um dann um sie herumzulaufen. Er ließ sie einfach stehen und behandelte sie wie Luft. Genug war genug. Dieses Mal musste sie dafür sorgen, dass er ihr auch wirklich zuhörte. Ella flog herum, rannte erneut hinter dem groben Mann her und erwischte ihn am Zipfel seines Hemdes. Es gab ein ratschendes Geräusch, als sie fest zupackte, und endlich reagierte er – allerdings anders, als sie gedacht hatte.

Razul drehte sich langsam zu ihr und sein flammender Blick schoss ihr einmal durch den gesamten Körper – von der obersten Haarspitze bis hinunter zu ihren Zehen. Dabei wirkte ihr Gegenüber in diesem Moment wieder einmal mehr wie ein Tier als wie ein Mensch. Für den Bruchteil einer Sekunde blitzte der Drache in Razul auf und Ella konnte einen Blick auf seine wahre Natur werfen – einen, der ihr überhaupt nicht gefiel. Razul starrte sie nämlich gerade an, als wäre sie seine Beute. Ein leicht zu schlagender, äußerst verlockender Leckerbissen. Diesen Blick kannte Ella von allen Lebewesen, die jagten – auch von den Jägern aus ihrem Dorf. Unwillkürlich ließ sie den Stofffetzen los, den sie noch immer in ihrer geballten Faust hielt, und dieser flatterte langsam zu Boden. Für eine Sekunde schien die Luft um sie beide herum zu knistern und Ella hatte das Gefühl, die Zeit würde nicht mehr normal ablaufen.

Ella konnte nicht einmal behaupten, dass sie in diesem Augenblick Angst empfand. Sie war viel zu fasziniert von Razuls

Kampf, seine tierische Seite nicht ausbrechen zu lassen. Seine Fäuste waren geballt und jeder Muskel seines Körpers zum Zerreißen angespannt. Plötzlich stieß er ein so tiefes Grollen aus, dass Ella unwillkürlich einen Schritt nach hinten trat, und dann beobachtete sie, wie seine Züge sich wieder glätteten. Nein, Razul war kein Mensch – ganz und gar nicht. In ihm schlummerte eine Bestie und Ella tat gut daran, diesen Umstand nicht wieder zu vergessen. Wenn sie das hier überleben wollte – und das wollte sie in jedem Fall –, musste sie lernen, ihre impulsive Ader zu unterdrücken. Diese konnte sie nämlich den Kopf kosten, wie sie gerade feststellte.

Als Razul plötzlich fest nach ihrer Hand griff, widerstand sie der Versuchung, ihm diese zu entreißen, und ließ sich widerstandslos hinter ihm herziehen. Dabei tobte allerdings ein mächtiger Zorn hinter ihren Schläfen und ein bitterer Geschmack füllte ihren Mund.

»Du willst Antworten? Ich bringe dich an einen Ort, an dem du sie bekommen wirst. Leider ist es spät geworden und mir bleibt nicht mehr genug Zeit für Erklärungen. Das muss bis morgen warten.« Razuls Stimme klang noch immer dunkel und rau, aber das animalische Knurren war vollkommen daraus verschwunden. Ella atmete auf. Das war noch einmal gut gegangen.

Während sie hinter dem Drachenmann durch die vereisten Gänge des Palastes hastete, schaute sie sich verstohlen um. Der Korridor verlief stetig abwärts und hinter dem funkelnden Eis glaubte Ella mittlerweile massiven Felsen zu erkennen. Immer wieder schimmerte der dunkle Stein durch das Blau des Eises und schließlich schienen sie ihr Ziel erreicht zu haben. Razul blieb so abrupt vor einer kleinen Tür stehen, dass sie in ihn hineinlief. Sofort spürte Ella wieder jenes warme Prickeln, das sie schon ein paarmal in der Nähe dieses Mannes bemerkt hatte. Aber das versuchte sie ebenso krampfhaft zu unterdrücken wie den Zorn, der sie seit ihrer Ankunft auf diesem Schloss ständig in seinem Griff hielt. Ein Mann passte nicht in ihr Leben – und ein Ungeheuer erst recht nicht.

»Berühr das Holz!« Ella schrak zusammen. Razuls Stimme erklang direkt neben ihrem Ohr und die feinen Härchen in ihrem Nacken stellten sich alarmiert auf. Er war ihr viel zu nah und ihr Körper reagierte darauf, ohne dass sie es steuern konnte. Ein weiteres Ärgernis, dem sie sich stellen musste, und nicht das einzige, dem sie sich ausgesetzt sah.

Trotzdem trat sie einen Schritt nach vorne und tat, was Razul sie geheißen hatte. Auf diese Weise konnte sie unauffällig von ihm abrücken. Sobald jedoch ihre Haut mit dem Holz in Berührung kam, wäre sie am liebsten schreiend davongelaufen. Zu ihrem Entsetzen war sie nicht in der Lage, ihre Hand zu bewegen, obwohl sie das mehr als alles andere wollte. Ella bekam den Eindruck, als wollte sich irgendetwas ihrer Person bemächtigen. Als würde pure Energie durch ihren Körper jagen.

Sie zog und stemmte sich mit ihrem gesamten Gewicht gegen die Kraft, doch sie bewirkte damit lediglich, dass ihr Arm zu schmerzen begann.

»Halt still!« Razuls Befehl traf sie unvorbereitet, während er seine Hände sanft auf ihre Schultern legte. Genau das konnte Ella gerade überhaupt nicht gebrauchen. Sie war ganz kurz davor durchzudrehen und sie wusste nicht, wie lange sie sich noch beherrschen konnte.

»Dir passiert nichts. Die Magie der unsichtbaren Barriere macht sich mit dir vertraut. Danach wirst nur du allein diese Tür öffnen können – niemand anders ist sonst dazu in der Lage.«

Ella keuchte erschrocken auf. In diesem Moment riss die seltsame Verbindung einfach ab und sie spürte plötzlich eine gähnende Leere in sich. Als sie dann jedoch die Tür anstarrte, begann diese sich langsam zu öffnen und gab den Blick frei auf eine … Jetzt hielt Ella wirklich die Luft an. Sie starrte in einen riesigen Raum, der sich so weit ausdehnte, dass er sich am hinteren Ende im Dunkeln verlor. Ein Saal, der bis unter die Decke mit Büchern und Schriftrollen gefüllt war.

Ellas Eltern hatten ein einziges Buch besessen, das nach ihrem Tod in ihre Hände übergegangen war. Ein Buch über Heilkräuter und ihre Anwendungen – mit wundervollen Zeichnungen versehen. Ella hütete es wie einen Schatz, denn es war so ziemlich das kostbarste Eigentum ihrer kleinen Familie. Was sie hier zu sehen bekam, war ein Vermögen, wie sie es sich nicht einmal ansatzweise hätte vorstellen können.

»Hier wirst du Antworten auf all deine Fragen bekommen, und wenn ich dich jetzt allein lasse, hast du etwas, womit du dich beschäftigen kannst.«

»Wieso willst du … ich meine … was willst du …« Ella schaffte es nicht, einen vernünftigen Satz über die Lippen zu bringen. Viel zu sehr nahm der Anblick der Bibliothek sie gefangen.

»Ich muss dich jetzt verlassen. Der Abend ist nicht mehr fern und dann darf ich nicht in deiner Nähe sein.« Noch immer ruhten Razuls Hände auf Ellas Schultern, und erst jetzt nahm sie die eigentümliche Wärme wahr, die sich von dieser Stelle ausbreitete. Von dort aus gelangte sie zu ihrem Herzen, das viel zu schnell in ihrer Brust klopfte. Ella war wie gefangen in einem Zauber, den sie nicht verstand und der ihr mehr abverlangte als der tägliche Kampf ums Überleben. Die Welt dieses Mannes war ihr fremd und sie fühlte sich grenzenlos verwirrt und einsam. Das wiederum schürte erneut ihre Wut. Dass Razul sie hier unten allein lassen wollte mit all den Fragen und Rätseln, war der nächste Punkt auf einer schier unglaublich langen Liste von Verfehlungen. Dieser Drache machte sie einfach wahnsinnig!

»Warum musst du gehen? Wieso willst du mich hier unten einsperren?« Die Tür, hinter der sich die Bibliothek verbarg, sah nicht so aus, als könnte man sie leicht öffnen. Ella befand sich gerade tief unter der Erde und Razul wollte sie allem Anschein nach hier zurücklassen, während er …

Was auch immer er vorhatte, Ella hatte plötzlich kein gutes Gefühl bei dem Gedanken daran, dass er sie verließ. Und auch die Aussicht darauf, etwas mehr über Razul und die Drachen zu erfahren, stimmte sie nicht milder. Vorsichtig wand sie sich aus seinem Griff, drehte sich um und erschrak.

Razul sah auf einmal ganz anders aus. Die Konturen seines Gesichts traten viel schärfer und kantiger hervor und seine bernsteinfarbenen Augen glühten von innen heraus. Die Schuppen, die sich von seinen Augen bis hinauf zu seinen Schläfen zogen, raschelten leise, während sie sich nach und nach aufstellten. Zudem schien er blasser zu werden. Seine Haut wirkte mit einem Mal ledrig und eisig. Hastig wandte er sich ab und drehte Ella den Rücken zu.

»Geh jetzt und schließe die Tür hinter dir. Du darfst sie auf keinen Fall öffnen. Was auch immer du in der Nacht hörst, du musst in diesen Räumen bleiben. Hier unten kann dir nichts geschehen. Verlässt du die Kavernen, wird der Tod dich holen, und es gibt nichts, was ich dagegen tun kann.« Er machte ein paar Schritte in die Richtung, aus der sie gekommen waren, und blieb dann noch einmal stehen. Allerdings drehte er sich nicht mehr um. »Du wirst in den Grotten unterhalb des Schlosses alles finden, was dein Herz begehrt. Und nur du allein wirst die Tür nach draußen wieder öffnen können. Der Zauber ist von mir nicht zu durchdringen.«

Mit dem nächsten Atemzug war Razul bereits verschwunden und Ella allein. Ein kalter Luftzug streifte sie und ein paar Sekunden später hörte sie laute Schreie. Binnen kürzester Zeit gingen diese in ein schmerzerfülltes Brüllen über und das Eis an den Wänden begann leise zu knistern. Als dann auch noch ein lang gezogenes Heulen erklang, machte Ella einen Satz über die Schwelle und schlug die Tür fest hinter sich zu. Schwer atmend lehnte sie sich gegen das Holz, während sie von draußen plötzlich leise Schleifgeräusche vernahm. Dann ertönte ein weiteres Mal der urtümliche Schrei – dieses Mal noch viel lauter. Etwas näherte sich dem Eingang und Ella wich instinktiv weiter zurück, in den Raum hinein. Sie bildete sich ein, das Atmen und Schnaufen eines großen Tieres zu hören, und bezweifelte, dass die einfache Holztür das Wesen aufhalten würde.

Immer weiter entfernte sich Ella vom Eingang, bis sie rückwärts gegen ein Hindernis stieß. Schriftrollen segelten zu Boden. Sie drehte sich um und entdeckte ein schwarzes Pult, das mit erlesenen Drachen-Schnitzereien verziert war.

Im selben Moment krachte etwas vor den Eingang und Ella wandte ihre gesamte Aufmerksamkeit wieder in die Richtung, aus der die Gefahr zu kommen schien.

Knisternd zog sich Eis über das Holz, doch genauso schnell, wie es entstanden war, verschwand es auch wieder wie von Geisterhand. Ganz unbewusst flog ihre Hand zu ihrem Dolch. Laut Razul konnte sie nur mit dieser Waffe einen Drachen töten – falls dieser Ella zuvor nicht längst gegrillt haben würde.

Plötzlich erstarb der Lärm auf dem Gang – von einer Sekunde auf die andere war es in der Bibliothek totenstill geworden und nur das Knistern eines Feuers im Kamin durchbrach die Ruhe. Ella umfasste den Dolch fester und zog ihn langsam aus der Scheide. Die schwarze Klinge glitzerte Unheil verkündend in dem diffusen Licht, das auch hier aus den Wänden drang – Ella konnte zumindest nirgends eine Lichtquelle ausmachen. Als die Stille weiter anhielt, entspannte sie sich nach und nach. Ihre verkrampften Muskeln lockerten sich allmählich und sie ließ sich seufzend in den Sessel sinken, der vor dem Pult stand. Den Dolch legte sie vor sich auf dem schwarzen Tisch ab, froh darüber, ihn anscheinend nicht benutzen zu müssen.

Dabei fiel ihr Blick auf eine besonders alt aussehende Schriftrolle, die zudem auch noch mit einem roten Siegel und goldenen Bändern verziert war. Nie zuvor hatte Ella eine solche Kostbarkeit zu Gesicht bekommen und sie hob das Schriftstück behutsam auf. Dabei löste sich unter ihren Fingern das alte Wachssiegel einfach vom Papier – so als ob es niemals die Rolle verschlossen hätte. Vor lauter Schreck hätte sie die Schrift beinahe wieder losgelassen und ihr heftig pochendes Herz wollte sich gar nicht mehr beruhigen. Zu vieles war in den letzten Stunden auf sie eingestürmt und die Magie, die an diesem Ort allgegenwärtig zu sein schien, überwältigte sie regelrecht. Anscheinend musste Ella sich daran gewöhnen, dass hier Dinge möglich waren, von denen sie in ihrem Leben bisher nicht einmal geträumt hatte. Zögerlich entrollte sie das alte Papier. Die Angst, das Pergament könnte irgendwie verzaubert sein und sich von alleine bewegen, konnte Ella nicht abschütteln – doch natürlich geschah nichts dergleichen und sie kam sich ob ihrer Vorsicht gleich ein bisschen dumm vor. Schließlich siegte ihre Neugier und sie begann zu lesen:

Aus den Chroniken der Weißdrachen

Sie kamen in der Nacht. Wie ein schleichendes Gift zogen sie über die Sommerlande und verheerten alles mit ihrem tödlichen Atem. Wo ihre Füße den Boden berührten, verdarb die Erde und brachte nichts Lebendiges mehr hervor. Wo ihre kalten Fratzen sich dem Wasser zuneigten, wurde es zu stinkendem Morast und tötete jedes Wesen, das hernach davon trank. Raubend, mordend und plündernd vergingen sie sich an den Menschen, die wir zu schützen geschworen hatten, und sie töteten viele unserer Brüder, bevor die Drachengemeinde sich erhob und gegen sie ins Feld zog. Wir mussten viele Opfer bringen, bevor wir es schafften, unsere dunklen Brüder über die Brücke von Quai'Aahruza zu treiben. Wir schickten sie in die Verbannung in die unfruchtbare Ödnis von Illestia, aus der es für sie keinen Weg zurück gab.

Ella ließ die Schriftrolle sinken und versuchte zu begreifen, was sie gerade gelesen hatte. So, wie es aussah, behandelte dieser Text den Beginn des Krieges, an den sie bis vor ein paar Stunden nicht einmal geglaubt hatte, und es hörte sich für sie fast so an, als würden in dieser Schlacht Drachen gegen Drachen kämpfen. Ella beugte sich wieder über den Text, der in schwungvollen Lettern auf die Schriftrolle gebannt wurde.

Atair und Xephrandur, die beiden Mächtigsten unter dem Drachenvolk, belegten die Brücke von Quai'Aahruza mit einem Bann. Um die dunkle Bruderschaft in Illestia zu halten, schufen sie den Weg der Unendlichkeit – einen Pfad voller Schrecken, der den Finsteren den Weg in unsere lichten Gefilde auf immer versperrte.

Viele Jahre herrschte trügerischer Frieden, doch die Dunkelheit schläft niemals. Sie ist immer in Bewegung und lauert auf ihre Chance.

Wir waren uns viel zu sicher, dass unser Zauber die Finsternis davon abhält, erneut in unseren Hoheitsbereich einzudringen. Das Unglück geschah genau in der Nacht, in der mein Sohn geboren wurde. Razul aus dem Clan der Weißdrachen und Erbprinz von Maphradun. Eine Nacht später fielen sie über Mooresdahl her und töteten ein Drittel der dort lebenden Menschen. Und auf die Kinder hatten sie es ganz besonders abgesehen …

Die Schriftrolle entglitt Ellas Fingern. Barka hatte erzählt, dass der Krieg bereits seit Jahrhunderten tobte. Wenn Razul tatsächlich mitten in diese Auseinandersetzung hineingeboren wurde, wie alt war er dann? Er sah nicht so aus, als ob er mehr als dreißig Eisperioden hinter sich hätte, aber da war Ella sich mit einem Mal gar nicht mehr so sicher. Anscheinend wurden Drachen um einiges älter als Menschen.

Mitten in Ellas wirre Gedanken drang plötzlich ein leises Heulen. Es schien aus dem Kamin zu kommen und schwoll innerhalb weniger Sekunden immer weiter an. Es wurde lauter und immer lauter. Ella schoss aus dem Sessel und schlug sich die Hände vor die Ohren, so als ob sie dadurch den klagenden Ton aussperren könnte.

Aus dem irrsinnigen Heulen wurde schließlich ein albtraumartiges Fauchen und dann vernahm Ella lautes Poltern. Sie war davon überzeugt, dass der Drache gerade versuchte, durch den Felsen zu brechen. Inzwischen schien der riesige Saal merklich zu schwingen und Ella spürte, wie der Boden unter ihren Füßen bebte.

Ella bekam den Eindruck, als würde gleich ein Untier direkt vor ihr auftauchen, und dann saß sie hier unten in der Falle. Ihre Beine zuckten verdächtig und sie machte einen Schritt in Richtung Tür. Dabei ließ sie den magisch verriegelten Ausgang nicht aus den Augen. Alles in ihr drängte sie zur Flucht. Doch Razul hatte ihr sehr eindringlich zu verstehen gegeben, dass sie nur in diesen Gewölben Schutz finden würde. Unwillkürlich griff sie nach dem Dolch, den sie auf dem Pult abgelegt hatte. Beinahe hätte sie diesen ebenso zu Boden fallen lassen wie die Schriftrolle. Der Edelstein in seinem Griff glühte dunkelblau und warf bizarre Schatten an die Wände und auf die Bücher. Wieder erklang das jammernde Heulen, dann ein wütendes Zischen und plötzlich … Stille. Eine so beängstigende Stille, dass Ella zu zittern begann.

KAPITEL 6

Es steht geschrieben, dass dereinst dem Geschlecht der Weißdrachen ein Sohn geboren wird, dessen Herz so stark ist, dass er selbst der Finsternis zu trotzen vermag.
Es steht geschrieben, dass der Letzte aus diesem mächtigen Haus die Dunkelheit bezwingt.

(AUS DEN CHRONIKEN DER DRACHEN)

Die Stille war fast noch schlimmer als das Getöse, das bis vor einem Wimpernschlag noch die Halle erfüllt hatte. Ella war so angespannt, dass sie glaubte, es nicht eine Sekunde länger ertragen zu können. Trotz Razuls ausdrücklicher Warnung hastete sie zur Tür. Sie würde auf keinen Fall seelenruhig hier unten sitzen bleiben und abwarten, was passierte. Wenn sie schon sterben musste, dann auf keinen Fall in diesen unterirdischen Gewölben – aussichtslos in die Enge getrieben wie ein Feyantier, das sich in eine Fangschlinge verirrt hatte.

Der Edelstein im Griff des Dolches glühte und pulsierte immer heftiger, tauchte Ellas Umgebung in ein unheimliches blaues Licht. Krampfhaft umschlossen ihre Finger das Heft, während sie mit der anderen Hand nach der Tür griff. Die Berührung mit der magischen Barriere war ein ebenso großer Schock für sie wie beim ersten Mal. Die Tür sprang so heftig auf, dass sie krachend gegen die Wand des Ganges schlug. Das Echo des Knalls wanderte laut hallend durch den Korridor, doch Ella verlor keine Zeit mit irgendwelchen Überlegungen darüber, wer das Scheppern gehört haben könnte, sondern spurtete los. Für sie zählte jetzt nur noch eines: Sie musste es schaffen, diese Nacht zu überleben – egal, welchen Preis sie dafür zahlen musste. Und die Kellergewölbe schienen ihr dafür nicht der richtige Ort zu sein.

Während sie durch die zahlreichen Gänge rannte, konnte sie hören, wie der Wind außerhalb des Schlosses an Gewalt zunahm. Am Nachmittag hatte sich der Sturm angekündigt und jetzt schien er seinem Höhepunkt entgegenzustreben. Das Brausen und Heulen wurde immer lauter und Ella graute es bei dem Gedanken, sich nach draußen wagen zu müssen. Ohne Schutz würde sie es dort maximal ein paar Minuten überstehen, eingebuddelt unter Schnee vielleicht eine Stunde, aber danach würde der Tod sie holen kommen.

Ella hoffte, dass sie so lange wie möglich innerhalb der Mauern bleiben konnte und dass der Drache zu groß war, um in die verwinkelten Flure einzudringen. Denn dass im Schloss ein Ungetüm wütete, war ihr in dem Moment bewusst geworden, als die massiven Wände der Bibliothek und der Boden unter ihren Füßen gebebt hatten, und diesem Monstrum wollte sie keinesfalls über den Weg laufen.

Ein paar Augenblicke später wurde diese winzige Zuversicht allerdings schon wieder zerstört, denn nicht weit von ihr entfernt polterte und schepperte es. Etwas Großes kam sehr schnell auf sie zu – daran bestand kein Zweifel. Ella hörte ein lautes Krachen und Fauchen und jetzt standen zwischen ihr und dem Ungetüm nur noch ihre angeborenen Instinkte, die sicherlich nicht die allerbesten waren, und ihre Fähigkeiten als Jägerin. In diesem Moment war allerdings sie die Gejagte.

Ella versuchte zu ergründen, aus welchem der zahlreichen Gänge sich die Bestie näherte. Viel Zeit blieb ihr dafür nicht, denn das Poltern und das schaurige Gebrüll kamen immer näher. Hektisch flog ihr Blick herum, bis sie einen sehr schmalen Korridor entdeckte, der auch nicht besonders hoch zu sein schien – auf jeden Fall nicht groß genug für einen Drachen. So hoffte sie zumindest inbrünstig.

Ella drehte sich auf dem Absatz herum und stürmte in die Dunkelheit. Ihr Atem drang keuchend über ihre Lippen, während sie durch die Finsternis hastete, und sie konnte nur hoffen, dass der Drache sie nicht hörte. Sein Fauchen und Zischen klang Unheil verkündend in ihren Ohren und Ella beschleunigte weiter ihre Schritte. Inzwischen hatten ihre Augen sich an die Dunkelheit gewöhnt und sie erkannte, dass der schmale Durchgang weiter vorne breiter wurde und dabei langsam, aber stetig anstieg. Ella ahnte, wo dieser Tunnel enden würde. Sie fragte sich, ob sie nicht besser einfach an Ort und Stelle stehen bleiben und warten sollte, bis der Drache sich wieder verzog.

Doch die Aussicht darauf, Stunde um Stunde zwischen diesen engen Mauern gefangen zu sein, ließ Ellas Blut stocken und trieb ihr den Schweiß auf die Stirn. Es gab nicht viele Dinge, die sie fürchtete, doch Enge und Dunkelheit waren ihr ein Graus. Einen großen Teil ihres Lebens hatte sie unter der Weite des Himmels verbracht – hier jedoch fühlte sie sich wie lebendig begraben. Sie musste hier raus, und zwar schnell. Lieber riskierte sie eine lebensbedrohliche Begegnung mit dem Drachenwesen, als hier unten auch nur eine Sekunde länger als nötig auszuharren.

In der Zwischenzeit war es vollkommen ruhig geworden, Ella vernahm kein Grollen und Brüllen mehr. Auch das Getöse durch die herabfallenden Steine hatte plötzlich aufgehört. Ella tastete sich jetzt nur noch langsam voran. Weiter vorne erkannte sie ein schwaches Licht, das immer heller wurde, je näher sie diesem kam, und schließlich erkannte Ella, dass der Korridor in einen größeren Raum führte. Wie sie bereits vermutet hatte, handelte es sich dabei um das riesige Kaminzimmer, das sie gleich nach ihrer Ankunft betreten hatte – und dort war so viel Platz, dass ein Drache sich frei würde bewegen können.

Ella konnte bereits den Tisch erkennen, an dem sie vor nicht allzu langer Zeit noch gesessen hatte. Sie wusste, dass sie von dort in die große Galerie und schließlich nach draußen gelangen würde – doch die Gefahr, dass der Drache sie erwischte, war ungleich größer als in dem Gang, in dem sie sich gerade befand. Ganz kurz kam Ella der Gedanke, dass sie vielleicht doch auf Razul hätte hören sollen und besser in den unterirdischen Kavernen geblieben wäre. Hier hatte sie allerdings zumindest die Chance, um ihr Leben zu kämpfen. Und sie würde ihre Haut so teuer verkaufen, wie es ihr möglich war.

Ihr Bogen und ihr Köcher standen noch genau dort, wo sie sie abgelegt hatte, und Ella überlegte fieberhaft, ob sie es wagen konnte, zu den Waffen zu gehen und sie an sich zu nehmen.

Ganz sicher war das hier nicht ihre allerbeste Idee, doch Ella gab sich einen Ruck und schob sich bis an den Eingang des Ganges vor. Die große Halle war nach wie vor in helles

Licht getaucht, vom Drachen war keine Spur zu sehen. Weder zerstörte Mauern noch umgestürzte Möbel. Noch immer war es um sie herum still. Zögerlich machte sie einen weiteren Schritt … und dann noch einen.

Ehe Ella sich's versah, hatte sie den Schutz des Korridors verlassen und stand nun mitten im Raum. Sie sah sich nach allen Seiten um, konnte dabei aber nichts Verdächtiges entdecken. Als sie jedoch nach dem Köcher greifen wollte, hörte sie ein Geräusch – und es klang fast so wie das Knistern von aneinanderreibenden Schuppen.

Ella blieb wie angewurzelt stehen und sie spürte, wie Angst ihre Glieder lähmte. Sie hatte sich zwar nach allen Seiten abgesichert, aber dabei war ihr ein kapitaler Fehler unterlaufen: Sie hatte die Decke des Gewölbes außer Acht gelassen.

Langsam wanderte ihr Blick in die Höhe. Jetzt vernahm sie auch das leise Schnaufen und im selben Moment trafen ihre Augen auf einen lebendig gewordenen Albtraum.

Er war fast nicht vom Weiß der Decke zu unterscheiden, wären da nicht die tückisch glimmenden Augen gewesen, die sie von oben herab anstarrten. Mit langen, metallisch aussehenden Klauen krallte sich der Drache im Eis des Deckengewölbes fest, während seine ledernen Schwingen eng an seinem Körper lagen. Das leise Rascheln stammte tatsächlich von den aufgestellten Schuppen, die den gesamten Leib des Ungetüms bedeckten und die sich wie von Geisterhand stetig zu bewegen schienen. Die glühenden Iriden standen im deutlichen Kontrast zu der frostigen Gesamterscheinung, und als der Drache plötzlich sein Maul aufriss und Ella einen Blick auf die nadelspitzen Hauer erhaschen konnte, da entwich ihr zum ersten Mal ein lauter Schrei, der schaurig von den Wänden widerhallte und sich mit dem grauenvollen Gebrüll des Drachen mischte.

Ella flog auf dem Absatz herum. Nur der enge Stollen, in dem sie hierhergelangt war, würde sie jetzt noch schützen können. Doch konnte sie diesen überhaupt erreichen, bevor sich die silbrigen Krallen in ihren Körper bohrten? Ella spürte einen heftigen Luftzug an ihrem Rücken und sie ahnte, dass der Drache ihre Verfolgung aufgenommen hatte. Nur noch wenige Meter trennten sie von der Sicherheit zwischen den Mauern – von dem Ort, an den ihr dieses Ungetüm nicht würde folgen können. Der Dolch, den sie noch immer krampfhaft umklammerte, begann immer heißer zu werden, so als ob er auf die Anwesenheit des Drachen reagierte, und Ella erinnerte sich an Razuls Ermahnung, dass diese Waffe ihr Leben retten könnte.

Ella wusste, dass sie den Gang nicht mehr rechtzeitig erreichen würde. Instinktiv warf sie sich zu Boden und nur den Bruchteil einer Sekunde später flog der eisige Leib des Drachen über sie hinweg. Behände sprang Ella wieder auf die Füße und hechtete erneut los, während der Drache polternd den großen Tisch umriss, wendete und schließlich den nächsten Angriff auf sie einläutete. Ella war so nah am Korridor, doch der Drache war eindeutig schneller. Aus den Augenwinkeln heraus konnte sie den weißen Blitz auf sie zurasen sehen und mit dem Wissen, dass ihr Ende unvermeidlich zu sein schien, stellte sie sich dem Kampf.

Mit weit aufgerissenem Rachen, in dessen Tiefen ein kaltes blaues Feuer loderte, schoss das Drachenwesen auf sie zu. Ella machte sich auf das Schlimmste gefasst – doch dann geschah plötzlich etwas Merkwürdiges. Der Dolch, den Razul ihr überlassen hatte, war so heiß geworden, dass Ella ihn kaum noch festhalten konnte, und in diesem Moment höchster Bedrohung schien er sich wie von Geisterhand zu bewegen. Die Spitze der scharf schillernden Klinge richtete sich von ganz allein aus und im Bruchteil einer Sekunde sah Ella, wie sie auf Razuls Herz zeigte – genau auf die Stelle seiner Brust, hinter der ein schwarzes Leuchten zu pulsieren schien. Die magische Waffe zog so sehr an ihren Fingern, dass Ella genau wusste, würde sie die Klinge loslassen, fände sie ganz von selbst ihr Ziel. Sie zweifelte keine Sekunde daran, dass der Drache dann sterben würde – und mit ihm Razul. Doch immer dann, wenn sie ihre Faust lösen wollte, schob sich Razuls Gesicht in ihre Gedanken und seltsamerweise auch in ihr Herz. Der Griff des Messers brannte jetzt so sehr auf ihrer Haut, dass Ella befürchtete, in Flammen aufzugehen. Und dann sah sie mit einem Mal die einzelne Träne, die aus den Augenwinkeln des Drachen quoll und über seine ledrigen Schuppen lief. Sie erkannte die schmerzhafte Trauer in den Tiefen seiner Iriden und im selben Moment wurde ihr klar, dass sie ihn niemals töten würde. Dass sie den Menschen hinter dem Ungeheuer nicht für die Taten seines zweiten Ichs verantwortlich machen konnte.

Ella wand nun auch ihre zweite Hand um den Griff der winzigen Waffe und sie schrie auf, als ihre Haut zu kochen begann. Sie legte alle Kraft, die sie noch aufbringen konnte, in ihre Arme und schaffte es, die Klinge festzuhalten. Doch dann war der Drache heran und mit ihm die eisig blaue Wolke, die seinem Maul entwich und die geradewegs auf sie zusteuerte.

Razul blinzelte gegen die plötzliche Helligkeit an. Er spürte Kälte unter seiner nackten Brust und den Schmerz, der wie eine Kerze im Windzug immer wieder aufflackerte. Die Sonne stand bereits hoch am Himmel und ihre warmen Strahlen ließen den Schnee glitzern. Die Nacht war vergangen und Razul wunderte sich darüber, dass er anscheinend noch immer in der Nähe seines Palastes war. Der Ruf der Finsternis, der ihn in der vergangenen Nacht ereilt hatte, war so stark gewesen, dass er diesem eigentlich hätte nachgeben müssen. Dass er sich noch immer in den Sommerlanden befand, kam einem Wunder gleich. Stöhnend richtete Razul sich auf und nahm dabei den kupfrigen Geschmack von Blut in seinem Mund wahr. Gleichzeitig strömten verstörende Bilder auf ihn ein.

Razul sah Ella … und wie sie vor ihm davonlief. In seinen Gedanken überschlugen sich die Erinnerungen und er hatte Mühe, sich auf das Wesentliche zu konzentrieren. Je mehr er zu sehen bekam, desto größer wurde seine Angst.

Keine Sekunde später sprang er auf und rannte los, als wären sämtliche Wehrechsen des Feuerwaldes hinter ihm her. Ganz kurz nur war in seinem Geist das Bild aufgetaucht, wie verzweifelt die junge Jägerin versucht hatte, den Dolch festzuhalten, um ihn nicht gegen seine Person zu richten. Dabei war diese Waffe dazu gedacht, sein schwarzes Herz zu durchbohren, falls er ihr in Drachengestalt zu nahe kam. Razul hatte in eindeutiger Absicht die Klinge der Waffe in sein Blut getaucht, sodass diese sich im Ernstfall gegen ihn wenden würde. Es war ein magischer Dolch, geschmiedet aus den metallenen Klauen des ersten Drachen. Wenn diese Klinge einmal losgelassen wurde, dann würde sie ihr Ziel von ganz allein finden – in diesem Fall sein finsteres Herz. Das Mädchen hatte ihn nicht umbringen wollen, obschon sie ahnte, dass er ihr den Tod bringen würde. Die Angst, sie verletzt zu haben, verlieh Razuls menschlicher Gestalt Flügel, und ehe er sich's versah, raste er durch die lange Galerie und schließlich mitten hinein in das Chaos, das der Drache in der letzten Nacht im Prunksaal hinterlassen hatte.

Der riesige Tisch lag zertrümmert neben dem Kamin, die prachtvollen Stühle waren als solche nicht einmal mehr zu erkennen. Riesige Eisbrocken lagen auf dem Boden. Während Razul sich suchend nach Ella umsah, entdeckte er zudem Löcher in der ehemals wehrhaften Mauer. Sonnenlicht sickerte durch die zerstörte Wand in den Raum und ließ das Eis gleich noch heller glitzern. Doch das alles interessierte Razul überhaupt nicht. Er versuchte sich auf ein Lebenszeichen der Jägerin zu konzentrieren – ein winziger Atemhauch würde ihm genügen, doch da war nichts. Er hörte kein Keuchen und auch keinen anderen Laut, der darauf schließen ließ, dass sich hier irgendwo ein lebendiges Wesen aufhielt. Vielleicht war Ella noch immer in den unterirdischen Gewölben und er machte sich ganz umsonst verrückt. Vielleicht funktionierte sein Kopf nicht mehr so, wie er sollte, und die verworrenen Bilder waren das Ergebnis einer Manipulation durch die finstere Sippschaft.

Razul wollte schon auf dem Absatz kehrtmachen und die Räume aufsuchen, in denen er Ella zurückgelassen hatte, als er ein leises Wimmern vernahm. Instinktiv hastete er in die Richtung, aus der das furchtbare Geräusch gekommen war, und befand sich im nächsten Augenblick in einem schmalen Verbindungsgang, der in die Tiefen des Palastes führte. Ein alter Schacht, den in glücklicheren Zeiten die Dienstboten genutzt hatten. Auch hier war die Zerstörung unübersehbar. Trümmer und Schutt bedeckten den Boden und Razul sah die Spuren scharfer Klauen, die versucht hatten, sich einen Weg freizuschaufeln. Dem Urdrachen sei Dank schien es ihm nicht gelungen zu sein, in den Schacht vorzustoßen, und mit einem Mal begann Razuls Herz hoffnungsvoll zu klopfen. Erneut erklang das jammervolle Stöhnen und die Stimme gehörte ganz eindeutig zu seiner kleinen Jägerin – das Mädchen hatte allem Anschein nach die Nacht überlebt. Er raste um die nächste Ecke und dann sah er sie. Sie saß auf dem Boden, den Rücken an die kalte Steinmauer gelehnt, und dabei hielt sie sich mit schmerzverzerrtem Gesicht ihre rechte Hand. Schon von Weitem konnte Razul die schlimmen Verbrennungen und die Blasen auf der zarten Haut erkennen. Er hatte sich also nicht getäuscht. Das Mädchen hatte ihr Leben aufs Spiel gesetzt, um seines zu schützen, und dabei war sie nur sehr knapp einer Katastrophe entronnen.

Als Razul sich neben sie auf den Boden kniete, entdeckte er zudem die Spuren, die der Drache auf ihrem Körper hinterlassen hatte. Die zerstörte Kleidung – durch seine Klauen und durch den eisigen Atem, den er ihr entgegengeschleudert hatte.

Ella zitterte am ganzen Leib und Razul wusste nicht, wo er anfangen oder was er tun sollte. So hilflos hatte er sich bislang nur in dem einen Moment gefühlt, als er mit ansehen musste, wie Chandra der dunklen Magie erlag. Er korrigierte sich – so hilflos hatte er sich nicht einmal in dieser Situation gefühlt. Razul wusste, dass er für den schlechten Zustand der Frau die Verantwortung trug, und die Teile seines Herzens, die nicht von der dunklen Bruderschaft in Ketten gelegt worden waren, krampften sich bei ihrem Anblick vor Unglück zusammen. Und auch der Blick, mit dem sie ihn bedachte – voll von Misstrauen und Furcht –, kroch Razul so tief unter die Haut, dass er meinte ersticken zu müssen.

Trotzdem beugte er sich zu ihr und hob sie ohne große Mühe auf seine Arme, wobei sie auch keine Anstrengungen unternahm, ihn davon abzuhalten. Sie war erschreckend blass und still, und das versetzte Razul gleich den nächsten Schrecken. Bisher hatte sie lautstark für sich und ihre Lieben gestritten – doch in diesem Moment sah sie ihn lediglich mit müden Augen an. Während Razul Ella durch den Korridor nach oben trug, dehnte die Stille sich zwischen ihnen beiden aus und wurde zu einer fast schon unüberwindbaren Mauer.

Erst als Razul sie in seine Gemächer brachte und sie dort auf dem großen Bett niederlegte, erwachte sie aus ihrer Starre. Er wollte sich gerade abwenden, um nach seinen Kräutertinkturen zu suchen, da hielt sie ihn am Arm fest.

»Ich denke, dass du mir eine Erklärung schuldest. Nach dieser Nacht habe ich ein Recht darauf, zu erfahren, was mit dir nicht stimmt.« Sie gab ein schmerzerfülltes Stöhnen von sich, als sie versuchte, sich mit der verbrannten Hand auf dem Laken abzustützen. »Wieso will der Drache mich unbedingt töten, während der Mann doch alles zu unternehmen scheint, um mich zu retten?«

Razul suchte nach einer Antwort. Nach einer Wahrheit, die sie akzeptieren konnte. Doch da war nur eine, und die würde sie mit Sicherheit noch mehr erschrecken, als es die vergangene Nacht bereits getan hatte. Andererseits sah er ihr an, dass sie keine Ruhe geben würde, und so holte Razul tief Luft.

»Weil das Herz des Mannes spürt, dass du zu ihm gehörst – der Drache jedoch dein Leben verlangt, weil er nicht anders kann.«

Kapitel 7

Trau dir selbst, Kind des Lichts!
Du wirst es sein, die Ilestia den Frieden bringt.
Nicht der Drachen Macht und Magie,
sondern einzig die Kraft
deines Herzens wird uns alle retten.
Dein Licht wird am Ende über die Dunkelheit siegen.

(AUS DEN CHRONIKEN DER DRACHEN)

Ella lauschte staunend Razuls Erzählungen von der dunklen Bruderschaft und dem Grauen, das er durch diese finstere Sippe Nacht für Nacht durchleben musste. Mehr als einmal musste sie dabei schlucken. Sie hielt vollkommen still, während der Drachenwandler ihre Wunden versorgte, und hing förmlich an seinen Lippen. Erst als er davon sprach, dass er Ella in Drachengestalt gnadenlos töten würde, unterbrach sie seine feurige Rede.

»Nein, das ist nicht wahr!«, schmetterte sie dem verdutzten

Razul entgegen. »Hättest du deinen Angriff nicht im letzten Augenblick abgebrochen, dann säße ich jetzt nicht in diesem Bett. Ich hatte keine Chance mehr, dem Drachen zu entkommen. Kurz bevor er mich zermalmen konnte, warf er sich herum und streifte mich nur.«

Obwohl Ella wusste, dass sie dem Tode nahe gewesen war, hatte sie den Dolch nicht gegen den Drachen gerichtet. Im Gegenteil, sie hatte sich sogar beharrlich geweigert, Razul zu töten. Irgendetwas hatte sie davon abgehalten. Vielleicht der menschliche Ausdruck in den glimmenden Augen oder die Träne, die über das monströse Gesicht lief. Vielleicht aber auch die Gefühle, die sie jedes Mal in der Nähe dieses Mannes überkamen. Einerseits machte er sie furchtbar wütend, aber andererseits war da auch …

Ella mochte es sich nicht eingestehen, aber Razul hatte etwas an sich, das ihren Körper zum Schwingen brachte. Seit ihrer ersten Begegnung war außerdem kaum ein Tag vergangen, an dem sie nicht an ihn gedacht hätte. Er beherrschte ihre Gedanken und ihr Herz mehr, als sie es jemals hatte zulassen wollen, und dadurch wurde sie verletzlich.

»Das kann ich einfach nicht glauben.« Razul warf das Tuch, mit dem er ihre Verbrennungen gekühlt hatte, zurück in die kleine Schale mit Eiswasser. »Der Drache macht mit allem, was lebt, kurzen Prozess. Er hätte dich auf keinen Fall verschont.«

»Hat er aber und davon lasse ich mich auch nicht abbringen«, erwiderte Ella und sie merkte selbst, dass ihre Stimme trotzig klang. »Im letzten Moment hat er das eisige Feuer in eine andere Richtung gelenkt, sodass mich nur ein Funke davon streifte.« Wieder kam Ella die Träne in den Sinn, auf die sie sich keinen Reim machen konnte. Aber sie schwor sich, dass sie dieses Rätsel lösen würde.

»Eines musst du mir noch erklären: Warum bist du in deiner jetzigen Gestalt so liebenswert? Wieso hat die dunkle Bruderschaft keinen Einfluss auf dich, wenn du am Tag menschlich bist?«

»Den hat sie sehr wohl, aber dagegen kann ich mich noch zur Wehr setzen.« Ella hatte das Wort *noch* sehr wohl vernommen, aber sie wollte Razul keinesfalls unterbrechen. Sie war froh, dass er endlich redete. »In der Gestalt des Mannes habe ich ein ganz normales Herz – der Drache besitzt ein dreigeteiltes, wobei der menschliche Teil der schwächste ist. Sobald das Tier in mir erwacht, tritt alles in den Hintergrund, was mich als Mann ausmacht – übrig bleibt nur die pure Gier, zu töten und zu vernichten. Dafür haben meine dunklen Brüder gesorgt.«

»Wie ist das möglich?« Ella richtete sich auf und vergaß dabei vollkommen ihre Verletzungen. »Ich sitze hier und bin recht lebendig. Auch wenn du es nicht glauben willst, der Drache hat mich verschont!« Razul seufzte und Ella bekam den Eindruck, dass er ihr noch immer keinen Glauben schenken wollte. Sie kam sich vor wie das Kind, das von Barka immer mal wieder gescholten wurde, wenn sie die alten Geschichten anzweifelte.

»Unsere Feinde haben einen Weg gefunden, den Teil der Drachenherzen zu manipulieren, mit dem wir Liebe und Wärme empfinden. Sie haben mich eingefangen und diese Gefühle ausgelöscht – dafür pflanzten sie an diese Stelle Hass, Gier und die reine Mordlust. Und sie können es steuern.« Razul holte tief Luft. Ella konnte ihm ansehen, dass es ihm nicht leichtfiel, darüber zu sprechen, doch sie wollte alles wissen. Sie musste einfach verstehen, was vor sich ging, und vielleicht gab es ja einen Weg, Razul zu helfen – und somit auch ihrem Volk. Er hatte von Wärme und Liebe gesprochen – von all den Dingen, die es früher einmal in Mooresdahl gab. Vielleicht war es möglich, den Winter ebenso zu durchbrechen wie den Fluch, der auf dem Drachenmann lastete.

»Sie können es steuern? Was bedeutet das?«, hakte sie nach.

»Wir wissen bis heute nicht, welcher Art ihre Magie ist, doch sie nimmt uns alles, was gut in uns ist. Sie macht aus uns willenlose Sklaven und die Aufträge unserer Herren sind immer die gleichen: Töten, töten, töten …« Razul schaute Ella tief in die Augen und sie hielt für eine Sekunde die Luft an. In den bernsteinfarbenen Iriden lag eine solche Traurigkeit, wie Ella sie nur selten gesehen hatte. Der Drachenmann litt – da war jeder Zweifel ausgeschlossen. Doch bevor sie etwas erwidern konnte, sprach er weiter.

»Es gibt nur einen einzigen Weg, sich von diesem Bann zu befreien.«

»Es gibt also eine Möglichkeit!« Ella wischte Razuls Hand, mit der er erneut einen kühlen Umschlag auf ihre Haut aufbringen wollte, ungeduldig zur Seite. »Dann frage ich mich, wo dein Problem liegt? Hol dir deine Würde und dein Leben zurück!«

Die Augen des Drachenmannes begannen unheilvoll zu funkeln. Und nicht nur das. Die wenigen Schuppen in seinem Gesicht raschelten leise und stellten sich minimal auf. Das weiße Haar, das so seidig auf seine Schultern fiel, wehte in einer nicht vorhandenen Brise, und Ella wusste: Das war ein sicheres Anzeichen für Zorn – so viel hatte sie bereits herausgefunden.

»Wenn es so einfach wäre, hätte ich das schon lange gemacht«, fauchte er sie an und für den Bruchteil einer Sekunde blitzte der Drache hervor. »Sobald ich mich der Brücke von Quai'Aahruza nähere, wird der Druck, der auf mich ausgeübt wird, immer stärker. Selbst hier in den Ebenen von Maphradun spüre ich die Gegenwart des Bösen in jeder Sekunde. Und auch als Mensch bin ich nicht mehr vor ihnen sicher. Nur …« Er brach ab und starrte Ella abwartend an. So durchdringend, dass ihr warm wurde … aber auch ein bisschen seltsam.

»Nur was?«

»Nur in deiner Nähe höre ich ihren Ruf kaum. Es ist, als ob du ihn von mir fernhältst. Wie ein Windhauch, der meinen Körper streift – so fühlt es sich gerade an. Ich weiß, dass sie mich rufen, aber sie können mich nicht wirklich erreichen. Besser kann ich es dir auch nicht erklären.« Razuls Worte versetzten Ella einen Stich. Bis vor wenigen Tagen hatte sie die Existenz von Drachen noch vollends geleugnet und jetzt saß eines dieser Wesen neben ihr auf der Bettkante und erklärte ihr, dass sie die Macht besaß, das Böse von ihm fernzuhalten. Dabei war sie doch nur ein schwacher Mensch – eine Jägerin zwar, aber Magie beherrschte sie nicht. Zumindest nicht, soweit sie es wusste. Allerdings hatte Razul mit so viel Ernst in der Stimme gesprochen, dass sie ihm einfach glauben musste.

»Du sagtest, dass der Zauber gebrochen werden kann. Erzähl mir davon.« Ella wusste, dass sie sich auf ein ziemlich gewagtes Unterfangen einließ, wenn sie weiterhin in Razuls unmittelbarer Nähe blieb. Sie durfte sich auf keinen Fall darauf verlassen, dass sich der Drache auch bei ihrem nächsten Zusammenstoß zurückhalten würde – obwohl sie insgeheim ahnte, dass er ihr kein Leid zufügen konnte. Diese Gewissheit hatte sie in der letzten Nacht erlangt, als sie so unfassbar dumm gewesen und nicht in den felsigen Gewölben geblieben war. Im Gegensatz zu Razul, der sich anscheinend nicht mehr an ihren nächtlichen Zusammenstoß erinnern konnte, stand er ihr noch immer sehr lebhaft vor Augen. Und auch die Worte, die er zu ihr sprach, nachdem er sie auf dem Bett abgelegt hatte. Dass er spüre, sie gehöre zu ihm. Ella betrachtete das Drachenwesen und versuchte dabei vergeblich das Verlangen in ihrem Körper zu ignorieren. Seit Razul sie in seinen Armen hierhergetragen und sie die bloße Haut seines Oberkörpers gespürt hatte, konnte sie ihre Hände kaum davon abhalten, die gestählten Muskeln erneut zu berühren …

Razul konnte es nicht fassen. Die junge Frau hatte nicht gleich schreiend das Weite gesucht – im Gegenteil! Sie war sehr beherrscht und versuchte sachlich zu ergründen, wo das eigentliche Problem zu finden war. Dass sie sich dabei auch noch von ihm helfen ließ, dass er ihre Wunden säubern und behandeln durfte, war mehr, als Razul zu träumen gewagt hatte. Und so fiel es ihm auch nicht schwer, sich ihr gegenüber zu öffnen. Dann jedoch fragte sie, wie man den Bann brechen könnte, und sein Herz hatte für ein paar Momente schmerzhaft laut in seiner Brust gepocht. Für den Bruchteil einer Sekunde hatte er so etwas wie Hoffnung empfunden, wo es keine geben durfte – denn es war viel zu gefährlich, der dunklen Bruderschaft entgegenzutreten. Solange er dem Schlachtfeld fernblieb, bestand keine Gefahr, dass er einen seiner Brüder angriff und ihn dem gleichen Grauen aussetzte, das ihn vor nicht allzu langer Zeit gepackt hatte. Er musste zusehen, dass er stark genug blieb, den flüsternden Stimmen in seinem Kopf zu widerstehen. Er durfte keinesfalls schwach werden und erst recht durfte er Ella nicht verletzen. Das stand für ihn an erster Stelle.

Seit er sie in den Armen gehalten hatte, war das Bedürfnis, sie zu schützen, noch stärker geworden, und auch der Wunsch, ihr nahe zu sein – sie zu berühren. Ehe er sich's versah, hob er die Hand und sein Finger strich vorsichtig über ihre blasse Wange. *Seide,* schoss es ihm durch den Sinn und gleich darauf fühlte er ein seltsames Flattern in seinem Bauch. So als ob eine Horde Breassels in seinem Inneren eine rauschende Ballnacht feiern würden. Seine Fingerkuppen begannen zu kribbeln und sein Herz pochte überlaut. Er konnte sich kaum auf etwas anderes konzentrieren als auf die Frau, die ihn erwartungsvoll ansah. Sehr zu seinem Ärger schien sie sich besser im Griff zu haben als er. Sie atmete ein bisschen schneller, aber das war auch schon alles.

Antworten! Er musste unbedingt antworten. Das war allerdings gar nicht so einfach, wo ihm doch bereits die Frage abhandengekommen war. Was war es noch gleich, was sie wissen wollte?

»Razul?« Ihre himmelblauen Augen leuchteten ihm entgegen und er hätte gerade alle Reichtümer der Welt dafür gegeben, die rot glänzenden, leicht geöffneten Lippen mit den seinen zu berühren. Sie schienen ihn regelrecht zu locken – wie reife Eisbeeren unter einer Schicht aus weißem, jungfräulichem Schnee. »Ich möchte wissen, wie ich dir helfen kann. Was muss ich tun, damit du von dem Zauber befreit wirst?«

War ihr die vergangene Nacht denn wirklich keine Lehre gewesen? Jetzt erst wurde Razul so richtig bewusst, wie knapp Ella mit dem Leben davongekommen war. Dass sie jetzt schon wieder bereit war, es für ihn aufs Spiel zu setzen, erschreckte ihn. Angst schien sie wahrlich keine zu kennen.

»Ich kann mein Herz nur dann zurückerlangen, wenn ich mich demjenigen stelle, der es mir genommen hat. Erst wenn er tot ist, wird alles wieder so sein wie zuvor. Und genau dieser Weg ist mir versperrt.« Und das würde er auch bleiben. Darüber war er sich bewusst – auch wenn ihn diese Tatsache schier um den Verstand brachte. In diesem Moment mehr als zu jedem anderen Zeitpunkt. »Solltest du versuchen, mir zu helfen, wirst du sterben – entweder durch den Drachen oder auf dem Weg der Unendlichkeit.«

Jordus und seine beiden Begleiter erreichten die Brücke von Quai'Aahruza um die Mittagszeit. Immer wieder hatte er sein magisches Netz nach Razul ausgeworfen. Es hatte Raum und Zeit überwunden, aber nichts bewirkt. Sein Ruf verpuffte, und das versetzte Jordus in Panik. Er wusste genau, dass Verex keine Gnade kennen würde, wenn er fehlte. Sollte er ohne Razul zurückkehren, war sein Tod gewiss. Auch unmittelbar vor der Barriere – am Weg der Unendlichkeit – erhielt Jordus keine Antwort von dem mächtigen Weißdrachen. Selbst mit vereinten Kräften gelang es nicht, den Drachen zu bezwingen.

Jordus blickte nachdenklich auf die Brücke von Quai'-Aahruza. Dabei handelte es sich um eine sehr lange, steinige Felsverbindung zwischen den beiden Ländern, die den Ozean teilte. Sie war schmal und gefahrvoll, doch das war es nicht, was ihn zögern ließ, sie zu betreten, schließlich hätte er den Ozean auch überfliegen können. Doch die elende Drachensippe hatte ihnen den Weg in die Sommerlande versperrt und nur wenigen aus der dunklen Bruderschaft gelang es, die machtvolle Magie auszuhebeln und den Weg der Unendlichkeit zu überstehen. Jordus war sich nicht sicher, ob er es schaffen konnte, denn auf diesem schmalen Pfad musste sich jeder seinen dunkelsten Ängsten und größten Albträumen stellen. Eigentlich hatte Jordus keine verborgenen Ängste – zumindest war er sich dessen nicht bewusst. Das war wahrscheinlich auch der Grund, warum Verex ihm diesen heiklen Auftrag gegeben hatte. Der Mächtigste unter ihnen setzte das Vertrauen in ihn und allein diese Tatsache hätte ihn eigentlich mit Stolz erfüllen sollen. Stattdessen überwog jedoch das nackte Grauen, sich der Magie seiner lichten Brüder stellen zu müssen.

Jordus warf einen Blick auf die beiden steinernen Wächter, die die Brücke von Quai'Aahruza flankierten. Riesengroße Drachenstatuen ragten über den Weg auf. Ihre Augen funkelten im trüben Licht geheimnisvoll und schienen ihn zu verspotten. Schienen ihm sagen zu wollen, wie erbärmlich er doch war und wie feige. Seine Begleiter würden ihm nicht folgen können – das schafften nur die Stärksten unter ihnen –, aber sie würden ihn decken und dabei helfen, den Weg zu öffnen. Jetzt! Bevor Jordus der Mut vollkommen verließ.

Der finstere Drache ließ seine Magie fließen und merkte sogleich, wie das Portal ihm antwortete – zögernd und mit einer gleißenden Helligkeit, die ihn zu versengen drohte. Dann jedoch waren seine beiden Gehilfen zur Stelle – Regoor und Oxpal griffen ein und durchbrachen die Barriere. Der geballten Macht dreier Angehöriger des Bundes konnte auch der Weg der Unendlichkeit nicht standhalten. Jordus sah, wie sich zwischen den beiden Wächtern etwas bewegte. Wie die Luft schimmerte und schillerte wie feinstes Perlmutt. Ein seltsamer Klang erfüllte die Luft, so als würden underte Glöckchen leise bimmeln. Eine Sekunde später konnte Jordus ungehindert auf die Brücke schauen, auf den zerklüfteten Felsen mit den nadelspitzen Steinen. Der Weg sah vollkommen unscheinbar aus, doch Jordus wusste es besser. Viel zu oft hatte er schon die Opfer gesehen, die dieser Brücke in letzter Sekunde entkommen waren. Sie taugten gerade noch, um die Selkisvögel mit ihnen zu füttern, und Jordus wollte ganz bestimmt nicht so enden. Noch weniger wollte er allerdings Verex gestehen müssen, dass er versagt hatte, also straffte er seine massige Gestalt und erhob sich in die Lüfte.

Je näher er den beiden steinernen Wächtern kam, desto mehr zog sich sein schwarzes Herz zusammen. Er spürte bereits den Zauber, den sie auf seinen Geist ausübten – mit dem sie ihn daran hindern wollten, die Brücke zu betreten. Er fühlte die Wellen der Angst, die ihn ergriffen, während er geradewegs in seine eigene Hölle flog.

Zunächst geschah nicht viel, doch dann sah er auf einmal die Frühlingswiese in den Sommerlanden. Das Reich, über das er einst geherrscht hatte, als er noch nicht Jordus war – als er noch auf der anderen Seite stand. Kurz darauf entdeckte er sie – ein blühendes Leben, die Frau, die er getötet hatte, um nicht dem Fluch der Sterblichkeit zu erliegen. Er sah die Liebe in ihren Augen leuchten, das Vertrauen, das sie ihm entgegenbrachte und das er so schmählich verriet.

Jordus begann zu zittern, denn jetzt ahnte er, was der Weg der Unendlichkeit für ihn bereithielt – einen Blick in seine eigene, finstere Seele, und davor fürchtete er sich ganz besonders. Die Bilder, die seinen Kopf fluteten, gingen einher mit den Geräuschen, den Gerüchen und den Gefühlen, die er am liebsten für alle Zeiten verbannt hätte. Er tauchte ein in seine eigene Vergangenheit und hielt Valandra in den Armen – die Frau, die das Drachenherz bezwungen hatte – sein Herz. Es hatte nur noch der letzte Schritt gefehlt. Jener, der aus ihm ein sterbliches Drachenwesen machte, doch dazu hatte er es nicht kommen lassen. An diesem wunderschönen Tag unter den Bäumen seines Palastgartens hatte er Valandra verraten – ihre Liebe, ihre Hingabe und ihr Vertrauen ebenso vernichtet, wie er ihren Leib zerbrochen hatte. Jordus erinnerte sich noch genau an das Gefühl, als sie in seinen Armen starb und das Licht in ihren Augen und in seinem Herzen für immer erlosch. Seine Unsterblichkeit hatte er zwar behalten, aber dafür sein Leben eingebüßt. Wellen von purem Entsetzen und namenlosem Grauen schüttelten ihn, während er noch einmal den Moment erlebte, wie jeglicher Funke von Wärme in seinem Inneren erstarb. Jordus merkte, wie er an Höhe verlor und nicht mehr auf dem rechten Kurs war. Die nadelspitzen Felsen schienen ihn zu locken, ihm regelrecht zuzurufen, sein Leben hier und jetzt zu beenden. Doch das war nur eine Illusion, der er nicht erliegen durfte. Nicht, wenn er seinen Herrn zufriedenstellen wollte.

Der Gedanke an Verex beschwor gleich den nächsten Albtraum in seinem Geist. Er sah den schwarzmagischen Drachen nicht in seiner eigentlichen Gestalt, sondern nur das finstere Innenleben, das ihn zu dem machte, was er war. Schwarz wie Teer und Übelkeit erregend. Die Angst bohrte sich mit kalten Fingern unter seine Haut. Seine Flügelschläge wurden immer träger und schließlich begann Jordus zu fallen. Er taumelte und konnte sich nicht mehr in der Luft halten.

Jordus schlug hart auf dem Boden auf. Steine und Geröll spritzten auf und bedeckten ihn mit Staub. Keuchend wand er sich unter der Last der bedrückenden Bilder, und obschon er wusste, dass alles nur eine Illusion war, schaffte er es nicht, sich zu bewegen. Schwer atmend blieb er auf dem Boden liegen und wollte sich schon fast ergeben, da streifte ihn ein winziger Hauch von dunkler Energie. Eine Spur von Macht, die er bereits verloren geglaubt hatte. Die geheimnisvoll wispernden Stimmen rings um ihn herum flüsterten immer lauter und eindringlicher, so als spürten sie genau, dass er sich ihrem Zugriff entzog.

Mühevoll stemmte er sich hoch, ging wieder zu Boden und kämpfte gegen den Zauber der Drachengilde an. Sein Auftrag war klar. Sollte er ihn nicht ausführen, gab es für ihn keine Rückkehr in die dunklen Gefilde und allein konnte er nicht auf Dauer in den Sommerlanden bestehen. Razul musste ihm folgen oder sterben. Verex' Befehl war unmissverständlich.

Jordus gelang es, sich ein paar Meter vorwärtszuschleppen, und er sah schließlich zu den beiden Statuen auf, die das Ende des Weges markierten. So nah und doch so unerreichbar fern. Wieder sank er in den Staub und wurde von Gefühlen übermannt – von Valandra und ihrer Liebe zu ihm. Er sah sich selbst durch ihre Augen und den Schmerz über seinen Verrat. Sein schwarzes Herz stockte für einen Moment und dort begann sich ein Licht zu regen, das Jordus nicht haben wollte. Mit aller Kraft kämpfte er dagegen an. Er brüllte seinen Zorn und seine Ablehnung in den Himmel, der an diesem Ort keinerlei Farbe zu haben schien. Wieder flutete ihn die schwarze Magie – dieses Mal um einiges stärker als vor wenigen Augenblicken und jetzt schaffte er es tatsächlich, auf die Beine zu kommen. Seine Flügel schlugen kraftlos um sich, doch seine Beine trugen ihn taumelnd auf den Ausgang zu. Der Klumpen in seiner Brust hämmerte hart gegen seine Rippen. Übelkeit und Grauen schüttelten ihn so sehr, dass er am Ende zusammenbrach, kaum dass er die Brücke von Quai'Aahruza endlich hinter sich ließ. Ausgelaugt blieb er auf dem kühlen Untergrund liegen. Als er schließlich den Kopf hob, erschrak er tief in seiner dunklen Seele. Betreten hatte er den Weg der Unendlichkeit am helllichten Tage, doch jetzt breitete sich bereits die Abenddämmerung über das Land – er hatte mehrere Stunden auf der Brücke zugebracht. Stunden, die ihn noch immer vor Entsetzen zittern ließen. Und er wusste, dass er jetzt keine Zeit mehr verlieren durfte. Der Augenblick, in dem Razul sich wandeln würde, war ganz nah.

KAPITEL 8

Der Weg der Unendlichkeit ist Leben,
der Pfad der dunklen Bruderschaft der Tod.
Erkenne dich selbst, Finsterer,
und erschauere vor deinem Tun!

(AUS DEN CHRONIKEN DER DRACHEN)

In den letzten Stunden war Ella merkwürdig still und in sich gekehrt gewesen und Razul war immer unsicherer geworden. Es wäre ihm fast lieber gewesen, wenn sie ihn weiterhin mit ihren unzähligen Fragen an den Rand des Wahnsinns getrieben hätte.

Als sich der Tag dem Ende neigte, saß Razul neben Ella in der großen Halle. Der Tisch, den er in der letzten Nacht zerstört hatte, war wieder wie neu. Sogar die filigrane Tischdecke war ohne einen Makel. Warmer Kerzenschein beleuchtete die Tafel und Ellas Gesicht, die staunend ihren Blick über die verschiedenen Speisen wandern ließ. Ihr schien zu dämmern, dass in seinem Heim nichts so war, wie sie es kannte – alles war magisch.

Eine dampfende Suppe, die einen köstlichen Geruch verströmte, stand vor der jungen Frau. Da Razul nicht wusste, welche Speisen sie mochte, hatte er Brot, Früchte und Käse ebenso aufgetischt wie Wein, Bier und einen Krug mit einfachem Quellwasser.

Ihren grimmigen Hunger hatte er bereits wahrgenommen, als er ihre Wunden versorgte, doch bisher hatte sie sich standhaft geweigert, etwas zu sich zu nehmen. Sie schien die Magie des Schlosses zu spüren, und diese behagte ihr nicht.

Plötzlich drang ein seltsamer Laut über Ellas Lippen und Razul sah sie fragend an. Ihren Gesichtsausdruck konnte er nicht deuten. Auch wenn sie lächelte – es wirkte seltsam gequält. Den Löffel, den sie gerade noch zum Mund führen wollte, ließ sie wieder sinken.

»Razul?«

Er horchte auf. Irgendetwas bewegte Ella so sehr, dass sie ihre Stirn runzelte und ihre Augen einen sorgenvollen Ausdruck annahmen.

»Was ist los?« Razul bemühte sich um einen ruhigen Ton, doch das war gar nicht so einfach. Ihr offensichtlicher Kummer berührte ihn tief.

»Ich kann das nicht.« Ella senkte den Blick und schaute auf ihre Finger. Dabei übermannte Razul wieder das warme Gefühl, das ihn ständig in ihrer Nähe überkam. Auch die Breassels in seinem Bauch meldeten sich wieder zu Wort. Erst recht, nachdem sie mit sanfter Stimme weitersprach. »Menschen sterben. Menschen, die ich liebe und die ich kenne, seit ich denken kann. Sie verhungern vor meinen Augen und ich sitze hier an einem reich gedeckten Tisch.« Angewidert schob sie den Teller von sich. »Du hast versprochen, dass du Mooresdahl versorgen wirst, solange ich mich bereit erkläre, hier mit dir zu leben. Wie lange soll das sein? Bis ich im hohen Alter irgendwann sterbe? Und was ist danach? Was ist mit den vielen anderen Dörfern im Umland, deren Bewohner genauso leiden?«

Ella konnte nicht wissen, was sie da eigentlich von Razul verlangte. Noch hatten die Drachen der Sommerlande eine echte Chance. Sie war zwar nur winzig, doch immer noch vorhanden. Je mehr seiner Kameraden allerdings auf die andere Seite gezogen wurden, desto mehr verschob sich auch das Kräfteverhältnis. Und falls die finsteren Gegner ihn wieder zu ihrem Werkzeug machen konnten, würde auch er Jagd auf seine Freunde machen und dabei helfen, sie zu wandeln. Irgendwann würde niemand mehr gegen die Finsternis ankämpfen und dann waren alle Dörfer und alle Menschen in den Sommerlanden verloren. Die dunkle Bruderschaft würde kein Wesen verschonen, allein aus dem Grund, weil sie das Leben hassten.

»Ellianne … es tut mir leid.« Razul spürte, dass ihm ihre Worte Unbehagen bereiteten, und er griff aufgewühlt nach ihrer Hand. Er sah auf ihre schlanken Finger, die sich wie selbstverständlich mit seinen verflochten. Dabei konnte er ihren Herzschlag fühlen, und das ließ ihn tatsächlich für einen Moment vergessen, dass die junge Frau nicht freiwillig in seinem Schloss war. Mit der anderen Hand hob er behutsam ihr Kinn an. Als sie den Blick hob, um ihm in die Augen zu schauen, öffneten sich ihre rosigen Lippen und ein sehnsuchtsvoller Ausdruck stahl sich in ihre Augen. Ein Funkeln, das Razul nicht übersehen konnte und das sein Herz in Aufruhr versetzte.

Er räusperte sich, denn plötzlich hatte er das Gefühl, die Atmosphäre zwischen ihnen würde sich verändern. Der Drang,

Ellas Lippen zu berühren, wurde immer größer – so groß, dass Razul an nichts anderes mehr denken konnte.

Er musste etwas sagen. Ganz schnell, bevor er etwas tat, was nicht gut für ihn war. »Wenn ich … wenn ich einen Weg wüsste, die Sommerlande wieder in ein blühendes Paradies zu verwandeln, ich würde ihn gehen. Doch die schwarze Bruderschaft ist unbesiegbar. Nur wenn ich meine wahre Magie, wenn ich mein Herz zurückerlange, bin ich in der Lage …« Plötzlich stutzte er. Irgendetwas war nicht so, wie es sein sollte. Seltsam dunkle Schwingungen erfüllten mit einem Mal die Luft, gefolgt von einem weit entfernten Donnergrollen. Wind rüttelte heftig an den Außenmauern seines Schlosses und das bedrohliche Heulen nahm sekündlich zu. Razul schoss in die Höhe und bemerkte, wie der Drache in ihm sich regte – obwohl es noch viel zu früh dafür war. Eigentlich hätte er noch mindestens zwei Stunden Zeit haben sollen. Schon begann sein Sichtfeld ein anderes zu werden und ein heftiges Reißen fuhr durch seinen Körper. Ganz am Rande bekam er mit, wie Ella aufsprang, wie etwas klirrend zu Boden fiel.

»Renn!«, brüllte er ihr entgegen. »Du weißt wohin …« Im selben Moment krümmte er sich bereits und sein Gesicht begann sich zu verändern. Nicht mehr lange und die Verwandlung war vollzogen. Nicht mehr lange und er würde Jagd auf Ella machen. Doch die stand einfach nur stocksteif am anderen Ende des Tisches und beobachtete schreckensstarr, was mit ihm geschah.

»LOS JETZT!« Er schrie sie an, denn wenn sie nicht endlich machte, dass sie hier wegkam, würde sie in kürzester Zeit in einer Lache ihres Blutes auf dem Boden liegen.

»Was …?«, wisperte sie atemlos, machte aber noch immer keine Anstalten, sich in Sicherheit zu bringen.

»Keine Zeit … für Erklärungen …« Ein tiefes Knurren drang aus seiner Kehle. »Etwas … stimmt nicht …« Und jetzt endlich schien sie zu begreifen. Ihr Blick huschte zu dem schmalen Durchgang und Razul fiel ein Stein vom Herzen. Dorthinein würde er ihr nicht folgen können.

Ella rannte los, während er in die Knie brach und die Schmerzen der Wandlung willkommen hieß. Gleichzeitig schärften sich seine Sinne und er erfasste die finsteren Schwingungen, die sich tief in seinen Leib fraßen, ihn aber trotzdem nicht wirklich einfangen konnten.

Bisher hatte er dem Ruf der schwarzen Sippe immer widerstehen müssen. Ihre Magie war bezwingend gewesen und schmerzhaft in ihrer Heftigkeit. Dieses Mal war ihm die Dunkelheit viel näher als sonst, doch er schaffte es noch immer, sich gegen sie zu stemmen.

Die riesigen Flügel schossen aus seinem Körper und Razul hörte es poltern, doch dann vernebelten sich seine Gedanken und machten dem Tier Platz – dem Drachen, der seinem Zorn freien Lauf ließ. Razul hastete durch die Galerie ins Freie und sog die eisige Nachtluft tief in seine geblähten Nüstern. Die Feinde waren hier – in den Sommerlanden. Einem von ihnen war es gelungen, den Weg der Unendlichkeit zu passieren. Und er war ganz in der Nähe. Razuls empfindliche Drachensinne nahmen Geschrei wahr. Knistern und lautes Krachen drangen an sein Ohr, und dass er all das so deutlich wahrnahm, erschreckte ihn zutiefst. Was ihn allerdings faszinierte, war die Tatsache, dass er noch immer einigermaßen klar denken konnte. Noch hatte er sich nicht in den Himmel erhoben – noch war der Drache in ihm kontrollierbar.

Doch dann hörte Razul plötzlich das leise Wimmern eines Kindes. Wut, Zorn und Hass drangen wie mit spitzen Nadeln in ihn ein, doch diese Gefühle richteten sich seltsamerweise nicht gegen die Menschen im Dorf, sondern gegen den Angreifer. Den Drachen, der in sein Revier eingedrungen war und Schaden anrichtete.

Ehe er sich's versah, befand Razul sich in der Luft und entfachte einen Sturm, der die Wipfel des Flammenwaldes wild auflodern ließ. Hagel trieb aus dunklen Wolken und die Eiskugeln hämmerten auf seinen Körper ein, konnten ihm aber nichts anhaben. Seine gesamte Aufmerksamkeit galt nun Mooresdahl.

Ella war in den schmalen Tunnel geflohen, der ihr schon einmal das Leben gerettet hatte. Razuls Verwandlung war so plötzlich und unkontrollierbar über ihn hereingebrochen, dass es ihn selbst erschrocken hatte.

Natürlich war sie nicht gleich in die unteren Kellergewölbe geflohen. Sie hatte sogar seine Verwandlung mit angesehen und konnte noch immer nicht wirklich glauben, was sich vor ihren Augen abgespielt hatte. Zum ersten Mal hatte sie Razul in seiner Gestalt als Drache in Ruhe betrachten können und es überlief sie noch jetzt ein kalter Schauer, wenn sie an seine schiere Größe und Kraft dachte – und an die eisige Aura, die ihn umgeben hatte. Sie hatte die Kälte bis tief in ihr Herz hinein spüren können.

Ella hatte damit gerechnet, dass der Drache sich sogleich auf ihr Versteck stürzen würde. Doch stattdessen drehte er sich um und raste aus dem Saal. Ella schwante Böses. Sie spürte, dass sie gebraucht wurde, und irgendwie war es, als ob sie plötzlich Dinge wahrnahm, die bisher außerhalb ihrer Reichweite gelegen hatten.

Statt jedoch weiter darüber nachzudenken, schlich sie sich auf leisen Sohlen wieder in die riesige Halle und griff ihre Waffen, die dort am Kamin lehnten. Auch die dicke Jacke zog Ella über. Der Sturm, der über den Palast brauste, sollte sie eigentlich innerhalb der dicken Mauern halten, aber sie musste einfach wissen, was vor sich ging. Erst recht, nachdem sie das Geräusch gigantischer Flügel vernommen hatte, die sich vom Schloss zu entfernen schienen. Razul war aufgebrochen – doch wohin?

Ella zurrte ihre Jacke fest, setzte die Kapuze auf und befestigte ihre Waffen. Das dauerte alles viel zu lange. Sie befürchtete, dass es auf jede einzelne Sekunde ankam und dass etwas Furchtbares geschehen würde, wenn sie nicht rechtzeitig Razul erreichen konnte.

Der Sturm blies ihr eisige Hagelstücke ins Gesicht und jedes einzelne brannte wie Feuer auf ihrer ungeschützten Haut. Die Ebene bis zum Flammenwald schien endlos weit. Doch auf keinen Fall durfte Ella stehen bleiben. Sie musste sich bewegen, und das schneller als jemals zuvor. Jeder vernünftige Jäger würde bei diesem Sturm in seiner Hütte bleiben – aber vernünftig war sie noch nie gewesen. Barka behauptete immer, dass sie einen Dämon im Leib hätte – hoffentlich hielt dieser sie jetzt auch warm.

Als Ella am Fuß des Felsmassivs ankam, fühlten sich ihre Hände und Füße bereits taub an. In ihren langen Wimpern klebten Eiskristalle und der Wind pfiff so schneidend um ihre Gestalt, dass er den dichten Pelz durchdrang. Das war es allerdings nicht, was ihr Blut zum Stocken brachte – sondern die

Tatsache, dass der Himmel in weiter Ferne zu glühen schien. Trotz des Hagels und des dichten Schneetreibens konnte sie das feurige Rot am Horizont erkennen – und es stammte keinesfalls vom Flammenwald. Dessen Feuerzungen loderten zwar um einiges höher und auch sehr viel kräftiger als sonst, aber nicht stark genug, um die finsteren Wolkenbänke in ein Fanal zu verwandeln.

Ella war in Versuchung, einfach loszurennen, doch sie zügelte sich eisern. Wusste sie doch ziemlich genau, dass sich dabei ihre Kräfte viel zu schnell verbrauchen würden. Stattdessen verfiel sie in den leichten Trott, den Trexos ihr in der Ausbildung beigebracht hatte und den sie notfalls mehrere Stunden durchhalten konnte.

Der Schnee auf der Wiese erschwerte ihr Vorankommen, doch es dauerte nicht lange, bis sie in den Schutz des Waldes eintauchte und an Tempo zulegen konnte. Das kalte Nass zwischen den Bäumen war fast gänzlich getaut, was Ella wunderte. Als sie diesen Weg zwei Tage zuvor beschritten hatte, lag zwischen den Stämmen immer noch so viel Schnee, dass es das Laufen mühsam machte. Jetzt rannte sie gerade über altes Laub und Erdreich – etwas, das sie seit vielen Jahren nicht mehr gesehen hatte. Und tatsächlich wurde ihr dabei so warm, dass sie sich die Kapuze vom Kopf zog.

Je näher sie dem Glühen am Himmel kam, desto mehr Einzelheiten nahm sie wahr. Sie hörte das laute Krachen wie von einer gewaltigen Explosion und schließlich auch das furchterregende Knistern und Prasseln eines gigantischen Feuers. Es brannte in ihrem Heimatdorf – daran bestand in diesem Moment kein Zweifel. Ella raste los. Ihr Blut kochte und die Angst verlieh ihr Flügel. Immer lauter wurden die Schreie der Menschen – von Nachbarn, Freunden und Bekannten –, und als Ella den Wald verließ, da war ihr Herz in wildem Aufruhr. Wo waren ihren Liebsten? Was war mit Tabor und Erek? Mit der alten Barka? In dem Chaos konnte sie nicht das Geringste erkennen.

Direkt vor ihren Augen brach donnernd das Gemeindehaus in sich zusammen. Aus den Trümmern schälte sich ein Albtraumgeschöpf – viel größer und gewaltiger als der weiße Drache, der über der Stadt kreiste und offenbar nur darauf wartete, dass sich der Widersacher erhob und ihn erneut angriff. Die schwarze Panzerung des Ungetüms schillerte wie ranziges Lampenöl und war so finster, dass sie jedes Licht zu schlucken schien. Die Augen sahen aus wie zwei schwarze Kugeln aus glänzendem Onyx, in denen ein unheimliches rotes Feuer tanzte. Grauenhafte Pranken, mit Krallen, so lang wie Ellas Arme, pflügten den Boden auf. Selbst Razul wirkte gegen den schwarzen Drachen fast schon wie ein flauschiger Breassel.

Das Ungeheuer kroch über die Reste des brennenden Versammlungshauses, riss sein gigantisches Maul auf und spie Razul eine Flammenwand entgegen, der er nur mit Mühe ausweichen konnte. Doch der schwarze Drache dachte gar nicht daran, es dabei zu belassen. Er spannte seine Flügel auf, schoss in den Himmel und attackierte Razul mit Klauen und Zähnen. Sein weißer Leib blutete bereits an mehreren Stellen und Ella war sich sicher, dass er nicht mehr lange durchhalten würde. Doch im Augenblick konnte sie nichts für ihn tun – für die Menschen von Mooresdahl sehr wohl. Ella verbot sich streng, auch nur einen Augenblick über Razuls Schicksal nachzudenken, denn wenn sie ihren Brüdern, Barka und all den lieb gewonnenen Menschen helfen wollte, musste sie sich auf das konzentrieren, was im Dorf geschah.

Im Schein des Feuers nahm Ella jetzt Trexos wahr – gleich neben ihm standen Tabor und einige andere Jäger. Sie bildeten eine Linie und versuchten mit ihren Langbögen das Dorf zu verteidigen, doch Ella wusste, dass das vergebene Mühe war. Kein Pfeil würde den harten Panzer durchbrechen.

Sie rannte los. Im Hintergrund versuchten einige Dorfbewohner das Feuer daran zu hindern, auf die Wohnhäuser überzuspringen. Zwei der kargen Hütten brannten bereits und es war nur noch eine Frage der Zeit, bis das ganze Dorf in Flammen aufgehen würde.

Plötzlich erklang über ihr ein brüllendes Fauchen. Gleich darauf strich der schwarze Drache knapp über ihren Kopf hinweg und der mit Widerhaken besetzte Schwanz peitschte durch die Luft. Ihren Instinkten hatte Ella es zu verdanken, dass sie sich, ohne zu zögern, auf den Boden fallen ließ. Doch da warf sich das Ungetüm herum und raste erneut auf sie zu. Ganz augenscheinlich hatte das Biest es auf sie abgesehen, denn die anderen Menschen, die dem Drachen viel näher waren, interessierten ihn nicht.

Ella stand auf der freien Schneefläche, direkt am Dorfeingang und nicht weit entfernt vom Gemeindehaus. Dort gab es keine Deckung – kein Versteck lag in Reichweite. Wie gelähmt schaute sie in die toten Augen des Drachen, in die schwarzen Iriden, die ihr Höllenqualen verhießen. Ella riss den Dolch aus der Scheide. Sie spürte sogleich, wie die Klinge sie in Razuls Richtung zog, weg von dem schwarzen Drachen, der sie gleich erreicht haben würde. In diesem Moment erinnerte sie sich daran, dass die Waffe dazu gedacht war, sich gegen den weißen Drachen zu verteidigen – und gegen niemanden sonst. Der Griff in ihrer Hand heizte sich auf, genau wie beim ersten Mal, als sie diesen magischen Dolch in Händen hielt.

Der Rachen der Bestie war weit geöffnet und Ella konnte das Feuer in den Tiefen lodern sehen. Etwas stieß sie hart in die

Seite, und nur den Bruchteil einer Sekunde später hämmerte eine Flammenbrunst über sie hinweg und in die Brust des weißen Drachen. Razul hatte sie im letzten Augenblick mit seinem eigenen Leib geschützt und brüllte wütend auf, während Ella sich wegrollte. Keinen Moment zu früh, denn die beiden Bestien krachten sogleich wieder ineinander.

Ella rappelte sich auf und sank erneut auf die Knie, als der Schwanz des schwarzen Drachen dicht über ihren Kopf fegte, doch dann schaffte sie es endlich, den tobenden Ungetümen zu entkommen. Der Dolch brannte sich in ihre Haut, doch noch war Ella nicht bereit, die Waffe zurück in die Scheide zu stecken. Nachdem sie von Razul zu Boden geschickt worden war und mit ansehen musste, wie der schwarze Drache sich in Razuls Rücken festbiss und seine Krallen in seine Flanken schlug, war ihr ein irrwitziger Gedanke gekommen.

Als der schwarze Drache aus den Trümmern des Gemeindehauses aufgetaucht war und sich in den Himmel geschwungen hatte, da war Blut über seinen Hals und seinen Rücken gelaufen!

Ella versuchte das Schreien der Menschen auszublenden und schnellstmöglich zu dem Berg aus Schutt und Asche zu gelangen. Razul hatte davon gesprochen, dass der Dolch auf sein Blut reagierte. Also war es vielleicht auch möglich, die Waffe auf ein anderes Ziel auszurichten.

Ella wühlte sich durch die glimmenden Balken, vorbei an Brandnestern und glühender Hitze, und dann entdeckte sie plötzlich, was sie gesucht hatte. Direkt vor ihr auf den Steinplatten, die den Boden der Halle bedeckt hatten, leuchtete ihr eine schwarze Pfütze entgegen. Eine Lache teeriger Finsternis, die förmlich über die Platten waberte und sich eigenständig bewegte. Ella musste würgen, als sie sich daneben hinkniete.

Dort, wo das Blut mit dem Boden in Berührung kam, war ein Loch in den Stein geätzt. Wenn sie sich täuschte und das Messer durch die schwarze Magie zerstört wurde, würde sie ihre wichtigste Waffe verlieren. Ellas Blick flog in die Höhe. Razul brüllte vor Qual. Er war so schwer verletzt, dass von dem Weiß seines Drachenkörpers nicht mehr viel zu erkennen war. Rotes Blut troff von seinem Leib und trotzdem gab er nicht auf. Er kämpfte verbissen weiter und dabei hatte sie das Gefühl, seine Augen würden währenddessen auf ihr ruhen. Sie glaubte wieder diese eine Träne zu sehen, und das machte ihre letzten Zweifel zunichte. Sie zog die Klinge, wollte sie gerade durch das faulig stinkende Blut ziehen, als …

Ella spürte lediglich einen Luftzug. Sie warf sich blitzschnell zur Seite und entging so nur knapp den zuschnappenden Klauen des schwarzen Drachen. Haarscharf zogen sie an ihrem Gesicht vorbei und reflexartig riss sie die Hände in die Höhe. Gleich darauf flog der finstere Leib des Monstrums über sie hinweg – seiner Beute im letzten Moment beraubt. Dann jedoch schoss ein irrsinniger Schmerz durch Ellas Hand. Der peitschende Schwanz des Drachen hatte sie erwischt. Blut quoll aus zwei kleinen Wunden, in denen die Stacheln des Drachen steckten.

Im Hintergrund hörte Ella Razul brüllen und gleich darauf den herausfordernden Schrei seines Gegners. Mühsam rappelte sie sich auf und rutschte wieder näher an das schwarze Blut des Drachen heran. Sie durfte sich nicht aufhalten lassen. Nicht von Razuls Schreien und auch nicht von der Pein, die ihr durch die Hand schoss. Sie riss an den Stacheln, zog sie aus der Wunde und warf sie angeekelt fort. Ein neuer Schwall Blut tränkte ihre Beinkleider, als sie das Heft des Dolches fester packte und die Waffe entschlossen mit der giftig aussehenden Brühe tränkte, die zu dem schwarzen Drachen gehörte. Zwei

Spritzer landeten auf ihrer verletzten Hand und Ella schrie gellend auf, als sich die Flüssigkeit mit ihrem Blut mischte und in die frischen Wunden sickerte. Ein fürchterliches Brennen erfasste erst ihre Hand und dann den ganzen Arm. Trotzdem ließ Ella den Griff nicht los. Sie schaute gebannt dabei zu, wie der blau glühende Edelstein sich immer mehr eintrübte, wie das helle Licht in seinem Inneren verschwand und etwas sehr Dunklem Platz machte.

Schwärze zog durch den Kristall und das Brennen in Ellas Hand wurde immer schlimmer. Die Stellen, an denen das Blut ihre verletzte Haut getroffen hatte, sahen übel aus. Dort bildeten sich dunkle Blasen, die aussahen, als würden sie jeden Moment platzen, und Ella spürte, wie sich das Gift in ihrem Körper ausbreitete. Wie sich in ihrem Inneren Kälte einnistete.

Mit der freien Hand riss sie einen Pfeil aus ihrem Köcher, warf ihn vor sich auf den Boden. Dann griff sie nach der Schnur, die an ihrem Gürtel hing und mit der sie normalerweise die Fangschlingen auslegte. Währenddessen musste sie mit aller Kraft den Dolch festhalten, denn er zog und zerrte an ihrer Hand. Sie presste ihn gegen den Pfeil und wickelte die dünne Schnur um den Schaft. So schnell hatte Ella noch nie in ihrem Leben gearbeitet. Im Hintergrund brüllten und fauchten die beiden Bestien und rings um sie herum verrichteten die Flammen ihr zerstörerisches Werk. Ella sprang auf die Füße, riss dabei den Bogen von den Schultern, legte den Pfeil ein und spannte die Sehne. Die beiden Drachen waren ineinander verbissen – Ella konnte ihr Ziel kaum anvisieren, doch sie verließ sich auf die Magie des Dolches. Sollte sie sich getäuscht haben, wäre alles umsonst gewesen und am Ende Razul derjenige, der sterben würde, doch dieses Risiko musste sie eingehen – ihr blieb keine andere Wahl.

Ella folgte den Bewegungen der kämpfenden Monstren und lauerte auf ihre Chance. Das Herz! Sie musste unbedingt das Herz treffen, denn das war die Schwachstelle der Drachen.

Kaum trennten sich die beiden Kontrahenten für den Bruchteil einer Sekunde, da zögerte Ella nicht länger. Sie spannte nach und sirrend verließ der Pfeil die Sehne, während Ella auf die Knie ging. Die Sekunden tropften zäh dahin und ihre Gedanken waren bei Razul – dem Drachen, der von sich behauptete, dass er jeden töten würde, wenn der Befehl der dunklen Bruderschaft ihn erreichte. Sie hoffte inständig, dass sie noch die Gelegenheit bekam, ihm zu sagen, wie sehr er sich irrte – dass er selbst in Gestalt des Drachen die Menschen im Dorf beschützt hatte.

Dann schlug der Pfeil ein. Mitten in der Brust des schwarzen Drachen. Er riss das Maul auf und der Schrei, der über Mooresdahl hinwegfegte, war so ohrenbetäubend, dass Ella die Hände vor die Ohren schlug. Die Bestie taumelte und dabei breitete sich unter der ledernen Haut des Geschöpfes ein blaues Glühen aus, das immer heller wurde. Es fraß sich regelrecht durch seinen massigen Leib und schien jeden Winkel zu durchdringen. Der Drache leuchtete wie ein Stern am Himmel, nur dass dieses Licht kalt und abstoßend wirkte. Mit einem dumpfen Knall landete sein Körper auf dem Acker und die Erschütterungen gingen Ella durch Mark und Bein. Eis, Steine und Dreck trafen Ella, die sich blitzartig zu Boden warf, als jetzt auch Razul vom Himmel fiel – schwer verwundet und am Rande der Bewusstlosigkeit. Unweit von ihr fiel er zu Boden. Dabei spannte er einen seiner Flügel wie einen Baldachin über ihren Körper und bewahrte sie davor, von weiteren Felsstücken getroffen zu werden. Doch das bekam sie nur noch am Rande mit, denn die Kälte in ihrem Inneren griff weiter um sich und erreichte in diesem Augenblick ihr Herz, das einen holpernden Satz machte. Sie wurde immer schwächer und in ihrem Kopf wirbelte alles durcheinander, bis schließlich auch sie in die Dunkelheit abglitt – in die Schwärze einer tiefen Ohnmacht, die gnädig den Schleier des Vergessens über sie senkte.

KAPITEL 9

Die größte Furcht der Finsternis
Ist das Erkennen des Lichtes.
Der schlimmste Albtraum des Lichtes
Ist die Dunkelheit.
Doch eins kann niemals ohne das andere sein.
Drum erkenne, was du wirklich bist, mein Kind.

(AUS DEM HOHEN LIED DER DRACHEN)

Razul erwachte plötzlich und sein Schädel dröhnte, als würden die Donnerberge in ihrer gesamten Pracht auf seinem Kopf lasten. Jeder einzelne Knochen schmerzte, vom Brennen und Reißen seiner Haut ganz zu schweigen. Und da war ein merkwürdiges Gewicht auf seinem linken Arm. Es war nicht schwer, aber deutlich zu spüren. Auch die weiche Matratze unter seinem Körper, die bei jeder seiner Bewegungen nachgab, fühlte sich seltsam ungewohnt an. Irgendetwas stimmte hier nicht. Die Gerüche, die Geräusche – alles war ihm fremd. Auch die

Stimmen, die sich im Hintergrund leise unterhielten, kamen ihm nicht bekannt vor. Er konnte zwei Erwachsene hören, einen Mann und eine Frau, die miteinander sprachen. Aber auch das leise Atmen eines Kindes.

Razul riss die Augen auf und für eine Sekunde hielt er den Atem an. Das war alles nur ein Traum – ein abgedrehter, verrückter Traum, der seinen Wünschen und Hoffnungen entsprungen war. Allem Anschein nach lebte Ellianne noch. Er stieß die angehaltene Luft aus und sein Blick glitt über das Mädchen, das bleich und stumm in seinem Arm lag. Sie atmete schwer und eisiger Schreck durchfuhr Razul. Ella? Was war mit ihr geschehen?

Ihr schwarzes Haar wirkte stumpf und leblos, ihre Haut so blass wie die kalte Sichel des Mondes. Selbst ihre sonst so rosigen Lippen hatten jegliche Farbe verloren.

»Barka!«, tönte es da an seiner Rechten piepsig. »Er … er ist wach!« Razul zuckte zusammen und sein Kopf flog herum – bereit, sich einer möglichen Bedrohung zu stellen, doch da stand nur ein kleiner Junge an seiner Seite und dieser musterte ihn äußerst neugierig. Die alte Frau, die gleich darauf auftauchte, kam Razul vage bekannt vor, aber im Augenblick konnte er sich nicht auf sie konzentrieren, denn viel zu groß war seine Angst um Ella. Er spürte, dass an ihr etwas anders war – etwas Dunkles umgab sie wie ein dichter Schleier. Hatte er bisher mühelos ihr Strahlen erkennen können, so lag es jetzt unter einem zähen Nebel verborgen.

»Was ist mit Ella? Wieso wird sie nicht wach?« Die Stimme der Alten erreichte ihn kaum, doch ihre Fragen rüttelten an seinem Inneren. Razul richtete sich auf und zog dabei Ella, die schlaff in seinen Armen lag, mit sich. Je länger er sie betrachtete, desto deutlicher wurde die Finsternis um sie herum. Eine

Dunkelheit, die Razul besser bekannt war, als ihm lieb sein konnte. Es war die dunkle Bruderschaft, die er an ihr wahrnahm – so deutlich, dass er körperliche Schmerzen litt. Wie hatte dieser Teufel es geschafft, Ella mit der Finsternis zu infizieren? Wieso war sie überhaupt im Dorf gewesen? Sein Blick glitt sorgenvoll über ihren Körper, suchte nach Verletzungen und blieb schließlich an ihrer rechten Hand haften. Brandblasen – eine Menge davon -überzogen ihre Haut, doch das war es nicht, was Razuls menschliches Herz stocken ließ. Es waren die beiden schwarzen Flecken, die sich dort befanden, der Beweis, dass Ella mit dem Blut der Finsteren besudelt worden war. Mit dem Gift der Schwärze, das sich nun in ihrem Körper ausbreitete.

Im selben Moment spürte er die knochigen Finger der Alten auf seiner nackten Schulter. Er fuhr herum und konnte dabei nicht verhindern, dass die Schuppen in seinem Gesicht sich aufstellten und leise raschelten. Auch ein Fauchen konnte er nicht unterdrücken. Ella hatte sich gegen seinen ausdrücklichen Befehl in Gefahr gebracht, und nicht nur das: Die schwarze Magie war in ihren Körper eingedrungen, und was das mit einem Menschen anstellte, war nicht abzusehen. Einen solchen Fall hatte es bisher noch nicht gegeben. Zumindest hatte Razul noch nichts dergleichen gehört. Dass sie überhaupt noch lebte, war für den Drachenwandler ein Wunder, denn die Finsternis war stark und Ella nur ein Mensch. Etwas unendlich Kostbares, das leicht zerbrechen konnte.

»Sprich endlich!«, fauchte die alte Frau in seinem Rücken und Razul spürte nur eines: Hilflosigkeit. Er wusste selbst nicht, was mit Ella war und wie sich das Gift auf sie auswirken würde. »Was können wir tun, um ihr zu helfen?« Wieder sträubten sich die Schuppen in seinem Gesicht. Der Drache wurde unruhig, und das war überhaupt nicht gut. Er musste sich zusammenreißen, denn ihm war klar, dass das hier Ellas Familie war. Menschen, die sie über alles liebte, und sie würde es ihm sehr übel nehmen, wenn diesen Leuten etwas geschah.

»Ich weiß es nicht! Ich weiß nicht, was geschehen ist«, grollte er finster, auch wenn es nicht ganz der Wahrheit entsprach. Auf einige Dinge konnte er sich sehr wohl besinnen, und auch das jagte ihm Angst ein. Es kam ihm fast so vor, als ob Drache und Mann gerade dabei waren, eine Einheit zu bilden, und das trotz der dunklen Auswüchse in seinem Herzen. Ellas Nähe schien die Kälte und die Finsternis daran zu hindern, ihn vollkommen zu beherrschen – anders konnte er sich sein Verhalten nicht erklären. Auch nicht die Tatsache, dass er einen der schwarzen Drachen davon abgehalten hatte, die Menschen von Mooresdahl zu töten. Er erinnerte sich noch daran, dass dieser alles versucht hatte, ihn zu kontrollieren, und anfangs wäre er dem Drang, sich zu unterwerfen, auch beinahe gefolgt. Doch dann schwand der Druck auf einmal aus seinem Inneren und ihn ergriff eine herrliche Ruhe. Die Stimme der dunklen Magie war einfach verstummt – wahrscheinlich in genau jenem Moment, als Ella Mooresdahl erreichte. Allein dadurch hätte er erkennen müssen, dass sie in seiner unmittelbaren Nähe war.

Plötzlich gab Ella ein jammervolles Stöhnen von sich und sofort lag Razuls gesamtes Augenmerk auf der mutigen Frau, die ihnen allen das Leben gerettet hatte. Er musste daran denken, wie sie mit erhobenem Bogen zwischen den Trümmern gestanden hatte, nur vom Schein des Feuers angeleuchtet.

»Ella?« Er fasste sie fester und hob ihren Körper leicht an. »Ella, komm schon. Ich weiß, dass du mich hörst – komm zu uns zurück!« Razul sah das Zucken hinter ihren Lidern, aber erst nach einer gefühlten Ewigkeit öffnete sie die Augen. Er blickte in diesem Moment nicht in die klaren, himmelblauen Iriden, sondern in silbrig schimmernde, über denen ein seltsam grauer Schleier zu tanzen schien. Abwartend musterte Razul Ella, während die Alte, die der Junge zuvor mit dem Namen Barka anrief, hörbar Luft holte. Offenbar war auch ihr die seltsame Augenfarbe nicht entgangen, doch bisher bemerkte Razul außer der unsichtbaren Dunkelheit und der veränderten Farbe ihrer Iriden keine weiteren Anzeichen dafür, dass Ella in die Finsternis gerissen worden war. Im Gegenteil! Razul entdeckte die unbändige Freude in ihrem Blick, als sie ihn erkannte, und die Erleichterung darüber, dass er lebend mit ihr in diesem Bett lag. Ihre Hand wanderte nach oben und sie berührte ohne Scheu seine Wange mit den Drachenschuppen, die sich unter ihren Fingern regten – Razul wagte es kaum, zu atmen. Er hatte viel zu viel Angst, den Zauber des Augenblicks zu durchbrechen, wo er doch insgeheim hoffte, dass er ewig andauern würde. Erst als Ella eine Träne aus den Augenwinkeln rann, wurde ihm einmal mehr bewusst, was die junge Frau auf sich genommen hatte, um ihn und alle anderen zu retten – was sie dabei verloren hatte, stand allerdings noch in den Sternen.

Für Razul existierte in diesem Moment nur Ella, die ihn unverwandt mit diesen silbrigen Augen ansah. Und dann erblickte er plötzlich das Leuchten tief in ihrem Inneren – es war ein hoffnungsvolles, helles Licht, das ihn unglaublich anzog. Ein Moment, in dem er in Ellas Herz schauen konnte und dort etwas fand, das ihn ungemein überraschte. Dort erblickte er Vertrauen und Hoffnung … Und eine große Wärme. Sein Herz machte einen Satz.

Sein Vater hatte ihm von diesem Augenblick im Leben eines Drachen erzählt – von dem Moment des *Erkennens*. Wo ein Herz das andere fand und sie bereit waren, sich aneinander zu binden. Sein Vater hatte Worte voller Schönheit und Glanz gefunden, um ihm zu beschreiben, wie der Drache auf seine Gefährtin reagierte – auf die Frau, die das Herz der Bestie zähmte und ihr Ruhe schenkte. Von einem goldenen Licht hatte er gesprochen und von einem so großen Gefühl der Nähe, dass alles andere dagegen verblasste. Und er hatte dem staunenden Knaben, der Razul einst gewesen war, die folgenden Worte mit auf den Weg gegeben: *Du wirst wissen, wenn es so weit ist, kleiner Mann, denn du wirst dich dem Leuchten der einen Frau nicht entziehen können.*

Und tatsächlich! Razul konnte deutlich fühlen, was sein Vater damals versucht hatte ihm zu erklären. Sein Drache blieb nicht unberührt, aber der Teil, der von der dunklen Bruderschaft befallen war – dieser Teil schwieg.

Razul bekam einen Vorgeschmack auf das, was sein könnte, wenn er sich von dem Fluch befreite. Er bekam den Hauch einer Ahnung davon, wie es sein würde, mit Ellas Herzen zu verschmelzen, mit ihr zu einer Einheit zu werden. Seine Finger zuckten verdächtig und am liebsten hätte er Ella in die Arme genommen, sie fest an seinen nackten Oberkörper gezogen.

Der Mann in ihm blickte sie an und wusste, dass er sie nie wieder gehen lassen würde. Für sie würde er kämpfen und für sie würde er sich sogar seinem ärgsten Feind stellen.

Sein Mund näherte sich ihren Lippen und jetzt konnte er wirklich nicht mehr widerstehen. Er musste einfach wissen, wie sie schmeckte, wie sie sich anfühlte und ob er sich am Ende alles nur einbildete. Ella schloss die Augen. Ihre feucht glänzenden Lippen luden ihn förmlich ein und dann strich sein Mund federleicht über ihre warme Haut.

Die Berührung war ein Schock für ihn, denn sie reichte noch tiefer als das Leuchten in ihrem Inneren. Jetzt ergriff es auch den Drachen und dieser erwachte so heftig, dass Razul ihn niederringen musste – mit aller Kraft, die er besaß. Die Bestie wollte sie ebenfalls …

Ihr Kuss war so unglaublich süß, so zart und voller Vertrauen, dass Razul es kaum glauben mochte. Ganz von allein öffneten sich ihre Lippen und Razul nahm, was sie ihm schenkte. Ein wildes Glücksgefühl durchströmte ihn, als sich ihre Zungen berührten und ihr Kuss immer heißer und sinnlicher wurde. Ella schmiegte sich eng an seinen Körper und gab sich seinen Zärtlichkeiten hin. In diesem Moment gehörte sie ihm ganz und gar und es gab für Razul nichts Wichtigeres, als ihr zu zeigen, wie viel sie ihm bedeutete.

Bisher hatte sie durch ihn nur Unglück und Schmerz erfahren und trotzdem öffnete sie sich ihm. Ihre Hingabe war mehr, als der Drachenwandler jemals erwartet hatte. Er löste sich nur sehr widerwillig von ihren Lippen und auch erst, als die Alte ein entrüstetes Schnauben von sich gab und das Kichern eines Jungen ihm sagte, dass das hier wohl kaum der richtige Ort war für …

»Ich muss doch sehr bitten!«, raunte Barka. »Hier sind Kinder im Raum!«

»Ich bin kein Kind mehr, Barka«, erwiderte der Winzling an seiner Seite. »Nächsten Monat beginne ich meine Ausbildung zum Jäger. Dann bin ich ein Mann!«

Razul hörte Ellas niedliches Lachen und spürte, wie sie sich in seinem Arm aufrichtete.

»Erek! Du bist ein Lümmel und kein Mann.« Ihre Worte klangen liebevoll und Razul geriet immer mehr in Ellas Bann. Die Art, wie sie redete, ihr Blick – das alles ließ ihn für einen Moment vergessen, dass ihre Lage nicht die allerbeste war. Immer wieder stellte er sich vor, wie er die sanft geschwungenen Lippen ein weiteres Mal küsste und wie Ella dabei kleine Seufzer von sich gab. Der Traum war so lebhaft, so real, dass er sich dabei ertappte, wie er näher an sie heranrückte, und dabei war ihm die alte Frau herzlich egal. Er musste sich fast schon gewaltsam vom Anblick der verführerischen Lippen lösen und dabei fiel sein Blick auf Ellas Handrücken. Auf die Stelle, wo sie mit dem Drachenblut in Berührung gekommen war. Sein Inneres begann zu sieden und jetzt riss der Drache heftig an seinen Ketten. Die beiden dunklen Flecken waren größer geworden.

Ella fühlte sich in Razuls Armen so geborgen und sicher, wie sie es niemals für möglich gehalten hätte. Und der Kuss … der Kuss war ihr wie ein Blitzschlag durch den Körper gefahren. Ihre Haut hatte gekribbelt, als säße sie in einem Haufen wimmelnder Breassels. Sie wollte dieses schöne Gefühl auskosten, doch Barka erinnerte sie sehr schnell daran, dass sie nicht allein waren. Der strafende Blick der alten Frau trieb ihr die Schamesröte in die Wangen und sie wusste gar nicht so recht, wo sie hinsehen sollte. Tatsächlich hätte sie am liebsten …

Razul griff in diesem Moment vorsichtig nach ihrer verletzten Hand, doch seltsamerweise schmerzte diese überhaupt nicht. Ella wunderte sich darüber, denn sie erinnerte sich noch sehr lebhaft an die Verbrennungen und an die Qual, als das schwarze Drachenblut auf ihre Hand spritzte. Jetzt fühlte sie an dieser Stelle nur ein dumpfes Ziehen und eine Kälte, die auch ihren restlichen Körper erfasste. Ella blickte in Razuls sorgenvolles Gesicht. Warum starrte der Drachenmann sie auf einmal so durchdringend an? Ihr waren in der Zwischenzeit hoffentlich keine Hörner gewachsen. Auch Barka beobachtete sie genau. Das war einfach nicht zum Aushalten und so befreite sie sich unwirsch aus Razuls Armen.

»Warum starrt ihr mich eigentlich alle so an?« Ella machte eine abwehrende Handbewegung und erreichte damit nur, dass Razul sie jetzt noch aufmerksamer musterte. Herrje! Sie kam sich regelrecht nackt vor unter diesem Blick und sie feuerte zurück. Was dieser Drache konnte, das konnte sie auch! Doch statt ärgerlich zu werden, erschien auf seinem Gesicht ein trauriges Lächeln, das seine wunderschönen Augen nicht erreichte. Er hob ihre Hand an und strich zart über die dunklen Stellen.

»Die Magie der dunklen Bruderschaft … sie ist in dir. Und sie breitet sich aus. Sehr langsam, aber ich kann es spüren und auch sehen.« Ella folgte seinem Blick und bemerkte, dass die beiden Flecken größer geworden waren. Ein Schauer kroch ihr über den Rücken. Dass Barka sie mit Kummer in den Augen betrachtete und Erek wegscheuchte, gefiel ihr ebenfalls nicht.

»Was bedeutet das?« Ihr Blick fing den von Razul ein, und sie suchte Halt in der Stärke, die er ausstrahlte.

»Ich kann es dir leider nicht mit Bestimmtheit sagen, aber ich fühle bereits die Veränderungen in dir. Alles, was von der dunklen Sippschaft stammt, ist böse und verderbt. Vergiss niemals, dass sie alles hassen, was lebt.«

Ella begann zu zittern und sie lauschte schon fast panisch in sich hinein. Außer diesem merkwürdig kalten Gefühl spürte sie keinerlei Veränderung, aber sie vertraute Razuls Urteil, schließlich hatte er keinen Grund, sie anzulügen oder sie grundlos zu ängstigen.

»Und jetzt?«, wisperte sie, während der Knoten in ihrem Hals immer dicker wurde.

»So, wie es aussieht, müssen wir jetzt nicht nur mich von einem Bann befreien, sondern auch dich. Was mit mir geschieht, war mir bisher egal, aber du hast mir die Augen geöffnet. Ohne meine volle Magie werden die Auen von Maphradun untergehen. Wenn ich mir mein Herz nicht zurückhole, werde ich nie ein vollständiger Drache sein und meiner zukünftigen Frau das schenken können, was ihr zusteht!« Dabei sah er Ella so durchdringend an, dass Feuerzungen durch ihren Leib huschten und ihr Mund ganz trocken wurde. »Aber am wichtigsten ist für mich, dass du nicht unter meinem Fehler leiden sollst. Ich werde zurückgehen und alles dafür geben, die dunkle Bruderschaft daran zu hindern, ein weiteres Leben zu zerstören – deines! Verex muss vernichtet werden, denn ansonsten werden wir beide, du und ich, niemals frei sein. Die Auen von Maphradun werden keinen Sommer erleben, bevor er nicht zu Staub geworden ist. Nur sein Tod kann dich davor bewahren, ein Leben zu führen, das du nicht willst. Er ist derjenige, mit dem alles begann, und sollte er fallen, wird auch der Rest der dunklen Bruderschaft vergehen.«

»Wir werden euch helfen!« Trexos und Tabor traten an das Lager heran und sahen dabei so entschlossen und grimmig drein, dass jeder Widerspruch zwecklos war.

Tabor würden sie auf keinen Fall mit hineinziehen – das würde Ella nicht dulden. Sie öffnete den Mund, doch Trexos fiel ihr sogleich ins Wort.

»Vergiss es, Ellianne! Er wird uns begleiten. Tabor ist ein verdammt guter Jäger geworden und er wird uns eine Hilfe sein. Er ist jung, das ist richtig – aber er ist clever und mutig. Gib ihm die Chance, dir beizustehen, denn er liebt dich!«

»Wir werden die Donnerberge überqueren müssen – zu Fuß. Danach die weite Ebene von Iskander. Selbst auf dem kürzesten Weg brauchen wir eine Woche bis zur Brücke von Quai'Aahruza. Sieben Nächte, in denen ich mich in einen Drachen verwandeln werde. Dieser Drache wird nach Blut gieren und es ist ihm vollkommen egal, woher es stammt. Er ist ein wildes Tier, das ich nicht beherrschen kann, und das ...«

»Du irrst dich schon wieder!« Ella hielt es keine Sekunde länger aus. »Du hast die Menschen in Mooresdahl beschützt – du bist keinesfalls auf sie losgegangen. Mit Zähnen und Klauen hast du den schwarzen Drachen bekämpft, obwohl er riesig war.« Ella runzelte die Stirn. »Als du gestürzt bist, hast du sogar versucht, mich mit deinen Flügeln abzuschirmen. Du kannst behaupten, was immer du willst, aber die Macht, die diese furchtbaren Wesen über dich haben, ist nicht so groß, wie du denkst. Du kämpfst gegen den Zauber an, den sie auf dich ausüben wollen. Du hast widerstanden.« Ella sah, dass Razul zumindest über ihre Worte nachdachte, auch wenn er dabei äußerst skeptisch dreinschaute.

»Ich kann es nicht glauben, aber ...«

»Ella sagt die Wahrheit.« Trexos baute sich vor Razul auf und verschränkte seine Arme vor der Brust. »Um eines klarzustellen: Ich bin nicht dein Freund. Dazu haben die Menschen in den Ebenen von Maphradun bereits zu viel Leid erfahren müssen. Doch auch wenn es mir schwerfällt, das zuzugeben: Du warst die Rettung für uns alle.« Trexos' Blick wurde finster. Razul spannte sich merklich an. Ella spürte, dass seine Geduld sich langsam zum Ende neigte. Auch jetzt konnte sie den Drachen in ihm deutlich ausmachen. Keuchend zog sie sich zurück und versuchte sich aus Razuls Armen zu winden.

»Was ist mit dir?« Razul suchte in ihrem Gesicht nach einem Anzeichen, dass es ihr schlecht ging, und auch Trexos musterte sie eindringlich.

»Ich ... ich ... kann den Drachen fühlen. Ich kann ihn regelrecht vor mir sehen! Wie er versucht, sich von den Ketten zu befreien, in die du ihn geschlagen hast.«

»Das ist unmöglich.« Razul starrte sie fasziniert an. »Nicht einmal andere Drachen können einen Blick auf das Tier werfen, solange der Wandler in seiner menschlichen Form weilt. Vollkommen ausgeschlossen.«

Ella machte einen weiteren Versuch. Vielleicht hatte sie sich das Ganze ja auch nur eingebildet? Noch einmal sah sie ihm tief in die Augen und fühlte sich sogleich gefangen von den Gefühlen, die sie dort erkannte – von der Liebe, die ihr entgegenleuchtete und die sie schlucken ließ. Es fühlte sich an, als würde sie in Licht baden – warm, weich und strahlend hell. Und es lockte sie mit einer Macht, der sie nicht widerstehen konnte. Immer heftiger wurde sie von dem Leuchten in Razuls Innerem angezogen, und je länger sie dieser Magie ausgesetzt war, desto sicherer war Ella sich: Sie schaute geradewegs in Razuls Herz. Doch dann zuckte sie erneut zurück. Der Drache – er war auch dort ... und er wollte sie.

Verex hatte genau mitbekommen, wie Jordus sein unheiliges Leben aushauchte. Die Schwingungen waren bis in das finstere Reich vorgedrungen, das er für sich und seine Brüder geschaffen hatte. Der Todeskampf seines wertvollsten Mitstreiters war lang und qualvoll – bis zu dem Moment, in dem Stille einsetzte. Eine allumfassende Ruhe. Kein Hauch einer Seele, die den Weg in die Ewigkeit antrat, kein glanzvoller Schimmer, der zu den Sternen aufstieg. In der einen Sekunde war Jordus noch da – in der nächsten bereits verschwunden.

Verex wusste, dass der Preis für die Taten der dunklen Bruderschaft das endgültige und ewige Nichts war. Für ihn und seine Gefolgsleute würde es kein Jenseits geben, kein Aufsteigen in die Endlosigkeit des Himmels. Aber das war auch gar nicht in Verex' Sinn. Ihm war bewusst, was er tat, als er dem Leben der einen Frau ein Ende setzte. Er hatte es getan, ohne einen Funken Mitleid oder Reue zu empfinden, und daran hatte sich in all der Zeit nichts geändert.

Liebe! Ein Gefühl, das Drachen schwächte und sterblich machte. Sie brachte sie vom rechten Weg der Macht ab und verwandelte sie in lächerliche Marionetten. Eine Frau hatte in seinem Leben nichts zu suchen gehabt, und schon gar nicht in diesem fehlgeleiteten Organ, das Blut durch seinen Körper pumpte. Verex hatte sich sehr bewusst dazu entschieden, den dunklen Pfad einzuschlagen – auch wenn er noch härter gefehlt hatte als seine Brüder. Diese hatten die Liebe erst gar nicht an sich herangelassen und die Mädchen getötet, bevor das erste Licht zwischen ihnen aufflammen konnte – jenes Licht der Liebe und des Vertrauens, das sich nur bei Drachenwandlern zeigte. Verex war sogar noch einen Schritt weiter gegangen. Er hatte das Mädchen, das ihm ihr Licht schenkte, nicht nur getötet, er hatte es auch noch verschlungen. Die Reste seiner schändlichen Tat einfach gefressen, weil er dem Geruch ihres Blutes nicht hatte widerstehen können. Deshalb wütete die Finsternis viel größer in seinem schwarzen, schuppigen Leib. Deshalb war seine Boshaftigkeit noch stärker ausgeprägt als bei den anderen. Noch heute erinnerte er sich an das erhebende Gefühl, als ihr Blut sein Maul füllte, und an den Rausch der Macht, der ihn gleich darauf erfasst hatte. Er würde mit keinem seiner lichten Brüder tauschen wollen. Niemand war seiner Stärke gewachsen – auch nicht dieser weiße Drache, dem prophezeit wurde, er würde ihn am Ende vernichten. Jeder hatte eine Schwachstelle und Razuls war ganz offensichtlich. Durch Jordus' Augen hatte Verex den Kampf verfolgt und die junge, zarte Frau mit den schwarzen Haaren gesehen. Auch die Vehemenz, mit der sie versuchte Razul zu schützen, war ihm nicht verborgen geblieben. Er musste dieses Weib nur in seine Finger bekommen und der weiße Drache würde ihm aus der Hand fressen – wobei genau das seinen Untergang einläuten würde.

Von Anfang an hatte der weiße Drache von Maphradun gegen seine Macht angekämpft. Von Anfang an hatte er der Dunkelheit getrotzt und sich Verex in den Weg gestellt. Eigentlich hätte er ihn sogleich töten sollen, doch das Vergnügen, sein eigenes Verderben in der Hand zu haben, hatte ihm große Freude bereitet. Seinem unsterblichen Leben eine gewisse Würze verliehen. Verex lachte laut auf und das Echo seiner dumpfen Stimme hallte von den Höhlenwänden wider. Es hatten sich ganz neue, sehr viel interessantere Möglichkeiten aufgetan und die dumme Brut in den Sommerlanden ahnte nicht das Geringste davon. Eine ganz neue Form der dunklen Macht war gerade geboren worden und Verex gedachte nicht, sich diese entgehen gehen zu lassen. Das Mädchen interessierte ihn brennend, denn eigentlich hätte sie tot sein müssen, oder zumindest schwer vergiftet. Doch das Gör hatte das schwarze Übel einfach in sich aufgenommen und ihr Körper war bereits im Begriff, etwas vollkommen Neues zu erschaffen – das konnte Verex spüren. Die klebrige Finsternis war in

Bewegung geraten, und wer wusste es schon – vielleicht würde Verex ja am Ende doch noch eine Gefährtin finden. Eine, die ihn nicht die Unsterblichkeit kostete und ihm sogar noch mehr Macht verschaffte. Im Augenblick konnte er nicht weit in die Zukunft sehen, doch was aus Razuls kleinem Frauchen hervorging, würde sich bereits in den nächsten Tagen zeigen, und dann … dann …

Verex erhob sich von seinem steinernen Felsenthron. Seine riesigen Flügel peitschten aufgeregt die feuchte Luft. Seit vielen Jahren hatte er die Grotte nicht mehr verlassen, doch jetzt war es an der Zeit, sich wieder einmal sehen zu lassen. Zeit, dem dummen Volk der Drachen zu zeigen, was wahre Stärke und Macht bedeutete. Eine Feuerwalze drang aus seinem gigantischen Maul und dort, wo die Flammen auf den Fels trafen, tropfte das Gestein als Lava zu Boden. Verex kümmerte sich nicht um die Hitze und das Höllenfeuer, das er entfachte. Er spannte seine mächtigen Schwingen auf, stieg in die Höhe und durchbrach die Decke des Felsendoms. Er fuhr mitten durch den Stein und stieß laut sein Triumphgebrüll in den Himmel hinein und sein Schrei wurde aus zahlreichen Kehlen erwidert.

KAPITEL 10

Wenn die Dunkelheit sich ausbreitet
und alle Hoffnung dahin scheint,
erst dann wird ein Licht erstrahlen
und die Finsternis besiegen.
Drum glaube an dich und an den Weg,
den du beschreiten wirst.

(AUS DEN CHRONIKEN DER DRACHEN)

Razul und Ella waren übereingekommen, dass sie erst in zwei Tagen aufbrechen würden. Razul musste einen ausreichend großen Vorrat an Nahrung für die Dorfbewohner herbeischaffen, denn schließlich wusste keiner von ihnen, wie lange sie unterwegs sein oder ob sie zurückkommen würden. Niemand sollte Hunger leiden, nur weil der Drache die Auen von Maphradun ein weiteres Mal verließ. Außerdem waren bei dem Angriff des schwarzen Drachen zwei Wohnhütten so stark beschädigt worden, dass die betroffenen Familien vorübergehend bei Freunden und Bekannten untergebracht werden mussten. Ein unhaltbarer Zustand, den Ella vor ihrem Aufbruch ins Ungewisse unbedingt noch regeln wollte. So kam es, dass sie mit Tabor auf dem Dach eines Wohnhauses hockte und gerade dabei war, die losen, verbrannten Holzschindeln zu lösen, um sie durch neue zu ersetzen. Dabei war sie allerdings mit den Gedanken bei ihrem Drachen, der sich auf die Jagd nach Feyantieren gemacht hatte.

Seit Razul sie am Morgen geküsst hatte, konnte Ella an gar nichts anderes mehr denken als an das herrliche Kribbeln in ihrem Bauch und an das Gefühl, zu schweben.

»Ella!«

Sie geriet auf einer Schneeplatte in Rutschen und hörte noch Tabors warnenden Ruf, doch da war es bereits zu spät. Ella ruderte vergeblich mit ihren Armen und glitt immer schneller und haltlos über das schmierige Dach. Für den Bruchteil einer Sekunde jagte eisiger Schreck durch Ellas Glieder, der jedoch rasch nachließ in Anbetracht der Tatsache, dass …

Es waren muskulöse Arme, die sie auffingen – nicht weicher, kalter Schnee. Ein Ächzen drang über Ellas Lippen, als die starken Hände sich sogleich um ihren Körper schlossen und sie fest gegen einen harten Männerkörper gepresst wurde. Ihr Herz galoppierte davon und ihr Blut rauschte hörbar durch ihre Adern – so heiß, dass sie sich am liebsten die warme Kleidung vom Leib gerissen hätte. Razul! Es war unverkennbar ihr Drache, der sie hielt. Aber wo kam der denn so plötzlich her?

»Du bist unvorsichtig, und das gefällt mir nicht«, knurrte er leise und sein Mund, der ihrem Hals so nah war, ließ einen Schauer über Ellas Rücken krabbeln – allerdings einen von der angenehmen Sorte. Ihre Finger gruben sich wie selbstverständlich in Razuls Schultern, und den tadelnden Unterton seiner Worte, den wollte sie gerade mal so gar nicht wahrnehmen. Immerhin wäre sie nur in eine hohe Schneewehe gefallen, die ihren Sturz weich abgefangen hätte. Allerdings waren Ella Razuls Arme sehr viel lieber als die weiße, kalte Pracht, die sich rund um das Haus ausbreitete.

»Ist doch nichts geschehen. Selbst wenn du mich nicht aufgefangen hättest, wäre mir nichts zugestoßen.« Ella hatte das Gefühl, etwas sagen zu müssen, denn das Schweigen zwischen ihnen beiden ließ das Prickeln in ihrem Bauch immer stärker werden. Der Drang, ihn zu küssen, wurde von Sekunde zu Sekunde größer, und Ella hob ihre Hand, die ausnahmsweise nur in dünnen Fingerhandschuhen steckte. Es verlangte sie unglaublich, die Drachenschuppen in seinem Gesicht zu berühren, und noch mehr wollte sie erneut die herrlichen Dinge spüren, die Razul erst an diesem Morgen in ihr entzündet hatte.

Das Objekt ihrer ganz und gar nicht keuschen Gedanken schüttelte lachend den Kopf und stellte sie vorsichtig auf die Füße. Viel lieber wäre es Ella allerdings gewesen, sie hätte …

Ein nasser Schneeball traf im selben Moment Razuls Wange.

»Hey! Halt meine Schwester nicht vom Arbeiten ab. Sie hat ja nur noch Augen für dich!« Tabor hatte das Dach verlassen, stand lachend neben der Hauswand und formte mit seinen Fingern gerade einen weiteren Schneeball – und Ella erkannte am mutwilligen Funkeln seiner Augen, dass dieser für sie bestimmt war. Sie vernahm auch das leise Grollen des Drachenwandlers neben sich. Auch dessen Iriden glänzten – allerdings Unheil verkündend. Bevor Ella eingreifen konnte, bückte Razul sich, formte Schnee zu einer wahrhaft gigantischen Kugel und schoss diese in Tabors Richtung.

Mit einem lauten Platschen traf im selben Moment Kälte

ihre Schläfe und sie hörte Tabor schallend lachen. Ein Laut, den sie seit vielen Monaten nicht mehr vernommen hatte.

Ehe sie sich's versah, waren auch Trexos und Erek an Tabors Seite und deckten Razul mit Schneekugeln ein. Dieser teilte mächtig aus, doch nachdem jetzt immer mehr Dorfbewohner an Tabors Seite traten, wurde klar, dass er einen aussichtslosen Kampf bestritt. Und was Ella am meisten wunderte: Sie bemerkte ein jungenhaftes Grinsen auf dem kantigen Gesicht. Ein Lächeln, das den Drachenwandler menschlich wirken ließ. Sie war so abgelenkt durch das lustige Treiben, dass sie nicht mitbekam, wie Erek sie aufs Korn nahm und eine besonders große Kugel formte. Mal wieder war sie mit den Gedanken nicht bei der Sache, sondern versuchte die Gefühle zu ergründen, die Razul in ihr weckte.

Plötzlich fand sie sich auf dem Boden wieder, inmitten einer hohen Schneewehe, und es war ein harter Männerkörper, der sie mit seinem Gewicht zu Boden drückte.

Ella hörte das laute Klatschen von Schneebällen, die Razul trafen, konnte sich allerdings auf nichts anderes konzentrieren als auf die herrliche Wärme, die ihren Körper zum Beben brachte, und auf seine Lippen, die ihren so nahe waren. Sie hörte das fröhliche Lachen der Dorfbewohner und ganz besonders das des kleinen Erek, doch all ihre Sinne waren bei Razul. Es war, als ob sie in ihrer ganz eigenen kleinen Welt wären und alles andere in den Hintergrund trat. Weitere Schneekugeln trafen seinen Körper und Ella hörte das leise Grummeln, das tief aus seiner Kehle stieg, aber eher ihr zu gelten schien. Und dann streiften seine Lippen ganz zart ihre und sie atmete den frischen Duft seiner Haut ein. Er roch nach Kälte, nach Freiheit – nach Mann. Ella wollte mehr von diesem heißen Kribbeln in ihrem Leib. Sie wollte mehr von diesem geheimnisvollen Drachenwandler, selbst auf die Gefahr hin, dass sie ihr Herz ganz und gar an ihn verlor.

»Razul … ich …«, wisperte Ella stockend und im selben Moment legte sich sein Finger an ihre Lippen.

»Schscht! Sag jetzt nichts.« Ella bekam nur am Rande mit, wie die Dorfbewohner sich immer noch lachend trollten und sie beide allein zurückblieben. »Ich weiß, dass wir uns erst eine kurze Zeit kennen, aber du musst wissen: Dir gehört mein Herz. Es schlägt voller Freude, wenn du bei mir bist, und mit jedem Atemzug wird dieses Gefühl inniger.« Jetzt war es an Ella, Razuls Redefluss zu stoppen. Statt ihn weiterreden zu lassen, zog sie ihn näher zu sich heran, und jetzt war sie es, die ihn küsste. Heiß und feurig, und dabei stieg ein leises Grollen in ihr empor, das sich in einem heiseren Knurren entlud.

An diese kurze Episode des Glücks musste sie denken, als sie einen Tag später auf dem Wehrgang von Razuls Schloss stand und auf die geschlossene Schneedecke unterhalb des Palastes schaute. Die Eiskristalle glitzerten rötlich im Schein der untergehenden Sonne. Nicht mehr lange und die Nacht würde hereinbrechen. Die einsamen Stunden, die Ella in der unterirdischen Bibliothek zubringen würde. Der Drache hatte in der vergangenen Nacht immer wieder versucht, den massiven Felsen zu durchbrechen, und Ella hatte mehr als einmal Angst verspürt. Immer dann, wenn der Boden bebte und die Wände knirschten, hatte sie geglaubt, dass die Bestie zu ihr durchdringen würde.

Ella war zwar im Grunde ihres Herzens überzeugt davon, dass Razul ihr kein Haar krümmen würde, doch sicher konnte sie nicht sein. Der Mann schien an ihr interessiert, doch die Bestie in ihm … die Bestie war eine ganz andere Sache. Ella streifte sich den Handschuh von den Fingern. Sie starrte auf die beiden schwarzen Flecken und zuckte merklich zusammen.

Sie waren seit dem Morgen schon wieder ein Stück gewachsen und Ella bekam langsam den Eindruck, als würden die Male sich aufeinander zubewegen und sich vor ihren Augen verändern.

Plötzlich musste sie an das Buch denken, das sie in der letzten Nacht in Händen gehalten hatte. Der Einschlag sah unglaublich alt und edel aus. Doch bevor sie dazu gekommen war, sich die alte Kostbarkeit näher anzusehen, war der neue Tag angebrochen, und Razul hatte sie abgeholt. Deshalb hatte sie sich die Schrift rasch in die Brusttasche ihrer Weste geschoben.

Nun zog sie es hervor und schlug es auf. Dabei bewegten die Seiten sich wie von Geisterhand und der Spuk hörte auch erst auf, als Ella das Bild eines herrlichen Drachen erblickte. Es war fast so, als sollte sie genau diese Passage finden. Leise begann sie zu lesen:

Aus dem Menschengeschlecht wird sie sich erheben. In finsteren Zeiten wird ihr Herz heller leuchten als der Sterne Pracht. Höre, o Drachenvolk! Ich sah sie in meinen Träumen und den Weg, der ihr beschieden. Ich sah den weiblichen Drachen und den Beginn des neuen Zeitalters. Ihr Kampf wird unserer sein und ihr Pfad uns ins Licht führen, obgleich er in der Dunkelheit beginnt. Es ist der Finstere, der sich in ihrem Leib offenbart, und das dunkle Blut, das den Drachen erschafft …

An dieser Stelle glitt Ella das Buch aus den kraftlosen Fingern und sie starrte unwillkürlich auf die Stelle, wo das Drachenblut in sie eingedrungen war. In diesem Moment spürte sie ganz deutlich eine fremde Macht in sich und am liebsten wäre sie ein weiteres Mal getürmt. Etwas geschah mit ihr. Etwas, von dem keiner genau sagen konnte, was es war. Leichte Veränderungen konnte Ella bereits an sich erkennen. Und die jagten ihr einen gewaltigen Schrecken ein. Was, wenn sie es war, die in der Prophezeiung erwähnt wurde? Sie wollte sich nicht verwandeln, und schon gar nicht in etwas *Finsteres*. Trotzdem konnte sie nicht leugnen, dass sich in ihrem Körper etwas ausbreitete, das ihr nicht gefiel. Die unnatürliche Hitze, die sie immer häufiger spürte, und das Reißen in ihren Gliedern hatte sie zunächst auf die leichten Verletzungen zurückgeführt, die sie sich beim Kampf gegen den schwarzen Drachen zugezogen hatte. Jetzt allerdings kamen ihr ganz andere Gedanken dazu, und die beunruhigten sie sehr.

Ella streckte ihr Gesicht in die Sonne und schloss für einen Moment ihre Augen. Ihre Sinne reagierten anders als sonst. Obwohl Razul sich gar nicht in der Nähe aufhielt, konnte sie ihn ganz deutlich wahrnehmen. Sie bildete sich sogar ein, er würde genau hinter ihr stehen und sie mit seinen glühenden Drachenaugen betrachten. In den letzten Stunden bekam Ella immer öfter den Eindruck, dass sie Dinge fühlen und erkennen konnte, die eigentlich außerhalb ihrer Reichweite liegen sollten. Dabei lief ihr ein Kribbeln über den Rücken und die Kälte in ihrem Inneren breitete sich aus. Immer dann, wenn ihre Sinne sich schärften, überkam sie der Eindruck, dass Dunkelheit sich ihrer bemächtigen wollte. Ella fröstelte und versuchte, die unerwünschten Eindrücke zu verdrängen.

Sie musste nur an Razul denken und ihre Ängste lösten sich in Luft auf. Bisher hatte sie immer allein für sich und die Ihren sorgen und Entscheidungen treffen müssen. Mit Razul an ihrer Seite hatte sie zum ersten Mal das Gefühl, nicht mehr allein zu sein. Es gab jetzt jemanden, der auf sie aufpasste. Das war so ungewohnt für sie, dass sie meistens nicht mit dem Drachenwandler einer Meinung war, wenn dieser sie schützen wollte.

Ein Lächeln huschte über Ellas Züge, als sie an den Streit dachte, den sie am Morgen ausgefochten hatten. Razul hatte sie nicht mitnehmen wollen, um gegen die dunkle Bruderschaft zu kämpfen. Stattdessen hatte er von ihr verlangt, dass sie brav zu Hause sitzen blieb und nichts *Dummes* anstellte – genau so hatte er sich ausgedrückt. Ein Wort gab mal wieder das andere, und bevor Ella überhaupt ihren Verstand einschalten konnte, hatten sie lautstark gestritten, und das war nicht unbemerkt geblieben. Irgendwann hatte Trexos sich neben ihnen aufgebaut, ein paar Sekunden gelauscht und dann schallend losgelacht. Verdutzt hatten Razul und sie innegehalten, doch der alte Jäger war einfach mit den Worten »Was sich liebt, das neckt sich« an ihnen vorbeigegangen. Razul schnaubte nur und stieß dabei leichten Dampf aus der Nase. Allerdings lief er im selben Moment mindestens so rot an wie Ella und schließlich mussten sie beide lachen. Vorbei war der Moment der Uneinigkeit.

Und dann stand Razul plötzlich tatsächlich hinter ihr. Sie spürte seine Anwesenheit mit jedem Atemzug und deshalb war sie auch nicht überrascht, als er behutsam die Hände auf ihre Schultern legte. Er drehte sie langsam zu sich und Ella tauchte ein in seinen geheimnisvollen Blick. Razul schien bis in ihr Herz vorzudringen und ließ ihr keine Heimlichkeiten.

»Ich wollte noch einmal versuchen dich umzustimmen und hoffe auf deine Vernunft.« Razul sprach sehr leise und eindringlich, ganz ohne den befehlsgewohnten Ton. Das war etwas, womit Ella gar nicht umgehen konnte. »Die Reise über die

Brücke von Quai'Aahruza ist lebensgefährlich und du kannst sie nicht auf dem Rücken des Drachen zurücklegen. Das Tier in mir ist einfach unberechenbar und ich weiß nicht, wie es reagiert, wenn wir in die Nähe der schwarzen Bruderschaft gelangen. Der Ruf der Dunkelheit ist nicht so leicht zu ignorieren. Er ist es, der uns zu dem macht, was wir heute sind. Nur ihm obliegt die Macht, uns zu unterwerfen. Und wenn der Anführer der finsteren Brut seine Kraft mit der seiner Gefolgsleute bündelt, dann reicht sein Ruf sogar bis in die Sommerlande.« Razul seufzte leise auf und Ella schmiegte unbewusst ihren Kopf an seine Brust, während er seine Arme um ihre Körpermitte schlang. »Sollte er es schaffen, in mein Herz einzudringen, dann werde ich eine Bestie – schlimmer, als du es dir vorstellen kannst. Es mag sein, dass ich im Augenblick sehr viel ruhiger bin – durch deine Nähe und den Abstand zu dem schwarzmagischen Drachen –, aber komme ich ihm zu nahe, wird er über mich triumphieren.«

Der Wind spielte sanft in Ellas Haaren und es war ihr, als würde sie in der Brise eine leise Stimme vernehmen. Einen zarten Hauch, der von nirgendwo auf sie einzudringen schien wie ein melodisches Glockenspiel aus feinstem Glas. Aber der Moment ging so schnell vorüber, dass Ella glaubte, sich die Laute nur eingebildet zu haben. Zumal Razul sie jetzt wieder vorsichtig an den Schultern fasste und sie leicht von sich schob. Das plötzliche Wegbleiben seiner Wärme traf sie unvorbereitet und sie begann vor Kälte zu schlottern. Dann nahm er vorsichtig die Hand mit den Malen zwischen seine warmen Finger und sah sie sorgenvoll an. »Sie sind schon wieder größer geworden.«

Ella nickte, denn was hätte sie auch darauf antworten sollen? Es war nicht zu übersehen, dass sich die Dunkelheit unter ihrer Haut weiter ausbreitete. Wie ein öliger Teppich kroch sie dahin und Ella wollte gar nicht wissen, was mit ihr geschah, wenn diese Schwärze erst einmal ihren gesamten Körper erfasste. Sie schüttelte sich, während Razul sie erneut in den Arm nahm und sie an sich drückte.

»Ich bin schuld daran, dass es so weit gekommen ist. Wenn ich besser auf dich achtgegeben hätte, wäre das hier nicht passiert.«

»Papperlapapp!« Ella drückte empört gegen seine Brust. »Ich weiß nicht, ob du das nicht begreifen kannst oder nicht begreifen willst – ich treffe meine eigenen Entscheidungen. Mein Kopf dient nicht nur dazu, eine schöne Frisur durch die Gegend zu tragen! Und ich bin alles andere als schwach, das solltest du nicht vergessen.«

Jetzt lachte er tatsächlich, und dieses Mal erreichte es auch die Augen, die gleich in einem viel wärmeren Licht zu funkeln begannen. »Das weiß ich, Ellianne. Aber Drachenwandler sind nun mal sehr herrische und von sich selbst überzeugte Wesen, die ihre Liebsten schützen wollen. Es ist meine Pflicht, über diejenige zu wachen, die mein Herz gestohlen hat und die es sogar schafft, die Bestie in mir zu zähmen …«

Bei seinen Worten flutete Wärme ihr Inneres. Auch Ella litt Schmerzen bei dem Gedanken, ihm könnte etwas Schlimmes widerfahren. Wieder versank sie in seinen Augen und wünschte sich nichts sehnlicher, als dass er sie noch einmal …

Warme Lippen streiften zart über ihre und dann schlossen seine Arme sich fest um ihren Körper. Er zog sie so eng an sich, dass Ella für einen Moment keine Luft mehr bekam, und sein Kuss verschlug ihr zusätzlich den Atem. Er war voller Hitze und Glut, voller Begehren und Leidenschaft, aber auch so getränkt mit seiner Liebe, dass sie nicht wusste, wie ihr geschah.

In diesem Moment wurde ihr klar: Auch sie würde sein Leben verteidigen – mit allem, was sie geben konnte. Ein Dasein ohne Razul konnte und wollte Ella sich nicht mehr vorstellen.

Einen Tag später war Ella mit ihren Gedanken noch immer bei der Begegnung auf dem Wehrturm. Bei dem Moment, in dem Razul ihr gestanden hatte, dass er sie liebte.

Gerade kletterte sie hinter Razul über einen verschneiten Pfad, der sich steil in die Höhe schraubte und zu einem Pass durch die Donnerberge führte. Über ihnen ragten die gigantischen Gipfel auf und schon seit Stunden vernahmen sie das Grollen, das diesen Bergen den Namen gegeben hatte. Von den riesigen Zinnen konnte man nicht sehr viel erkennen. Fast immer hingen dichte Wolken bis tief hinunter in die kargen Täler und ständig blitzte und donnerte es über der riesigen Felsformation.

Hinter Ella liefen Trexos, Tabor und ein weiterer junger Jäger namens Cestres. Razul drehte sich immer wieder zu ihr um. Wahrscheinlich um zu schauen, wie sie sich hielt. Dabei hatte Ella die ganze Zeit nur Augen für diesen Mann. Für die starken Schultern und für den wirklich knackigen …

»Konzentrier dich auf den Weg, Ella!« Trexos' Stimme klang belustigt und Ella ahnte, dass der ältere Waldläufer sehr genau wusste, was in ihr vor sich ging. Am liebsten hätte sie sich umgedreht und ihm einen übellaunigen Blick zugeworfen, aber das wäre auf dem schmalen Steig viel zu gefährlich gewesen.

Die Truppe lief in einem strammen Tempo, aber das war Ella gewohnt. Sie war nur froh, dass kein Sturm in Sicht war. Die letzten drei Tage war das Wetter auffallend ruhig gewesen und Ella hatte sogar ein paarmal gedacht, es würde Tauwetter einsetzen. Irgendwie schienen die Kälte und die Stürme mit Razuls Gemütsverfassung in Verbindung zu stehen. Fast so, als ob er unbewusst das Wetter beeinflussen würde.

Einen winzigen Moment war sie unaufmerksam und Ella kam auf dem vereisten Weg ins Rutschen. Sogleich waren es die warmen Hände des Drachenmannes, die sie stützten und verhinderten, dass sie zu Boden ging. Ella schämte sich, weil sie sich hatte ablenken lassen – schließlich war sie eine Jägerin! Trexos lief grinsend an ihr vorbei, während Razul sie in den Armen hielt, was das Gefühl, versagt zu haben, nur noch verstärkte.

Sie wollte sich schon von Razul lösen, der plötzlich sehr bestimmend ihren Fäustling von der rechten Hand zog. Dabei sog er so laut Luft in seine Lungen, dass Ella seinem Blick folgte. Eisiger Schrecken raste durch ihre Glieder. Das dunkle Mal bedeckte in der Zwischenzeit ihren gesamten Handrücken und noch immer schien sich unter ihrer Haut etwas zu bewegen. Ein leises Rascheln ertönte, und als Ella genauer hinschaute, erkannte sie die winzigen Schuppen auf ihrer schwarzen Haut, die sich kaum hörbar aneinander rieben. Panisch wollte sie Razul ihre Hand entreißen, doch der hielt sie eisern fest. Gleichzeitig wandte er seinen Kopf in Richtung der anderen Jäger, die schon ein gutes Stück vorausgeeilt waren.

»Halt!«, brüllte er. »Wir übernachten hier.« Dann drehte er sich wieder zu Ella und musterte sie so eindringlich, dass sie seine Blicke fast schon fühlen konnte. Sie brannten regelrecht auf ihrer Haut.

»Ella!« Er knurrte und auf seiner Stirn bildete sich eine steile Falte. »Seit wann geht es dir schlechter?« Woher wusste er, dass sie sich in den letzten Stunden immer wieder mal nicht gut gefühlt hatte? Kälte und Hitze hatten sich in ihrem Inneren abgewechselt und ein paarmal war ihr auch schwindelig geworden – aber das hatte sie auf die ungewohnte Höhenluft geschoben. Ella machte ein ratloses Gesicht und blieb Razul eine Antwort schuldig. Der reagierte allerdings anders, als sie erwartet hatte. Aus dem Knurren wurde ein rohes Grollen und die Augen begannen furchterregend zu leuchten. Bevor Ella reagieren konnte, hatte Razul sie auf seine Arme gehoben und dann raste er mit ihr so schnell über den steilen Pfad, dass ihr richtig flau wurde. Ein falscher Tritt und sie würden irgendwo in der Tiefe landen – und auf spitzen Felsen und eisigen Gletschern zerschellen. Er flog förmlich an der restlichen Truppe vorbei und scherte sich dabei einen Dreck, ob die Männer hinterherkamen. Anscheinend hatte Razul ein ganz bestimmtes Ziel im Sinn. Ella musste die Augen schließen, bevor ihr am Ende noch übel wurde. Sie öffnete sie erst wieder, als er endlich stehen blieb. Ella schlug das Herz bis zum Halse. Sie brauchte ein paar Sekunden, bis sie realisierte, dass sie sich in einer geräumigen Höhle befanden. Von draußen hörte sie das Brausen des Windes. Sie blickte zu Razul, der sie mit glühenden Augen anfunkelte. Kein Wunder, dass das Wetter sich änderte.

Ellas Bruder und die beiden anderen Jäger kamen wenige Augenblicke nach ihnen in der Grotte an und schüttelten sich den Schnee von ihren Jacken. Nach einem Blick auf Razul führte Trexos Tabor und Cestres in eine andere Nische der Höhle. Anscheinend hatte er genau erkannt, dass der Drachenwandler gerade niemand anderen in Ellas Nähe dulden würde. Razul schirmte sie mit seinem Körper ab und trug sie tiefer in die

Kavernen hinein. Er ließ sie erst vorsichtig zu Boden gleiten, als die anderen außer Sichtweite waren, aber er hielt sie dabei weiter fest in seinen Armen und ließ sie keine Sekunde aus den Augen.

»Es ist wichtig, dass du mir ab jetzt sagst, wenn du etwas spürst, das dir Furcht einjagt oder dir fremd ist.« Sein Blick war so ernst, dass Ella es nun doch mit der Angst zu tun bekam.

»Was geschieht denn mit mir? Ich fühle nur diese seltsame Kälte und ein bisschen Schwindel durch die Höhenluft.« Belog sie sich da nicht selbst? Hatte sie nicht schon am Abend des Kampfes diese sonderbare Nähe zu Razul verspürt – als könne sie geradewegs in sein Herz sehen?

Der Drachenmann ließ sich auf einem Felsen nieder und zog sie dabei auf seinen Schoß. Dann schob er ihren Ärmel sacht nach oben, während sein Daumen vorsichtig über die schwarzen Flecken fuhr. Raschelnd und knisternd stellten sich die winzigen Schuppen auf. Sie reagierten auf seine Berührung.

»Es sieht so aus, als würdest du dich verwandeln. Falls meine Vermutung zutrifft, dann …«

»Welche Vermutung?« Ella verfluchte einmal mehr den Umstand, dass sie Barkas alten Geschichten niemals gelauscht hatte. »Wieso? Ich meine … warum …« Ella lehnte sich gegen den starken, warmen Körper, der ihr Sicherheit versprach.

»In den alten Chroniken des Drachenvolkes steht geschrieben, dass unsere Rasse zu einem Zeitpunkt in dieser Welt auftauchte, als diese an einem Scheideweg stand. Krieg, Armut und Hungersnöte suchten die Länder heim. Als der Stern des Westens mit ansehen musste, wie die Menschen sich gegenseitig das Leben nahmen, schickte er einen Kometen voller Licht und Magie. Aus dem Sternenstaub, der in den Sommerlanden

den Boden berührte, gingen die ersten Drachen hervor. Machtvolle Wesen, die nur einem Zweck dienen sollten: die Menschen vor sich selbst zu schützen.« Razul sah sie nachdenklich an. »Eine Legende unter vielen, aber eine sehr schöne.« Er lächelte und Ella betrachtete fasziniert das Grübchen, das sich in seiner Wange bildete. »In Wahrheit weiß niemand so genau, woher unsere Rasse stammt und warum nur Männer den Wandlerfluch in sich tragen. Unsere Spuren verlieren sich im Dunkel der Vergangenheit. Wir sind zu alt und zu lange in dieser Welt. Das Wissen unserer Vorfahren ging im Laufe der Jahrtausende verloren.«

»Sternenstaub? Das hört sich wunderbar an. Ich wünschte …«

»Ella, ich muss wissen, ob an meinem Verdacht etwas dran ist, und deshalb …« Razul sah sie fragend an. »Ich muss dein Herz berühren und es könnte sein, dass dir das unangenehm ist.« Der Drachenmann hob seine Hand und ließ sie dicht über ihrem Herzen schweben. Für einen kurzen Moment wurde ihr ganz seltsam zumute, aber dann nickte sie zaghaft und seine Finger senkten sich.

Wärme breitete sich dort aus, wo Razuls Hand auf ihrem Herzen ruhte, aber nicht nur das. Es war wie ein Strahlen, das in ihren Körper eindrang und sich ihrer bemächtigte. Für einen kurzen Moment verschwand sogar die unangenehme Kälte und wich einer Hitze, die Ella so nicht erwartet hatte. Trotz der eisigen Temperaturen in der Höhle fror sie zum ersten Mal seit langer Zeit nicht mehr und wurde angenehm schläfrig. Irgendwie schienen Raum und Zeit zu verschwimmen und Ella fühlte sich merkwürdig leicht. Fast so, als wäre sie zwischen Traum und Wirklichkeit gefangen.

Doch dann raste plötzlich ein Brennen durch ihre Adern –

heiß wie Glut und so schmerzhaft, dass Ella entsetzt aufschrie und sich in Razuls Armen wand. Die Hitze war so unerträglich, dass sie glaubte, von innen heraus zu verbrennen. Ihr Schrei brach sich an den Höhlenwänden und mischte sich mit Razuls Keuchen. Er versuchte sie zu halten, doch es gelang ihm nicht. Sie glitt von seinem Schoß und krümmte sich in Qualen am Boden. Das Feuer verzehrte sie und ließ nichts von ihr übrig.

Razul redete auf Ella ein, aber sie verstand die Worte nicht. Es war, als ob eine fremde Macht nach ihr griff – ein Ruf, dem sie sich nicht entziehen konnte. Und der war so dunkel und so böse, dass sie glaubte, es nicht länger ertragen zu können.

»Schschh, mein Herz! Ich bin bei dir!« Sie hörte Razul, doch der fremde Wille war ihr so nah und riss so sehr an ihrem Geist, dass ihr die Tränen aus den Augen schossen. Bestimmt würden die Schmerzen aufhören, wenn sie dem herrischen Zwang folgte, doch der Drachenmann an ihrer Seite ließ sie nicht. Sein Körper drückte sie auf den harten Boden, und sosehr sie sich auch anstrengte – sie konnte seine Kraft nicht überwinden. Dann spürte sie, dass Razuls Macht auf sie überging. Wie in Zeitlupe sickerte sie in ihr brennendes Fleisch und milderte die Schmerzen. Unerträglich langsam kämpfte Ella sich ihren Weg zurück. Sie nahm seine bernsteinfarbenen Iriden wahr, die sie kummervoll musterten. Trexos hielt Tabor fest, der unbedingt zu ihr wollte, und der andere Jäger starrte stur an ihr vorbei. Was war hier nur los?

»Ella!«, brüllte Tabor und zappelte noch immer in Trexos' Griff. Ella wollte sich aufrichten und Tabor in die Arme schließen, doch Razul schüttelte den Kopf.

»Bring den Knaben fort, Jäger! Noch ist die Gefahr nicht vorüber.« Gefahr? Welche Gefahr? Ella versuchte aufzubegehren, doch Trexos führte Tabor bereits nach draußen und sie blieb allein mit dem Drachenwandler zurück.

»Was soll das? Tabor hat Angst, ich muss …«

»Du musst erst mal gar nichts, sondern bleibst einfach still liegen und versuchst wieder zu Kräften zu kommen. Ein Angriff der dunklen Bruderschaft ist nichts, was man leicht wegsteckt, und noch bist du nur ein Mensch.« Ella hatte das Wort *noch* genau gehört und auch den seltsamen Unterton, der in seinen Worten mitschwang.

»Was soll das heißen?« Wieder versuchte sie sich aufzurichten und wieder ließ Razul genau das nicht zu.

»Ellianne«, raunte er leise. »Du veränderst dich. Dein Körper, dein Herz … dein Herz hat bereits begonnen, das Tier anzunehmen. Du bist dabei, dich in einen Drachen zu verwandeln.«

KAPITEL 11

Er tötete, was er am meisten liebte,
er verdarb, was das Seine war.
Er verschlang das eine Herz,
das ihn befreien konnte,
und ging in sein eigenes Verderben.
Aus dem Haus der Weißen wird sein Ende kommen,
doch der Weg dorthin ist hart und voller Dornen.

(AUS DEN CHRONIKEN DER DRACHEN)

Er hatte sie sofort gespürt. Als Verex die riesige Grotte verließ, war ihre Präsenz so deutlich für ihn zu fühlen, dass er glaubte, sie befände sich in unmittelbarer Nähe. Natürlich war sie das nicht, aber das sagte dem finsteren Drachen, dass sie stärker war, als er ursprünglich gedacht hatte, und diese Tatsache irritierte ihn sehr. Immerhin war sie in erster Linie ein schwaches Menschlein – ein Wesen, das sich mit der Kraft und Magie eines Drachen nicht messen konnte. Sie musste etwas

Besonderes an sich haben, denn sonst wäre sie längst an dem giftigen Blut gestorben, das in ihren Körper eingedrungen war. Sie entpuppte sich als Geschenk des Himmels und das Beste war: Sie ahnte nicht, dass er sie entdeckt hatte.

Verex musste unbedingt herausfinden, ob sie schon auf den dunklen Lockruf reagierte, denn dass aus ihr ein schwarzer Drache hervorgehen würde, stand außer Frage. Die finsteren Wogen der Magie wiesen Verex den Weg in ihre Gedanken. Er musste sich nicht einmal anstrengen. Ihr neu erwachtes Herz lag offen und ungeschützt vor ihm, als er seinen Ruf nach ihr über die Grenzen von Raum und Zeit hinweg schickte. Die Reaktion erfolgte so schnell, dass es selbst den uralten Drachen für einen Moment mit Staunen erfüllte. Er war noch nicht ganz in ihr Inneres vorgedrungen, versuchte gerade nach ihr zu fassen, da schlug sie mit Vehemenz um sich. Und zwar so hart, dass Verex ins Taumeln geriet. Seine Flügel wollten ihn plötzlich nicht mehr am Himmel halten, versagten ihm vollkommen unverhofft den Dienst, als sengende Pein sich in seinen Schädel bohrte. Er sackte ab und der Boden kam rasend schnell näher. Das war unmöglich. Kein Drache der Sommerlande, kein Drache der Bruderschaft war so mächtig wie er. Nichts sollte ihn so schwer treffen können.

Verex sah das Feuer, die schwarzen Giftwolken, die über seinem Land lagen, und wusste, dass er sich zusammenreißen musste, wenn er nicht zwischen den nadelspitzen Felsen aufprallen wollte. Nicht dass es ihn getötet hätte, aber es würde ihn für ein paar Stunden schwächen, und das konnte er sich nicht erlauben.

Nur unter Aufbietung all seiner Magie schaffte Verex es, sich von ihr zu lösen und wieder an Höhe zu gewinnen. Auf keinen Fall durfte er aufgeben. Er musste einfach wissen, was an ihr so besonders war. Erneut tastete er sich vor, diesmal aber behutsamer, er stürmte die wehrhafte Burg sozusagen von hinten. Sie bemerkte ihn erst, als es zu spät war, und da hatte er seine dunkle Saat bereits in ihre Gedanken gepflanzt. Seine schwarze Magie drang in ihr Herz und ihren Verstand. Er versuchte mit aller Kraft, sie zu einer willenlosen Sklavin seiner Macht zu machen. Sie hatte ihm gezeigt, dass er den weiblichen Drachen nicht mit Samthandschuhen anfassen musste. In ihr ruhte gelinde gesagt eine Bestie, und Verex spielte mit dem Gedanken, ob es nicht besser wäre, sie sofort zu töten. Falls es ihm nämlich nicht gelingen würde, sie zu kontrollieren, würde sie ihn verschlingen – mit Haut und Haaren.

Verex rüttelte an ihrer Bastion und fühlte genau das Herz des Tieres, dass sich heftig gegen ihn zur Wehr setzte – aber dieser Teil des Herzens war gar nicht sein Ziel. Dort, wo die Liebe saß, der Schmerz und das Mitleid, dort würde er sich einnisten und sie weiter in die Richtung der Dunkelheit führen. Dort würde er seine schwarze Magie und sein lockendes Versprechen des Bösen hinterlassen. Er spürte ihre Schmerzen körperlich, aber es war eine gute Qual, eine von der Sorte, die nur er beenden konnte, wenn sie sich ihm ergab. Aber noch immer wehrte sie sich, schützte sich, so gut es eben ging, und brachte Verex zwei weitere Male aus dem Tritt. Schweiß bedeckte nun seinen Körper. Verex konnte sich nicht daran erinnern, wann das zum letzten Mal der Fall gewesen war. Er musste es zu Ende bringen, die böse Saat in ihren Körper pflanzen. Doch als er erneut ausholte, wurde er gnadenlos zurückgeschlagen. Jetzt war ihre Magie plötzlich so hell und so gleißend, dass Verex wie ein Stein in die Tiefe fiel. Er hatte den weißen Drachen in ihr gespürt – Razul –, seinen ärgsten Feind.

Als Ella am nächsten Morgen die Augen aufschlug, hatte sie das Gefühl, auf Glassplittern gelegen zu haben. Ihr ganzer Körper schmerzte – durch die verkrampfte Haltung, aber auch von der Hitze, die durch ihren Leib tobte. Alles in ihr schrie danach, die Fesseln an Armen und Beinen loszuwerden. Nach und nach kehrten die Erinnerungen zurück, und die waren nicht gerade angenehm. Nach ihrem furchterregenden Anfall hatte Razul sie sehr schnell verlassen müssen, denn die Nacht war hereingebrochen. Der Moment, in dem er sich in einen Drachen verwandelte. Allerdings hatte er sie nicht ohne eine Warnung verlassen und er hatte Trexos befohlen, sie zu fesseln.

Auch Ella verwandelte sich. Es überlief sie heiß und kalt. Auf gar keinen Fall wollte sie zu einem Drachen werden. Lähmender Schrecken packte sie bei dem Gedanken an das schwarze Blut in ihrem Körper und wie es sie langsam veränderte. Würde sie am Ende zu einem Monstrum werden, das sich gegen jedes Lebewesen wandte? Ein unberechenbares, schwarzmagisches Biest, das nur Töten im Sinn hatte? Razuls Hinweis, dass sie ihren Begleitern gefährlich werden könnte und deshalb niemand ihre Fesseln lösen sollte, trug auch nicht unbedingt zu Ellas Beruhigung bei. Offenbar konnte nicht einmal Razul mit Bestimmtheit sagen, ob sie zu etwas Dunklem wurde.

Ella versuchte sich zu entspannen, die beängstigenden Gefühle loszuwerden, doch die strammen Seile verhinderten, dass sie eine bequemere Position einnehmen konnte. Und ihr wurde langsam warm, um nicht zu sagen … heiß.

Razul war noch nicht zurück und Ella lauschte in die Finsternis. Außer dem leisen Säuseln des Windes konnte sie nichts vernehmen.

Nachdem der Drache in der letzten Nacht stundenlang versucht hatte, in die Grotte zu gelangen, war es jetzt schon fast beängstigend ruhig, und Ella hörte nur das laute und dumpfe Pochen ihres unruhigen Herzens. Sie hatte Angst, spürte jedoch, dass Razul nicht weit entfernt war. Ein Blick in ihr Herz reichte, um ihr das zu sagen.

»Trexos?« Ella musste endlich diese Fesseln loswerden. Von Sekunde zu Sekunde fühlte sie sich schlechter und die Hitze, die immer heftiger wurde, brachte sie zum Stöhnen. Ella verbrannte von innen heraus.

Wasser! Sie musste unbedingt etwas trinken. Die Zunge klebte ihr am Gaumen.

»Trexos! Bitte! Ich kann nicht mehr ...« Schweiß lief Ella über das Gesicht, brannte in ihren Augen und sie fühlte sich einfach nur hundeelend. Am liebsten hätte sie sich wie ein kleines Mädchen in Barkas Arme geflüchtet, um sich trösten zu lassen.

Obwohl sie nach ihrem Freund rief, ließ dieser sich nicht blicken. Von ihren Begleitern kam keine Antwort, dabei konnte Ella genau hören, dass sie da waren. Eine Woge von Zorn schwappte durch ihren Körper. Etwas Glühendes, das sich ihrer bemächtigte und drohte, ihren Verstand zu vernebeln. Selbst ihr Blickfeld trübte sich ein, und obwohl sie noch immer von Dunkelheit umgeben war, konnte sie auf einmal alles genau erkennen. Die ganze Höhle, jeden einzelnen Stein.

Sie konnte die exakte Position ihres Bruders und der beiden anderen Jäger ausmachen. Diese drückten sich am Ende der Grotte eng aneinander und sahen immer wieder in ihre Richtung. Dabei waren ihre Augen furchtsam weit aufgerissen.

»Bitte, Trexos!«, ächzte Ella, denn jetzt wurde das feurige Glühen in ihrem Inneren so schlimm, dass sie glaubte in Flammen zu stehen. Wieder öffnete sie ihren Mund, doch es kam kein Wort heraus, sondern ein sehr lautes und verdammt bösartiges Fauchen, gleich gefolgt von einem angstvollen Wimmern. Ella rollte sich auf die Seite und zog ihre Knie so eng an den Körper, wie die Stricke es zuließen. Vor Schmerzen liefen ihr lautlose Tränen über die Wangen.

Offenbar hielt Trexos Tabor fest, denn sie konnte plötzlich hören, wie ihr Bruder sich gegen den erfahreneren Waldläufer zur Wehr setzte. Aber das war noch lange nicht alles: Auch das Trippeln vieler kleiner Breassel-Füße tief im Inneren der Höhle konnte sie ausmachen. Ihre Sinne schärften sich merklich. Ella war dabei, sich in den Drachen zu verwandeln, und sie konnte nichts dagegen tun. Sie hatte einfach nicht genug Kraft, gegen die Bestie anzukämpfen, die sich lodernd ihren Weg ins Freie bahnte. Ella drückte sich gegen die Stricke und zu ihrer grenzenlosen Erleichterung konnte sie spüren, wie das erste Seil nachgab. Der peitschende Knall blieb auch Trexos nicht verborgen. Sie hörte, wie der Jäger Tabor packte und die beiden sich Richtung Ausgang entfernten. Cestres folgte ihnen so lautlos, wie es ihm möglich war.

Wieder verschwamm alles vor Ellas Augen und Finsternis drohte sie zu überrollen. Dunkle, willkommene Kälte sickerte in ihr Bewusstsein und löste eine so große Ruhe aus, dass sie förmlich danach greifen wollte. Die schwarze Wolke waberte heran und lud sie ein, versprach Sicherheit und das Ende der heißen Pein. Doch Ella war sich sicher: Würde sie zugreifen, gab es keine Rettung mehr. Nicht für sie, nicht für Razul und auch nicht für die Sommerlande.

Razul stand vor der Grotte und befürchtete Schlimmes. Trexos, Tabor und der andere Jäger hatten sich in den Eingangsbereich der Höhle zurückgezogen. Razul hörte das wilde Fauchen, das aus dem Inneren zu ihm nach draußen drang. Ella erwachte – am helllichten Tag! Kein Drache wandelte sich am Tage – nur die der dunklen Sippschaft oder die gebundenen Drachen waren dazu in der Lage. Ella war weder das eine … noch …

Razul empfand eine alles andere verschlingende Furcht. Was, wenn der Finstere sie gefunden hatte? Was, wenn sie ihm im Schlaf erlegen war?

Der Wandler schoss an den Männern vorbei zu der Stelle, wo er Ella am Abend hatte zurücklassen müssen. Drei von vier Stricken waren zerfetzt und hingen nutzlos an ihrem Leib. Razul sah lediglich ihren Handrücken, weil alles andere unter einer dicken, wärmenden Jacke verborgen war, doch das reichte bereits aus. Dort war ihre Haut schwarz – so finster wie die Nacht, die er gerade hinter sich gelassen hatte. Ihre blauen Augen leuchteten silberhell wie die Sonne am Himmel und ihr Blick brannte sich förmlich in seinen Kopf. Winzige Schuppen rankten sich um ihren Haaransatz und schlängelten sich in einem wilden Muster über den Teil ihres Halses, den Razul betrachten konnte. Als Ella den Mund öffnete, hatte er das Gefühl, den Drachen bereits sehen zu können. So als ob sich ihr Gesicht verschieben würde. Er war keine Sekunde zu früh.

Blitzschnell sank Razul neben ihr auf den staubigen Boden und ließ sich dabei durch Ellas wilde Gegenwehr nicht aus der Ruhe bringen. Sie kämpfte gegen den Drachen an, der die

Macht in ihrem Körper übernehmen wollte, und sie überließ ihm keinesfalls freiwillig das Feld. Sie musste Höllenqualen leiden, doch die würde Razul ihr nehmen können.

Er griff nach ihrer Hand. Ein helles Leuchten legte sich um sie beide, als Razuls Magie auf Ella überging – als er seine Macht mit ihr teilte. Er gab von sich, was er selbst dringend benötigte, um seine eigene Bestie im Zaum zu halten, aber Ella brauchte diese Stärke gerade dringender als er. Sie zuckte und krampfte und immer wieder stieß sie dieses furchterregende Fauchen aus.

»Lass ihn los, Ellianne!« Razul schrie sie an, anders drang er gar nicht mehr zu ihr durch, so sehr war Ella in ihrer Raserei gefangen. Erst in dem Moment, als er sie unter seinem Körper begrub, reagierte sie – kaum dass der letzte Strick barst und sie frei war. Das Knurren, das aus ihrem rosigen Mund drang, erzeugte ein anderes, weitaus lauteres Grollen in Razul. Sein Drache erwachte ebenfalls. Hitze, Glut und etwas Wildes ergriffen von ihm Besitz – etwas, wofür er keinen Namen hatte. Ein Blitz fuhr durch seine Brust, gleich darauf ein stechender Schmerz und dann …

Auf einmal herrschte Ruhe. Für eine Sekunde schien selbst die Welt stillzustehen und den Atem anzuhalten. Razul wurde von einem ganz eigenartigen Gefühl ergriffen und etwas sagte ihm, dass er gerade seine Partnerin in Besitz genommen hatte – aber nicht mit dem Teil seines Herzens, welcher der Liebe und seiner Gefährtin zugestanden hätte, sondern mit dem Drachenherzen, das jetzt nur noch ein einziges Wort kannte … *Mein!*

Ella fühlte sogleich, dass etwas anders war. Sie erinnerte sich zwar nur schwach an die Nacht, aber sie spürte genau, dass sie nicht mehr dieselbe war wie zuvor. Ihr Blick schien irgendwie schärfer und auch Geräusche und Gerüche trafen ihre Sinne weitaus heftiger, als sie es gewohnt war. Ella hatte Schwierigkeiten, diese neuen Eindrücke zu verarbeiten, und der besorgte Blick, den Razul ihr immer wieder zuwarf, schürte ihre Angst. Natürlich hatte sie auch gemerkt, dass Tabor, Trexos und Cestres sie immer wieder nachdenklich, teilweise furchtsam betrachteten.

Sobald sie versuchte, die Erinnerungen an die Nacht zu fassen, machte sich tiefe Dunkelheit in ihr breit, und die ängstigte sie so sehr, dass sie es am Ende aufgab. Niemand schien ihr etwas darüber sagen zu wollen und so seufzte sie still in sich hinein, während sie die Decke an ihrem Rucksack befestigte.

Trexos war es, der schließlich zum Aufbruch mahnte, und Ella war erstaunt, wie weit der Tag bereits fortgeschritten war. Auch das war ungewöhnlich, denn am Vortag waren sie losmarschiert, kaum dass Razul seine menschliche Gestalt zurückhatte. Als sie dann aber den Ärmel ihrer Jacke ein Stück nach oben schob, war es endgültig vorbei mit der aufgesetzten Ruhe. Schwarze Schuppen bedeckten ihren gesamten Handrücken und es sah so aus, als ob sich die Dunkelheit unter ihrer Haut weiter ausbreiten würde. Wie ein kunstvolles Ornament, das sich an ihrem Arm nach oben rankte.

Hastig bedeckte sie ihre Hand mit den Fäustlingen und gab sich Mühe, das Bild des finsteren Drachen zu verdrängen. Immer wieder sah sie die Albtraumkreatur, die Mooresdahl angegriffen hatte, und wie dessen Blut in ihre Wunden eingedrungen war. Die Furcht, sich in eine ebenso finstere Bestie zu verwandeln, ließ sie buchstäblich erstarren. Erst als Razul fürsorglich eine Hand in ihren Rücken legte und sie bestimmend vorwärtsschob, setzte sie sich in Bewegung.

Sie erreichten den Fuß der Donnerberge am frühen Nachmittag und vor ihnen dehnte sich ein riesiges Feld mit nadelspitzen Felsen aus. Manche nur so hoch, dass sie Ella bis zu den Knien reichten – andere so groß wie die höchsten Bäume im Flammenwald. Ein ganzes Meer aus Felsen, das sich unheimlich und tot vor ihnen ausbreitete.

Ella fühlte sich müde, erschöpft und auch die unnatürliche Wärme in ihrem Inneren machte ihr zu schaffen. Bevor sie oder einer ihrer Begleiter jedoch auch nur einen Schritt zwischen die skurrilen Gebilde setzen konnte, hob Razul bestimmend seine Hand.

»Wir machen eine kurze Pause! Ellianne muss sich erholen«, sagte er mit dunkler Stimme und betrachtete Ella dabei aufmerksam. Woher wusste er eigentlich immer, wie sie sich gerade fühlte?

Seufzend ließ Ella sich an einem Fels nach unten auf den Boden gleiten. Sie war froh, dass sie jetzt auch ihre dicke Kapuze abziehen konnte. Auf dieser Seite der Donnerberge war es zwar kühl, aber es lag kein Schnee. Der Fels zeigte sich grau, durchzogen von einem dunkelbraunen Schimmer, doch Ella war zu erschöpft, um sich mit Einzelheiten aufzuhalten. Sie musste sich einfach einen Moment ausruhen und so schloss sie die Augen …

Der elegante Drache mit den schwarzen Schuppen fegte über ein Dorf hinweg. Erkannte Ella ihn zunächst von unten, so wechselte gleich darauf die Perspektive und sie sah die Ansammlung von winzigen Häusern unter sich liegen. Sie beobachtete Menschen – viele Menschen, die wie winzige Breassels über den Boden huschten und immer wieder in den Himmel starrten. In ihrem Inneren begann sich ein rasender Hunger zu rühren.

Töte … Töte … Töte!

Immer wieder hämmerte diese Wort auf sie ein. Ella stieß blitzschnell nach unten. Ihre Schwingen legten sich eng an den Körper und sie kannte gleich einem Pfeil nur ein Ziel – das weiche Fleisch ihres Opfers …

Mit einem Keuchen riss Ella die Augen wieder auf und merkte, wie eine Welle von Übelkeit sie heimsuchte. Sie sprang auf, rannte hinter den nächsten Felsen und versuchte verzweifelt, das Würgen zu unterdrücken. Noch immer glaubte sie zu spüren, wie sich ihre Fänge in zartes, nachgiebiges Fleisch bohrten, und den kupfrigen Geschmack von Blut auf der Zunge zu schmecken.

»Ella …« Tabors Stimme klang ängstlich. »Ella? Was ist mit dir?«

Tränen brannten hinter ihren Lidern. »Geh, Tabor!« Und bei diesen Worten brach ihr das Herz. »Es ist nicht sicher in meiner Nähe.«

»Aber, Ella …«

»Tu, was ich dir sage. Geh einfach und halte dich von mir fern! Da ist etwas Böses in mir und ich weiß nicht, wie lange ich die Kraft habe, ihm zu widerstehen.«

»Es gibt nichts Böses in dir.«

Ella flog herum. Razul lehnte nicht weit von ihr entfernt an einem Stein und betrachtete sie aus seinen strahlenden Augen. Warum leuchteten diese noch immer, als ob der Drache gleich aus ihm hervorbrechen wollte? Das hatte Ella so noch nie gesehen. Normalerweise glitzerten sie geheimnisvoll, manchmal auch düster, aber niemals mit diesem unglaublichen Schimmer. Auch er schien sich zu verändern – aber wieso?

»Woher willst du wissen, was in mir ist? Ich dachte, niemand könne sagen, was mit mir geschieht? Wie kannst du also behaupten, dass ich nicht zu einem ebenso ekelhaften Albtraum werde wie der, der über Mooresdahl hereingebrochen ist? Du …«

»Weil ich dein Herz sehen kann, Ella. Weil dein Herz das hellste und stärkste ist, in das ich jemals geblickt habe.«

KAPITEL 12

Schon immer waren Angst und Misstrauen
Elemente des Bösen. Der dunkle Weg,
der einfach und verlockend scheint.
Liebe und Vertrauen sind die Zutaten, die das Böse
besiegen, doch die Rose hat scharfe Dornen und es
wird Blut sein, welches du auf diesem Pfad vergießt.
Lass dich trotzdem nicht beirren, Kind des Lichtes.
Nicht immer ist das vermeintlich Einfache die
bessere Wahl …

(AUS DEN CHRONIKEN DER DRACHEN)

Stunde um Stunde liefen sie jetzt bereits durch diesen gigantischen und unheimlichen Wald aus Felsen. Je weiter sie sich von den Donnerbergen entfernten, desto dichter ragten die Steinskulpturen vor ihnen auf. Immer wieder mussten sie Umwege machen, weil sie einfach nicht mehr weiterkamen und Razul sie dann auf einen anderen Pfad lenkte. Die Felsen rückten näher und schienen Ella erdrücken zu wollen. Selbst ihre Schritte klangen auf dem schmalen Pfad inzwischen seltsam hohl und die Stille an diesem Ort war unerträglich. Sie bescherte Ella ein ums andere Mal eine Gänsehaut, die gar nicht mehr weichen wollte. Die Kälte in ihrem Inneren erreichte einen neuen Höhepunkt. Für den Moment schien die gewaltige Macht in ihrem Inneren zu schlafen. Auch das drängende Gefühl, jagen und töten zu müssen, hatte nachgelassen. So hatte Ella sich in den letzten Stunden ein bisschen beruhigen können.

Razul war währenddessen merkwürdig still geworden und hatte dafür gesorgt, dass ihre Truppe es ihm gleichtat. In diesem steinernen Wald musste sich irgendetwas verbergen, das ihnen gefährlich werden konnte. Ella spürte es mit jeder einzelnen Faser ihres Körpers. Auch Tabor schien zu merken, dass hier irgendetwas nicht stimmte. Das sorglose Jungengesicht wirkte angespannt und ernst. Ella staunte nicht schlecht, wie lautlos sich ihr Bruder bewegen konnte. Im Stillen musste sie Trexos recht geben: Tabor hatte schon eine Menge gelernt und war auf dem besten Wege, ein vollwertiger Jäger zu werden.

Dann richtete sie ihr Augenmerk allerdings wieder auf Razul. Seine weißen Haare wehten seidig um seine Schultern und er bewegte sich so geräuschlos, dass es schon fast unheimlich war. Kein Steinchen knirschte unter seinen Füßen, und während Ella von den anderen dann und wann einmal ihr leises Atmen vernehmen konnte, drang von Razul kein einziger Laut an ihr Ohr.

Sie war so sehr in seinen Anblick vertieft, dass sie fast in ihn hineingelaufen wäre, als er plötzlich stoppte und seine Hand hob. Er drehte sich langsam um und legte einen Finger an seine Lippen. Dann zeigte er auf eine Senke und bedeutete ihnen, sich schleunigst den Abhang hinunterzubewegen.

Ella suchte den Himmel und auch ihre nähere Umgebung ab, doch selbst mithilfe ihrer geschärften Sinne konnte sie nichts Auffälliges entdecken. Dass Razul angespannt war, sah sie ihm an, denn jeder Muskel seines herrlichen Körpers schien nur darauf zu warten, in Aktion zu treten.

Ella gab es auf, ergründen zu wollen, was ihn störte, und begab sich mit den anderen schnellstens in die kleine Bodensenke. Razul stand noch immer an deren Rand und beobachtete den Himmel aufmerksam. Außer den dichten Wolkenbänken konnte Ella nichts Außergewöhnliches oder Bedrohliches entdecken. Bis zu dem Moment, als …

Sie hörte ein lautes Krächzen. Dann noch eines und schließlich wurde es immer schriller und durchdringender. Das Geräusch drang von allen Seiten auf sie ein und es war grauenvoll. Binnen kurzer Zeit wand Tabor sich neben ihr auf dem Boden und presste sich die Hände auf die Ohren. Ella musste mit ansehen, wie auch Trexos und Cestres unter dem ekelerregenden Ton in die Knie brachen. Das Krächzen und Heulen wurde noch lauter und jetzt endlich wurde Ella klar, woran die Laute sie erinnerten: Selkisvögel! Ein normaler Schwarm würde jedoch niemals eine solche Lautstärke erzeugen können.

Noch waren die Tiere nicht zu sehen und sie fragte sich, wie viel schlimmer es werden würde, wenn diese verfluchten Vögel erst über ihnen waren. Man nannte diese Tiere nicht umsonst Seelenvögel, denn ihr Geschrei drang bis in das tiefste Innere vor – so lähmten sie ihre Opfer. Sie fraßen zwar alles, was ihnen zwischen die harten roten Schnäbel geriet, aber in Mooresdahl waren sie bisher nur eine Gefahr für die Tarekwurzeln gewesen, nicht aber für die Bewohner des Dorfes.

Ella zuckte zusammen, als sie den Schwarm, eine gigantische Wolke am Firmament, erkannte. Tiefschwarz und bedrohlich stieß er vom Himmel herab. Die Tiere steuerten in einer atemberaubenden Geschwindigkeit auf sie zu. Razul stand noch immer am Rande der Vertiefung und machte keinerlei Anstalten, in Deckung zu gehen. Falls diese Übermacht an Vögeln auf ihn prallen würde …

Im Geiste sah Ella ihn bereits am Boden liegen. Übersät von zahlreichen Wunden, die die Schnäbel ihm zugefügt hatten. Sie konnte, nein, sie *wollte* nicht tatenlos dabei zusehen, wie der Mann, den sie liebte, erneut sein Leben für ihres hergab. Sie sprang auf, wurde aber sogleich von Trexos und Cestres zurück auf den Boden gedrückt.

Ella kämpfte gegen die beiden starken Jäger an, doch nach wenigen Sekunden musste sie einsehen, dass sie gegen deren körperliche Überlegenheit keine Chance hatte. Gerade jetzt hätte sie sich die neu erwachte Kraft herbeigesehnt, doch im Gegensatz zum Morgen war davon nun nichts zu spüren. Hilflos starrte sie dem Grauen entgegen und konnte nur dabei zusehen, wie die Vögel immer näher kamen. So nahe, dass sie jetzt bereits das Glänzen auf den schwarzen Flügeln bemerkte und das Blitzen in den tückischen Augen. Sie hörte das Rauschen der zahlreichen Schwingen, und das heisere Gekrächze drang spitz und schmerzhaft bis in ihr Inneres vor. Razul rührte sich nach wie vor nicht vom Fleck und Ella wurde mit jeder verstreichenden Sekunde ängstlicher. Doch so, wie es aussah, bildete er im Moment die einzige Bastion zwischen ihnen und dem riesigen Schwarm, der jetzt auseinanderfaserte, um sie von mehreren Seiten anzugreifen.

Blut! Vor sich sah sie ein Meer aus Blut und sie badete darin. Überall lagen tote Körper – Menschen, Feyantiere … und Selkisvögel. Sie spürte, wie ihre starken Kiefer Knochen zermalmten und durch köstliches Fleisch drangen …

»ELLA!« Sie blickte in Tabors aufgerissene Augen. Offenbar sah er nicht mehr seine Schwester, sondern etwas anderes. Sie spürte, wie sich die fremde Macht in ihr zu regen begann. Wieder einmal war sie im Begriff, die Kontrolle über sich zu verlieren.

Mit einem wütenden Grollen, das unversehens über ihre Lippen kam, riss sie sich von den beiden Waldläufern los. Hatte sie vor ein paar Momenten noch nicht die Kraft besessen, deren Griff zu sprengen, so gelang ihr das in diesem Augenblick vollkommen mühelos. Die beiden Männer fielen zu Boden und sie konnte sie ächzen hören, doch das hinderte Ella nicht daran, die Vertiefung im Felsen schnellstens zu verlassen. Sie wusste: Würde sie sich dort verwandeln, wären ihr Bruder und ihre Freunde verloren – Opfer der Macht des finsteren Geschöpfes in ihrem Inneren.

Ella war klar, dass ihre Kraft aus der Dunkelheit geboren war. Niemand konnte sagen, was geschah, wenn die Bestie in ihrem Inneren freigesetzt wurde, und es war nackte Angst, die Ella erfüllte. Razul behauptete zwar, dass ihr Herz so hell und stark war, wie er noch keines gesehen hatte, doch das musste nicht zwingend auch auf den Drachen zutreffen.

Ella spürte ihr Blut kochen und den immer heftiger brodelnden Zorn. Sie hastete weiter, ohne einen Blick zurück zu werfen. Zuerst fühlte sie nur jenes heiße Brennen in ihrem Inneren, das ihr mittlerweile vertraut war, doch dann kam ein solches Reißen dazu, dass Ella glaubte, es würde ihren Körper zerfetzen. Laut schreiend ging sie in die Knie, während ihre warme Jacke plötzlich auseinanderriss und die kleinen Fetzen vom Wind davongetragen wurden. Ihr ganzer Körper verzog sich – wurde größer, länger und stärker. Als die Flügel aus ihrem Rücken schossen und sich elegant in den Himmel reckten, war Ellas Geist schon jenseits von allem, was sie kannte. Nur noch ein winziger Funke kämpfte gegen das Tier, doch der Durst nach Blut wurde immer stärker …

Razul hatte die Selkisvögel bereits gehört, als er und seine Gefährten den Steinfelswald betreten hatten. Eigentlich hätte er das Wagnis überhaupt nicht eingehen dürfen, diesen Wald zu durchqueren, aber es war eine nicht unerhebliche Abkürzung auf ihrem langen Weg. Er hatte gewusst, dass ein riesiger Schwarm dieser furchterregenden Vögel dort hauste, aber sie hatten durch Ellas vergiftetes Blut bereits zu viel Zeit verloren, die sie irgendwie wieder aufholen mussten.

Ellas Verwandlung stand unmittelbar bevor, und falls überhaupt eine Chance bestand, ihr dieses Schicksal zu ersparen, mussten sie sich beeilen.

Razul war hin- und hergerissen. Einerseits fühlte er Ellas große Abneigung, die Gestalt des magischen Geschöpfes anzunehmen. Andererseits wollte der Drache in ihm seine Braut sehen. Für Razul, dessen Drachenherz sich an Ella gebunden hatte, stand außer Frage, dass er etwas absolut Neuem und Ungewöhnlichem beiwohnte. Niemals zuvor hatte es einen weiblichen Drachen gegeben und noch nie hatte sich ein Drachenherz gebunden. Es konnte von Liebe bezwungen, von der zarten Hand einer Frau besänftigt werden, aber es war nicht in der Lage, Liebe und Zuneigung zu empfinden – zumindest nicht, soweit Razul es wusste. Ella war etwas ganz Besonderes, denn ansonsten hätte der Drache nicht so stark auf sie reagiert, und das Leuchten in ihrem Herzen sagte ihm ganz deutlich, dass Ella nichts Böses oder gar Finsteres in sich trug. Nur wollte sie ihm das leider nicht glauben.

Jetzt allerdings blieb ihm keine Zeit mehr, um über Ella und ihr Drachenschicksal nachzudenken. Er hatte Menschen auf diesen Pfad geführt und musste nun dafür sorgen, dass sie alle mit heiler Haut davonkamen. Die Selkisvögel waren auf dieser Seite des Gebirges schwarz geflügelte Todesboten – eine Gefahr, die auch für einen Drachenwandler nicht einfach abzuwenden war. In seinem menschlichen Körper war er bei Weitem nicht so stark, aber seine Kraft sollte, sie *musste* einfach reichen. Ansonsten war ihre Reise hier zu Ende.

Als sich die ersten Tiere auf ihn stürzten, wehrte er sie mit einem magischen Blitzschlag ab. Pure, hell gleißende Energie, die er dem Schwarm entgegenschickte, und Kraft, die er eigentlich brauchte, um sie Ella bei ihrem nächsten Anfall zu schenken. Die verfluchten Vögel zu bekämpfen verlangte ihm nahezu alles ab. Doch das war nur die Vorhut des Schwarms. Schwarze Federn stoben in die Luft, als Razul ein weiteres Mal ausholte und die nächsten Tiere zu Boden schickte, doch dann schafften es einige Vögel, seine Abwehr zu durchbrechen. Blut tränkte sein ledernes Obergewand und die scharfen Schnäbel bohrten sich in seine Haut. Zischend schickte Razul einen weitaus mächtigeren Zauber hinterher und ein paar der Seelenvögel gingen in Flammen auf, aber bei Weitem nicht genug. In dem Augenblick, als sich der Hauptschwarm formierte und erneut zustoßen wollte, hörte Razul ein grauenvolles Brüllen. Es hallte von den Felswänden der nahen Berge wider und für den Bruchteil einer Sekunde hielten sogar die Vögel inne. Sie stoben auseinander, nur um wieder zusammenzufinden, doch das war eine verdammt schlechte Idee, denn gleich darauf erhob sich eine gigantische Erscheinung in den Himmel. Razul gefror das Blut in den Adern. Die Luft war erfüllt vom Rauschen mächtiger Schwingen und das Geschöpf, das in diesem Moment über den steinernen Bäumen auftauchte, ließ ihn für einen Moment vergessen, in welcher Gefahr sie schwebten.

Der schwarze Drache war wunderschön – ein majestätischer Anblick – und trotzdem zog sich Razuls Herz vor Schmerz zusammen. Das da war Ellianne – seine Ella. Die Wandlung war vollzogen. Eine Umkehr des Fluches rückte damit in immer weitere Ferne.

Elegant zog das Tier über ihn hinweg und Razul bewunderte die Schuppen, die ihren Leib bedeckten. Sie waren zwar schwarz, doch ein silbriger Schimmer lag über dem dunklen Körper und ließ ihn im Licht der Sonne funkeln. Die Flügel waren ganz und gar außergewöhnlich. Stark und leicht gebogen, aber von einem so hellen Strahlen erfüllt, dass Razul mit einer Hand seine Augen abschirmen musste. Am erstaunlichsten waren allerdings ihre Augen. Als sie dicht an ihm vorbeijagte, erkannte er, dass der Drache blaue Augen hatte – große himmelblaue Augen. Diese waren jedoch so eisig, dass es Razul schüttelte.

Die Selkisvögel stoben wieder auseinander und erneut machten sie Anstalten, sich auf die drei Menschen in der Senke zu stürzen, doch der gigantische Drache am Himmel reagierte sofort. Er öffnete das Maul und zeigte seine nadelspitzen Zähne. Diese Vögel waren ganz und gar kein Problem für einen Drachen. Was dann allerdings aus Ellas Maul drang, entsetzte sogar Razul, der bisher schon so einiges gesehen hatte.

Keine Flammen, kein Eisstrahl, nicht einmal ansatzweise etwas, das man hätte fassen können. Nur eine winzige graue Wolke schoss aus ihrem Inneren, genauso silbrig schimmernd wie ihr gesamter Leib. Es war fast so, als ob pures Sternenlicht in dem Nebel enthalten wäre.

Die rauchige Substanz erreichte einen Teil des Schwarms und dort, wo sie auf die Tiere traf, hielt der Tod Einzug. Einfach so. Man hörte keine Schreie – nur ein stilles, schleichendes Sterben. Neben Razul regnete es Federn und tote Vogelkörper. Die Wolke, die aus Ellas Rachen gedrungen war, löste sich nicht auf, sondern erfasste nach und nach den kompletten Schwarm, während sie weiter über ihnen kreiste und Razul im Auge behielt – und auch er wandte seinen Blick nicht von ihr ab. Die toten Tiere interessierten ihn nicht, der giftige Nebel noch viel weniger.

Ganz am Rande bekam er die Schreckensschreie ihres Bruders mit und die lauten Rufe der beiden Jäger. Der Drache in ihm brüllte und wollte seiner Gefährtin folgen, doch dazu war Razul am Tage nicht in der Lage. Solange nur die beiden Drachen aneinander gebunden waren, reichte seine Macht nicht, um auch am Tage seinen Drachen zu offenbaren.

Der Drache zog noch immer seine Bahn über den Himmel und es sah nicht so aus, als würde Ella sich aus eigenem Antrieb zurückverwandeln. Sollte Ella sich von nun an immer am Tag wandeln und er des Nachts, so waren sie getrennt durch eine grausame Magie, die keiner von beiden umgehen konnte.

Ganz am Rande bemerkte Razul, wie die Jäger die Senke verließen und sich neben ihm aufbauten. Auch sie starrten das Geschöpf am Himmel an und jeder schien andere Gedanken dabei zu hegen. Razul quälte allerdings nur eine einzige Sache: Er würde Ella nicht mehr in den Armen halten können. Nicht mehr ihre blütenweichen Lippen berühren und in die klaren blauen Augen schauen, wenn sie vertrauensvoll zu ihm aufsah.

Noch immer richtete er seine ganze Aufmerksamkeit auf

sie. Sie bewegte sich so gewandt über den Himmel, als hätte sie nie etwas anderes getan, und dabei erinnerte Razul sich sehr gut an seine ersten unbeholfenen Flüge. Gerade vollführte sie einen wilden Salto und der Drachenwandler hielt den Atem an. Sie legte ihre Flügel eng an den Körper und ließ sich in die Tiefe fallen. Tabor schrie leise auf. Wer so etwas noch nie beobachtet hatte, konnte nicht wissen, dass Drachen für gewöhnlich auf diese Art landeten. Razul rechnete damit, dass Ella erst im letzten Moment ihre gigantischen Flügel wieder aufspannen würde, um den Schwung ihres Körpers abzubremsen. Und tatsächlich: Der Drache landete punktgenau und sanft. Die Flügel wirbelten Staub auf, streiften aber weder einen Stein noch einen ihrer Gefährten.

»Geht zurück in Deckung«, zischte Razul ihnen zu. Er war nicht sicher, was Ella in ihnen sah. Er war nicht einmal sicher, ob sie ihn nicht gleich packen und zwischen ihren Zähnen zermalmen würde. Das Geschöpf, das keine fünfzig Meter von ihm entfernt auf einer Steinformation thronte, war nicht länger Ella – es war das Tier, das sich in ihrem Inneren eingenistet hatte. Eine wilde Bestie. Razul war sich vollkommen darüber im Klaren, dass er in seiner menschlichen Gestalt keinesfalls gegen sie bestehen konnte. Ella war schon in diesem Augenblick zu stark für ihn und die Magie, die sein menschlicher Körper wirken konnte.

Er sah sie an, doch sie machte keine Anstalten, ihn oder einen der anderen Männer anzugreifen, und so wagte Razul es, einen Schritt auf sie zuzugehen – dann noch einen, bis er schließlich nur noch eine Armeslänge von ihr entfernt war. Beim Anblick der scharfen Zähne lief Razul ein Schauder über den Rücken. Er spürte den warmen Atem des Tieres in seinem Gesicht. Vorsichtig hob er die Hand und streckte sie aus. Der

Drache stieß ein tiefes Schnauben aus und sein Kopf zuckte nach hinten. Doch Razul gab nicht so schnell auf. Alles in ihm schrie danach, Ella zu fühlen. Er wollte sie spüren, sich vergewissern, dass es ihr gut ging und dass auch in dem riesigen Drachen noch immer das Licht seiner Liebe zu finden war. Erneut machte er einen Schritt nach vorne und öffnete seine Hand, hielt sie dem majestätischen Tier einfach vor das riesenhafte Maul.

Ganz langsam, fast schon behutsam, näherten sich die rasiermesserscharfen Zähne seinen Fingern. Dabei blähte die Bestie immer wieder die feurig glühenden Nüstern.

Die Zeit schien stillzustehen und Razul wagte es nicht, sich zu bewegen. Dem Moment haftete ein ganz eigenartiger Zauber an – einer, der ihn zutiefst berührte. Und dann, nach schier endlosen Sekunden, streckte der Drache seinen mächtigen Hals, neigte sein Haupt und Razul berührte die warme Haut an seiner Stirn. Gleichzeitig sah er die Tränen, die aus den wachen blauen Augen rannen – eine nach der anderen. Mit Schrecken erkannte er, dass das hier keinesfalls ein Biest war. Es war Ella, die sich gerade in seine Berührung schmiegte, und das helle Licht, das in ihrem Herzen ruhte, war noch um ein Vielfaches strahlender geworden – so hell wie die Sonne an einem unbedeckten Tag.

Verex hatte bei seinem Sturz auf den Felsen mehr Glück als Verstand gehabt, denn es hatte ihn an einer halbwegs ebenen Stelle zu Boden gezwungen. Er konnte nicht glauben, dass es einem Menschenmädchen gelungen war, diese Tat zu vollbringen. Einer Frau, die beim Kampf um ein unbedeutendes Dorf mit Jordus' schwarzem Blut vergiftet worden war. Eigentlich sollte sie der Finsternis hörig sein, denn Jordus war ein sehr mächtiges Mitglied der dunklen Bruderschaft gewesen, und es war dessen Blut, das sie verwandelt hatte – Jordus, dessen Lebenssaft dafür verantwortlich war, dass es jetzt einen weiblichen Drachen gab.

Verex hatte lange auf dem Boden gelegen. Dank seiner Magie konnte sich sein Körper regenerieren, aber die ganze Zeit über hatte er mit seinen Sinnen in die Ferne gelauscht – an jenen Ort, wo ein neuer Drache geboren wurde. Die Wellen aus purem Licht, die sie aussandte, als die Verwandlung endlich vollzogen wurde, waren gigantisch, und Verex' schwarzes Herz geriet einen Moment aus dem Takt. Der weibliche Drache setzte so große Kräfte frei, dass er es nicht glauben mochte. Ihre Macht stand der seinen in nichts nach und Verex fragte sich, ob am Ende nicht sie es sein könnte, von der in der Prophezeiung die Rede war. Für einen Augenblick wurde er von nackter Angst beherrscht, aber dann beruhigte er sich. Im Lied der Drachen war nie die Rede von einem schwarzen Drachen gewesen – immer nur vom letzten Spross aus dem Geschlecht der Weißdrachen, und da kam nur ein einziger infrage.

Verex rappelte sich auf und bewegte vorsichtig die Schwingen. Sie hatten bei seinem Sturz das meiste abbekommen. Nur noch ein paar Minuten und sie würden wieder voll funktionsfähig sein. Allerdings nutzte ihm das gar nichts, denn das Ziel seines Interesses war ihm keinesfalls nahe genug. Außerdem hatte er zu viel der eigenen Kraft auf seinen Körper verschwenden müssen. Diese kleine Bestie hatte ihn sehr gekonnt zu Fall gebracht, aber Verex schwor bei sich, dass ihr das kein zweites Mal gelingen würde. Er war vorgewarnt und demnächst würde er sie mit der gesamten Macht der dunklen Sippschaft angreifen. Dann gab es für sie kein Entkommen mehr. Er würde die gleichen Fallen auslegen wie bei seinen lichten Brüdern. Sie würde hilflos in seinem Netz zappeln, und wenn das nicht helfen sollte, dann gab es immer noch diesen verfluchten Weißdrachen, dessen Herz er nach wie vor in seiner Hand hielt. Er musste nur noch ein bisschen näher kommen – sich nur noch ein Stück in die Richtung der Brücke bewegen und er gewann wieder die Kontrolle über ihn. Das Mädchen würde ihn nicht ewig beschützen können, denn dafür war das Band, das ihn mit der Dunkelheit verband, zu stark. Nur Verex' Tod würde ihn retten, und das wusste er zu verhindern. Gerade entwickelte sich sein Leben in eine sehr interessante Richtung und mit dem neu erwachten weiblichen Drachen hatte er etwas ganz Besonderes vor. Sie würde die Reihen der dunklen Bruderschaft schließen. An seiner Seite würde sie mit ihm in die Sommerlande eindringen und ihre hellen Brüder das Fürchten lehren. Mit einer solchen Gefährtin wäre der Weg der Unendlichkeit nur noch ein Hindernis, das sie mit Leichtigkeit aus dem Weg räumen würden. Die Tage der lichten Drachen waren gezählt und die Zeit der Finsternis würde kommen.

Verex lachte auf. Ein bisschen musste er sich noch gedulden, was aber nicht hieß, dass er nicht schon einmal auf Tuchfühlung mit seiner zukünftigen Herzensdame gehen konnte. Ihre Träume würden ihm den Zugriff auf ihr Herz erleichtern und ihre Angst ihm den Weg ebnen …

KAPITEL 13

Wenn Drache sich an Drache bindet,
wenn das eine Herz das andere findet,
erwacht der Seele größte Kraft,
die Glut des Lebens neu entfacht.

(AUS DEM HOHEN LIED DER DRACHEN)

Razul und die drei Männer hatten ein strammes Tempo an den Tag gelegt. Der Drachenwandler wollte unbedingt den steinernen Wald hinter sich lassen und die Ebene erreichen. Nicht weit von ihrem derzeitigen Standort lag die kleine Stadt Prissea und damit das Ziel ihres Marsches.

Immer wieder hatte er in den letzten Stunden den Himmel abgesucht. Oft war in weiter Ferne der Drache aufgetaucht und elegant über das Firmament gezogen. Mal ganz auffällig, aber häufig hinter den dicken Wolkenbänken verborgen. Ella folgte ihnen, hielt dabei aber einen gewissen Sicherheitsabstand ein.

Razul wusste, dass die junge Frau sich selbst nicht über den

Weg traute. Die kurze Berührung mit dem Drachen hatte ihm sehr deutlich gezeigt, dass Ella nicht dem Tier erlegen, sondern es ihr menschlicher Geist war, den er in diesem Moment mit seinen magischen Sinnen berührte. Der Drache hatte sie nicht besiegen können, sondern es war Ella, die die Bestie in Ketten gelegt hatte.

In den letzten beiden Stunden hatte Razul nichts anderes getan, als darüber nachzudenken, warum Ella so anders war. Warum konnte ausgerechnet sie die Bestie in sich so weit zügeln, dass der Drache sich ihr unterordnete? Vielleicht, weil sie ursprünglich ein Mensch war? Trotz seiner Grübeleien hatten seine Beine sich wie von allein bewegt und sich dem Tempo der Menschen angepasst. Er selbst wäre um einiges schneller gewesen, aber das hätte die drei Männer viel zu rasch ermüdet. So konnte er immerhin in seinen Erinnerungen forschen – in den alten Geschichten, Legenden und Sagen, die sich um das Drachenvolk rankten. Doch sosehr er sich auch abmühte, es war nur eine Prophezeiung, an die er sich vage erinnerte. Ein Abschnitt aus dem Hohen Lied der Drachen. Der genaue Wortlaut war ihm entfallen, doch sinngemäß ging es darum, dass nur ein wahrhaft reines Herz die Finsternis erhellen konnte – ein reines Herz und die Liebe eines Drachenmannes. Es war ein Märchen, das ihm seine Mutter immer besonders gerne vorgelesen hatte, doch nun fragte Razul sich, ob an dieser Legende nicht etwas Wahres sein könnte.

Erneut suchte er den Himmel ab, aber er konnte Ella nirgends entdecken. Er spürte ihre Gegenwart mit all seinen Sinnen, doch sie verbarg sich. Razul konnte allerdings fühlen, dass der Drache über sie wachte. Ab und an bekam er sogar den Eindruck, als könne er durch Ellas Augen schauen. Dann sah er das Land unter sich und auch die winzigen Personen, die sich im Lauftempo dem Ende der Felsansammlung näherten.

Je länger sie unterwegs waren, desto häufiger verschmolzen Ella und er zu einer Einheit. In diesen Momenten hatte Razul das Gefühl, er könne in Ellas Herz schauen – an jenen Ort, der so warm und hell war, dass er es kaum glauben mochte. Und obwohl sie in der Gestalt des Drachen unterwegs war, hörte er ganz deutlich, wie sie nach ihm rief. Wie ihr Herz seines an sich zog und seinen Namen sang. Die Trennung setzte ihr zu und Razul bemerkte, wie sehr sie darunter litt, nicht bei ihm sein zu können. Und er litt ebenso. Ein Zustand, den er nicht für möglich gehalten hätte, nachdem er und Ella sich erst vor kurzer Zeit begegnet waren. Er liebte ihre Stärke, ihren Mut und die eiserne Entschlossenheit, aber am meisten liebte er ihr warmes und sanftes Herz, in das er ab und an einen Blick werfen durfte.

Razul hielt das zügige Tempo gnadenlos durch und verlangsamte seine Schritte nur dann, wenn er merkte, dass der Jüngste im Bunde nicht hinterherkam. Er wusste, dass Ella am Abend sehr erschöpft sein würde, schließlich war es ihre erste Wandlung. Sie würde Ruhe brauchen und vernünftige Nahrung. Die Stadt war nicht mehr fern und er wollte sie unbedingt erreichen, bevor die Nacht hereinbrach.

Am schlimmsten war für Razul allerdings die Tatsache, dass er nicht bei ihr sein konnte. Sie nicht in den Armen halten würde, wenn sie wieder Frau war. Er ahnte, dass viele Fragen sie quälten, und wahrscheinlich hatte sie große Angst, doch er würde ihr nicht helfen können. Der Gedanke daran war für ihn derart grausam, dass er abrupt stehen blieb, seinen Kopf in den Nacken warf und ein animalisches Brüllen von sich gab. Diesmal war es nicht ein Echo, das als Antwort erklang, sondern Ellas hell klingender Ruf, der über den Himmel schallte – voller Sehnsucht und tiefer Traurigkeit.

Razul gab sich Mühe, seinen Kopf freizubekommen – um nur ja nicht an das schlimme Schicksal zu denken, das sie ereilt hatte. Daran, dass Ella und er auf unbestimmte, wenn nicht gar ewige Zeiten getrennt sein würden und nur die Götter wussten, ob sie jemals den Fluch würden brechen können. Der Schmerz, der ihn bei diesem Gedanken erfasste, ließ ihn taumeln, und für einen ganz kurzen Augenblick fühlte es sich für Razul so an, als würde sein Herz brechen. Sie waren losgezogen, um den schwarzen Drachen zu besiegen, der sein Herz unter seinem Bann hielt. Sie waren aufgebrochen, um dafür zu sorgen, dass in den Ebenen von Maphradun wieder der Sommer Einzug hielt. Und jetzt sah es so aus, als bestünde Razuls dringlichste Aufgabe darin, Ella ihre Menschlichkeit wiederzugeben. Dabei stieg eine Wut in ihm empor, ein Zorn, der sich gegen ihn selbst richtete, weil er die junge Jägerin nicht ausreichend beschützt hatte.

Kurz darauf erreichten sie das Ende des steinernen Waldes und Razul war froh, endlich über die Weiten der Ebene blicken zu können. In seiner menschlichen Form hatte er sich zwischen den Steinen trotz seiner scharfen Sinne nicht sonderlich wohlgefühlt. Erst recht nicht, da er nicht nur für sich allein die Verantwortung trug. Ein schneller Blick auf die drei Jäger sagte ihm, dass er eine kurze Rast einlegen musste. Ellas Bruder konnte nicht mehr. Die Schritte des Knaben wurden immer schleppender, und kaum dass sie angehalten hatten, ließ dieser sich auch schon ins hohe Gras sinken und blieb schwer atmend liegen. Razul musste auf seine Begleiter Rücksicht nehmen. Anfangs hatte er noch gegrollt, doch nachdem sie jetzt vor neuen, unerwarteten Problemen standen, war es ein Glück, dass Ellas Freunde sie begleiteten. Nicht mehr lange und die Nacht würde anbrechen. Ella brauchte jetzt unbedingt Menschen um sich, die sie liebte und denen sie vertraute. Alleine würde sie ihre Wandlung nicht besonders gut wegstecken. Das konnte Razul ebenso spüren wie die Müdigkeit, die langsam von dem weiblichen Drachen Besitz ergriff. Fliegen war anstrengend und ihre Muskeln mussten sich erst noch an die ungewohnten Bewegungen gewöhnen.

Er schaute sich suchend um und stellte dabei fest, dass sie der Stadt Prissea näher waren, als er geglaubt hatte. Nur noch ein kurzer Fußmarsch von etwa einer Stunde und sie würden die Tore erreichen. Ein guter Platz, um auf seine Wandlung zu warten, die ebenfalls nicht mehr fern war.

Razul ließ sich neben Tabor nieder und die beiden anderen Jäger taten es ihm gleich. Der Drachenwandler befürchtete, dass es nun an der Zeit war, Rede und Antwort zu stehen – dabei war er selbst ziemlich ratlos, was Ellas Wandlung anging. Es war der alte Jäger, der das Wort ergriff und Razul in Staunen versetzte.

»Du fragst dich sicher, wie es sein kann, dass Ella auch als Drache so besonders ist?« Trexos nahm ein kleines Steinchen in die Hand und ließ es immer wieder um seine Finger gleiten, während Razul den älteren Waldläufer fasziniert anstarrte. »Ellianne war bereits als Kind außergewöhnlich. Nicht magisch, wie du vielleicht denken magst, sondern im Grunde ihres Herzens ein sehr liebevoller, mitfühlender Mensch, wie man nur selten einen trifft.« Trexos sah Razul eindringlich an und dieser spitzte die Ohren. Endlich bekam er die Möglichkeit, mehr über seine Liebste zu erfahren.

»Dass Ella ein großes Herz hat, kann ich spüren. In seinem Inneren ist es so hell, dass es jeden blenden würde, der es schafft, einen Blick hineinzuwerfen. Von der ersten Sekunde an hat es mich zu ihr gezogen, und selbst wenn ich es gewollt hätte, wäre es mir nicht gelungen, mich von ihr fernzuhalten.«

Trexos lachte ihn an und Razul erkannte Zustimmung in dessen braunen Augen.

»So ging es auch jedem Bewohner von Mooresdahl. Als Ella ihre Eltern verlor, war sie noch sehr jung, und eigentlich wäre sie nicht imstande gewesen, so viel Verantwortung allein zu tragen. Doch sie hat gekämpft wie eine Wehrechse, um ihre Brüder durchzubringen. Für sich selbst hat sie immer nur das Nötigste genommen.« Jetzt lachte Trexos ein sehr warmes und herzliches Lachen. »Bevor ich sie in die Ausbildung nahm, ist sie uns heimlich gefolgt und hat versucht, uns nachzuahmen. Und natürlich haben wir alle bemerkt, was sie tat, und waren uns einig: Dieses Mädchen verdient so viel mehr.« Trexos warf den Stein ins Gras und schaute Razul in die Augen. Nur die wenigsten Menschen waren in der Lage, einem Drachenblick standzuhalten, doch der Jäger schaffte es mühelos. »Seit dem Tag, an dem Ella ihre Ausbildung bei mir abschloss, hat sie nur an andere gedacht. Das wenige, was sie besaß, hat sie geteilt – mit jedem von uns, und vor allem mit den Menschen, die noch weniger hatten als sie. Es wundert mich nicht, dass in ihrem Herzen nur Schönheit zu finden ist.«

Razul dachte über die Worte des Mannes nach und tatsächlich bestätigten sie ihm nur das, was der Wandler bereits vermutete: Ella war nicht nur stark, sie war von so liebenswertem Wesen, dass auch der Drache in ihr gar nicht anders sein konnte. Selbst dann nicht, wenn er aus der Finsternis geboren war.

Plötzlich erfüllte ein Rauschen die Luft. Razul schaute auf und erblickte den schwarzen Drachen, der unverwandt auf sie zuhielt. Ihm wurde schmerzlich bewusst, dass die Zeit seiner Wandlung nun auch kurz bevorstand. Hastig sprang er auf.

»Was auch geschieht: Haltet euch von meiner Drachengestalt fern. Ella ist nicht in der Lage, euch etwas Böses anzutun. Ich bin es sehr wohl!« Razul drehte sich um und lief auf das Tier zu, das nun gelandet war und gerade seine Flügel eng an den Körper legte.

Ella spürte, wie ihre Zeit als Drache sich zum Ende neigte. Die Schwäche, die sich ihrer bemächtigte, fühlte sich ganz anders an als alles, was sie bisher kannte. Die Müdigkeit zwang sie regelrecht zu Boden und so landete sie in der Nähe ihrer Freunde. Ihr Sichtfeld begann bereits zu verschwimmen und das Tier zog sich immer weiter zurück – ihre Gedanken klärten sich von Sekunde zu Sekunde und das Brennen in ihren Adern nahm zu. Ein letztes Mal warf sie den gigantischen Kopf in den Nacken und stieß ein lautes Fauchen aus.

Die Sonne war gerade am Horizont verschwunden und weiches rotes Licht ließ das Grasland in zarten Tönen leuchten. Ähren bogen sich in einem sanften Wind, der ihre schuppige Haut streichelte, und Ella seufzte leise auf.

Razul stand in unmittelbarer Nähe – noch immer ein Mensch, doch die Verwandlung würde gleich einsetzen. Genau wie bei ihr. Plötzlich fühlte sie ein unglaubliches Reißen und Ella verlor für einen Augenblick das Bewusstsein. Es war, als ob sich etwas in ihrem Inneren verschob und wieder an den richtigen Platz rückte.

Als sie die Augen aufschlug, lag sie in Razuls Armen. Entsetzlich schwach und furchtbar müde. Sie konnte kaum ihre Lider offen halten, doch der Blick aus feurigen Augen sagte ihr, dass kaum Zeit war – nicht genug, um sich der eigenen Schwäche hinzugeben.

»Razul …«, wisperte sie traurig. Dabei hob sie ihre Hand und legte sie an seine Wange. Die Schuppen stellten sich auf und Ella war, als würden die harten Gebilde ihre Haut streicheln. Sanft, zärtlich und tröstlich, aber das reichte ihr nicht. Die Zeit rann ihr durch die Finger wie die Körnchen in einer Sanduhr. Das Licht schwand und mit ihm auch Razuls Menschlichkeit. Noch immer lag sie in seinen Armen und er schaute sie voller Wärme, aber auch Traurigkeit an.

»Es tut mir so leid«, flüsterte er leise, doch auch das reichte Ella nicht. Sie musste ihn spüren, und wenn es nur für einen kurzen Augenblick war. Ihre Hand glitt in seinen Nacken und ihre Lippen berührten seine. Er war so warm und sie fühlte sich so geborgen, doch dabei konnte sie nicht verhindern, dass ihr Herz vor Unglück weinte.

Sie spürte seine Liebe und den warmen Atem, der ihr sagte, dass der Drache bereits unter der Oberfläche darauf lauerte, sich in den Himmel zu erheben. Der Gedanke, die Nacht ohne Razul verbringen zu müssen, nur dieses Nichts an Zeit zu haben, schmerzte Ella unsagbar. Als Razul sanft seinen Mund von ihr löste, sein trauriger Blick sie traf, da wusste sie – es war so weit.

»Ich liebe dich, Ella! Und kein Zauber der Welt wird mich davon abhalten, dich überall zu finden. Keine Magie wird verhindern, dass ich in deinem Herzen bin und du in meinem.« Er ließ sie vorsichtig ins Gras gleiten und dann war er weg. Schnell wie der Wind. Nur ein paar Minuten später erkannte Ella, wie der weiße Drache in den Himmel schoss.

»Ist mit dir alles in Ordnung, Kind?« Trexos ging neben ihr in die Knie und sah sie abwartend an, während Ella ihn gar nicht wirklich wahrnahm, sondern mit ihren Blicken dem Drachen folgte.

»Ich … ich …«, stammelte sie, doch ihr Mentor ließ sich nicht beirren. Er schob resolut die Arme unter ihren Körper und hob sie darauf.

»Alles klar, Ella. Du hältst jetzt ausnahmsweise mal deinen Mund und lässt zu, dass jemand anders sich so um dich sorgt, wie du es für gewöhnlich um andere auch tust.« Dabei huschte ein väterliches Lächeln über sein Gesicht und Ella erlaubte es sich, in seiner Berührung Trost zu finden. »An einer Sache wirst du allerdings dringend arbeiten müssen.« Aus seinem Lächeln wurde ein breites Grinsen. »Deine Bekleidung …«, und jetzt hatte ihr Mentor bereits Schwierigkeiten, sein Lachen zu unterdrücken. »… ist ein wenig eigenwillig!«

Ella sah an sich herab und erstarrte. Sie hatte sich überhaupt keine Gedanken darüber gemacht, was mit ihrer Kleidung geschah, wenn sie sich in einen Drachen verwandelte, und erst recht hatte sie nicht darüber nachgedacht, wie sie anschließend aussehen würde. Sie war bekleidet, allerdings …

Ellas Beine steckten in Hosen, die den Namen nicht verdienten. Die eine Seite war so gelb, dass selbst die Sonne dagegen blass wirkte, während das andere Hosenbein ein fast schon beißendes Grün aufwies. Zudem endete es dort oberhalb ihres Knies und ließ die Wade vollkommen frei. Und obenrum … Ella glaubte, ihren Augen nicht trauen zu können. Ihr Oberteil bestand aus einer eng anliegenden Weste, die ihre Brüste in unanständiger Weise nach oben drückte und mehr enthüllte, als sie verbarg. Das schwarze Leder schmiegte sich so eng um ihren Körper, dass sie glaubte, der nächste Atemzug würde die winzigen Knöpfe sprengen. Hastig schlang sie die Arme um ihren Rumpf und spürte sogleich die Hitze, die in ihre Wangen stieg.

»Du wirst es lernen, Kind«, versuchte Trexos sie zu trösten, während er geflissentlich geradeaus starrte, um Ella nicht noch mehr zu beschämen. Doch Ella konnte an nichts anderes denken als daran, wie die Magie ihr ganzes Leben durcheinanderbrachte, und sie hasste es. Sie wollte kein Drache sein und hoffte inständig, dass der Fluch noch gebrochen werden konnte.

Trexos stapfte derweil durch das hohe Gras und machte nicht den Eindruck, als ob ihr zusätzliches Gewicht ihn belasten würde. Cestres und ihr Bruder folgten dichtauf und Ella sah, dass Tabor ihren Rucksack bei sich hatte. Der arme Kerl musste jetzt das doppelte Gewicht schleppen!

»Wenn du mich runterlässt, dann kann ich … Ich bin durchaus in der Lage zu laufen.« Sie warf einen Blick über Trexos' Schulter und versuchte zu ergründen, ob es ihrem Bruder gut ging.

»Wir werden gleich in eine Stadt gelangen. Kurz bevor wir das Wirtshaus erreichen, werde ich dich runterlassen, damit du dich umkleiden kannst. Keine Sekunde früher. Du bist schwach wie ein neugeborenes Feyantier und ich habe keine Lust, mir von deinem Drachenmann den Kopf abreißen zu lassen. Schau mal nach oben.« Ella folgte seinem Blick und sie entdeckte das Tier augenblicklich. Ganz hoch oben am Himmel kreiste es über ihnen und vermutlich ließ es sie keine Sekunde aus den Augen. Razul wurde von der Bestie weitaus mehr beherrscht als sie, doch Ella wusste genau: Er würde ihr und ihren Freunden nicht das Geringste antun. Mit dieser Gewissheit lehnte sie sich seufzend an Trexos' Schulter und dämmerte schließlich weg.

Ella erwachte von lautem Lärm. Zahlreiche Stimmen summten um sie herum und die Gerüche, die auf sie einströmten, waren zum Teil so widerlich, dass ihr übel wurde. Schließlich öffnete sie die Augen und stellte überrascht fest, dass sie sich mitten auf einer belebten Hauptstraße befanden. Einen Ort mit so vielen Menschen hatte Ella nie zuvor gesehen. Trexos setzte sie in einer kleinen Gasse ab, die einsam neben der bevölkerten Straße lag. Ella sah ihren Lehrmeister erwartungsvoll an.

»Du musst dich jetzt anziehen. Razul hat mir gesagt, wo ich ein anständiges Wirtshaus finden kann, aber so werde ich dich dort nicht mit hineinnehmen.«

Ella errötete erneut. Während sie sich sehr umständlich Kleidung aus ihrem Rucksack fischte, schirmten Tabor, Cestres und auch Trexos sie mit ihren Leibern ab. Vor der nächsten Verwandlung musste sie unbedingt daran denken, sich auszuziehen, denn mehr hatte sie nicht dabei. Außerdem musste sie dringend in Erfahrung bringen, wie das mit der Drachenmagie funktionierte. Sie mochte sich gar nicht vorstellen, wie sie nach der nächsten Verwandlung aussehen würde, wenn sie dieses Problem nicht in den Griff kriegte.

Sie fühlte sich erst wieder wie ein menschliches Wesen, als Wams und Hose ihren Körper bedeckten, merkte jedoch rasch, dass die dicke Jacke viel zu warm für diese Gegend war. Auf dieser Seite der Donnerberge gab es anscheinend keinen ewigen Winter. Ella fragte sich, warum die Mooresdahler nicht einfach in diesen Landstrich umsiedelten. Sofort wandte sie sich an Trexos.

»Kannst du mir verraten, warum die Mooresdahler sich nicht einfach hier niederlassen? Das hier …« Ella machte eine ausladende Geste, »… scheint mir eine lebensfreundlichere Gegend zu sein.«

»Weil bisher niemand den Pass kannte, über den Razul uns geführt hat. Viele haben schon vergeblich versucht, die Donnerberge zu überqueren, doch niemand kam jemals zurück. Dieses Gebirge ist gefährlich. Nicht nur die steilen Abbrüche, sondern auch Lawinen und die plötzlichen Unwetter erschweren die Überquerung. Ohne Razul hätten wir keine Chance gehabt, bis hierher zu gelangen. Alte, Schwache und auch die Kinder würden es auf keinen Fall schaffen.« Das leuchtete Ella ein, dennoch kam sie nicht umhin sich vorstellen, wie viel einfacher es die Menschen hier doch hatten.

Trexos machte vor einer hell erleuchteten Schankstube halt und öffnete die Tür, während Ella einen letzten, fast verzweifelten Blick in den Himmel warf. Insgeheim hatte sie gehofft, Razul noch einmal zu sehen, doch der hielt sich verborgen. Seufzend folgte sie ihrem Bruder und den beiden anderen und wäre bereits nach wenigen Schritten am liebsten wieder umgekehrt. Die Luft war rauchgeschwängert und die vielen lauten Stimmen prasselten schmerzhaft auf sie ein. Im ersten Moment blieb Ella stocksteif stehen, denn ihre geschärften Sinne waren an diesem Ort nicht unbedingt ein Vorteil. Unsicher schwankte sie nach vorne, während der Lärmpegel anschwoll. Dabei stieß sie gegen den Arm eines Gastes und sein Humpen mit irgendeinem stark riechenden Getränk fiel zu Boden. Der beißende Geruch drehte Ella schier den Magen um und wieder einmal musste sie gegen ihre Übelkeit ankämpfen. Aber das war nicht das Schlimmste.

Der bärtige Mann, dem sie den Krug aus der Hand geschlagen hatte, schien nicht sonderlich erfreut zu sein. Ein finsterer Blick traf Ella. Ohne darüber nachzudenken, richtete sie sich auf und machte sich größer. Auf keinen Fall wollte sie schwach wirken, doch der Blick ihres Gegenübers wurde nun fast schon bedrohlich. Der Mann musterte ausgiebig ihren Körper und sah ihr schließlich ins Gesicht.

»Du bist mir was schuldig, Mädchen! Und ich denke, dass der Preis, den ich verlange, nicht zu hoch sein dürfte.« Plötzlich griff der Hüne in ihre Haare und zog sie dicht an seinen stinkenden Körper. Ella versuchte sich den Kerl vom Hals zu halten und drückte mit ihren flachen Händen gegen seine Brust, doch der Widerling machte keine Anstalten, sie loszulassen. Stattdessen presste er sie noch enger an sich. Ella geriet in Panik. Trexos, Tabor und Cestres waren bereits bis zur Theke vorausgegangen und hatten gar nicht mitbekommen, was sich hinter ihrem Rücken abspielte.

»Lass mich bitte los!« Sie versuchte es höflich, erntete dafür allerdings nur ein sehr schmieriges Grinsen.

»Komm schon, Kleines! Ein Kuss ist nicht zu viel verlangt für einen Humpen verschüttetes Ale. Und wer weiß? Vielleicht gefällt dir ja auch, was ich zu bieten habe.«

Der Würgereiz wurde stärker, als das bärtige Gesicht näher kam. Zorn wallte rot, heiß und brennend hinter Ellas Schläfen auf und sie ballte ihre Fäuste. Sie sah nur noch flirrende Hitze vor ihren Augen – lustige rote Punkte, die sich zu einem Reigen versammelten.

Der nächste Stoß traf den miesen Gesellen mitten auf der Brust und schleuderte ihn mehrere Meter weit zurück. Mitten hinein in eine Gruppe ebenso übel aussehender Männer. Nicht einer, nicht zwei … nein, gleich sieben von der Sorte. Das sah nach noch mehr Ärger aus, den Ella nun wirklich nicht gebrauchen konnte.

Inzwischen schienen auch ihr Bruder und ihre Freunde auf das Chaos aufmerksam zu werden, denn sie versuchten sich durch das Gewühl in der Gaststube zu ihr durchzudrücken.

Leider waren sie nicht schnell genug, denn die raubeinigen Männer sprangen auf …

Plötzlich begannen die Wände des Gasthauses zu beben. Die bunten Scheiben klirrten verdächtig in den Rahmen und überzogen sich mit einer Schicht aus blankem, glitzerndem Eis. Das albtraumhafte Brüllen, das gleichzeitig erklang, ließ selbst Ella das Blut in den Adern gefrieren. Der Drache war gekommen, um zu schützen, was sein war, und er würde nicht eher Ruhe geben, bis er sie in Sicherheit wusste. Doch die Gefahr schien den ungehobelten Männern gar nicht bewusst zu sein, denn sie bewegten sich ungerührt weiter auf sie zu. Wenn Ella nicht ganz schnell ins Freie gelangte, dann würde es in Prissea Blut vom Himmel regnen – eine Menge Blut.

»Fasst sie ja nicht an! Sie ist die Gefährtin eines Drachen!« Trexos' dunkler Bass übertönte sogar das Geschrei der übrigen Gäste. Nur Sekunden später bebte erneut die Erde und die Wände der Gaststube vibrierten. Ella musste das Biest nicht sehen, um zu spüren, was in ihm vor sich ging. Ihr Zorn hatte seinen genährt, ihre Angst ihn gerufen. Das Fauchen und Brüllen wurde immer lauter und jetzt schien auch der Dümmste in der Schankstube zu begreifen, dass draußen der Tod lauerte. Ella durfte keine Zeit mehr verlieren und bahnte sich ihren Weg bis zur Tür. Dabei schob sie die Leute, die ihr in die Quere kamen, gnadenlos zur Seite. Ihre neu gewonnenen Kräfte waren dabei eine große Hilfe. Eilig riss Ella die Tür auf und rannte mitten auf die Straße. Die Bewohner der kleinen Stadt versuchten gerade sich in Sicherheit zu bringen. Überall herrschte Chaos und der Lärm war ohrenbetäubend. Doch Ella sah nur ihren Drachen, der auf dem Wachturm der Stadtmauer hockte und seinen Schatten bedrohlich auf die Häuser warf. Seine Iriden leuchteten glühend rot und sein Maul war weit aufgerissen.

»RAZUL!« Ella brüllte aus Leibeskräften gegen die lauten Schreie an und versuchte ihren Platz mitten auf der Straße zu behaupten. Er musste sie einfach sehen. Er *musste,* denn sonst würde dieser Tag mit einer Katastrophe enden.

KAPITEL 14

Es steht geschrieben: Es kommt der Tag, an dem der Stern des Westens sich verdunkelt. Es kommt der Tag, an dem der Weg der Drachen ein anderer wird. Es kommt der Tag, der den Umbruch bringt für die Geschöpfe der Magie.
Sei bereit, o Drachenvolk! Denn wahrlich, es wird ein Tag der Freude sein.

(AUS DEN CHRONIKEN DER DRACHEN)

Es war dunkel und still um ihn herum, doch Verex fühlte sich in der Finsternis wohl. Sie war das Elixier, das er brauchte, um seine Magie zu mehren und um seinen Körper zu heilen. Je älter er wurde, desto leichter fiel es ihm, diesen Bereich in seinem Herzen aufzusuchen – den Ort, an dem jeder Zauber eines Drachen seinen Ursprung nahm. Anfangs war es mit unglaublichen Schmerzen verbunden gewesen, doch inzwischen waren auch diese vergangen. Hatten sich aufgelöst in der Schwärze seiner düsteren Gedanken. Verex war mit der Schwärze verschmolzen und jetzt konnte sie ihm nichts mehr anhaben, im Gegenteil: Sie war die Grundlage seiner Existenz.

Verex hatte das Licht aus seinem Leben verbannt. Jedes Wesen, das zu lange in seine Augen schaute, verging in dieser Finsternis, und nicht einmal seine eigenen Gefolgsleute konnten sich lange in seiner Nähe aufhalten. Jetzt hatte er sie allerdings zu sich gerufen und sie mussten der Dunkelheit in seinem Inneren standhalten. Dass ihnen der Aufenthalt in seiner Höhle nicht leichtfiel, wusste der schwarze Drache, aber es war ihm schlicht und ergreifend egal. Für ihn waren die übrigen Mitglieder der dunklen Bruderschaft bestenfalls dazu da, seine Macht und seinen Einfluss zu stärken. Und genau dafür brauchte er sie jetzt – jeden Einzelnen.

Vor wenigen Minuten hatte er gespürt, dass Bewegung in die Finsternis kam. Etwas stimmte nicht mit dem Drachen, der es noch immer wagte, ihm zu trotzen. Eine Tatsache, die schwer an Verex nagte, denn bisher war dies noch niemandem gelungen und er hatte keinesfalls damit gerechnet, dass es seinem Widersacher mehrfach glückte, die Ketten um dessen Herz zu sprengen. Jetzt sah es allerdings so aus, als würde Wut Razuls Denken beherrschen, und das spielte Verex in die Hände. Es waren die üblen Gefühle, die ihm den Weg ins Herz des Weißdrachen ebneten. Nach nur wenigen Augenblicken hatte er auch den Grund für dessen Gefühlsanwandlungen erkannt. Natürlich war es das Mädchen, und das freute Verex umso mehr, als sie ihm unwissentlich eine Waffe an die Hand gab, sie und Razul endlich überwältigen zu können.

Verex konnte die junge Frau so deutlich spüren wie seine eigene, schwarze Seele, die ihn mit Kraft und Stärke erfüllte. Das Mädchen befand sich gerade in Prissea – einer kleinen

Stadt am Rande der Ebene. In ihrer Nähe hielten sich zahlreiche Menschen auf. Sehr viele Menschen, und die waren allesamt leicht zu beeinflussen. Deutlich leichter, als einem anderen Drachen seinen Willen aufzuzwingen. Die winzigen Lebewesen würde er zu seinem Werkzeug machen und so den Weißdrachen und das Mädchen in die Knie zwingen.

Verex betrachtete seine Untergebenen – einen nach dem anderen – und dabei verband er sich bereits mit der Finsternis, die in jedem einzelnen ruhte. Seine magischen Kräfte ließ er tastend in die Herzen der finsteren Drachen eintauchen und dort holte er sich die Stärke, um Raum und Zeit zu überbrücken. Ganz deutlich konnte Verex das finstere Netz spüren, das sie alle aneinander band, und den Willen seiner Untergebenen, ihm zu dienen. Er brauchte sehr viel Energie für sein Vorhaben.

Er musste nur die Menschen von Telegos dazu bringen, sich gegen Razuls Liebchen zu wenden, und dieser Teil war für ihn ein Kinderspiel. Der Weißdrache würde zur Bestie werden, falls dem Mädchen etwas zustieß, und genau das war Verex' erklärtes Ziel. Nicht dass er ihr ernsthaft Schaden zufügen wollte, denn dazu war dieser weibliche Drache zu kostbar. Doch er wollte genügend Verwirrung stiften, um einen Angriff von Razul zu provozieren.

Dunkelheit waberte in dichten Schlieren durch die unterirdische Grotte und legte sich wie ein köstlicher Pelz auf Verex' Körper. Mit jeder Faser spürte er das Böse und die Macht, die es ihm verlieh. Der Singsang seiner Untergebenen nahm eine neue Dimension an. Er wurde lauter, schwoll an und mit ihm auch die Magie, die Verex erfüllte. Er konnte das Mädchen immer deutlicher sehen und auch die Straße voller panischer Menschen. Nur wenige Momente später fing sein Blick den weißen Drachen ein, der auf dem Wachturm der Stadtmauer hockte und im Begriff stand zu töten. Verex wusste, dass er nur noch ein ganz klein wenig nachhelfen musste. Nur der Hauch einer Gefahr für die junge Frau und der Weißdrache würde sein eisiges Feuer regnen lassen. Und mit dem Tod, den er brachte, würde er ihm gehören. Hass, Wut und Zorn waren die dunklen Emotionen, aus denen Verex seine Kraft bezog – Razul hingegen würden sie immer weiter schwächen. Am Ende würde er ihm nichts mehr entgegenzusetzen haben und der Dunkelheit erliegen. Und somit auch der einzige weibliche Drache, der jemals existiert hatte, in seine Finger geraten.

Ella rief nach Razul, doch der schien sie nicht zu hören, geschweige denn zu sehen. Menschen hasteten über die Straße. Schreie und das laute Brüllen einiger Soldaten dröhnten in Ellas Ohren. Marktstände fielen um und es herrschte ausnahmslos Chaos. In ihrer Nähe klirrte es und ganz instinktiv duckte sie sich, als neben ihr ein Fenster zerbarst. Scherben regneten zu Boden und trafen eine ältere Frau, die humpelnd an Ella vorbeihastete. Jeder versuchte sich irgendwie vor der Bestie in Sicherheit zu bringen, Ella hingegen rannte auf den riesigen Drachen zu. Er musste sie einfach wahrnehmen, bevor es zur Katastrophe kam. Immer wieder riss der Drache sein gigantisches Maul auf und zeigte die Glut tief in seinem Inneren.

Ella rannte, so schnell sie ihre Beine tragen konnten. Sie wurde geschubst, vom Mob wieder zurückgedrängt und kämpfte sich trotzdem Meter um Meter näher an den Drachen heran. Doch dann spürte Ella plötzlich, wie die Atmosphäre sich veränderte. Es wurde schlagartig kalt um sie herum. Und nicht nur das! Es war, als ob sich ein nebelartiger Schleier über die Stadt legen würde. Plötzlich wurde das Atmen zur Qual und Ella hatte das Gefühl, dieser Dunst würde nach ihrem Herzen greifen wollen. Etwas sehr Dunkles wollte sich ihrer bemächtigen. Das Blut stockte Ella in den Adern und ihre Beine versagten ihr für einen ganz kurzen Augenblick den Dienst.

Razul spürte allem Anschein nach, dass mit ihr etwas nicht in Ordnung war. Der Drache warf seinen Kopf in den Nacken und ließ ein schauriges Fauchen hören. Wild und bestialisch.

Ella stutzte. Sie sah sich um und stellte fest, dass alle Flüchtenden plötzlich wie eingefroren wirkten. Die Menschen ... sie waren abrupt stehen geblieben und starrten mit blinden Augen vor sich hin. Die Zeit tropfte zäh dahin und es sah so aus, als wäre die gesamte Stadt regelrecht zu Stein erstarrt. Nur Ella und der Drache bewegten sich noch. Selbst der warme, beständige Wind der Ebene schien in diesem Moment zu schweigen. Keine Brise strich durch Ellas offenes Haar. Sie keuchte erschrocken und warf einen Blick hinter sich, doch dort bot sich ihr das gleiche Bild. Niemand bewegte sich, selbst Tabor, der in der geöffneten Tür des Wirtshauses stand, wirkte wie erstarrt. Seine Miene spiegelte Angst und Entsetzen wider. Ella schrie auf. Sie war hin- und hergerissen zwischen ihrem Bedürfnis, den Menschen von Prissea zu helfen, und ihrem Wunsch, nach Tabor zu sehen. Doch dann bewegten sich die Bewohner der Stadt auf einmal wieder. Wie eine massive Wand aus Leibern kamen sie auf Ella zu – von allen Seiten. Ehe sie begriff, wie ihr geschah, war sie eingekreist und kam kaum noch von der Stelle. Die erste Reihe konnte sie noch leicht durchbrechen, doch dahinter gingen die Leute so dicht, dass Ella es mit der Angst zu tun bekam. Zumal auch Tabor, Trexos und Cestres auf sie zuliefen und nicht so aussahen, als wären sie noch Herr ihrer Sinne.

Ella nutzte ihre Ellenbogen und versuchte zu entkommen, während der Drache sich in die Lüfte erhob. Seine ledernen Schwingen verursachten einen so heftigen Wind, dass es Ella beinahe von den Füßen geholt hätte. Nur mit Mühe konnte sie sich halten, doch vor und neben ihr gingen einige Leute zu Boden. So entstand eine Lücke, die Ella sogleich nutzte. Keinen Moment zu früh, denn die Menschen griffen nun nach ihr, Hunderte Hände, die sie zu packen versuchten und denen sie nur mit Mühe entgehen konnte.

Der Drache brüllte derweil seinen Unmut und seinen Zorn in die Nachtluft, drehte bei und raste auf den Marktplatz zu. Im selben Moment schloss Tabor seine Finger um Ellas Oberarm. Sie starrte in die umwölkten Augen und Grauen rann ihr durch die Adern. Das da war nicht mehr ihr Bruder, sondern etwas anderes – ein anderer.

Razuls ohrenbetäubendes Brüllen ertönte über ihr, und als Ella aufsah, strich gerade eine eisige Fontäne über die Stadt. Eine erste Warnung des Drachen, nicht Hand an seine Gefährtin zu legen. Die knisternde Wolke legte sich über die Stadtmauer, dann über den Wachturm und nahe stehende Gebäude. Eis fraß sich knirschend in die alten Gemäuer, die Ziegel konnten dem Druck der Kälte nicht standhalten. Erste Mauerstücke brachen ab und fielen in die Tiefe. Die Spitze des Wehrturms explodierte, während Mörtel und Lehm in alle Himmelsrichtungen davongeschleudert wurden und das Eis über weitere Gebäude kroch. Ella hörte vereinzelt Schreie, doch noch immer bekamen die Leute um sie herum nicht wirklich mit, was hier gerade geschah. Sie schienen nur an ihr Interesse zu haben und den Drachen gar nicht zu bemerken.

Angst und Entsetzen schnürten Ella die Kehle zu. Sie beobachtete, wie der Weißdrache sich erneut herumwarf und ein weiteres Mal Prissea ansteuerte.

Das heiße Brennen in ihren Adern wurde immer heftiger. Ihr eigener Drache reagierte, aber Ella wusste aus Razuls Erzählungen, dass sie es nicht schaffen würde, ihn in der Nacht aus seinem Gefängnis zu entlassen. Ihr Drache hatte sich am Tage gezeigt, also ging sie davon aus, dass sich daran auch vorläufig nichts ändern würde. Dafür spürte sie plötzlich etwas Böses, das von ihr Besitz zu ergreifen drohte. Zuerst war es nur ein Hauch von Kälte, der sich durch ihren Körper schlängelte, doch nur wenige Augenblicke später rann pure Schwärze durch ihr Inneres. Alles um sie herum schien auf einmal dunkel zu werden. Die Stadt, die Menschen und auch der Drache, der in wahnwitziger Geschwindigkeit auf sie zuraste. Ella torkelte ein paar Schritte nach vorne und wieder waren es Hände und Arme, die sie daran hindern wollten, zu Razul zu gelangen. Die Finsternis in ihr wurde größer, fraß sich immer weiter durch ihren Körper und dann berührte sie schließlich ihr Herz. Einen so großen Schmerz hatte Ella nicht einmal in dem Augenblick ihrer ersten Wandlung verspürt. Es war, als würde sie in tausend kleine Fetzen gerissen. Der weiße Drache brüllte auf und wieder schien die Welt für einen ganz kurzen Moment den Atem anzuhalten.

Verex starrte durch die Augen der jungen Frau auf die Menschenmenge und konnte sein Erstaunen kaum verbergen. Mit vielem hatte er gerechnet, aber damit nicht. Er war in ihren Geist eingedrungen, aber nicht in der Lage, sie zu manipulieren. Seine böse Saat war in ihrem Körper gewachsen, konnte jedoch nicht wirklich Wurzeln fassen. Die Frau, die er sich als Gefährtin auserkoren hatte, setzte sich erbittert zur Wehr. Anscheinend legte sie keinen Wert darauf, die Königin der Nacht zu werden. Sie wollte ihn nicht anerkennen, aber früher oder später blieb ihr keine andere Wahl.

Verex wusste, dass er ihr Herz erobern musste, wenn er sie beherrschen wollte. Doch kaum hatte er seine Magie in ihrem Leib freigesetzt, kaum hatte er versucht, diese Bastion zu stürmen, da hatte ihm ein derart helles Licht entgegengestrahlt, dass er zum Rückzug gezwungen gewesen war.

Das war eine Sache, die Verex nicht verstand. Die Frau gehörte zu den schwarzen Drachen und sollte deshalb keine Helligkeit in ihrem Inneren verbergen. Das Licht konnte er in keiner Weise nachvollziehen.

Sie war ein außergewöhnliches Juwel und er freute sich schon darauf, sie endlich in die Klauen zu bekommen. Mit ihr war es möglich, den Krieg zu beenden. Mit ihr lag der Sieg zum Greifen nahe und daher durfte er bei ihr nichts überstürzen. Ein Fehler konnte in diesem Fall der letzte sein.

Verex entzog seinen Schergen immer mehr ihrer Kraft. Der erste Schwarzdrache konnte sich nach wenigen Minuten nicht mehr aufrecht halten. Zuerst flatterte er recht hilflos mit den Schwingen und fiel dann, ohne einen Laut von sich zu geben, einfach um. Auch einen zweiten Drachen ereilte dieses Schicksal, doch darauf nahm Verex keine Rücksicht. Er wollte unbedingt sehen, was gerade in der Stadt geschah, und das konnte er nur durch die Augen des Mädchens.

Sie stand noch immer inmitten der Menschenmenge. Razul

raste auf die Bewohner der Stadt zu. Der nächste eisige Flammenstrahl würde eine Schneise des Todes in die Menge mähen und dann … dann würde Verex triumphieren.

Stattdessen passierte jedoch etwas mit den Menschen, die das Mädchen berührten. Schwarzer Nebel quoll aus ihren Körpern und ihre Augen wurden von einer Sekunde auf die andere wieder klar. Verex lauschte weiter in die junge Frau hinein und konnte die gewaltigen Kräfte spüren, die sie in ihrem menschlichen Leib vereinte – dabei hätte die schiere Macht sie zerreißen müssen. Der Druck in ihrem Körper stieg immer weiter an und irgendwann hielt Verex es nicht mehr aus. Mit einem urgewaltigen Brüllen brach er den Kontakt ab. Seine Flanken zitterten und er konnte seine mächtigen Flügel kaum noch aufspannen. Sein finsteres Herz raste und schmerzte wie nie zuvor. Die Grotte verschwamm vor seinen Augen und einen kurzen Moment lang glaubte Verex gar, dass sein letztes Stündlein geschlagen hatte.

Er brauchte fast eine ganze Stunde, um sich so weit zu erholen, dass er wieder klar sehen konnte, und eine weitere, bis er sich in die Höhe hievte. Seine Getreuen hatte es allerdings noch viel übler erwischt. Sie lagen bewusstlos auf dem Boden und machten nicht den Eindruck, als ob sie sich in nächster Zeit aufrappeln würden. Das Mädchen hatte ihnen allen ihre Lebensenergie abgezogen, ohne sich dessen bewusst zu sein. Sie hatte nicht einmal einen Zauber verwenden müssen, um dieses Wunder zu vollbringen – es war einfach geschehen. In diesem Augenblick wurde Verex klar, dass der weibliche Drache noch sehr viel stärker war, als er ursprünglich angenommen hatte. Dieses junge Ding könnte seinen Untergang bedeuten! Vielleicht hatten sie alle diese dumme Prophezeiung falsch gedeutet. Vielleicht war die Rede davon, dass Razul aus dem Haus der Weißen ihm den Tod brachte, weil dieser weibliche Drache in seinem Gefolge auftauchte und ihn begleitete. Verex warf den Kopf in den Nacken und ließ ein fürchterliches Brüllen ertönen. Teile der Grottendecke stürzten ein und begruben einen der Schwarzdrachen unter sich, doch Verex war es egal. Für ihn hieß es jetzt nur noch: Sie oder er! Und wer am Ende übrig blieb, das stand für Verex außer Frage. Er musste sie dazu bringen, sich ihm freiwillig zu unterwerfen. Sie war vielleicht mächtig, aber ihr fehlte die Boshaftigkeit, die ihn auszeichnete.

Ella kämpfte mit der Dunkelheit in ihrem Inneren. Sie wuchs mit jeder verstreichenden Sekunde und brannte wie die Säure, mit der Breassels ihre Opfer lähmten. Sie hatte das Gefühl, sich von innen heraus aufzulösen, und es war niemand da, der ihr helfen konnte. Dafür wurden die Blicke der Menschen um sie herum immer klarer und nach und nach ließen sie von ihrem Körper ab. Eigentlich hätte Ella jetzt aufatmen können, doch das Gegenteil war der Fall. Noch immer konnte sie sich des Eindrucks nicht erwehren, etwas Böses und Finsteres tief in ihrem Inneren zu haben. Etwas, das sie zu locken schien, den leichten Weg zu nehmen und sich zu ergeben.

Ella kämpfte wie eine Wehrechse, doch es tat fürchterlich weh und sie war so müde. Während die Menge auseinanderstob, krümmte Ella sich vor Schmerzen zusammen. Die Dunkelheit sickerte durch sie hindurch und zwang sie zu Boden. Sie spürte ihren Bruder, der ganz in ihrer Nähe war. Auch

Trexos und Cestres konnte sie problemlos ausmachen. Erst als lautes Kreischen ertönte, öffnete Ella ihre Augen und starrte in den Himmel. Genau über ihr schwebte der mächtige Leib des Drachen und machte Anstalten, zur Landung anzusetzen. Menschen liefen an ihr vorbei und den ein oder anderen Tritt bekam sie ab, doch Ella gab keinen Mucks von sich. Sie versuchte ihre Qualen auszublenden, um den Drachen nicht noch mehr zu reizen.

Je näher Razuls Drachengestalt kam, desto weiter stieg der üble Druck der Dunkelheit in ihrem Inneren und die Finsternis drohte nun sie zu überwältigen. Irgendwo rechts von ihr ertönten die lauten Rufe der Soldaten und das Klirren von Waffen. Dazwischen Trexos' aufgeregte Stimme und immer wieder das Fauchen der Bestie. Ella rollte sich auf den Bauch und hob, so weit es ging, den Kopf. Menschen rannten um ihr Leben und wieder bekam sie einen Stoß in die Rippen ab, der ihr die Luft aus der Lunge drückte. Dann erfasste sie der Wind, der durch Razuls Flügel verursacht wurde. Staub wallte auf und brachte sie zum Husten, während die Menschen auf dem Platz immer lauter schrien und versuchten, sich in Sicherheit zu bringen.

Tränen schossen Ella in die Augen, als sie sah, wie ihr Bruder sich gleich gegen zwei Soldaten zur Wehr setzte. Trexos versuchte zu ihm durchzudringen, doch der ältere Jäger musste es gleich mit drei Wachtposten aufnehmen und Cestres war nirgendwo zu sehen. Das urgewaltige Brüllen des Drachen ließ die Kämpfenden jedoch innehalten und jetzt starrten alle nach oben. Ella wollte sich ein Stück nach vorne ziehen – aus dem unmittelbaren Gefahrenbereich entkommen –, doch sie brach einfach zusammen. Und dann setzte das weiße Ungetüm auf, die starken Klauen rechts und links von ihr im Erdreich vergraben. Sein Kreischen war so laut, dass erneut Mauerstücke und Ziegel auf den Platz regneten, doch jetzt wurde Ella durch seinen massigen Leib geschützt. Für eine Sekunde schloss sie die Augen, und als sie sie wieder öffnete, starrte sie in die glühenden Iriden des Drachen. Sie waren ihr so nahe, dass sie das Feuer in ihnen lodern sah, aber auch den Mann in den glutvollen Blicken erkannte, den sie liebte und den sie schmerzlich vermisste. Sogleich bemerkte sie, dass der Schmerz in ihrem Inneren nachließ. Stattdessen umfing sie liebevolle Wärme, die sie in einen zarten Kokon hüllte. Beruhigende Wogen, die den Sturm in ihr zur Ruhe zwangen. Nur einen Augenblick später drang aus ihrem leicht geöffneten Mund eine schwarze Wolke, die sich in helles Licht verwandelte, sobald sie ihren Körper verließ. Für den Bruchteil einer Sekunde wurde die Stadt in gleißende Helligkeit getaucht, die selbst das Licht der Sterne verblassen ließ.

KAPITEL 15

Auf den Flügeln des Windes lässt du dich tragen,
auf des Herzens Stärke wirst du dich verlassen,
auf der Liebe Kraft dein Sieg sich gründet,
doch nur dein Glaube wird den Kampf beenden.

(AUS DEM HOHEN LIED DER DRACHEN)

Razul war in der Nähe von Prissea geblieben – in der Nähe von Ella. Trotz seiner Drachengestalt war der Mann in ihm präsent, und das hatte es noch nie gegeben. In den letzten Tagen war die Bestie immer weiter in den Hintergrund gerückt und sein menschliches Bewusstsein war stärker geworden. Irgendetwas bewirkte Ella bei ihm, doch noch immer traute er dem ungewohnten Frieden nicht. Was ihm am meisten Sorgen bereitete, war die Tatsache, dass er den Ruf der finsteren Drachen in den letzten Tagen kaum verspürt hatte. Seit dem Augenblick, in dem das Biest in ihm sich an das Mädchen gebunden hatte, waren die Stimmen kaum mehr als ein Flüstern. Sie schienen die

Macht über ihn allmählich zu verlieren. Aber was, wenn es nur ein Täuschungsmanöver war? Was, wenn sie ihn damit nur in Sicherheit wiegen wollten? Ihn glauben machen wollten, dass er stark genug war, dem dunklen Ruf zu widerstehen?

Es war gut, dass er sich von Ella fernhielt, denn das garantierte ihre Sicherheit. Razul wusste, dass er dem Drachen in sich nicht trauen sollte, denn er musste immer damit rechnen, dass der Ruf der schwarzen Drachen ihn wieder zu einem willenlosen Sklaven machte. Sollte das passieren, war Ella in großer Gefahr, doch es fiel ihm unglaublich schwer, ihr Wohl den drei Menschen zu überlassen, die sie begleiteten. Am liebsten hätte er sie jede einzelne Sekunde in den Armen gehalten, nur um sich zu vergewissern, dass dieses wundervolle Wesen echt war. Der Gedanke, ihr nicht nahe sein zu können, schmerzte ungeheuer.

Razul hatte große Kreise am Himmel gezogen und dabei die Ebene im Auge behalten. Mehr als einmal hatte er seinen Blick auf die in der Ferne liegende Hügelkette gelenkt. Sie erschien im fahlen Mondlicht geheimnisvoll und fast schon mystisch. Hinter diesen flachen Bergen begann der Weg der Unendlichkeit, und je näher sie diesem kamen, desto stärker würde Razul den Ruf der dunklen Bruderschaft vernehmen. Er befürchtete, dass es dem Finsteren gelingen könnte, ihn zu überwältigen. Ihn wieder zu der Marionette werden zu lassen, die aus Illestia geflohen war. Sollte das geschehen, würde er zu einer unberechenbaren Bedrohung für Ella und die anderen werden. Am liebsten hätte Razul sie wieder nach Hause gebracht und dort mit ihr einfach abgewartet. So, wie es im Moment aussah, wurde der Einfluss des Finsteren immer schwächer und vielleicht bestand tatsächlich …

Es war eine gefährliche Hoffnung, die er in seinem Herzen nährte – und Razul wusste, dass er sich etwas vormachte. Er und seine Kameraden würden erst wieder frei sein, wenn der fürchterliche Anführer der schwarzen Drachen nicht mehr war. Wenn er sein böses Leben aushauchte und alle dunklen Missgeburten mit sich in den Abgrund riss. Friede, Wohlstand und Glück würden auch in den Sommerlanden erst dann wieder herrschen, wenn er und viele seiner Brüder ihre Freiheit und ihr wahres magisches Potenzial wiedererlangten. Und das war eben nur dann möglich, wenn sie sich dem Anführer der schwarzen Bruderschaft stellten.

Razul war so in seine Gedanken vertieft, dass er im ersten Moment gar nicht mitbekam, wie sich in seinem Inneren etwas Kaltes festsetzte. Sein Herz begann zu flattern und ein unbestimmbares Wutgefühl machte sich in ihm breit – irgendetwas hatte die Aufmerksamkeit des Drachen geweckt. Er fuhr herum und warf einen Blick auf das hell erleuchtete Prissea, das wie eine Insel aus Licht inmitten der weiten Graslandschaft lag. Es wirkte wie eine Fackel und zog seinen Blick wie magisch an.

Sein Blut begann zu kochen und mit der Hitze überkam Razul die Erkenntnis, dass mit Ella etwas nicht stimmte. Die Bestie in ihm brüllte und er konnte sie kaum im Zaum halten. So hatte sich das Untier nur selten gebärdet – nicht einmal der Gedanke an die Schwarzdrachen hatte bisher einen solchen Zorn in ihm entfacht. Der Drache in ihm war plötzlich hellwach und drohte seinen Geist zu überwältigen. Razul musste seine ganze Kraft aufbieten, um sich gegen die Bestie zu behaupten – seine Gedanken richtete er auf Ella. Auf ihr Lächeln und auf ihre blauen Augen, die er so sehr liebte. All seine Magie, zu der er noch fähig war, ließ er in sein Herz fließen, und tatsächlich – nach und nach wurde das Wüten des Drachen leiser. Der Einfluss auf ihn schwächer.

Pfeilschnell glitt er über den Himmel, und je näher er der Ansammlung von Häusern kam, desto deutlicher konnte er das Mädchen wahrnehmen. Und dann brüllte er seinen Zorn in die kalte Nachtluft. Gerade hatte er die Hände gespürt, die sie hielten und mehr von ihr forderten. Männerhände! Aus dem Brüllen wurde ein tiefes Knurren und jetzt brach das Ungetüm aus ihm hervor. Es sprengte mühelos die Ketten, in die Razul es vor wenigen Sekunden noch geschlagen hatte. Rasend vor Wut näherte er sich der kleinen Stadt und wieder erklang das Gebrüll, das die Außenmauern erzittern ließ. Schon sah er die ersten Menschen, die in den Himmel zeigten und dann in Panik davonrannten – als ob ihnen das etwas genutzt hätte.

Er suchte den Platz ab. Sein Zorn ließ sich inzwischen kaum noch zügeln. Es wimmelte von Menschen in den Straßen, doch die eine, die er suchte, fand er nicht. Er konnte fühlen, dass sie ganz in der Nähe war, und dann erhob er sich wieder in die Lüfte und ließ seinen Eishauch über die Gebäude der Stadt wandern – eine erste Drohung an die Winzlinge, die ihm jetzt mit Pfeil und Bogen und anderen, lächerlichen Waffen zu Leibe rücken wollten. Er strich in geringer Höhe über die Häuser hinweg und sah dabei zu, wie sein Eis Gebäude und Mauern zerstörte. Seine Flügel verursachten so viel Wind, dass die Menschen wie altes Laub durch die Gegend gewirbelt wurden. Und dann endlich, nach einer gefühlten Ewigkeit, sah er sie.

Ella lag dort, wo einst der Marktplatz gewesen war – eingekesselt von einer Meute aus Stadtbewohnern, die alle auf sie einzudringen schienen. Razul konnte in diesem Augenblick nicht genau sagen, welcher Teil in ihm gerade die Vormacht hatte. Der Drache brüllte seine Wut hinaus und ihn selbst erfasste eisiger Schreck, denn er spürte sofort die Anwesenheit dunkler Magie. Sie schien Ellas Gestalt zu umfließen und zu umgarnen, doch sie gab nicht nach.

Razul musste unbedingt zu ihr, bevor sie sich in dieser Finsternis verlor. Er musste ihr Kraft geben und so legte er erneut die ledrigen Schwingen an und stürzte in die Tiefe. Er setzte punktgenau auf und schützte Ella mit seinem eigenen Körper vor herabfallenden Steinen und den panisch davonrennenden Menschen. Urgewaltig brüllte er seinen Anspruch über den Platz und behielt dabei die Soldaten im Auge, die sich ihm von allen Seiten näherten. Noch immer schienen sie nicht zu begreifen, dass sie ihm mit ihren untauglichen Waffen nicht schaden konnten. Er erblickte sogar Trexos und Tabor, die sich den Stadtwächtern in den Weg warfen, um Schlimmeres zu verhindern, doch dann richtete er seine gesamte Aufmerksamkeit wieder auf Ellianne, die immer noch kämpfte. Plötzlich überkam Razul ein heftiges Zittern und nur Sekunden später der Eindruck, dass er durch ihre Augen auf die Menschenmenge blickte. Und nicht nur das. Er fühlte mit ihr – spürte jeden Schmerz, wenn sie angerempelt wurde, und ihre Angst, dass die Situation eskalieren könnte. Es war, als wären sie plötzlich ein einziges Wesen. So als könne sie nichts mehr trennen.

Plötzlich keimte in ihm das Wissen, dass sie nur gemeinsam Herr der Lage werden konnten. Das Schicksal schien ihm diese eine Frau an die Seite gestellt zu haben, um der Herrschaft des Bösen Einhalt zu gebieten. Die Worte seines Vaters, dass er nur mit der einzig wahren Liebe ein Ganzes werden würde, ergaben erst jetzt einen Sinn. Wobei das, was Ella und ihn verband, nicht ganz das Gleiche wie bei seinem Vater und seiner Mutter war – und auch das erkannte Razul mit aller Deutlichkeit. Ella war so einzigartig, wie keine andere Gefährtin es jemals gewesen war.

Razul spürte die Kälte in ihrem Inneren, als würde sie ihn selbst treffen, und schenkte Ella sofort die Hitze seines Leibes. Er sah die Dunkelheit nach ihr greifen und gab ihr das wenige Licht, das er besaß. Der Wunsch, sie zu behüten, sie sicher zu wissen, beschäftigte Mann und Bestie – zum ersten Mal waren die beiden so unterschiedlichen Wesen einer Meinung. Um ihn herum dehnten sich Wärme und Licht immer weiter aus, erfassten den gesamten Platz und schließlich kamen auch die Kämpfe im Hintergrund zum Erliegen. Razul neigte sein mächtiges Haupt und sah Ella an. Die Dunkelheit, die er vor wenigen Momenten noch an ihr wahrgenommen hatte, wich immer weiter zurück, und für den Bruchteil weniger Sekunden konnte er erneut einen Blick in das strahlende Licht ihres Herzens werfen. Eine Helligkeit, die sie bedenkenlos an alle abgab, die sie benötigten. Die Finsternis, die er über Prissea bemerkt hatte, wurde vertrieben, und zurück blieb nur ein seltsames Glücksgefühl, das offenbar alle Stadtbewohner gerade empfanden. Niemand schrie mehr, stattdessen senkte sich eine ehrfürchtige Stille über den Platz. Ein paar der Kinder wagten sich jetzt sogar näher an den Drachen heran und dieser blieb tatsächlich ruhig – was Razul nun doch sehr verwunderte. Aber ebenso, wie Ella die Bewohner der Stadt mit ihrem Leuchten erfüllt hatte, war ihr dies auch bei der Bestie gelungen, und die schnurrte nun wie ein junges Feyantier. Ella nahm gierig von ihm seine Stärke, teilte aber auch gleichzeitig bedenkenlos das wenige, was sie besaß. Genau so, wie Trexos es gesagt hatte.

In diesem Moment setzte Ella sich auf und ihre Haare kitzelten die weiche Haut seines Bauches. Dabei rieb sie sich stöhnend den Kopf, und jetzt beobachtete Razul, wie Tabor sich ihnen näherte. Der junge Mann ging langsam, als würde er damit rechnen, den Drachen zu reizen, wenn er sich zu dicht heranwagte. Razul lauschte in sich hinein und stellte überrascht fest, dass das Ungeheuer sich nicht rührte. Es machte nicht einmal Anstalten, so etwas wie Abneigung zu empfinden. Razul stieg plötzlich ein Lachen in die Kehle, das er sich überhaupt nicht erklären konnte, wenn man mal davon absah, dass Ellas wilde Mähne noch immer an seinem Bauch entlangstrich und ein ganz merkwürdiges Gefühl in ihm weckte.

Er öffnete seinen riesigen Rachen und sah, wie Trexos nach dem Arm des Jünglings griff, um diesen aufzuhalten, doch der setzte sich heftig zur Wehr. Zeit für Razul, dem Bengel beizubringen, dass ein Drache es nicht unbedingt mochte, wenn man ihm zu nah auf den Leib rückte. Tabor blickte ihm fest in die Augen und jetzt hätte nur noch gefehlt, dass er seine Hände ausstreckte, um dem Drachen die Möglichkeit zu geben, Witterung aufzunehmen. So weit würde Razul es dann doch nicht kommen lassen. Er holte tief Luft und riss das Maul noch weiter auf. Ein erschrockenes Keuchen entfuhr der Menschenmenge, die sich mit einem gewissen Abstand um ihn herum versammelt hatte.

Tabor machte einen weiteren Schritt auf Razul zu, und ehe Ella oder irgendjemand anderer reagieren konnte, pustete Razul einmal kräftig Luft durch seine geblähten Nüstern. Tabor wurde von dem heftigen Wind, den Razul entfachte, erfasst und mehrere Meter weit nach hinten geworfen – in die Arme seines Lehrmeisters Trexos.

Ein leises, melodisches Lachen erklang und Razul beugte sich erneut zu Ella, die kopfschüttelnd unter seinem Bauch hockte und ihn tadelnd ansah.

»Musste das sein?«, schnaubte sie und verschränkte die Arme vor der Brust. Dabei war sie sichtlich bemüht, nicht schallend loszulachen. Ihre Mundwinkel zuckten niedlich und

Razul erkannte den Schalk in ihren Augen. Gleichzeitig spürte er das Rumoren im Drachenkörper und stellte mit einiger Überraschung fest, dass auch die Bestie lachte – und das hatte sie noch nie getan.

Sie waren die Nacht über nicht in Prissea geblieben. Nicht nach dem Auftritt, den ihre Gruppe samt dem Drachen hingelegt hatte. Cestres war bei einer Schlägerei auf dem Marktplatz verletzt worden und sie hatten sich schweren Herzens dazu entschlossen, ihn auf einem Hof unweit der Stadt zurückzulassen. Ein älteres Ehepaar nahm ihn auf und versprach, sich um ihn zu kümmern. Dazu trugen natürlich auch die Beutetiere bei, die Razul auf die Schnelle erlegt hatte. Ella, Trexos und Tabor hatten ein einfaches Abendmahl mit den Bauersleuten geteilt und sich dann wieder auf den Weg gemacht. Seltsamerweise war Ellas Müdigkeit wie weggeblasen, und das, obschon sie sich nach ihrer ersten Wandlung sehr schwach gefühlt hatte. Jetzt lief sie kräftig und ausdauernd durch das hohe Gras der Ebene – geradewegs auf die im Mondlicht schimmernden Hügel zu. Dort begann die letzte Etappe ihrer Reise. Laut Razuls Erzählungen befand sich hinter den harmlos erscheinenden, flachen Bergen der Eingang zum Weg der Unendlichkeit. Nur noch zwei Tage und Ella würde sich ihren tiefsten Ängsten stellen müssen. Von dem Mann, der gerade in seiner Drachengestalt über ihnen kreiste, wusste sie, dass das nicht einfach für sie werden würde.

Trexos, der vor ihr herlief, hob in diesem Augenblick seinen Arm und gab das Zeichen zur Rast. Es dauerte nicht lange und Razul landete in ihrer unmittelbaren Nähe. Mit Schrecken stellte Ella fest, dass über der Bergkette bereits das erste, zarte Morgenrot sichtbar wurde. Sie musste sich beeilen, wenn sie nicht zu einer Gefahr für ihre Begleiter werden wollte. Dem Drachen in sich traute sie nicht, denn der war für Ella nach wie vor ein Fremdkörper und jagte ihr Angst ein.

»Ella?« Tabor betrachtete sie mit einem gewissen Unbehagen im Blick, das sie ihm nicht verdenken konnte. »Musst du wirklich schon gehen?« Ella nickte schweigend und ließ ihren Rucksack ins Gras sinken.

»Ja!« Sie hatte dieses Wort noch nicht ganz ausgesprochen, da schlang Tabor seine Arme um sie und drückte sie an sich.

»Ich spüre, dass du nicht gehen willst und dass du dich fürchtest. Das musst du nicht. Ich bin mir sicher: In welcher Form auch immer … niemals würdest du einen Menschen angreifen. Das könntest du gar nicht.« Ella wollte Tabor so gerne glauben, doch ein winziger Rest an Zweifeln blieb. Trotzdem erwiderte sie seine Umarmung und hoffte dabei inständig, dass sie alle den folgenden Tag wohlbehalten überstehen würden.

Schließlich schob sie Tabor von sich. Falls sie sich noch länger in der Wärme seines Körpers und dem tröstenden Druck seiner Arme verlor, würde es Ella noch schwerer fallen, sich von ihrem Bruder zu lösen.

»Ich muss jetzt gehen.«

»Das musst du wirklich, Razul wartet bereits auf dich.« Trexos lächelte sie an und gab ihr so zu verstehen, dass er an sie glaubte. Ella hoffte inständig, dass sie sein Vertrauen nicht enttäuschen würde.

Sie warf Tabor und Trexos einen letzten Gruß zu und hastete dann in Richtung des Drachen, der die ledernen Schwingen gerade eng an seinen Körper legte. Je näher Ella Razul kam, desto deutlicher spürte sie, wie der Drache in ihr sich zu regen begann. Die beiden Bestien reagierten aufeinander und wollten gemeinsam über den Himmel streifen, ebenso wie die beiden Menschen sich in die Arme schließen wollten. Ellas Herz weinte bei dem Gedanken daran, dass sie kaum Zeit hatten, einander nahe zu sein. In den wenigen Tagen, die sie sich kannten, war Razul zu ihrem Lebensmittelpunkt geworden und sie anscheinend auch zu seinem. Ohne größere Schwierigkeiten konnte sie die Traurigkeit in den großen Drachenaugen erkennen und auch eine gewisse Sorge. Bestimmt hatte es etwas mit der Nähe zur dunklen Bruderschaft zu tun. Razuls Ängste waren nicht von der Hand zu weisen, und seit dem Vorfall in Prissea hatte auch Ella das Gefühl, als ob sich etwas abgrundtief Böses in ihrem Inneren eingenistet hatte – etwas, das dort keinesfalls hingehörte und mit dem neu erwachten Drachen nichts zu tun hatte.

Ella verspürte in diesem Moment keine Angst vor Razul in der Gestalt des Drachen, aber würde das auch so bleiben? Was würde geschehen, wenn sie in das Land der schwarzen Bruderschaft eindrangen? Würde Razul sich tatsächlich verändern und wieder der Dunkelheit erliegen?

Ella wollte es nicht glauben. Der Drache wirkte auf sie eher vorsichtig als wild und ließ es sogar zu, dass sie seine ledrige Haut berührte. Gleich würde die Verwandlung einsetzen und sie für einen weiteren Tag voneinander trennen. Sie wollte so gerne Razuls glühende Küsse spüren, seine Berührungen, die ihr Herz zum Schlagen brachten und dieses herrliche Kribbeln in ihrem Bauch auslösten. In diesem Moment bedauerte sie, dass Drachen ihre Kleidung auf magischem Weg entstehen lassen konnten – auch wenn sie diese Fähigkeit erst noch perfektionieren musste. Sie hätte so gerne einen Blick auf ihren

Liebsten geworfen, so wie … Nein, darüber sollte sie nun wirklich nicht nachdenken – nicht jetzt, wo …

Ella trat einen Schritt zurück und spürte den Blick des Drachen auf ihrem Körper. Dabei wurde ihr regelrecht heiß und die Bestie in ihrem Inneren verlangte immer deutlicher ihr Recht. Lange würde sie sich nicht mehr zügeln können. Bei Razul hatte die Verwandlung bereits eingesetzt und noch immer fand Ella diesen Vorgang faszinierend. Das rötliche Licht der aufgehenden Sonne ließ die Ebene in den schönsten Farben erstrahlen. Rot und orange schimmerten die wogenden Gräser und für einen ganz kurzen Moment flackerte goldenes Licht über der Steppe. Der Wind streichelte sanft durch ihre Haare, neckte ihre Haut, und Razuls glühende Blicke wärmten sie von innen heraus. Er kam auf sie zu. Langsam, mit schleichenden Schritten, und mit jedem Meter, den er zurücklegte, wurde er mehr zu dem Mann, den sie kannte. Doch Ella spürte, wie die Verwandlung nun auch bei ihr einsetzte. Die Sonne stieg immer höher, und als die ersten Strahlen sie erfassten, brachen die riesigen Schwingen aus ihrem Körper. Sie krümmte sich vor dem reißenden Schmerz, Tränen schossen ihr in die Augen. Nicht ein einziger Kuss war ihnen vergönnt, keine Berührung ihrer menschlichen Leiber. Ellas Gedanken verschmolzen mit dem des Tieres, und noch bevor Razul sie erreichen konnte, schwang der Drache sich bereits in den Himmel und flog mit dem Wind um die Wette.

Razul hatte ihr erklärt, dass ihr menschlicher Geist vollkommen in dem des Tieres aufging, wenn sie sich wandelte. Dass die Bestie sie beherrschen würde … Aber auch das schien auf Ella nicht zuzutreffen. Ein Teil von ihr war wach und dieser Teil weinte bittere Tränen, weil sie nicht bei dem Mann sein konnte, den sie liebte.

Sie kreiste hoch über ihm und ihre traurigen Rufe hallten weithin hörbar über die Ebene. Als sie sah, dass die kleine Gruppe sich zu einer Rast niederließ, wandte Ella sich ab und überließ sich dem hungrigen Tier. Sie brauchte Nahrung und entfernte sich dabei immer weiter von den Menschen, die unter ihr recht schnell zu kleinen farbigen Klecksen in einem Meer aus Grün wurden.

Ella hielt auf die Hügelkette im Westen zu, und je näher sie den Bergen kam, desto schärfer hoben sich diese vor dem Horizont ab. Ein unwiderstehlicher Geruch stach ihr plötzlich in die Nase, und ohne darüber nachzudenken, folgte sie der lockenden Spur. Gleich am Fuße der dunkel vor ihr liegenden Berge zog eine Herde von Tieren durch das grüne Gras, friedlich kauend und gänzlich unbesorgt. Ella schauderte es. Niemals zuvor hatte sie so große Tiere gesehen – dreimal größer als ein Feyantier, und die waren ausgewachsen schon schulterhoch. Die Beute schien nicht ungefährlich zu sein – mit scharfen Hörnern bewaffnet und auf sechs Beinen durch das Gras stampfend. Die Laute, die sie gelegentlich von sich gaben, erinnerten Ella entfernt an das Signalhorn von Mooresdahl – dumpf und hallend.

In der Mitte der gemächlich dahinziehenden Herde befanden sich die Jungtiere, und genau auf die hatte es der Drache abgesehen. Ohne dass Ella das Tier in sich bremsen konnte, legte die Bestie ihre Flügel an und schoss in rasantem Tempo auf den Boden zu.

Als Ella das nächste Mal einen vernünftigen Gedanken fassen konnte, spürte sie warmes Fleisch zwischen ihren Krallen und Blut auf ihrer Zunge. Sie fühlte den immensen Hunger, den das Tier stillen musste, doch als sie endlich wieder klar sehen konnte, hätte sie fast gewürgt.

Ella wurde schlagartig übel, als ihr bewusst wurde, wie viel Tod und Zerstörung sie über die Herde gebracht hatte. Drei Jungtiere befanden sich in ihrer unmittelbaren Nähe – ihre Leiber zerfetzt und in einer Lache ihres eigenen Blutes liegend. Zwei ausgewachsene Herdenmitglieder, die sich anscheinend dem Drachen todesmutig in den Weg gestellt hatten, lagen unweit des Schlachtfeldes – ebenso leblos wie die toten Fleischstücke, die Ella gerade gierig in sich hineinschlang. Mit jedem Bissen, den sie nahm, ging es dem Drachen besser, doch Ella litt Höllenqualen. Vollkommen grundlos hatte sie Leben genommen und dabei mehr Tod gebracht, als nötig gewesen wäre, um satt zu werden. Die Dunkelheit in ihrem Inneren wurde größer und die plötzlich einsetzende Kälte ließ sie erzittern.

Auf einmal wurde Ella von einer so großen Panik überwältigt, dass der Drache wie wild mit den gigantischen Schwingen um sich schlug. Sie wollte das hier nicht! Sie wollte nicht auch nur einen Bissen von diesem rohen, blutigen Fleisch zu sich nehmen, doch das Ungetüm zwang ihr seinen Willen auf. Immer wieder fuhren die scharfen Klauen in das weiche Gewebe und noch mehr Blut rann über die starken Kiefer.

Ella versuchte von den stark riechenden Kadavern fortzukommen, aber das Tier in ihr widersetzte sich und dabei wurde ihre Angst immer größer. Sie hatte keinerlei Kontrolle mehr über sich und über das, was sie tat – keinen Einfluss auf diese wilde Gier tief in ihrem Inneren, und zum ersten Mal wurde Ella die Natur des Tieres wirklich bewusst. Der Drache in ihr war eine Bestie.

Razul hatte mit den beiden Jägern eine Pause einlegen müssen. Ellas Bruder, so weit ausgebildet er auch sein mochte, musste sich dringend ausruhen. Schlafmangel und das unentwegte Laufen zerrten an den Kräften des Bengels und so wachte Razul in diesem Moment über den Schlaf der beiden Männer. Dabei hatte er Zeit, seinen eigenen Gedanken nachzuhängen. Die Ereignisse in Prissea hallten noch immer in ihm nach. Der Drache hatte sich zum ersten Mal in seinem Leben von ihm lenken lassen, und das hatte er Ella zu verdanken.

Razul machte sich nichts vor. Noch vor wenigen Tagen hätten ihn die Stimmen der dunklen Bruderschaft in den Wahnsinn getrieben und der Drache wäre unkontrollierbar gewesen. Die Tatsache, dass es die Bestie in ihm war, die sich gebunden hatte, war vollkommen neu, und Razul konnte nicht sagen, wohin es führen würde – im Moment allerdings war er froh darüber, dass das Ungetüm friedlich war.

Nachdenklich starrte Razul auf die Hügelkette, die jetzt gut sichtbar war. Im hellen Sonnenlicht wirkten die Berge kein bisschen bedrohlich, sondern vielmehr verlockend. In diese Richtung war Ella vor knapp einer Stunde verschwunden und kurze Zeit später hatte Razul den Kontakt zu ihr gänzlich verloren. Ein sicheres Zeichen dafür, dass der Drache sich ihrer bemächtigt hatte.

Razul vermutete, dass das Tier erst einmal auf die Jagd gehen würde. Er hatte sich bereits gewundert, weshalb das nicht schon viel früher der Fall gewesen war. Die Wandlung kostete immense Kraft und davon hatte auch Ella nicht genug, um einen Drachen zufriedenzustellen. Da er seine Liebste nicht spüren konnte, was Razul überhaupt nicht behagte, ließ er seine Sinne tastend über die Ebene wandern. Immer weiter öffnete er seinen Geist und war erstaunt, dass die dunkle Bruderschaft sich anscheinend in Schweigen hüllte. Der Finstere hatte in Prissea das letzte Mal von sich hören lassen. Kein gutes Zeichen, wie Razul fand.

Wieder warf er einen Blick auf die Berge und er spürte eine unerklärliche Unruhe. Unbewusst griff Razul in sein Lederwams und zog den wellenförmigen Dolch hervor. Nach dem Kampf gegen den schwarzen Drachen und Ellas mutiger Tat hatte er diesen wieder an sich genommen und ihn erneut mit seinem Blut getränkt. So hatte er vorgesorgt, falls der Anführer der schwarzmagischen Drachen ihn erneut unter seinen Bann zwingen konnte. Der Edelstein leuchtete jetzt wieder in einem eisigen Blau, und sollte seine Liebe ihn gegen ihn einsetzen müssen, würde die magische Waffe ihn gnadenlos in die Ewigkeit befördern.

Noch hatte er Ella den Dolch nicht zurückgegeben, doch bevor sie in das Reich der Schwarzdrachen eindrangen, würde sie ihn bekommen. Das schien Razul mehr als ratsam zu sein, denn er war sich nicht sicher, was mit ihm passieren würde, wenn die Finsternis ihn wieder beherrschte.

Seufzend drehte er den Dolch in seinen Fingern.

»Du bist stärker, als du denkst.« Trexos' ruhige Stimme durchdrang seine trüben Gedanken. »Niemals würdest du Ella auch nur ein Haar krümmen. Ich habe als Kind fasziniert den Erzählungen über die Drachenwandler gelauscht und eines weiß ich mit Sicherheit: Die dunklen Drachen mögen dich mit einem Zauber belegt haben, aber nichts kann jemals stärker sein als ein Drache, der wahrhaftig liebt. Du bist ebenso wenig ein Schwarzdrache, wie Ella einer ist. Ihre Farbe mag finster sein – ihr Herz ist es nicht. Ihr beide werdet diesen unseligen Krieg beenden und ein friedliches Zeitalter einläuten.«

»Dein Vertrauen hätte ich gerne.« Razul starrte den älteren

Mann an und wusste nicht so recht, womit er die Achtung dieses Menschen verdient hatte.

»Glauben ist der Schlüssel, Razul! Der Glaube an dich, deine Liebe und deine Kraft. Wenn du selbst nicht von dir überzeugt bist, wirst du scheitern. Altes Jägergesetz!« Der Alte grinste und biss dann in ein Stück Trockenfleisch. Er kaute genüsslich, während Razul sich seine Worte durch den Kopf gehen ließ. Er war stark. Da hatte Trexos recht. Aber würde diese Kraft auch reichen, um den Finsteren zu besiegen?

»Das wird sie.« Der Jäger lächelte vergnügt und Razul fragte sich, wie Trexos seine Gedanken lesen konnte. »Du liebst Ella. Das sieht man und das fühlt man. Wenn ein Mann liebt, kämpft er bis zum Untergang, um sein Glück zu bewahren. Und nun sag mir, Razul aus dem Clan der Weißdrachen: Was hat der Finstere schon, um das es sich zu kämpfen lohnt?«

Razul fühlte sich dank Trexos' Worten tatsächlich besser. Konnte es sein, dass die Lösung so einfach war? Liebe, die über die Dunkelheit triumphierte, hörte sich einfach zu fantastisch an. Razul wollte gerade antworten, als er plötzlich nach vorne gerissen wurde. Etwas zog so hart an ihm, dass er zur Seite kippte und schwer atmend im Gras liegen blieb.

KAPITEL 16

Sei ohne Furcht und gehe deinen Weg,
sei ohne Hass und erklimme die höchsten Berge,
sei ohne Falschheit und siege …

(AUS DEM HOHEN LIED DER DRACHEN)

Grausamer Schmerz wühlte sich durch Razuls Eingeweide. Er benötigte nur den Bruchteil einer Sekunde, bis ihm klar wurde, dass Ella in Schwierigkeiten war. Keuchend versuchte er auf die Beine zu kommen. Dabei ignorierte er die Schreckensschreie der beiden Menschen, so gut es eben ging. Mühsam stemmte er sich in die Höhe und torkelte ein paar Meter, bis er es endlich schaffte, die rasende Pein in seinem Inneren niederzukämpfen.

Razul jagte über die Ebene. Seinen beiden Begleitern hatte er auf die Schnelle noch zugerufen, dass sie sich weiter in Richtung der Hügelkette halten mussten, und dann war er losgerast.

Ella hatte Panik. Ihre Angst war für den Drachenmann körperlich zu spüren. Sein Herz holperte in der Brust, während er immer schneller rannte. Kurze Zeit später stob eine Herde Greivers an ihm vorbei. Die Tiere waren offenbar aufgewühlt, ihre harten Hufen ließen den Boden erzittern. Razul konnte sich lebhaft vorstellen, weshalb die großen Wesen so unruhig waren. Was allerdings die Angst in seiner Gefährtin auslöste, erkannte er nicht. Sie war in der Gestalt des Drachen unterwegs und es gab kein Lebewesen diesseits der Hügel, das einem Drachen gefährlich werden konnte. Kein Raubtier und keinen …

Plötzlich gefror Razul das Blut in den Adern und er lief schneller, als er es jemals für möglich gehalten hätte.

Was, wenn ein weiterer Drache der dunklen Bruderschaft den Weg der Unendlichkeit passiert hatte? Was, wenn dieser auf Ella gestoßen war? Razul versuchte durch die Augen seiner Gefährtin zu sehen, doch es gelang ihm nicht. Ella machte in ihrer Angst vollkommen dicht und ließ ihn nicht an sich heran. Die Bestie in ihr wütete und tobte, Ella litt Höllenqualen und sein eigener Drache rüttelte an den Gittern seines Kerkers. Selbst wenn Razul es gewollt hätte, wäre das Tier in ihm nicht in der Lage gewesen, am Tage zu fliegen. Ein Umstand, den er in diesem Moment verfluchte.

Bereits kurz darauf nahm er den Geruch von Tod wahr, von vergossenem Blut, und jetzt begann auch er panisch zu werden.

Normalerweise tötete ein Drache nur, was er zum Überleben brauchte. Was Razul jedoch gerade roch, hatte etwas von einem Massaker. Selbst ein Jungdrache hatte sich stets so weit im Griff, dass er nicht grundlos tötete. Razul war nur eine Sache bekannt, die diese natürliche Hemmschwelle überwand, und das war die Magie der Schwarzdrachen. Erst wenn diese sich in den Herzen der Drachen eingenistet hatte und der schaurige Befehl erging, würden Wandler alles umbringen, was ihnen unter die Klauen geriet. Und dann sah er sie.

Die schwarzen Schuppen glänzten im Sonnenlicht wie polierter Obsidian und die riesigen Schwingen verdunkelten den Himmel. Sie peitschten wütend die Luft und der lange, stachelbewehrte Schwanz zuckte über das Gras. Erde und Geröll spritzten in die Höhe, während der Drache sich gierig über die toten Tiere hermachte. Fünf Kadaver zählte Razul, wobei einer bereits bis auf die Knochen abgenagt war, und noch immer schien der grimmige Hunger des Tieres nicht gestillt zu sein. Ella kämpfte verbissen gegen den Drachen an. Ihr Entsetzen über die Tat des Tieres fraß sich wie Säure durch Razuls Adern und selbst er konnte seinen Schrecken über das Blutbad nicht unterdrücken.

Vorsichtig näherte er sich der Bestie von der Seite, doch die bemerkte ihn sofort. Der massige Kopf mit den strahlend blauen Augen flog in die Höhe und Razul wich zurück. Da lagen nur Kälte und eisige Abwehr in den klugen Augen, die ihn aufmerksam musterten. Razul ahnte, dass es ihm nicht gut bekommen würde, wenn er sich noch näher heranwagte, doch sein Bedürfnis, Ella beizustehen, überwog am Ende. Ella brauchte ihn – in diesem Moment wahrscheinlich dringender als jemals zuvor.

Vorsichtig machte Razul einen weiteren Schritt nach vorne und jetzt fauchte der Drache ihm bereits seinen Unmut entgegen. Er hatte das Gefühl, in die Tiefen eines feurigen Abgrunds zu sehen, wobei er genau wusste, dass Ella ihm keine Flammen entgegenschicken würde. Sehr lebhaft hatte er noch die graue Wolke in Erinnerung, die sie den Selkisvögeln entgegengeschleudert hatte. Sie würde ihn ebenso mühelos töten wie diese Tiere. Die Frage war nur, ob sie das wirklich wollte …

»Ella?« Razul bemühte sich um eine möglichst ruhige Stimme, da er den Drachen nicht noch weiter reizen wollte. Sollte seine Liebste irgendwie zu erreichen sein, würde Razul sie ans Tageslicht zerren. In diesem Zustand war sie nicht nur eine Gefahr für sich selbst, sondern auch für ihn und ihre menschlichen Begleiter. Gerade kannte das Tier weder Freund noch Feind. Razul lauschte kurz in die Ebene hinein. Die beiden Jäger waren noch weit entfernt, doch für einen Drachen war das gar nichts. Ella würde pfeilschnell mit dem Wind über das Grasland gleiten, wenn sie erst einmal Witterung aufgenommen hatte.

Er machte einen weiteren Schritt in ihre Richtung und der elegante Leib drehte sich mit peitschendem Schwanz in seine Richtung. Razul wusste, dass der Drache es nicht tolerieren würde, wenn er näher kam. Hinter alldem fühlte er jedoch noch immer Ellas Panik und ihren Kampf um die Vorherrschaft. Um ihr die nötige Kraft zu geben, war er einfach zu weit entfernt. Er musste unbedingt näher an sie herankommen, doch das war selbst für ihn nicht ungefährlich.

Einen Moment lang wägte Razul seine Chancen ab. Dann spurtete er los.

Ella verlor mehr und mehr die Kontrolle über sich – das Tier in ihr drohte sie erneut zu überwältigen. Selbst als Razul in ihrer Nähe erschien, bekam sie den Drachen nicht in den Griff. Die Gier hielt sie in den Klauen und die Bestie kannte nur ein Ziel: die erlegte Beute zu verteidigen.

Ella befürchtete, dass der Drache auch seinen Gefährten angreifen würde, falls dieser näher kam. Beim Gedanken daran wurde sie von Grauen geschüttelt. In seiner menschlichen Erscheinungsform konnte Razul es auf keinen Fall mit dem Drachen aufnehmen. Die Angst, etwas Böses geworden zu sein, wurde mit jeder verstreichenden Sekunde größer. Noch viel schlimmer war aber die Furcht, dass sie dem Mann, den sie liebte, etwas antun könnte.

Plötzlich fiel ihr der Leitsatz ihres Mentors wieder ein. *Angst tötet, mein Kind! Sie lähmt dich und verhindert, dass du angemessen reagieren kannst.* Diese Worte hatte Trexos ihr mit auf den Weg gegeben, nach ihrer ersten Begegnung mit einer hungrigen Wehrechse. Ihr Trupp, bestehend aus sieben Jägern und drei Schülern, zu denen auch sie damals gehörte, war im Flammenwald angegriffen worden und das rasende Tier hatte nicht lange gefackelt. Einer der Jäger starb unter den scharfen Klauen. Das Blut hatte den Schnee rot gefärbt und Ella erinnerte sich noch genau daran, dass sie sich vor Schock und Entsetzen nicht mehr bewegen konnte. Sie sah immer noch vor sich, wie das Tier sich in ihre Richtung drehte und sie mit tückischen Augen anvisierte. Sie hätte ihre Schleuder benutzen müssen, vielleicht auch rennen sollen, doch sie war damals nicht in der Lage gewesen, irgendetwas zu unternehmen. Sie hatte starr vor Schreck ihrem Ende entgegengesehen. Schließlich war es Trexos gewesen, der die Wehrechse mit einem gezielten Schuss erlegt und sie gerettet hatte. Gern erinnerte Ella sich nicht an diesen Moment, aber seit diesem Tag hatte sie viel gelernt. Auch, wie sie ihrer Angst Herrin werden konnte.

Trexos hatte recht: Angst tötete. Und wenn Ella nicht aufpasste, würde ihre Panik den Mann töten, den sie liebte. Sie gab sich alle Mühe, an etwas anderes zu denken. An ihre erste Begegnung mit dem Drachenwandler im Wald. An das seltsam warme Gefühl, das sie beschlichen hatte, und an die darauffolgenden Tage, in denen sie ihn nicht hatte vergessen können. Ella spürte sogleich, wie ihr Atem leichter wurde und ihr Herzschlag sich beruhigte. Mit ihren scharfen Drachenaugen betrachtete sie Razul, der immer näher kam und das Tier in ihr reizte. Trotzdem ließ sie ihre Gedanken weiterwandern zu dem Moment, als dieser unglaubliche Mann sie zum ersten Mal in den Armen hielt und ihr Herz so sehr geklopft hatte, dass sie glaubte, er müsse es hören können. Sie erinnerte sich an die Wärme und die Geborgenheit, die sie in diesem Augenblick empfunden hatte, und fühlte, wie der Drache auf die positiven Gedanken reagierte. Aber noch war er aufgebrachter, als es gut für ihren Gefährten war.

Ella führte ihre Gedanken zu dem Punkt, an dem Razul sie in seinem Palast gejagt hatte – der Moment, als sie die einzelne Träne auf seinen ledrigen Wangen bemerkte. Plötzlich legte sich eine seltsame Ruhe über sie. Die Bestie, die Razul in sich trug, war weitaus gefährlicher, als es ihre eigene sein könnte. Er hatte es geschafft zu widerstehen, denn ansonsten wäre sie in seinem Eispalast einen grausigen Tod gestorben. Seine Liebe zu ihr hatte verhindert, dass es zum Äußersten kam, und wenn er es schaffte, seinen Drachen im Zaum zu halten, dann konnte sie das auch. Doch erst als sie an den Kampf über Mooresdahl dachte, an die Art, wie Razul sich für die Dorfbewohner eingesetzt hatte, fand sie den Frieden, nach dem sie gesucht hatte. Endlich ließ die fürchterliche Gier in ihrem Inneren nach. Endlich hatte Ella das Gefühl, dass das Tier sich wieder von ihr steuern ließ. Genau in diesem Moment rannte Razul los.

Ella konnte gar nicht so schnell schauen, wie er an ihrer

Seite auftauchte und seine Hände fest gegen den Kopf der Bestie legte. Wärme, Liebe und Zuversicht fluteten ihre Adern und sie hatte das Bedürfnis, sich in seine Arme zu werfen – doch das war nicht möglich. Traurigkeit und Sehnsucht füllten Ellas Herz und vertrieben auch noch die letzten Funken der Angst, die sie gerade noch eisern in den Klauen gehalten hatte.

»Ella! Gib nicht auf!« Razul legte seine Stirn an den Drachenkopf. »Ich weiß, dass du mich hörst, und ich weiß, dass du gegen den Drachen kämpfst. Wir werden einen Weg finden, hörst du? Du musst daran glauben.«

Ob Ella ihm glauben konnte, wusste sie nicht, aber ihre Sehnsucht nach ihm wurde immer größer. Ein heißes Brennen machte sich in ihr breit und dann bemerkte sie, wie ihr Tränen über die schuppige Haut liefen. Nur einen einzigen Augenblick wollte sie Razul spüren, ihm so nahe sein wie vor wenigen Tagen, als sie sich noch in seine Arme schmiegen konnte – als sie seine warme Haut unter ihren Fingern zum Vibrieren gebracht hatte. Sie verzehrte sich förmlich nach einem Kuss. Nach den Lippen, die ihren Mund im Sturm eroberten, und nach Armen, die sie so fest hielten, als wollten sie Ella nie wieder loslassen.

»Sei nicht traurig, Geliebte der Nacht! Wir werden diesen Fluch brechen. Wir werden wagen, was noch keiner vor uns gewagt hat, und wir werden nicht aufgeben.« Razul trug die gleiche Traurigkeit in sich wie Ella. Mit jeder Faser konnte sie fühlen, dass er sich ebenso sehr nach ihr sehnte wie sie sich nach ihm. Ella hörte sich schluchzen, und das kam ihr nun doch seltsam vor. Sie lauschte tief in sich hinein und fand auf Anhieb den Ort, an dem sich die beiden Bestien aneinander gebunden hatten. Er war so dunkel, dass sie stöhnte, und es war auf keinen Fall so, wie sie es erwartet hatte. Liebe war für Ella etwas Helles und Strahlendes, kein Ort, an dem es dunkel und geheimnisvoll war. Aber ganz so finster, wie sie es zunächst vermutete, war es dann doch nicht. Eine winzige Flamme tanzte dort, die ihren warmen Schimmer verbreitete. Wo Helligkeit war, da gab es auch Hoffnung, und daran klammerte Ella sich. Sie wollte diesen winzigen Funken nicht loslassen, und je mehr sie an ihn dachte, desto heller wurde es an dieser Stelle. Strahlend und wärmend breitete sich der Schimmer weiter aus.

Plötzlich hörte Ella ein erschrockenes Keuchen und gleich darauf schrie jemand ihren Namen. Dieser Jemand war niemand anders als Razul.

Ella schlug ihre Augen auf und blickte in das geliebte Gesicht, in dem die Drachenschuppen leise raschelten. Die bernsteinfarbenen Augen glichen zwei glühenden Kohlen und erst da wurde Ella klar, dass sie nicht länger im Körper des Drachen gefangen war. Sie war wieder ein Mensch und lag auf dem Boden, während das Gras um sie herum leise im Wind rauschte und ihren Körper streichelte. In diesem Moment störte sie nicht einmal der Gedanke daran, dass ihre Kleidung wahrscheinlich weder praktisch noch passend war. Sie wollte nur bei dem Mann sein, den sie liebte und der sie gerade vollkommen fassungslos ansah. Der Drache war noch immer da, aber er verhielt sich still, und Ella wollte nicht wissen, wie lange diese Gnadenfrist anhielt – sie wollte nur Razuls Arme und seinen Körper fühlen. Zum ersten Mal seit vielen Stunden waren sie sich so nahe, dass Ella Razuls Herzschlag spüren konnte, und sie seufzte zufrieden. Gleichzeitig wollte die Traurigkeit sie schier verbrennen. Lange würde sie diesen Zustand nicht aufrechterhalten können, dafür fehlte ihr die Kraft, aber zumindest war es ein kleiner Hoffnungsschimmer in einer Welt, die immer mehr aus den Angeln gehoben wurde.

Razul strich ihr sanft die Haare aus dem Gesicht. »Ella«, flüsterte er ehrfürchtig. »Wie ist das möglich? Das hat es noch nie gegeben … Ich …«

»Sag nichts, Liebster.« Ella fuhr ihm über das stoppelige Kinn und mit ihrem Daumen ganz vorsichtig über die Schuppen, die sich sogleich anlegten, als sie sie berührte. »Halt mich fest. Für die kurze Zeit, die uns bleibt.«

Das ließ Razul sich nicht zweimal sagen. Er umfasste sie, und ehe Ella reagieren konnte, waren seine Lippen auf ihren – sein Kuss so warm und zärtlich, dass Ella erneut die Tränen kamen. Sie klammerte sich an ihn und wollte diesen Augenblick niemals vergessen. Daran wollte sie sich erinnern, wenn es wieder dunkel zu werden drohte. Razuls Kuss nahm sie gefangen und riss sie in einen Strudel aus Verlangen und Begehren, während Ella sich ihrem Gefährten entgegenreckte. Seine Hände lagen warm in ihrem Rücken und sie hatte das Gefühl, als müsse sie sich in den Flammen ihrer Leidenschaft auflösen. Nur ein einziger Gedanke beherrschte Ella: Sie wollte, dass dieser Moment nie endete.

»Ellianne … Hüterin meines Herzens …« Razuls Stimme erklang plötzlich in ihrem Inneren, ohne dass er seinen Kuss unterbrochen hätte, und Ella zuckte überrascht zusammen. »Licht in meiner Finsternis und Herrin meiner Bestie! Ich liebe dich! Was auch immer geschieht, ich werde dich begleiten und dir meine Kraft geben, wann immer du sie brauchst. Niemals wieder wirst du allein sein – weder im Licht noch in der Dunkelheit.« Ella ahnte, dass sie gerade einen Blick in Razuls Herz geworfen hatte – dass er auf diesem Wege zu ihr sprach. Am liebsten hätte sie hemmungslos geweint. Immer war sie für sich selbst und für andere verantwortlich gewesen und jetzt spürte sie zum ersten Mal, wie es sich anfühlte, wenn man nicht allein war. Wenn es jemanden gab, der einem zur Seite stand.

»Ich weiß, dass du bei mir bist«, flüsterte sie. »Ich spüre dich zu jeder Zeit. Wenn ich über den Himmel streife und mich von den Winden tragen lasse – dann bist du bei mir. Wenn ich nachts durch das Gras laufe und meinen Blick zu den Sternen erhebe – du bist immer da. Ich kann dich mit meinem Herzen fühlen, Razul.«

»Und ich fühle dich! Wenn du fröhlich bist, wenn du traurig bist und ganz besonders dann, wenn du Angst hast. Nicht nur der Drache ist immer in deiner Nähe. Ich bin es auch.«

Das Tier in Ellas Innerem regte sich wieder. Es wurde unruhig und verlangte danach, freigelassen zu werden, doch noch war sie nicht bereit, ihm nachzugeben. Nur ein paar Augenblicke wollte sie sich noch stehlen und auch Razul war noch nicht gewillt, sie wieder gehen zu lassen.

»Du bist außergewöhnlich, Ella. Keiner von uns Drachen kann das, was du heute vollbracht hast. Erst wenn der Teil unserer Herzen, den bei mir die schwarzen Drachen eingenommen haben, an die eine Frau gebunden ist, können wir die Wandlung willentlich vollziehen. Die Finsteren bestimmen nicht nur über unsere Handlungen, sondern nehmen uns auch die Fähigkeit, mit ganzem Herzen zu lieben. Du bist ein Wunder! Für mich und für alle anderen Wandler.«

Ella dachte kurz an den seltsam dunklen Ort, an dem sie die winzige Flamme gefunden hatte – der Ort, an dem die beiden Drachen miteinander verbunden waren. Dort hatte es nichts Böses gegeben – nur eine ungewohnte Stille. Gerade wollte sie Razul davon erzählen, da brüllte das Biest in ihrem Inneren auf und begann sich gegen die Fesseln zu wehren, die sie ihm angelegt hatte. Ellas Körper krampfte und Razul legte sie vorsichtig im Gras ab. Der Schmerz war nicht mehr so schlimm wie bei ihrer ersten Wandlung, aber immer noch derart heftig, dass Ella keuchte.

»Flieg Richtung Osten. Wenn du die beiden riesigen Statuen erreicht hast, dann warte auf uns.« Razul musste schreien, damit sie ihn überhaupt noch verstand. Ihr Körper streckte sich und die Flügel schossen aus ihrem Rücken, doch Ellas Verstand blieb absolut klar. Zum ersten Mal bekam sie den Eindruck, dass ihre Bestie mit ihr zu einer Einheit verschmolz. Sie warf einen letzten Blick auf Razul, der sie voller Liebe und Stolz betrachtete. Dann stieß sie einen schrillen Schrei aus, öffnete die Flügel und hob ab in den blauen Himmel über der Ebene.

Verex ließ seine Sinne wandern und versuchte seine Feinde ausfindig zu machen. Bereits nach kurzer Zeit wurde er fündig. Die Weißdrachen, die den lächerlichen Krieg gegen ihn führten, hatten sich in einem Lager verschanzt, das sie unweit der Brücke von Quai'Aaruzah aufgeschlagen hatten. Diese Narren glaubten noch immer, ihm gewachsen zu sein, und dabei verloren sie beinahe jeden Tag einen weiteren Kämpfer. Entweder weil sie ihm in die Hände fielen und anschließend seinem finsteren Willen folgten, oder aber sie starben den endgültigen Tod.

Natürlich konnten die Angehörigen der hellen Sippe darauf hoffen, zu den Sternen aufzusteigen, was ihm nicht vergönnt sein würde. Doch Verex zog sein Leben auf dieser Welt ohnehin vor. Und welcher Drache konnte schon von sich behaupten, so viele Jahrtausende existiert zu haben? Er war der Älteste unter ihnen und hätte den Weißdrachen so einiges erzählen können, aber das würden sie allesamt nicht hören wollen. Diese Verschwörer des Guten glaubten lieber an Mythen und Legenden, die ihnen von einem Träumer überliefert wurden. Mit der Realität hatte das allerdings nicht sehr viel zu tun.

Verex spürte die Unruhe, die im Lager seiner Feinde herrschte, und kurze Zeit später erkannte er auch die Ursache. Die Weißdrachen waren jetzt ebenfalls auf den weiblichen Drachen aufmerksam geworden. Ein Umstand, der ihm nicht unbedingt gefiel. Die Ewigkeit war ihm schrecklich öde vorgekommen – bis sie aufgetaucht war. Er war allerdings auch willens, sie zu töten, falls sie sich nicht brechen ließ. Sie würde sich ihm unterwerfen oder sterben. Eine andere Wahl hatte sie nicht. Verex war sich jedoch sicher, dass er die Frau dazu bringen würde, ihm aus der Hand zu fressen, denn immerhin beherrschte er einen Teil von Razul, den sie unbedingt haben wollte. Das Herz des Mannes, den sie über alles liebte.

Sie kam immer näher, geriet weiter in seinen Einflussbereich, und mit ihr auch der Drache, der sein eingeschworener Feind war. Die beiden wollten der Finsternis trotzen. Dabei wusste jedes Kind, dass es kein Licht ohne Dunkelheit gab, kein Gut ohne Böse. Wer das glaubte, war einfältig und töricht.

Verex stieß ein finsteres Lachen aus und erhob sich in die Lüfte. Er hatte seine Kräfte wiedererlangt und es wurde Zeit, diesen Krieg zu beenden. Bevor der Stern des Westens in zwei Tagen im Zenit stehen würde, gehörte der weibliche Drache ihm und Razul war Geschichte. Den Weißen würde er auf jeden Fall töten. Razul stellte eine ständige Bedrohung dar und jetzt gab es ein anderes Spielzeug, mit dem er sich die Zeit vertreiben konnte. Den Widersacher an seiner Seite zu behalten war nicht mehr notwendig.

Als sein Schrei über den Himmel schallte, wurde er aus Hunderten Kehlen erwidert. Zu seiner rechten Seite flog der rote Drache aus den Donnerbergen – der beste Freund Razuls. Ein Trumpf, den Verex geschickt ausspielen würde. Die Skrupel, die Razul daran hinderten, das Richtige zu tun, besaß er nicht und bei diesem Gedanken stieß er einen lauten Schrei aus. Schon bald würde der weibliche Drache ihm gehören, während Razuls Knochen in der Sonne bleichten.

KAPITEL 17

Voller Mut betritt den Weg,
voller Zuversicht nimm dein Schicksal an.
Du wirst vereinen, was getrennt,
und heilen, was zerbrochen.

(AUS DEN CHRONIKEN DER DRACHEN)

Ella hatte sich an Razuls Worte gehalten und war Richtung Osten geflogen. Unter ihr dehnte sich ein riesiger Wald aus. Er bedeckte die Hügel, und wohin sie auch schaute, schimmerten die fremdartigen Bäume mit dem bläulichen Laub. Leichter Nieselregen setzte ein und die Sonne verbarg sich hinter einer dicken Wand aus grau-schwarzen Wolken.

Nach ihrer Rechnung müssten sie noch mindestens zwei Sonnenuntergänge erleben, um die Brücke von Quai'Aahruza zu erreichen. Doch so wie es aussah, würde sie den Weg der Unendlichkeit bereits in wenigen Stunden zu Gesicht bekommen. Sie waren schneller vorangekommen als ursprünglich gedacht, denn ihre Begleiter hatten in den letzten Stunde eine ungeheure Strecke zurückgelegt.

Ella fragte sich, ob Trexos und Tabor dieses Tempo halten konnten, und dann drehte sie bei. Sie wollte auf keinen Fall vor den anderen an der schmalen Landzunge ankommen. Irgendetwas sagte ihr, dass sie bei der Gruppe bleiben sollte. Sie stieg höher auf, kreiste an Ort und Stelle und dabei ließ sie ihren scharfen Drachenblick in Richtung Ebene wandern. Nur ganz vage erkannte sie ihre Begleiter. Aus der Entfernung konnte sie in diesem Moment nur zwei Personen ausmachen und diese erreichten gerade den Wald. Wie war es möglich, dass sie die Ebene so schnell überquert hatten? Ella zog ihre Kreise größer. Dann erblickte sie plötzlich Razul direkt unter sich. Er trug Tabor auf seinem Rücken und bewegte sich so schnell unter dem nur spärlich durchbrochenen Blätterdach, dass es Ella den Atem verschlug. Razul musste Unmengen seiner kostbaren Kraft verbrauchen, denn offenbar trug er die beiden Jäger abwechselnd auf seinem Rücken – und legte dabei den Weg doppelt und dreifach zurück.

Irgendetwas schien ihn anzutreiben, doch Ella konnte sich die plötzliche Eile nicht erklären. Was hatte sich in den letzten Stunden verändert?

Ella versuchte ihre Gefühle zu ergründen und ein weiteres Mal an den Ort vorzudringen, an dem sie vor kurzer Zeit Razuls Flamme aufgespürt hatte und die beiden Drachen fest miteinander verbunden gewesen waren. Doch dort herrschte Grabesstille. Sie konnte Razul in diesem Augenblick weder hören noch fühlen, und das schnürte ihr die Kehle zu.

Sie beobachtete, wie Razul Tabor absetzte und dieser sogleich in den typischen Laufschritt der Jäger verfiel, während der Wandler umdrehte, um Trexos zu holen. Nein! Auch wenn sie auf diese Weise sehr viel schneller ihr Ziel erreichen würden, gefiel Ella nicht, was sie sah. Razul würde seine Kraft im Kampf gegen die dunkle Bruderschaft bitter benötigen und er vergeudete sie, um ihre Begleiter schneller zur Brücke zu schaffen.

Ella richtete ihren Blick jetzt wieder gen Osten. Dort stand eine finstere Wand aus Wolken. Blitze zuckten über das Firmament und Ella fragte sich, ob diese natürlichen Ursprungs waren oder etwas mit der Barriere zu tun hatten, die die Drachen gegen ihre eigenen Brüder errichteten. Ein weiteres Mal versuchte sie Kontakt zu Razul aufzunehmen und erhielt wieder nur Schweigen. Der Drachenmann schien seine gesamte Magie zu brauchen, um das hohe Tempo beizubehalten.

Ella drehte in diesem Moment bei und flog weiter Richtung Osten. Der rasende Hunger des Drachen war gestillt und Ella spürte, dass das Tier zufrieden war. Die lockere Verbindung zwischen den beiden war stabil und Ella freute sich darüber, dass sie den Drachen unter Kontrolle hatte. Sie fühlte, dass die Bestie sich von ihr beruhigen und lenken ließ, und das nahm ihr einen großen Teil ihrer Furcht. Doch je näher sie der schwarzen Sturmfront kam, desto größer wurden ihre Bedenken.

Ella war immer ein normaler Mensch gewesen und hatte nicht einmal an Drachen und ihre Magie geglaubt. Jetzt war sie selbst Teil dieser Welt und weit davon entfernt, das alles begreifen zu können. Die Kraft, die in ihr schlummerte, bereitete ihr Sorgen. Razul behauptete immer, dass sie nichts Böses in sich trug, aber da war sie nicht sicher. Immerhin war es das Blut eines Schwarzdrachen, das zu ihrer Verwandlung geführt hatte. In dem Moment, als ihr eigener Drache voller Gier über die Tierherde hergefallen war, da war es Ella, als ob sie die Finsternis in sich mit Händen greifen könne. Und genau das machte ihr Kummer – ebenso wie der Weg der Unendlichkeit.

Razul hatte ihr genau erklärt, was sie dort zu erwarten hatte. Sie würde nicht auf normalem Weg die Barriere überwinden können. Diese hatten die Weißdrachen erbaut, um die dunkle Bruderschaft von den Sommerlanden fernzuhalten. Nur die Drachen, die bei der Errichtung der magischen Grenze geholfen hatten, konnten sie passieren, ebenso wie Menschen. Aber Ella war kein richtiger Drache, nicht von Geburt an. Und ein Mensch war sie auch nicht mehr.

Ella spürte die nagende Unruhe, und als ob eine geheime Macht ihre schlimmsten Befürchtungen wahr machen wollte, tauchte bereits kurze Zeit später eine hohe Klippe auf. Aus Erzählungen wusste sie, dass hinter diesem Riff das Meer lag – der Ozean und die Brücke von Quai'Aaruzah …

Salzige Meeresluft stieg in Ellas Nüstern und sie atmete tief ein. So einen Duft hatte sie noch nie zuvor wahrgenommen und auch nicht einen solch starken Wind erlebt, wie er sie über den Klippen erwartete. Nicht einmal in den Donnerbergen war der Sturm so heftig gewesen. Obwohl der Himmel mit dunkelgrauen Wolken verhangen war, leuchteten die Blitze hier so grell, als würde die Sonne mit ihren Strahlen den Erdboden erwärmen.

Das Wasser unter ihr schäumte und brandete wild gegen die Felsen. Der laute Donner kam nicht aus den Wolken, sondern von dem tobenden Ozean. Ob es jemals ein Lebewesen gewagt hatte, diesen Naturgewalten zu trotzen? Es fröstelte Ella, während sie darüber nachdachte, wie viele Menschen das Meer bereits verschlungen hatte – und wie viele Drachen ihm bereits zum Opfer gefallen waren.

Ella flog an der Küstenlinie entlang und beobachtete aufmerksam ihre Umgebung. Auch das Tier in ihr wurde langsam unruhig. Immer wieder wollte der Drache sie dazu bewegen, umzudrehen und über Land zu fliegen, doch Ella hatte in der Ferne bereits die schmale Landzunge ausgemacht, die angeblich nach Illestia führte. Dort begann der Weg der Unendlichkeit. Ihre ganz persönliche Prüfung erwartete sie und Ella hielt geradewegs darauf zu.

Razul hatte sich zu einer drastischen Maßnahme entschlossen. Er nahm die beiden Jäger abwechselnd auf den Rücken, um schneller voranzukommen. Dabei verbrauchte er Unmengen an Energie, aber durch die Greivers, die Ella in verschwenderischer Art und Weise in der Ebene erlegt hatte, würde er schnell wieder Kraft erlangen. Sobald er sich wandelte, würde er die Kadaver suchen und sich die Reste einverleiben. Das sollte auch den Hunger seines Drachen stillen.

Trexos hatte zunächst protestiert und wollte partout nicht huckepack genommen werden, doch Razul hatte den älteren Mann einfach gepackt und nicht auf sein Geschrei gehört.

»Du bist unmöglich, Wandler!« Der Jäger schimpfte unentwegt, während Razul ihn durch den Wald trug und dabei peinlich darauf achtete, dass er ihn nicht versehentlich gegen einen Baum schlug – wobei er ihn das ein oder andere Mal am liebsten mit Absicht gegen einen Ast gedrückt hätte. Trexos war bisher ein eher ruhiger Zeitgenosse gewesen, doch jetzt zeigte er Razul, dass er auch anders konnte – sehr unangenehm für sein empfindliches Drachengehör.

Razul knurrte mürrisch und legte noch an Tempo zu. Ellas Bruder war zweifellos der angenehmere Reisebegleiter von den beiden.

»Wenn Ella wüsste, wie du …« Jetzt reichte es Razul.

»Sie weiß es nicht, und das soll nach Möglichkeit auch so bleiben, Jäger! Sie hat ihre eigenen Probleme, und falls wir es nicht schaffen, möglichst schnell nach Illestia zu gelangen, werden die Sommerlande von den schwarzen Drachen überrannt. Dann wird es nie wieder einen Sommer geben. Ella wird für immer ein Drache bleiben. Ich befürchte, dass es für eine Umkehr bereits zu spät ist, aber ich habe ihr versprochen, alles in meiner Macht Stehende zu tun, um den Fluch zu brechen.«

»Und? Ist es auch dein Wunsch, dass Ella wieder menschlich wird?« Trexos hatte ein seltenes Talent, mit seinen Worten Fleischwunden zu reißen, denn tatsächlich konnte Razul inzwischen nicht mehr sagen, ob es für Ella nicht das Beste wäre, ein Drache zu bleiben.

»Das spielt keine Rolle, alter Mann! Es geht hier nicht um mein Leben und meinen Körper, sondern um Ella. Was sie sich wünscht, muss für mich zählen.«

»Das ist keine Antwort auf meine Frage.« Razul konnte das Lachen aus der ruhigen Stimme heraushören. »Ich habe dich nach *deinem* Wunsch gefragt.« Innerlich seufzte Razul auf. Der Mann würde keine Ruhe geben und so blieb er abrupt stehen. Langsam ließ er den Jäger von seinem Rücken gleiten und verfiel gleich darauf in den leichten Laufschritt, den der Jäger vorgab. Es war nicht mehr weit bis zu der Stelle, wo er Ellas Bruder abgesetzt hatte – Razul konnte den Knaben bereits hören. In wenigen Minuten würden sie ihn erreichen, aber das sollte ihm die Zeit geben, Trexos' Frage zu beantworten.

»Ich weiß nicht, was ich mir wünschen soll.« Und das war

die schlichte Wahrheit. »Ella ist eine außergewöhnliche junge Frau und ich liebe sie. Es braucht den Drachen nicht, um sie zu etwas Besonderem zu machen. Ich glaube auch nicht, dass sie so sein möchte, und deshalb werde ich ihr helfen, wieder ein Mensch zu werden.«

»Habt ihr beiden schon einmal darüber nachgedacht, dass nichts im Leben ohne einen tieferen Sinn geschieht? Dass das Schicksal ausgerechnet Ella an deine Seite gebracht hat? Keine andere hätte sich in den Kampf mit der schwarzen Bestie geworfen und nur deshalb wurde aus Ella der Drache, der sie jetzt ist. Ich glaube daran, dass es dafür einen Grund gibt.«

»Du bist ein Träumer, Trexos«, knurrte Razul und erntete dafür nur ein mildes Lächeln. »Ella ist durch die Wandlung in größerer Gefahr als jemals zuvor. Der Weg der Unendlichkeit ist nicht leicht zu überwinden und mit dem finsteren Drachen in sich gleich doppelt so schwer. Sie wird an diesem Ort lernen, was Angst bedeutet – richtige Angst. Wenn es dabei nicht um sie ginge, würde ich dieses Wagnis nicht einmal in Erwägung ziehen.«

»Es ist nicht an dir, diese Entscheidung zu treffen, Wandler!« Jetzt war das Lachen in der Stimme des Alten deutlich zu hören und Razul fragte sich, was daran so lustig war. »Ella hat immer für sich selbst gesorgt. Sie wird dir nicht erlauben, für sie zu denken oder über sie zu bestimmen. Versuchst du es, wirst du scheitern. Und was die Angst betrifft: Ella ist tapferer, als du denkst. Sie wird meistern, was immer sie meistern muss. So war es schon immer.«

Plötzlich hielt Razul kurz inne. Irgendetwas lag in der Luft. Er konnte die üblen Schwingungen spüren.

Seit Ella in sein Leben gedrungen war, seit dem Tag, an dem die beiden Drachen sich gefunden hatten, waren die Stimmen der Dunklen kaum noch hörbar. Sie wisperten und flüsterten, schafften es aber nicht mehr, ihm jene Pein zuzufügen, die ihn anfangs beinahe hatte nachgeben lassen. Sie verloren ihre Macht über ihn und Razul konnte nur hoffen, dass das auch so bleiben würde. Jetzt jedoch fühlte er die Bewegung in der dunklen Welt der Finsteren und er fragte sich, wann sie zuschlagen würden.

Schließlich blieb er stehen und Trexos tat es ihm gleich. Seine Hand glitt unter das lederne Wams und er zog den magischen Dolch hervor. Er reichte ihn dem alten Jäger, doch dieser zögerte sichtlich, die Klinge mit dem glänzenden Stein entgegenzunehmen.

»Ella muss diese Waffe bekommen, bevor sie den Weg der Unendlichkeit betritt. Falls ich dem Zauber der dunklen Bruderschaft erliege, werde ich sie nicht mehr erkennen und Jagd auf sie machen. Diese Klinge ist das Einzige, was mich dann noch stoppen kann.«

Zögernd griff der Alte nach dem Dolch und betrachtete diesen misstrauisch. Viele Menschen spürten instinktiv, wenn etwas magisch aufgeladen war, und Trexos schien besonders feine Sinne zu besitzen. Ehrfürchtig steckte der Alte das Messer in seine Tasche.

»Sie wird es auf gar keinen Fall gegen dich einsetzen. Eher würde Ella sterben, das weißt du.« Genau das befürchtete Razul und der Gedanke daran war schlimmer als der Tod.

Plötzlich schallte ein lautes Kreischen über den Himmel und Razul zuckte zusammen. Er kannte diese durchdringende Stimme. Viele Hundert Male war sie im Krieg neben ihm aufgeklungen und viele Hundert Male hatte sie ihn vor Gefahren gewarnt – bis zu dem Moment, in dem die klaren Drachenaugen Chandras brachen. Aber es war helllichter Tag und Chandra sollte gar nicht in der Lage sein, sich zu wandeln – ebenso wenig wie Razul dieses Wunder vollbringen konnte. Die Bastarde der dunklen Bruderschaft hatten einen Weg gefunden, auch diese Schranke zu umgehen, und jetzt …

»Verflucht!«, zischte Razul. Trexos war sogleich an seiner Seite und riss den Langbogen von der Schulter.

Ella hatte die beiden Drachenstatuen schon von Weitem erkannt. Sie ragten hoch in den Himmel auf, die Schwingen weit ausgebreitet und geheimnisvoll schimmernd. Starke Magie wirkte auf Ella ein und drückte sie regelrecht zu Boden. Ihr blieb nichts anderes übrig, als unweit der beiden Statuen zu landen. Nach dem langen Flug war sie ohnehin merklich erschöpft.

Insgeheim hatte Ella gehofft, dass sie den Weg der Unendlichkeit umfliegen konnte, aber Razul behielt recht: Die magische Barriere würde sie nicht passieren lassen.

Sanft setzte Ella auf dem steinigen Boden auf und starrte auf den ausgetretenen Pfad, der sich zwischen den beiden Drachenstatuen in einem feinen Nebel verlor. Der schmale Weg war gespickt mit Felskanten und spitzen Steinen und war allein durch seine Beschaffenheit gefährlich. Immer wieder schlug die Gischt der Wellen über den Steinen zusammen und machte sie schlüpfrig und schmierig. Ganz deutlich konnte Ella den grünlichen Belag auf dem Pfad erkennen. Sie würde bei jedem Meter, den sie dort zurücklegte, auf der Hut sein müssen.

Einerseits schien der Weg der Unendlichkeit sie zu locken –

andererseits stieß er sie so stark ab, dass ihr übel wurde. In ihrer Drachengestalt sollte sie sich dort wohl besser nicht hineinwagen. Allerdings würde sie nicht mehr lange auf die Nacht warten müssen. Die Schatten wurden bereits tiefer und das Licht deutlich schwächer.

Die Ruhe tat Ella gut und sie legte die Flügel an. Für ein paar Momente konnte sie die Augen schließen und davon träumen, dass am Ende alles gut werden würde. Dass sie und Razul …

Plötzlich spitzte sie die Ohren. In das empfindliche Drachengehör drangen Geräusche, die nicht zu den Wellen in der Brandung passen wollten. Sie klangen wie der Schlag mächtiger Flügel, wie Drachenschwingen. Ella schrak zusammen. Auf keinen Fall konnte es sich um Razul handeln – es musste ein Mitglied der dunklen Bruderschaft sein. Ein heftiges Frösteln erfasste Ella. Nur Drachen, die sich an eine Frau gebunden hatten, oder Schwarzdrachen waren laut Razuls Erzählungen in der Lage, sich sowohl bei Tag als auch bei Nacht zu wandeln. Aber wie war dieses Ungetüm durch die Barriere gekommen? Ella hockte vor dem Eingang des Weges und an ihr war er nicht vorbeigeflogen. Die Bestie bewegte sich jetzt offenbar rasend schnell genau in die Richtung, aus der sie gekommen war.

Ella zögerte keine Sekunde, öffnete ihre Schwingen und stieß sich vom Boden ab. Trotz der Magie des Weges, die sie am Boden halten wollte, gelang es ihr, sich in die Lüfte zu erheben. Wahrscheinlich würde der andere Drache sie hören und möglicherweise auch angreifen, doch das musste sie riskieren. Traf er auf ihre Freunde, die vollkommen schutzlos waren, würde er sie allesamt töten.

Ella legte noch mehr Kraft in die mächtigen Schwingen. Sie musste sich beeilen, denn sie konnte deutlich vernehmen, dass der andere Drache sich schnell von ihr entfernte. Ella brüllte ihren Kampfschrei in den Himmel. Sie wollte den unbekannten Drachen reizen. Er sollte umdrehen und sich auf sie konzentrieren, doch er ließ sich nicht aufhalten.

Bereits nach wenigen Minuten überflog Ella wieder den dichten Wald und jetzt, wo die Wolken sich langsam lichteten, konnte sie das albtraumartige Geschöpf auch sehen. Zu ihrem Erstaunen war die Bestie jedoch gar nicht schwarz, sondern tiefrot. Anscheinend handelte es sich um einen der Besessenen – im schlimmsten Fall sogar um einen von Razuls Freunden.

In weiter Ferne bewegte er sich zielsicher und begann plötzlich über einer ganz bestimmten Stelle zu kreisen. Ella brüllte erneut auf, als sie mit ansehen musste, wie der rote Drache pfeilschnell in die Tiefe stieß, wie Baumkronen in Flammen aufgingen und sich das Feuer binnen Sekunden ausbreitete. Verzweifelt tastete sie mit ihren Sinnen nach ihrem Gefährten – nach Razul, doch den konnte sie noch immer nicht hören. Er war wie vom Erdboden verschluckt.

Vor wenigen Stunden hatte ihr Geliebter noch versprochen, sie niemals allein zu lassen. Irgendetwas … irgendjemand störte die Verbindung der beiden und Ella musste auch gar nicht lange überlegen, woher dieser Angriff kam. Zu oft hatte sie in den letzten Tagen das Böse gespürt und auch jetzt konnte sie die Dunkelheit fühlen, die sie mit einem Mal umgarnte.

Wieder stieg die rote Bestie in den Himmel auf und jetzt gab Ella alles, was sie an Kraft aufbringen konnte. Das gigantische Tier öffnete seinen riesigen Rachen – bereit, Feuer und Verderben auf ihre Freunde regnen zu lassen. Sie konnte Trexos hören und auch Tabor, der sich ein gutes Stück westlich des roten Drachen aufhielt – und dann endlich hörte sie auch Razuls Stimme. Er raste durch den Wald und versuchte den

Feind von Tabor und Trexos abzulenken, doch das massige Tier machte ganz plötzlich eine Kehrtwendung und richtete sein Augenmerk genau dorthin, wo sich Ellas kleiner Bruder aufhielt.

KAPITEL 18

Ein wahrer Held kämpft für die Sache,
ein wahrhaftiges Herz für diejenigen,
die in ihm wohnen.

(AUS DEN CHRONIKEN DER DRACHEN)

Razul hatte Chandra bereits bemerkt, bevor dieser zu sehen war. Er hatte seine Stimme vernommen und die Präsenz gespürt, die den Drachen der Donnerberge auszeichnete, und er wusste, dass der ehemalige Freund nicht zu einem netten Plausch vorbeigekommen war. Gelenkt von den finsteren Mächten, würde Chandra nur ein Ziel kennen: Razul zu unterwerfen oder ihn zu töten.

Der Abend war schon weit fortgeschritten und so zerrte Razuls Drache heftig an seinen Ketten. Nicht mehr lange und die Nacht brach herein und dann waren Chandra und er gleichauf. Bis dahin musste Razul sich etwas einfallen lassen, um seine beiden menschlichen Begleiter vor dem Angriff des Drachen zu schützen. Chandra würde keine Rücksicht oder Fairness walten lassen – nicht solange er im Bann der finsteren Bruderschaft stand. Und Tabor war ganz allein, noch ein ganzes Stück von Trexos und ihm entfernt.

Razul fluchte lautstark. Chandra hatte sie ohnehin schon lange bemerkt, Verstecken würde ihnen da nicht viel bringen.

Dann erklang ein weiterer Schrei, und der entfuhr nicht dem roten Drachen. Razul gefror das Blut in den Adern. Ellianne! Eigentlich sollte sie längst die Brücke von Quai'Aaruzah erreicht haben und dort auf ihn warten.

Razul blieb jedoch keine Zeit mehr, um weiter über Ella nachzudenken, denn in diesem Moment schwebte der Angreifer bereits über Trexos.

Razul schnappte sich den Jäger und zog ihn mit irrsinniger Geschwindigkeit aus dem Gefahrenbereich, während neben und hinter ihnen die Bäume explodierten. Eine gigantische Feuerwalze schob sich durch den Wald, während Razul mit seiner kostbaren Fracht vor der Flammenwand floh. Immer mehr Holz fiel dem Feuer zum Opfer und gab ihm neue Nahrung. Etwas weiter rechts von Razul bewegte sich der Knabe durch das Unterholz. Trotz der prasselnden und fauchenden Glut konnte der Wandler Ellas Bruder leicht ausmachen. Auch der Junge hatte sämtliche Vorsicht außer Acht gelassen und rannte um sein Leben.

Plötzlich warf Chandra sich herum und ein paar Augenblicke später hörte Razul, wie sein Feind eine weitere Salve seiner Flammen auf den Wald losließ – jetzt allerdings genau an der Stelle, wo er Tabor vermutete. In Windeseile setzte Razul den Jäger ab und wies mit seinem Arm in Richtung Osten.

»Lauf! Ich muss mich um den Jungen kümmern!«, brüllte er dem Alten zu und raste davon. Trexos war der Erfahrenere und würde sich selbst zu helfen wissen. Ganz im Gegensatz zu Ellas Bruder, der in wilder Panik davonrannte und sich nicht mehr an die vorher besprochene Route hielt. Außerdem war Chandra um einiges schneller.

Ein schlimmer Verdacht keimte in Razul auf und verhärtete sich in dem Moment, als der rote Drache sich in die Tiefe stürzte, ohne seine Flammen einzusetzen. Er hatte anscheinend keinesfalls vor, den jungen Burschen zu töten, denn sonst hätte er es längst getan.

Ellas schriller Schrei ertönte über Razul und dann sah er den schlanken Leib seiner Gefährtin in einem rasenden Tempo über ihn hinwegschweben. Razul vermutete, dass sie ihre Drachenmacht – die giftige graue Wolke – nicht einsetzen konnte, denn das hätte auch ihren Bruder umgebracht, und jetzt legte er noch mehr Tempo zu. Ella würde keinesfalls einen direkten Kampf gegen einen erfahrenen Drachen gewinnen können. Sie war weder stark noch wendig genug, um es mit Chandra aufnehmen zu können, doch das schien sie nicht zu interessieren.

»ELLA!«, brüllte Razul aus Leibeskräften. »VERSCHWINDE!« Razul wusste, dass er sich diese Worte genauso gut hätte sparen können. Sobald es um ihre Lieben ging, verlor Ellianne jegliches Gefühl für die eigene Unversehrtheit, und das war auch der Augenblick, in dem die beiden Drachenleiber mit lautem Getöse ineinanderkrachten. Wütendes Fauchen und Kreischen hallte über den immer dunkler werdenden Himmel. Ella musste schleunigst landen, denn ihre Rückverwandlung stand kurz bevor. Der Drache in ihm brüllte bereits, doch Razul konnte ihn noch nicht entlassen. Noch war die Nacht nicht angebrochen und er nicht dazu in der Lage, das Tier zu entfesseln. Alles in ihm schrie und tobte, der Schmerz wollte ihn schier zerreißen. Doch er musste hilflos mit ansehen, wie die beiden massigen Tiere ineinander verkeilt Richtung Boden stürzten. Der Aufprall ließ die Erde beben und Razul sah mit Schrecken, wie Chandra sich in Ellas Nacken festbiss. Blut floss über ihre Schuppen und jetzt brüllte der Drache in ihm bestialisch auf. Rasender Zorn schüttelte ihn. Hass, der sich gegen das grausame Schicksal richtete, gegen die eigene Unfähigkeit, seine Gefährtin zu schützen, aber vor allem gegen die dunkle Bruderschaft.

Ella schrie auf, als sich Chandras Klauen tief in ihre Seite bohrten und seine Zähne ihr weiter zusetzten, doch sie wehrte sich verbissen. Razul musste es schaffen, die Aufmerksamkeit des besessenen Drachen auf sich zu lenken – er musste es einfach schaffen, ihn von Ella zu trennen.

Verex hatte die dunkle Bruderschaft um sich herum versammelt. Er benötigte ihre Kräfte und nahm sich, was er brauchte. Der rote Drache würde ihnen keinesfalls entkommen, denn sie hatten sich unmittelbar vor der schmalen Klippe eingefunden, die die beiden Landesteile miteinander verband. So waren sie Chandra nah genug, um ihn in ihrem dunklen Netz zu halten. Warum auch immer das bei Razul nicht funktionierte, erschloss sich Verex noch immer nicht, doch Fehler waren dazu da, um korrigiert zu werden. Und genau das würde jetzt geschehen. Razul würde sich fügen oder sterben – ebenso wie der weibliche Drache. Verex würde kein Risiko eingehen, denn er hatte nicht so viele Jahrhunderte überlebt, um sich jetzt von einem halbstarken Drachenjungen in den Tod schicken zu lassen. Gemessen an seinem Alter und der Magie, die er im Laufe der langen Zeit erlernt hatte, war Razul nur ein Küken – aber eines, das Verex nicht unterschätzte. Da war die Prophezeiung, und die sollte er nicht außer Acht lassen – erst recht nicht, nachdem nun auch ein weiblicher Drache aufgetaucht war, der Razul anscheinend unempfindlicher gegen seine Beeinflussung machte.

So ganz war Verex sich noch nicht darüber im Klaren, was dort vor sich ging und welcher Art die Macht war, die das Mädchen über den Wandler hatte, aber er hatte vor, es herauszufinden und für sich nutzbar zu machen. Es musste eine Kraft sein, die ihm selber noch vollkommen unbekannt war, aber eine, die stärker war als alles, was er bisher kennengelernt hatte.

Der Singsang seiner Getreuen wurde lauter und Verex konnte die dunklen Schwingungen deutlich spüren. Sie breiteten sich aus und überwanden dabei Zeit und Raum, drangen bis in die Sommerlande vor und erreichten den roten Drachen, durch dessen Augen Verex jetzt sein Ziel anvisierte. Er war vollkommen mit dem Leib des Besessenen verbunden und steuerte ihn dabei direkt auf sein Ziel zu.

Er konnte Razul durch den Wald rennen sehen und dann ein paar Meilen vor ihm einen Knaben ausmachen. Zuerst wunderte Verex sich darüber, dass man dieses Kind sich selbst überlassen hatte, doch dann stutzte er plötzlich und in seine Augen trat ein gieriges Funkeln. Der Bursche hatte eine gewisse Ähnlichkeit mit dem Drachenmädchen, und als er tiefer in den jungen Mann eindrang, erkannte er, dass die Ähnlichkeit weitaus größer war, als er zunächst angenommen hatte. Der Knirps war ihr Bruder – ein wunderbares Druckmittel, das Verex gegen Razul und sein Liebchen einsetzen konnte. Seine Pläne änderten sich in dem Moment, als ihm klar wurde, welches Geschenk ihm hier so unverhofft vor die Füße gefallen war.

Verex zwang Chandra herum und jetzt machte er Jagd auf den Knaben, der noch immer versuchte, sich vor ihm in Sicherheit zu bringen. Ein ziemlich nutzloses Unterfangen, denn ein Mensch würde es niemals schaffen, schneller zu rennen, als ein Drache fliegen konnte. Auch konnte er sich nicht vor seinen scharfen Augen verbergen, aber auch das war ihm anscheinend nicht klar.

Gerade als Verex den roten Drachen dazu zwang, sich in die Tiefe zu stürzen, war das Weibchen zur Stelle und rammte sich in Chandras Seite. Ihre Krallen durchdrangen mühelos die Schuppen und in diesem Augenblick wurde Verex klar, dass dies noch keinem Jungdrachen zuvor gelungen war. Dieses Tier war nicht nur außergewöhnlich, sondern, wie er gerade feststellen musste, auch noch extrem stark. Verex musste sein gesamtes Geschick aufwenden, um den Besessenen in der Luft zu drehen und um sie zu packen. Sein Glück war es, dass sie noch keine geschickte und wendige Fliegerin war, denn ansonsten hätte sie ihn zu Boden gedrückt.

Sie stieß einen schrillen Wutschrei aus, als seine Zähne in ihrem Nacken landeten und sie festhielten. Ihr Schwanz peitschte die Luft, doch mit ihren Flügeln richtete sie keinen großen Schaden an. Ihre Schwingen waren einfach noch zu kraftlos und nicht dazu geeignet, einem alten Drachen wirklich etwas anzuhaben. Chandra war ein starkes Ungetüm. Kein Opfer, an dem das Mädchen sich ausprobieren sollte, doch sie tat es, ohne dabei an ihr eigenes Leben zu denken. Etwas, das Verex vollkommen fremd war und ihm wohl auch auf immer fremd bleiben würde. Für ein anderes Wesen sein eigenes Leben wegzuwerfen kam ihm nicht in den Sinn.

Er riss den weiblichen Drachen mit sich in die Tiefe, dabei allerdings sorgsam darauf bedacht, dass der Knabe, der zu seinem eigentlichen Ziel geworden war, nicht zu Schaden kam. Beißend und fauchend versuchte das Mädchen seine Aufmerksamkeit von dem Jungen weg und auf sich selber zu lenken, doch das würde ihr nicht gelingen. Verex wusste nun, wie er sie dazu bewegen konnte zu tun, was er verlangte … und sie würde es freiwillig tun. Er musste nur abwarten. Mit einem grimmigen Knurren auf den Lippen löste er sich von ihr und schoss auf den Knaben zu. Dieser blickte ihm ängstlich entgegen und rührte sich nicht mehr. Schreckensstarr und mit weit aufgerissenen Augen sah er dem roten Drachen entgegen, den Verex geschickt und nach seinem Willen lenkte. Die Klauen fuhren nach vorne, während hinter ihm das schwarze Weibchen vergebens darum kämpfte, wieder in die Luft zu kommen. Dumm nur, dass der Tag sich dem Ende zuneigte und sie sich wandelte. Nichts würde das verhindern können und in diesem Augenblick schlossen sich die Krallen um den schlanken Leib des Jungen. Mit einem siegessicheren Kreischen stieg Verex in den Himmel auf. Niemand konnte ihn jetzt noch aufhalten.

Als der fremde Drache auf Tabor zuraste, glaubte Ella, ihr Herz würde in tausend Scherben zerbrechen. Sie wollte ihm helfen, wollte sich in die Lüfte erheben, doch sie hatte keine Kraft mehr. Die Sonne sank und die Nacht brach herein, während sie ausgepumpt zwischen den zerstörten Bäumen lag und ihrem eigenen Herzschlag lauschte. Irgendwo hörte sie Trexos schreien und auch Razul konnte sie mit einem Mal wieder in ihrem Inneren spüren, doch sie war nicht mehr in der Lage, sich zu rühren. Ella merkte kaum noch, wie ihr Körper sich verwandelte, wie sich ihr Bewusstsein trübte und sie wieder zu einem Menschen wurde. Sie fühlte nur den reißenden Schmerz des Versagens und die eisige Furcht, Tabor für immer verloren zu haben.

Das Nächste, was Ella wahrnahm, waren eine warme Decke und Hände, die sie sanft hielten.

»Ella!« Die leise Stimme umfing sie tröstlich und am liebsten hätte sie die Augen noch ein wenig geschlossen, um sich dem Gedanken hinzugeben, dass alles gut werden würde. Doch Trexos ließ sie einfach nicht in Ruhe. »Ella! Du musst dich fertig machen. Es ist nicht mehr weit bis zur Brücke von Quai'Aaruzah und Razul braucht dich jetzt mehr denn je.« Der alte Jäger hielt ihr eine Wasserflasche an die Lippen und nach dem ersten Schluck erwachten ihre Lebensgeister. Nach dem zweiten setzte sie sich bereits auf. Ängstlich sah sie ihren Mentor an.

»Was … was ist mit Tabor? Wo ist er? Und Razul …«

»Tabor lebt«, unterbrach Trexos ihr Gestammel. »Aber der rote Drache hat ihn mitgenommen. Razul ist ihm gefolgt, doch …«

»Was?« Ella starrte Trexos entsetzt an. »Was ist mit Razul und meinem Bruder?«

»Der Feind hatte schon einen enormen Vorsprung, bevor Razul die Wandlung vollenden konnte. Ich glaube nicht, dass er ihn einholen konnte. Auf keinen Fall vor der Brücke von Quai'Aahruzah.«

»Wir müssen …« Ella schoss in die Höhe und strauchelte

vorwärts. Trexos musste sie stützen, damit sie nicht gleich wieder zu Boden fiel.

»Ist alles in Ordnung mit dir?« Der Jäger musterte sie eindringlich. Ein dünnes Rinnsal Blut lief über ihre Schultern und Ella wischte es nachlässig weg.

»Es geht nicht um mich! Es geht um Tabor und Razul. Wir müssen ihnen folgen – und zwar schnell! Ich glaube nicht, dass der Angreifer mich richtig verletzen wollte. Zumindest nicht schwer. Da steckt mehr dahinter.«

Ella wandte sich ab und bemerkte erst in diesem Moment, dass irgendetwas ihre Beinfreiheit behinderte. Als sie an sich herabsah, erkannte sie schwere Röcke aus Samt, doch darunter konnte sie deutlich ihre ledernen Hosen spüren. Die Kleidermagie, die alle Drachen nach der Verwandlung intuitiv vollzogen – sie beherrschte sie noch immer nicht.

In Windeseile streifte sie das hinderliche Gewand ab, und genau wie sie es bereits vermutet hatte: Darunter befand sich die Kleidung eines Jägers. Allerdings in einem wirklich grellen Grün. Als sie aufschaute und dem Blick ihres Mentors begegnete, entdeckte sie die winzigen Lachfältchen, die sich um seine Augen gebildet hatten, und nur eine Sekunde später hatte ihr Gegenüber Mühe, das Lachen zu unterdrücken. Stattdessen drang ein Glucksen über Trexos' Lippen und er legte in mitfühlender Weise eine Hand auf Ellas Schulter.

»Das wird schon! Es ist noch kein Meister vom Himmel gefallen, und wenn du noch ein bisschen übst, klappt bestimmt auch das.« Ella ließ das Kleidungsstück achtlos zu Boden fallen, schulterte ihren Rucksack und schnallte sich die Waffen um.

»Besser, ich lerne schneller, denn für so etwas haben wir keine Zeit. Wir müssen Tabor und Razul finden!«

Razul brauchte sie. Denn ihre Nähe war es, die ihn vor dem

bösen Zauber der dunklen Bruderschaft bewahrte. Eigentlich war ausgemacht, dass Razul warten würde, bis sie den Weg passiert hatte. Doch die finsteren Drachen und ihre Schergen hatten ihren Plan vereitelt, indem sie Tabor mitgenommen hatten.

Sie durfte keine Zeit verlieren. Nicht, wenn sie die Menschen retten wollte, die sie mehr als alles andere liebte. Was bedeutete dagegen ein bisschen Schmerz an ihrer Schulter und in ihrem Nacken – den ertrug sie, ohne mit der Wimper zu zucken, wenn sie nur Razul und Tabor wiederbekäme.

»Warte, Ella!«

Sie flog herum und staunte nicht schlecht, als sie Razuls Dolch in der ausgestreckten Hand des alten Jägers sah. Der Edelstein im Griff funkelte wieder in jenem satten Blau, das Ella bereits beim ersten Anblick des Messers aufgefallen war. Razul hatte die Waffe zweifellos wieder mit seinem eigenen Blut getränkt. Er glaubte wohl noch immer, dass sie ihn im Ernstfall töten würde.

»Razul hat mir das für dich gegeben. Er meinte, dass du es brauchen wirst.« Wortlos nahm Ella die Klinge in Empfang und steckte sie in die Scheide. Benutzen würde sie die nicht, aber das konnte sie Trexos nicht sagen. Der Alte schien auch keine Antwort zu erwarten, sondern machte sich ebenfalls bereit zum Aufbruch.

Ella fiel sogleich in den vertrauten Laufschritt und hielt sich ganz an Razuls Anweisungen, sich in östliche Richtung zu bewegen. Weit war ihr Ziel nicht mehr entfernt. Schon nach einer Stunde trafen sie auf die ersten Felsen und wenig später erreichten sie das Meer, das Ella bereits bei Tag bewundert hatte. In der Nacht wirkte es noch bedrohlicher und unheimlicher als im hellen Sonnenlicht. Weiße Schaumkronen rollten auf die Felsen zu und brachen mit lautem Donnern am nackten Stein. Blitze zuckten ohne Unterbrechung über den rabenschwarzen Himmel und in weiter Ferne konnte Ella die beiden Drachenstatuen ausmachen, die den Weg der Unendlichkeit flankierten. Von ihnen schien ein rotes Schimmern auszugehen – es machte den Eindruck, als würden die beiden steinernen Wächter in einem dunklen Rot schimmern, als Warnung und Erinnerung, dass der Weg gefährlich war. Ella begann zu zittern. All ihre Ängste würden sich offenbaren und sie mit den schlimmsten Dingen konfrontieren, die sie sich vorstellen konnte. War sie wirklich stark genug, sich dem zu stellen?

Trexos blieb dicht neben ihr und wie immer empfand Ella seine Gegenwart als beruhigend und tröstlich, doch dem Zauber des Weges würde sie sich allein stellen müssen. Auf keinen Fall durfte der Jäger ihr auf die andere Seite folgen. Ella wollte nicht erleben müssen, dass ihrem Lehrmeister Leid geschah.

Kurze Zeit später machten sie bereits vor der schmalen Landzunge halt. Die beiden Drachen am Eingang leuchteten blutrot und ihre Augen schienen die Blitze am Himmel noch zu befeuern. Der Sturm schwoll an und Ella musste jetzt schon brüllen, um sich mit Trexos zu verständigen. Der Orkan zerrte heftig an ihrer schmalen Gestalt.

»Geh zurück zu den Klippen!«, schrie Ella, als sie bemerkte, wie brutal der Wind auch an dem alten Jäger zerrte. »Warte drei Tage auf uns – keinesfalls länger.« Sollten Razul, Tabor und sie innerhalb dieser Zeitspanne nicht zurück sein, stand es schlecht um sie. Sie wollte Trexos auf keinen Fall am Weg der Unendlichkeit wissen, wenn es den Schwarzdrachen gelang, die Barriere zu durchbrechen.

»Du glaubst doch nicht ernsthaft, dass ich dich allein gehen lasse, Ellianne?« Ein Blick in die mutwillig blitzenden Augen verriet Ella, dass nichts und niemand ihn davon abhalten würde, ihr zu folgen – nicht einmal ein Feuer speiender Drache.

»Bitte, Trexos!« Ella legte eine Hand auf seine Schulter und sah ihn eindringlich an. »Ich will nicht, dass dir etwas passiert.« Als Antwort traf sie nur ein entrüsteter Blick. Was auch geschah, er würde an ihrer Seite bleiben, und das rührte Ella so sehr, dass sie ihm um den Hals fiel und ihr Gesicht an seiner harten Brust barg. Trexos war wie ein Vater für sie – vielleicht sogar mehr, als es ihr leiblicher Vater jemals gewesen war. Sie würde ihr Bestes geben, um sie alle heil nach Hause zu bringen, das schwor sie sich in diesem Augenblick.

Razul stand unter dem Bann der dunklen Bruderschaft. Wie er auf der anderen Seite des Weges reagieren würde, wenn sie sich ihm näherte, war ungewiss. Ihr Bruder war in Feindeshand und bestimmt würde man ihn als Druckmittel einsetzen. Sie selbst war noch kein vollwertiger Drache. Ellas Tier war gerade erst erwacht und sie musste noch lernen die Magie der Wandler zu beherrschen. Vieles war neu und ungewohnt für sie und ihr fehlte die Zeit, sich einzufinden.

Trexos schob sie jetzt energisch von sich und sah sie aufmunternd an. »Ella!« Ein mildes Leuchten trat in seine Augen. »Dein Versuch, mich zu schützen, ehrt dich, ist jedoch vollkommen nutzlos. Du glaubst doch nicht ernsthaft, dass ich euch im Stich lassen könnte. Wenn die dunkle Bruderschaft diesen Krieg gewinnt, dann droht uns allen ein viel schlimmeres Schicksal als der Tod. Sie werden unsere Welt vernichten und aus jedem Leben etwas Kaltes, Totes und Widerliches machen. Ich sterbe lieber, als dabei zuzusehen, wie diese Mordgesellen all das vernichten, was gut und richtig ist. Schon jetzt ist ein normales Leben in den Ebenen von Maphradun kaum noch möglich. Wenn Razul sein Herz und seine Magie nicht zurückerlangt, wird Mooresdahl endgültig untergehen und wir mit ihm.« Ella verstand Trexos nur zu gut, trotzdem legte sich das Unbehagen wie ein schwerer Pelz um ihre Schultern. Sie warf ihrem Mentor einen letzten, fast schon verzweifelten Blick zu, doch dessen Gesicht zeigte nur grimmige Entschlossenheit. Die Würfel waren gefallen, und was daraus erwuchs, mochten die Götter alleine wissen.

Ella machte einen Schritt und betrat schließlich den Weg der Unendlichkeit.

KAPITEL 19

Stern des Westens, o Hüter des Drachenvolkes.
Sei gnädig zu deinen Kindern und
weis ihnen den Weg.
Krieg und Dunkelheit erschöpfen uns.
Der Weg scheint zu beschwerlich,
das Ziel nicht mehr klar.

(AUS DEM HOHEN LIED DER DRACHEN)

Razul hatte die Verfolgung Chandras aufgenommen. Er ließ den roten Drachen, der einst sein Freund gewesen war, keine Sekunde lang aus den Augen. Als dieser die Barriere durchquerte, wollte Razul nicht glauben, dass der mächtige Drache von Verlaine endgültig unter dem Bann der dunklen Bruderschaft stand und es für ihn keine Rettung mehr gab. Der Schmerz bei dem Gedanken, ihn vielleicht töten zu müssen, ließ Razul taumeln und er brauchte eine Sekunde, um sich wieder zu fangen. Bevor er sich's versah, befand er sich bereits mitten in der magischen Nebelwand, die die dunkle Bruderschaft daran hinderte, in die Sommerlande einzudringen. Die dichten Schwaden umfingen ihn und er spürte kaum, dass er sie durchdrang – anders als die Feinde, die es nicht einmal schafften, dem Zauber zu nahe zu kommen. Und genau das war das größte Problem der Schwarzdrachen: Sie wollten die Sommerlande. Sie wollten die Macht über jedes Lebewesen erlangen, und das würden sie nur schaffen, wenn dieses letzte Hindernis endgültig aus dem Weg geräumt war. Die letzte Bastion, die die Menschen vor dem Untergang bewahrte.

Razul flog, so schnell er konnte, doch er würde Chandra nicht einholen, bevor dieser den Unterschlupf der Finsteren erreichte. Dort lauerte Verex auf ihn – die schlimmste Kreatur, die man sich nur vorstellen konnte. Dieser Drache war so alt und so mächtig, so durchtrieben von Finsternis, dass kein Lebewesen seine Gegenwart lange ertrug. Ohne Ella an seiner Seite würde er es nicht lange in dessen Nähe aushalten.

Nachdem Razul die Schleier durchbrochen hatte, war der Lockruf der Dunkelheit so laut geworden, dass sein Herz ängstlich zu pochen begann. Der Widerling riss an ihm und Razul verfing sich bereits wieder in seinem dunklen Bann. Dagegen konnte er nicht das Geringste ausrichten. Seine Gedanken wirbelten durcheinander und die Stimmen in seinem Kopf wurden immer drängender. *Töte, um Frieden zu finden. Töte … töte … töte …*

Razul konnte sich kaum noch in der Luft halten. Am Horizont erblickte er einen Pulk seiner ehemaligen Freunde. Drachen, mit denen er losgezogen war, um die Dunkelheit zu bekämpfen. Sie wussten ganz genau, was er in sich barg, und sie würden ihn jagen, da man in ihm eine Gefahr witterte – die Finsternis, mit der Verex ihn und andere seiner Art überzogen hatte.

Ihm blieb nichts anderes übrig, als den ehemaligen Kameraden aus dem Weg zu gehen. Razul war hier vollkommen auf sich allein gestellt. Doch seltsamerweise machten die weißen Drachen keinen Versuch, ihn einzuholen, sondern drehten bei. Sie flogen zum Weg der Unendlichkeit.

ELLA! In diesem Augenblick wurde Razul bewusst, dass die Weißdrachen ihre Anwesenheit nun auch spüren konnten. Ella war ein schwarzer Drache. Sie würden sie abfangen – denn sie sahen in ihr den Feind. Razuls Herz krampfte sich vor Furcht zusammen. Er konnte nur hoffen, dass sie einsahen, wie hell und kostbar seine Gefährtin war, denn er selbst konnte Ella nicht helfen. Er musste Verex stellen und Ellas Bruder aus seinen Klauen befreien. Razul wollte sich gar nicht ausmalen, wie groß die Furcht des Knaben sein musste – allein bei dem Gedanken daran schnürte es ihm die Kehle zu.

Erneut bestürmte ihn die Dunkelheit, dieses Mal schon bedeutend heftiger. Razul kam ins Straucheln. Seine Schwingen verloren plötzlich ihre Kraft und wollten ihn nicht mehr am Himmel halten. Unkontrolliert raste er auf den Boden zu. Aus den Augenwinkeln sah er, wie die ersten Schwarzdrachen in den Himmel aufstiegen, und mitten unter ihnen – Verex!

Der uralte Drache war riesig! Viel größer als alle anderen und so dunkel, dass er selbst das diffuse Licht Illestias zu schlucken schien. *Böse!* Das war das Wort, das hinter Razuls Schläfen hämmerte. Dieser Drache war abgrundtief böse.

»Höre, Razul!« Beim Klang der kalten, metallischen Stimme in seinem Kopf zuckte Razul zusammen. *»Ich habe hier etwas, das dir gehört, und ich bin mir sicher, dass du den kleinen Jungen lebend wiederhaben möchtest. Und das Weibchen, das dir dicht auf den Fersen ist, möchte das bestimmt auch.«*

Razul hätte darauf vorbereitet sein müssen, dass Verex Ellas Geheimnis kannte – es allerdings so deutlich aus seinem Munde zu hören, ließ ihn alle Qualen seines zerrissenen Herzens spüren. Falls Verex Ella in seine Klauen bekam, würde er ihr lichtes Herz mit Dunkelheit überziehen.

»Du wirst jetzt im Hort landen und dort erneut den dunklen Kuss der Bruderschaft empfangen. Weigerst du dich, so wird der Knabe wohl keinen Tag älter werden. Deine Entscheidung, Razul … aus dem Hause der Weißdrachen.«

Er hatte keine andere Wahl. Wenn er Tabor retten wollte, musste er sich bis in die Hölle vorwagen und sich dem Grauen stellen, das Verex für ihn bereithielt. Razul zögerte nicht eine Sekunde lang. Der Junge konnte nichts dafür, dass er zwischen die Fronten geraten war, genauso wenig wie Ella. Er spürte heißes Bedauern, dass er sich nicht von ihr ferngehalten, dass sein Drache ihn immer wieder gezwungen hatte, ihre Nähe aufzusuchen. Er hatte egoistisch und selbstsüchtig gehandelt – Ellianne unnötig einer Gefahr ausgesetzt, die er anfangs nicht hatte überblicken können.

Razul hielt geradewegs auf die Phalanx aus schwarzen Leibern zu. Dabei suchte er in seinem Inneren nach dem hellen Licht, das Ella in ihm entzündet hatte – nach der Stelle, an der sich die beiden Drachen aneinander gebunden hatten. Und was er dort fand, ließ sein Blut kochen …

Ella stand genau zwischen den beiden gigantischen Statuen, deren Augen voller Grimm auf ihr zu ruhen schienen. Sie hatte das Gefühl, als würden die toten, kalten Iriden sie durchlöchern und ihr Innerstes nach außen kehren, bevor sie den Weg überhaupt betreten hatte. Ein Schauer lief ihr über den Rücken und sie versuchte vergeblich alle negativen Gedanken zu verdrängen. Unsicher warf sie einen Blick auf Trexos, der ruhig neben ihr stand und sie betrachtete.

»Auch wenn ich diesen Weg nicht beschreiten muss und nicht weiß, was dich dort erwartet – ich werde die ganze Zeit an deiner Seite sein und auf dich achtgeben. Du schaffst das, Ella! Es ist einigen der finsteren Drachen geglückt und du wirst diese Tat auch vollbringen. Denk daran, wer du bist und wie hell das Licht in deinem Inneren leuchtet!« Er nahm ihre kalte Hand in seine und rieb mit dem Daumen zart über ihren Handrücken mit den dunklen Schuppen. »Denk an deine Liebe und an alle, die dich brauchen und auf dich vertrauen. Und jetzt geh! Es bleibt nicht viel Zeit, um zu tun, was getan werden muss.«

Ganz kurz hatte Ella den Eindruck, als würden Trexos' Augen seltsam schillern – aber das konnte auch an dem ungewohnten Licht liegen, das an diesem Ort herrschte.

Sie machte einen zaghaften Schritt nach vorne und dann noch einen. Ella hatte Angst, doch ihr blieb keine andere Wahl. Der Einsatz hatte sich in den letzten Stunden erhöht. Jetzt ging es nicht mehr nur darum, den Bann von Razul zu nehmen, sondern auch noch um das Leben ihres Bruders. Ihr eigenes Schicksal, möglicherweise für immer ein Drache bleiben zu müssen, kam ihr dagegen unbedeutend vor.

Feuchtigkeit legte sich auf ihr Gesicht. Kühler Nebel hüllte sie ein, kaum dass sie ein paar Meter weit gekommen war. Der Dunst war so dicht, dass sie Trexos kaum noch sehen konnte. Nur seine Atemgeräusche konnte sie noch hören.

Sie hatte damit gerechnet, dass sie gleich etwas fühlen

müsste – so eine Art von Abwehr, die sie daran hinderte, den Pfad überhaupt zu betreten. Doch stattdessen spürte sie rein gar nichts. Die Ungewissheit schnürte Ella die Kehle zu. Ihre Gedanken verwirrten sich immer mehr und begannen ein seltsames Eigenleben zu führen.

Ella hatte das Gefühl, als ob sie eine andere Welt betreten würde. Der Nebel wirkte auf einmal gar nicht mehr so dicht und sie konnte erste Einzelheiten erkennen – doch ihre Umgebung hatte plötzlich nicht mehr viel mit dem Weg zu tun, den sie vor wenigen Augenblicken betreten hatte. Wie in einer Grotte schimmerten steinerne Wände um sie herum schwarz und feucht. Es roch modrig und Ella konnte das Böse förmlich spüren. Es schien ihre Haut zu durchdringen und sich in ihrem Herzen einzunisten. Kälte peinigte Ella und sie ahnte, dass dies nur ein erster Vorgeschmack auf das war, was sie erwarten würde.

Plötzlich schälte sich aus dem feinen Dunst in der Höhle eine Gestalt – hochgewachsen, schlank, mit langen schwarzen Haaren, die bis auf den Boden fielen. Ein kaltes, schneeweißes Gesicht mit stechend blauen Augen starrte sie an, ohne sie wirklich zu sehen. Ella wurde übel – genau in dem Moment, in dem ihr bewusst wurde, wen sie vor sich hatte. Es war ihr eigenes Antlitz, in das sie blickte, ein kalter, böser Zwilling. Ellas Herz raste und Schweiß rann ihr über die Haut. Sie beobachtete, wie ihr böses Ich neben einen Mann trat, der sie um Haupteslänge überragte. Er hatte seinen Arm um die Schultern ihres finsteren Spiegelbildes gelegt und verströmte reines Gift. Für Ella wirkte er wie der Inbegriff der Dunkelheit und das Gegenteil von allem, worin auch nur ein Hauch von Leben steckte. Obwohl sie in der Finsternis der Grotte nur einen Schatten von ihm erkennen konnte, wusste Ella mit ziemlicher Sicherheit, dass es sich um den Anführer der finsteren Bruderschaft handelte. Ihr Gegner, der sie am Ende des Weges erwartete.

Ella versuchte einfach weiterzugehen, doch ihre Beine versagten ihr den Dienst. Es schien so, als wären sie mit dem Erdreich verwachsen. Die beiden Personen, die vor ihr standen, lösten sich langsam im Dunst der Kaverne auf. Dabei wurde es so eisig, dass Ella ihren Atem als kleine Dampfwolke erkennen konnte.

Als Nächstes erblickte sie die Ebenen von Maphradun und das kleine Dorf in dem sie aufgewachsen war. Mooresdahl! Die Menschen waren in ihren Häusern, während der Wind Schnee und Kälte vor sich hertrieb. Nur in wenigen eingeschneiten Hütten brannte noch Licht. Ella konnte fühlen, wie die Atmosphäre sich langsam veränderte. Die Temperaturen sanken immer weiter, bis es so frostig war, dass alles Leben erstarrte. Und dann sah sie sich erneut, diesmal in der Gestalt des schwarzen Drachen. Dutzende Ungetüme der dunklen Bruderschaft folgten ihr. Sie führte das Unglück an. Aus ihrem weit geöffneten Rachen strömte eine graue Wolke – Ella konnte sich nur zu gut daran erinnern, wie sie damit die Selkisvögel getroffen hatte. Sie waren einfach ausgelöscht worden, einer nach dem anderen, gestorben an dem Gift, das sich in ihrem Inneren verbarg. Sie brachte den Tod, auch für die Menschen, wenn sie …

Ella krümmte sich am Boden. Sie wollte diese Bilder nicht sehen, doch der Weg der Unendlichkeit kannte kein Erbarmen. Wütend hämmerten die Visionen auf sie ein und sie musste mit ansehen, wie sich der tödliche Dunst über ihr Heimatdorf legte. Die Wolke erfasste ein Haus nach dem anderen. Während die Menschen starben, vergingen auch die Häuser in der

Schwärze des Nebels. Sie schienen regelrecht zu zerfließen, sich vollkommen in ihre Bestandteile aufzulösen. Zurück blieb eine schwarze Masse, die über den Boden waberte.

Männer, Frauen und Kinder rannten schreiend aus den Gebäuden, mitten hinein in ihr Verderben, und über alldem lag das dröhnende und grollende Gelächter des schwarzen Drachen – ihr Partner, der sie zu einer Braut der Finsternis gemacht hatte. Der sie manipulierte und sie als Waffe missbrauchte.

Und dann sah sie Barka, die den kleinen Erec hinter sich herzog. Die alte Frau versuchte auf den Flammenwald zuzuhalten. Sie wollte Erec in Sicherheit bringen, doch die tödliche Wolke, die Ellas böses Ich auf das Dorf losgelassen hatte, breitete sich zu schnell aus. Sie hüllte Ellas geliebte Menschen ein und …

Ella schrie vor Schmerz auf, versuchte alles, um sich der Vision zu entziehen, doch es gelang ihr nicht. Immer wieder öffnete sich das riesenhafte Maul des Drachen und jedes Mal drang der Todesnebel aus ihrem Inneren.

Und dann tauchte Razul auf. Seine Drachengestalt schlängelte sich über den wolkenverhangenen Himmel wie ein Lichtschein in finsterster Nacht. Ella wollte unter keinen Umständen sehen, wie der größte der Schwarzdrachen sich über ihren Gefährten hermachte. Die Pein wurde zu groß und Ella sank in die Dunkelheit einer willkommenen Ohnmacht. Zurück blieb nur Dunkelheit.

Ella wusste nicht, wie lange sie auf dem harten Felsen lag, doch mit einem Mal spürte sie eine lockende Wärme. Als sie die Augen aufschlug, sah sie vor sich einen goldenen Schimmer. Wie ein kleines Irrlicht tanzte er über den Weg und Ella stemmte sich mit wackeligen Beinen in die Höhe. Sie musste weiter, egal was sie noch erwartete. Die letzte Vision hämmerte erneut mit aller Macht auf sie ein und wollte sie zu Boden zwingen, doch jetzt kämpfte Ella mit dem Mut der Verzweiflung dagegen an. Torkelnd wankte sie vorwärts, während alles in ihr vor Qual aufschrie.

Mit wild klopfendem Herzen folgte sie dem goldenen Licht, das sich bereits in der Ferne in der grauen, dunstigen Feuchtigkeit verlor.

»Trexos?« Ella drehte sich einmal um die eigene Achse, aber von ihrem Lehrmeister war keine Spur zu entdecken. Sie konnte ihn weder hören noch sehen. »TREXOS?« Ihr Schrei klang leicht panisch, und noch bevor der letzte Ton verhallte, wusste sie, dass ihr Mentor nicht antworten würde. Der Weg der Unendlichkeit war ein Weg der Einsamkeit. Nur allein würde sie ihn bezwingen können und so blieb Ella gar nichts anderes übrig, als weiterzugehen.

Verex stieß ein dröhnendes Gelächter aus, als er sah, wie Razul sich kläglich zu wehren versuchte. Der Weißdrache war allein in sein Reich vorgedrungen, dabei hätte ihm klar sein müssen, dass nur die Nähe zu dem Weibchen ihn bisher geschützt hatte.

In den letzten Tagen hatte Verex so einiges über das Mädchen herausgefunden, und was er in den uralten Legenden und Sagen fand, hatte sein schwarzes Herz zum Klingen gebracht. Anscheinend gab es eine Prophezeiung, die ganz und gar in Vergessenheit geraten war – eine, die so alt war, dass sich selbst Verex dagegen jung ausmachte. Sie stammte aus ihrer in Vergessenheit versunkenen Heimat. Niemand erinnerte sich mehr an den Verfasser und Verex hatte es nur einem seiner Getreuen zu verdanken, dass er diese alte Schriftrolle überhaupt zu Gesicht bekam. Beim Studium der kaum noch lesbaren Worte war es ihm zunächst eiskalt den Rücken hinuntergelaufen. Dann aber wurde ihm klar, dass die junge Frau nicht nur ein Geschenk des Himmels war, sondern auch die Gabe besaß, das Schicksal aller Drachen zu wenden. Ihre Nachkommen – und somit auch seine – würden ein neues Zeitalter einläuten. Die Worte aus dem Lied der Drachen hämmerten immer wieder auf Verex ein und er fragte sich tatsächlich, warum er nicht von allein auf diesen Gedanken gekommen war.

Kostbar wie ein Juwel, strahlender als ein Stern wird die Frau des Drachen sein. Die Saat, die ausgebracht, wird reiche Ernte geben. Der Tod nicht länger dein Begleiter ist. Leben sprießt auf ewig und deine Macht wird unvergänglich sein. Die Sterne sind deine Heimat, der Zauber ist dein Lebenselixier.

Doch sei auf der Hut. Es ist der Stern des Westens, unter dessen Schutz sie steht, und nimmst du dir, was nicht freiwillig gegeben, wird der Untergang dein Lohn sein.

Verex hatte nicht lange gebraucht, um den Sinn hinter den Worten zu verstehen. Das Mädchen würde weibliche Drachen gebären. Wandlerinnen, die sich mit den Bestien verbinden konnten, ohne dass diese ihre Unsterblichkeit einbüßen würden. Die Unendlichkeit, die Unsterblichkeit seines Volkes – sie lag zum Greifen nahe. Nur ein Satz bereitete ihm Kopfzerbrechen. Angeblich stand der weibliche Drache unter dem Schutz ihres Heimatsterns. Ein Märchen? Das Gefasel eines Drachen, der an Mythen glaubte? Verex konnte es nicht mit Sicherheit sagen. In den meisten Geschichten seines Volkes verbarg sich zumindest ein Kern, der der Wahrheit sehr nahe kam. Und da der weibliche Drache durchaus real war, warum sollte er die versteckte Warnung nicht ernst nehmen? Wenn er nur wüsste, was damit gemeint war …

Im selben Moment beobachtete Verex, wie Razul seine Grotte ansteuerte. Wie er sich bereitwillig in sein Quartier wagte, um von der Dunkelheit verschlungen zu werden. Und er frohlockte. Zumindest dieses Problem würde sich gleich erledigt haben und er stieß ein weithin hörbares Lachen aus. Dann legte er seine Flügel an und folgte dem Rivalen im Sturzflug. Der Wind rauschte an ihm vorbei und ein ungutes Hochgefühl flutete seinen Körper. Die Magie, die ihm seine Untergebenen zukommen ließen, rauschte durch ihn hindurch, und Verex fühlte sich unbesiegbar. Dieser dumme Weißdrache war kein Gegner für ihn – auch dann nicht, wenn er das Weibchen hinter sich hatte. Die Prophezeiung irrte, wenn sie versprach, dass Razul die Finsternis besiegen würde. Das Böse konnte man nicht vernichten, denn es war stärker als alles andere. Er war stärker als jeder andere Wandler und genau das würden sie jetzt zu spüren bekommen.

Verex stieß in die Höhle und landete in Razuls unmittelbarer Nähe. Dieser warf sich herum und brüllte ihm einen Kampfschrei entgegen. Dummer, größenwahnsinniger Narr, der er war. Jetzt würde er lernen, dass er ihm nicht gewachsen war – das war niemand.

Verex schoss mit ausgefahrenen Krallen auf seinen Gegner zu. Razul wollte kämpfen – am Ende würde er sterben, doch jetzt noch nicht. Noch brauchte er seinen halb toten Kadaver, um diesen als Druckmittel bei dem Mädchen einzusetzen. Und dann prallten die beiden gigantischen Leiber aufeinander.

Das seltsame Licht hatte Ella für einen Moment die nötige Kraft verliehen, um sich aus der verstörenden Vision zu befreien. Doch sie ging ihr nicht mehr aus dem Kopf. Während Ella weiter über den steinigen Pfad stolperte, konnte sie nichts anderes tun, als darüber zu grübeln. Die Dunkelheit hatte ihr zugesetzt. Ihr finsteres Ich hatte sie verstört zurückgelassen. War es bereits in ihr oder würde sie so werden, wenn sie sich dem Bösen ergab? Ihr Herz klopfte jetzt noch härter, so als wollte es ihre Brust sprengen.

Die Umgebung veränderte sich erneut. Schwarze Wolken ragten plötzlich vor ihr auf und raubten ihr den Atem. Es stank so durchdringend nach Schwefel und Feuer, dass Ella schlucken musste. Sie versuchte flach zu atmen, doch auch auf diese Weise konnte sie die ekelerregenden Gerüche nicht von sich fernhalten. Sie schmeckte die Hitze auf der Zunge, Schmerzen jagten ihr durch die Adern.

Angst tötet, mein Kind! Sie lähmt dich … Trexos' Worte kamen ihr wieder in den Sinn. Wenn sie es nicht schaffte, ihre Furcht zu besiegen, dann würde sie für immer auf diesem Weg gefangen sein und zwischen Realität und Visionen hilflos umherirren.

Doch da schälte sich aus den schwarzen Wolken plötzlich wieder Razuls Bildnis hervor. Er lag in seiner Drachengestalt auf dem Boden, die majestätischen Schwingen gebrochen und zerfetzt. Der einst weiß-blau schimmernde Leib wirkte stumpf und gräulich. Überall war Blut. Es bedeckte seinen Kopf, lief aus seinem Rachen und tröpfelte über die leise raschelnden

Schuppen. Die feurigen Augen hatten ihren Bernsteinglanz verloren und wurden immer trüber. Eine einzelne Träne rann aus den Augen ihres Liebsten, während sein Blick ihren festhielt, als hinge sein Leben davon ab. All seine Gefühle – seine Liebe zu ihr – konnte Ella körperlich spüren. Wie eine scharfe Klinge drang Razuls Schmerz in ihr Herz und ließ es weinen. Er würde sterben. Vor ihren Augen würde er vergehen und sie konnte nichts tun, um ihm zu helfen.

Ein hilfloses Schluchzen drang aus Ellas Kehle, während sie in die Knie brach und sich die Hand vor die Augen schlug, um die grässlichen Bilder zu verdrängen. Doch es nutzte nichts. Sie schrie auf, als sie das schwarze Monstrum erkannte, dessen Pranke wie ein Henkersbeil über ihrem Liebsten schwebte.

»NIMM MICH AN!«, dröhnte es ihr entgegen. »LASS MICH IN DEIN HERZ!« Die Klaue zuckte und Ella starrte den riesigen schwarzen Drachen voller Ekel an. Sie konnte es nicht zulassen, dass der Inbegriff alles Bösen sich Razuls Herz und somit auch ihrer bemächtigte. In diesem Moment begriff sie, was die letzte Vision zu bedeuten hatte. Sie zeigte ihre Zukunft, falls sie es nicht schaffte, der Finsternis zu widerstehen. Sie spürte die Macht der dunklen Magie, die in dem Ungeheuer wütete, und das schwindende Licht ihres Gefährten. Sie mussten dieses Monstrum besiegen – egal wie.

»Warte nicht zu lange, Menschenkind!«, schnarrte ihr die boshafte Stimme entgegen. »Meine Geduld ist fast aufgebraucht!« Wieder zuckte die Klaue, dieses Mal in Richtung Razul. Ella schrie auf. Der Traum wirkte so echt, dass sie jedes Stöhnen, jedes Röcheln ihres Geliebten hören konnte. Sie roch sein Blut und sie kostete die Finsternis, die den hoch aufragenden Schwarzdrachen umgab. Und dann schälten sich auch noch Tabors Umrisse aus den dunklen Nebeln, die immer dichter zu wallen schienen. Tabor, wie er in Fesseln an einem Felsen hing und leise wimmerte. Da wusste Ella endlich, was sie zu tun hatte, wie ihre Entscheidung ausfallen musste.

Ganz vorsichtig zog sie den Dolch aus der Scheide – den Dolch, den Trexos ihr kurz zuvor wiedergegeben hatte und der sie eigentlich vor Razul schützen sollte. Schon einmal hatte sie die Magie der Klinge verändert und jetzt würde sie es ein zweites Mal tun. Die grausamen Bilder lösten sich langsam auf und ebenso langsam ließ Ella den Dolch einmal durch ihre Handfläche gleiten. Blut sprudelte aus der Wunde – sehr dunkles und heißes Blut. Es benetzte die Waffe und sofort veränderte sich der Edelstein im Knauf. Er wurde so finster, so schwarz, dass es Ella übel wurde. In seinen dunklen Tiefen schien Sternenlicht zu tanzen. Tausend funkelnde Sterne verzauberten die Finsternis in einen Nachthimmel, der schöner war als alles, was Ella bisher gesehen hatte.

KAPITEL 20

Heller als der Sterne Schein
und wärmer als des Feuers Glut
ist der Liebe zarter Hauch.
Ein Schimmer euch den Weg einst weist,
doch erst geweckt, gibt es kein Zurück.

(AUS DEN CHRONIKEN DER DRACHEN

Das schreckliche Gebrüll der beiden Drachen und das wütende Aufeinanderprallen ihrer mächtigen Leiber hallte in der Kaverne wider. Razul verbiss sich in Verex' schwarzen Schuppen und mit seinen scharfen Krallen riss er ein großes Stück des fauligen Fleisches aus dessen Leib. Der Finstere brüllte vor Zorn, nicht jedoch vor Schmerz. Voller Entsetzen musste Razul mit ansehen, wie sich die Wunden im nächsten Augenblick wieder schlossen, als hätte es sie nie gegeben.

Doch Razul gab nicht auf. Sein dornenbewehrter Schwanz peitschte durch die Luft und traf Verex in den ungeschützten

Leib, dort, wo keine harten Schuppen ihn schützten. Wieder floss rabenschwarzes Blut und wieder schloss sich die Wunde binnen weniger Sekunden. Immer mehr Steine und loses Geröll polterten von der Decke und schon kurze Zeit später war die unheimliche Grotte in einen feinen Nebel aus Staub gehüllt, sodass der weiße Drache kaum noch etwas erkennen konnte.

Verex hatte sich nach seiner letzten Attacke von ihm getrennt, doch Razul spürte ihn in unmittelbarer Nähe – auch wenn er ihn nicht sehen konnte.

»Du glaubst doch nicht ernsthaft, dass du mich besiegen kannst, du Zwerg? Du bist mir nicht gewachsen und wirst es auch nie sein. Deine Muskeln sind schwach, dein Wille lahm und ohne das Weibchen an deiner Seite bist du ein Nichts!« Die kalte Stimme schien von überall zu kommen. Razul warf sich hektisch herum, doch es waren nur Schatten, die er in der dichten Staubwolke ausmachen konnte. Der Anführer der dunklen Bruderschaft verschmolz so perfekt mit der Düsternis, dass Razul ihn nirgends entdecken konnte. Dafür war allerdings seine Stimme sehr präsent, und die floss wie ein lähmendes Gift in seine Adern.

»Was hast du deiner Braut schon zu bieten, Razul? Deine lächerliche Magie verblasst unter meinen Krallen, deinen Widerstand werde ich ebenso zermalmen wie deinen Leib und nichts kann dich davor bewahren«, höhnte die Bestie. »Liebe? Du glaubst tatsächlich, dass es die Liebe ist, die dich retten kann? Dann bist du noch dümmer, als ich bisher annahm!«

Razul spürte, wie die Worte an ihm zerrten und seinen Glauben erschütterten. Trexos hatte ihm sehr deutlich zu verstehen gegeben, dass Glaube und seine Liebe ihm schlussendlich zum Sieg verhelfen würden. Dass es genau das war, was

Verex fehlte und ihn daran hindern würde, bis zum bitteren Ende zu kämpfen. Ein leiser Zweifel blieb allerdings. Trexos war nur ein Mensch, und was wusste er schon von Drachen und ihrer Magie? Was wusste er über die dunkle Bruderschaft und die Verschlagenheit des finsteren Anführers? Das Hohe Lied der Drachen war nicht für menschliche Ohren bestimmt – sie würden es nicht einmal verstehen, wenn die Drachen es anstimmten. Vielleicht war es ein Fehler, dem Menschen so vorbehaltlos zu vertrauen. Vielleicht hätte Razul in den Sommerlanden bleiben sollen, denn dort hatte der Ruf der dunklen Bruderschaft ihn nicht mehr erreichen können. Hier spürte er in jeder Sekunde Verex' lockenden Ruf und er konnte kaum noch widerstehen. Es wäre so leicht, aufzugeben und sich von der Finsternis einfangen zu lassen – so erschreckend leicht.

Aus den dunklen Schatten schälte sich plötzlich die Gestalt seines Widersachers. Er schoss auf ihn zu wie ein Blitz, der unvorhergesehen einschlug. Der Rachen war weit geöffnet und die scharfe Säure, die Verex in seinem Inneren trug, schlug Razul entgegen. Er warf sich an die Seite, doch Tröpfchen der schwarzen Substanz fanden ihren Weg und trafen seine Flügel. Dort, wo das ätzende Gift auf seinen Leib traf, begannen die Schuppen zu dampfen und lösten sich schließlich auf. Der Schmerz fraß sich in Razuls Fleisch und drang immer tiefer in seinen Körper ein. Verex' Waffe wühlte sich gnadenlos durch seinen Leib und zerstörte dabei alles, was in ihren Weg geriet. Wütend hieb Razul mit seinen scharfen Krallen um sich, doch es war nur aufwallender Staub, der ihn umgab. Verex war wieder verschwunden und verbarg sich im Schatten.

»Du willst es einfach nicht verstehen, Weißdrache! Du bist schwach wie ein Breassel, das sich vor der Wehrkatze duckt. Deine Magie kann meiner nicht das Wasser reichen und mit einem Geschöpf wie dem weiblichen Drachen wärst du am Ende maßlos überfordert. Sie gehörte mir bereits im Augenblick ihrer Geburt!« Razul wusste, dass Verex recht hatte, doch er würde nicht aufgeben und weiter für Ella und seine Liebe kämpfen. Wenn es sein musste, bis zum Tode, und genau das war es, was ihn von dem Finsteren unterschied.

Sein lauter Kampfschrei erfüllte die Grotte und dann konzentrierte er sich wieder voll und ganz auf seinen Gegner.

Während Ella durch die trüben grauen Nebel stolperte, verlor sie jegliches Zeitgefühl. Der Weg schien kein Ende nehmen zu wollen, aber zumindest war sie in den letzten Minuten von weiteren schrecklichen Visionen verschont geblieben.

Ella wusste, dass sie ihre Ängste besiegen musste, um den Weg der Unendlichkeit zu überwinden. Zwei waren ihr bereits begegnet und sie hatte sich ihnen gestellt. Doch was kam jetzt? Es schien beinahe so, als ob der kalte Dunst nichts mehr preisgeben würde, und eine eiskalte Gänsehaut rann über Ellas Haut. Was, wenn sie auf ewig in dieser wolkigen Kälte gefangen war? Was, wenn sie den Ausweg aus dieser Magie niemals fand? War es Panik, die sie bei diesem Gedanken empfand und die wie eine Horde Breassels über ihre blanke Haut krabbelte? Vielleicht steckte sie schon mitten in der nächsten Prüfung?

Sie blieb keuchend stehen und sah sich suchend um. Die Nebelschwaden wurden dichter, kesselten sie regelrecht ein und Ella fiel das Atmen immer schwerer. In diesem Moment kam ihr eine Idee. Allem Anschein nach waren es ihre Gefühle, die dazu führten, sie nicht wieder freizugeben. Das musste sie unbedingt überprüfen.

Stocksteif blieb Ella stehen und gab sich alle Mühe, den unerfreulichen Gedanken an die Enge im Nebel zu verdrängen. Trexos! Sein Gesicht kam ihr als Erstes in den Sinn. Der erfahrene Jäger in ihm und die Wärme, die er ihr immer gegeben hatte. Ihr Vertrauter und ihr Lehrmeister, der immer für sie da war. Selbst in dieser beängstigenden Situation schien er ihr beizustehen. Sie sah ihn förmlich vor sich. Die milden braunen Augen mit den Lachfältchen darum. Das weiße Haar, das ihm bis auf die Schultern fiel, und seltsamerweise hatte sie auch sogleich wieder das sonderbare Leuchten seiner Augen im Sinn. Das war ein höchst merkwürdiger Moment gewesen.

Ella konnte sein Abbild immer deutlicher vor sich sehen und sie krallte sich daran fest. Der Dunst wurde immer lichter und heller und dann bemerkte sie plötzlich wieder jenen geheimnisvollen Schimmer, der ihr schon einmal den Weg gewiesen hatte. Ohne lange darüber nachzudenken, stolperte sie los und versuchte das Licht nicht aus den Augen zu verlieren. Es kam ihr vor, als brauchte sie diesem nur zu folgen, um den Ausgang zu finden. Als wäre es allein dazu da, ihr den Weg zu weisen.

Das Leuchten bewegte sich immer schneller fort. Ella rannte jetzt. Sie musste sich sputen, wenn sie es nicht erneut verlieren wollte. Furcht und Verzweiflung fuhren ihr durch die Glieder. Was, wenn sie versagte? Sofort begann das Licht zu flackern und Ella stutzte. Es wurde dunkler und trüber, schien mit dem kalten Nebel zu verschmelzen.

Angst tötet, mein Kind! Plötzlich wusste sie, was es mit dem Weg auf sich hatte. Er war ein Kerker für all diejenigen, die es nicht schafften, ihre Furcht zu besiegen. Er war ein Gefängnis, das niemanden entkommen ließ, der nicht bereit war, sich den finsteren Flecken in seinem Herzen zu stellen, und es würde sie so lange festhalten, wie sie es nicht vermochte, ihren Kopf von all diesen dunklen Gedanken zu befreien.

»Du wirst mich nicht brechen!«, knurrte Ella leise, dann ballte sie ihre Hände zu Fäusten und stürmte los.

Je weiter sie die Furcht in sich zurückdrängte, desto heller wurde es um sie herum. Schon recht bald lichtete sich der Nebel und das Grau wurde von erstem Mondlicht durchbrochen. Gleißend bahnten sich die kühlen Strahlen einen Weg und beleuchteten den feuchten Untergrund und die bemoosten Steine. Auf einmal waren sie wieder da – die Farben und das Licht, doch Ella rannte immer weiter. Ihre gesamte Kraft ließ sie in ihre Beine fließen. Das klärte ihren Kopf und vertrieb die dunkle Stimmung. Ihr Herz klopfte hart gegen die Rippen und Ella kam endlich wieder von der Stelle. Das seltsame Leuchten tanzte noch einen Moment vor ihr über den Weg, doch mit dem Heranrauschen der nächsten Welle verging es in der aufschäumenden Brandung des Meeres. Klares Wasser flutete den schroffen Boden. Ella musste sich taumelnd an einem Felsen festhalten, um nicht von den kochenden Wassern mitgerissen zu werden. Und dann sah sie ihn – den Ausgang.

Hoch ragten auch hier die Drachenstatuen in den Himmel, doch ihnen fehlte die unheimliche und grausige Aura, die Ella am Eingang gespürt hatte. Hier schienen die beiden Wächter eher milde auf sie hinabzulächeln und so stolperte sie die nächsten Schritte vorwärts – das Ziel zum Greifen nahe. Ein greller Blitz blendete sie und Ella kniff die Lider zusammen.

Als sie die Augen wieder öffnete, war der Weg verschwunden und mit ihm auch die beiden steinernen Wächter – es war fast so, als ob er nur in ihrer Einbildung existiert hätte.

Aber darüber konnte Ella nicht lange nachdenken, denn im selben Moment vernahm sie das gewaltige Rauschen von zahlreichen Flügeln, und kaum hob sie den Blick, da verdunkelte sich der Himmel. Ein riesiger Schwarm Drachen steuerte geradewegs auf sie zu, und die Bestien sahen allesamt nicht gerade freundlich aus. Zudem war Trexos nicht wieder aufgetaucht. Seit sie beide gemeinsam den Weg der Unendlichkeit betreten hatten, war er verschwunden, und so langsam machte Ella sich große Sorgen. Ihrem Lehrmeister würde doch am Ende nichts zugestoßen sein?

Es war noch immer Nacht und die Sterne funkelten am Himmel. Einer war darunter, dessen Leuchten fast schon überirdisch hell war – der Stern des Westens. An ihm orientierten sich einsame Wanderer und in einer einzigen Nacht im Jahr verwandelte er Finsternis in Helligkeit. Wenn Ella sich recht erinnerte, so war das ab der kommenden Abenddämmerung der Fall. Konnte es Zufall sein, dass sie ausgerechnet jetzt in Illestia angekommen war?

Sie war sicher, dass die magischen Geschöpfe über ihr spüren konnten, was sie verbarg – dass ein schwarzer Drache sich in ihrem Inneren breitgemacht hatte. Und dann löste sich ein einzelnes Tier aus dem riesigen Schwarm und stieß in die Tiefe. Ein heftiger Sturmwind kam auf und Ellas Haare flatterten im Wind riesiger Drachenflügel. Als sie einen Blick auf den Ankömmling warf, stockte ihr das Blut in den Adern. Razul war riesig, aber dieser Drache war noch um einiges größer. Sein kräftiger und doch schlanker Leib wirkte wie aus Silber geschmiedet und die Schuppen glänzten im Mondlicht so hell, dass sie Ella blendeten. Seine Flügel waren wohl das Erstaunlichste, was sie jemals gesehen hatte. Sie wirkten wie ein zartes Netz, durchzogen von hauchfeinen Adern, die im Dunkeln bunt schillerten, und seine Augen waren so feurig, dass sie glaubte in einen Glutofen zu schauen.

Nein! Es würde ihr nichts nutzen, sich vor diesem Ungetüm in Sicherheit zu bringen. Falls es sie töten wollte, würde es geschehen, darüber war Ella sich vollkommen im Klaren. Und es gab in dieser öde erscheinenden Steinwüste auch kein Versteck. Keine Möglichkeit, ungesehen zu verschwinden.

Ella blieb ruhig stehen, auch wenn ihr Herz hämmerte und schrie, sie solle rennen. Sie wusste, dass sie dem riesigen Untier nicht entkommen würde. Verwandeln konnte sie sich auch nicht und so blieb ihr nichts anderes übrig, als abzuwarten – auch wenn es schwerfiel.

Mit den silbrig schimmernden Krallen voran stürzte das Monstrum auf sie zu. Die Iriden schillerten Unheil verkündend, ließen aber keine Deutung über die Absicht des Tieres zu. Unweit von Ella landete das mächtige Wesen auf dem staubigen und toten Erdreich und dann staunte sie nicht schlecht. Die Verwandlung des Wesens ging so schnell vonstatten, dass sie dem Geschehen kaum folgen konnte. Von einem auf den anderen Moment stand ein Mann vor Ella – hochgewachsen, muskulös und mit Haaren, so hell und strahlend wie die Sonne an einem wolkenlosen Tag.

Über Ella kreisten noch immer an die dreißig Drachen und schienen dabei feurige Linien an den dunklen Himmel zu zeichnen. Es war, als ob sie glitzernden Staub absondern würden, und Ella betrachtete einen Moment lang mit angehaltenem Atem ihre Flugkünste und die wilden Manöver, die sie vollführten. Dann wendete sie sich wieder dem Mann zu. Aus glutroten Augen starrte er sie an. Das erinnerte sie an ihr erstes Zusammentreffen mit Razul und an seine Augen, die sie nie wieder vergessen würde. Was auch mit ihnen beiden geschah – Razuls Blick würde sie mitnehmen bis in die eisigste Finsternis.

»Diese Welt schafft es immer wieder, mich zu überraschen. Ein weiblicher Drache – der erste seiner Art. Aber verdorben, schwarz und voller dunkler Triebe …« Die frostige Stimme ließ Ellas Blut für einen Moment in den Adern gefrieren, doch dann merkte sie, wie Zorn sich ihrer Sinne bemächtigte. Dieser Wandler wusste nichts von ihr. Er kannte sie nicht und maßte sich an, ein Urteil über sie zu fällen.

»Ja, ich bin ein weiblicher Drache, und ja … ein schwarzer noch dazu, aber ich bin ebenso wenig böse, wie du es bist, denn …«

»Willst du etwa leugnen, dass du den Lockruf der dunklen Bruderschaft hören kannst? Willst du leugnen, was du auf dem Weg der Unendlichkeit gesehen hast?« Jetzt zuckte Ella zusammen. Woher konnte dieser Drachenmann wissen, was sie dort erlebt hatte, und woher wusste er, dass sie …

»Ich weiß vieles, Drachenmädchen! Nach dem Monstrum, das sich Verex nennt, bin ich der stärkste unter den Drachen. Gebunden an die Lady der Eisenwüste und Vater zweier gesunder Knaben.« Er trat einen Schritt näher an Ella heran und diese überlegte gerade ernsthaft, ob sie nicht doch besser davonlaufen sollte. Der Blick, den der Mann ihr zuwarf, war so kalt und so abschätzig, dass es in ihren Beinen zuckte. Doch wenn sie jetzt aufgab, würde sie Razul keine Hilfe sein. Ohne diese Drachen, das ahnte sie, würde sie ihn niemals erreichen. Eisern stemmte sie ihre Füße in den Boden und richtete sich auf.

»Auch wenn du alt und erfahren bist, gibt dir das noch lange nicht das Recht, über mich zu urteilen. Ich habe mir dieses Schicksal nicht ausgesucht! Ich habe nicht darum gebeten, in einen Krieg verwickelt zu werden, der von euch Drachen angezettelt wurde. Ich habe auch nicht vor, einem von euch Schaden zuzufügen. Ich muss meinem Gefährten beistehen. Hinderst du mich, wird er sterben.«

Der Fremde kam noch zwei Schritte näher und hob dann witternd seinen Kopf, als wollte er ihren Geruch in sich aufnehmen. Keine Sekunde später huschte ein erstaunter Ausdruck über sein Gesicht. Seine Augen wurden groß und verloren die glühende Hitze.

»Das ist unmöglich«, flüsterte er und überbrückte so schnell die Distanz zwischen ihnen beiden, dass Ella nicht mehr ausweichen konnte. Erst recht nicht, nachdem dieser Wandler sie jetzt auch noch an den Oberarmen fasste und seine Blicke sie zu durchbohren schienen. »Wer bist du und vor allem … *was* bist du?«

Ella spürte, wie sich etwas ihrer bemächtigte, wie Magie durch sie hindurchdrang und dabei nach etwas ganz Bestimmtem suchte. Es fühlte sich fremd und bedrohlich an.

Was dieser Fremde tat, ging überhaupt nicht. Ohne sie zu fragen und ohne mit ihr zu sprechen, wollte er ihr die Geheimnisse entreißen, die sie selbst noch nicht wirklich verstand. Sein Benehmen war das eines wilden Tieres und keinesfalls mit der vorsichtigen Annäherung Razuls zu vergleichen. Das konnte Ella keinesfalls dulden.

Schon einmal hatte sie nach dem Ort in ihrem Herzen gesucht, an dem die beiden Drachen sich aneinander gebunden hatten, und sie war sich sicher, dass sie nur dort genug Kraft finden würde, um den unliebsamen Besucher wieder zu vertreiben.

Das Aufbegehren ihres Drachen gegen den Eindringling erfolgte hart und schnell. Wie ein Blitzschlag lief Magie durch ihre Adern, und erst als der Drachenmann erschrocken keuchte und sich schlagartig zurückzog, beruhigte sich das wilde Tier in ihr. Es schlich in den Hintergrund, aber Ella konnte spüren, wie es nur auf einen weiteren Angriff des Fremden wartete. Der nächste Schlag ihres Drachen würde bestimmt nicht mehr so harmlos ausfallen.

»Ich frage dich jetzt noch einmal: Wer bist du?« Sein Blick wurde wieder eine Spur glühender. »Wähle deine Worte mit Bedacht, denn sie entscheiden darüber, ob wir dich leben lassen!«

»Ich bin Ellianne und stamme aus den Ebenen von Maphradun. Ich unterstehe nicht deiner Gerichtsbarkeit, Wandler, denn die Eisenwüsten liegen weit von meiner Heimat entfernt. Es ist Razul aus dem Hause der Weißdrachen, dem mein Herz gehört und dem ich mein Leben anvertraue. Es gebührt dir nicht, über mich zu urteilen. Weder dir noch einem anderen Wandler, und ich werde mich zu wehren wissen, falls ihr mich angreift.« Ihr Drache würde sie nicht im Stich lassen, falls es hart auf hart kam, denn die Bestie zerrte bereits an ihren Ketten und war begierig darauf, losgelassen zu werden.

»Das ist keine Antwort auf meine Frage, Kind der Ebene.«

»Eine andere wirst du nicht bekommen, Drache«, knurrte Ella leise und wusste, dass diese Worte auf keinen Fall gut gewählt waren, aber der Zorn in ihrem Inneren wurde von Sekunde zu Sekunde größer. Und auch ihr Drache schien sich immer mehr gegen die Anwesenheit des Wandlers zu wehren. Seit sie ihn an seinem Rückzugsort gestört hatte, wollte er fliegen, und der Drang wurde immer heftiger.

Sie stieß ein Grollen aus und Ella konnte erkennen, dass die Augen ihres Gegenübers plötzlich in bunten Lichtkaskaden funkelten. Wie Topaze, die im Sonnenlicht immer wieder eine andere Farbe annahmen. Die Konturen seines Gesichts verschoben sich und der Drachenkopf trat ganz deutlich hervor.

Ella hatte in ihrer menschlichen Gestalt keine Chance gegen die Bestie und sie betete, dass ihr eigener Drache tatsächlich mitten in der Nacht erwachen würde. Razul hatte ihr zu verstehen gegeben, dass sie anders war als die anderen Drachen … Das würde sich jetzt zeigen müssen. Ganz langsam leerte sich ihr Verstand und Ella ließ es zu, dass das Tier die Macht übernahm, und in diesem Moment vollzog sich ihre Wandlung zum ersten Mal binnen weniger Sekunden und ohne Schmerzen.

KAPITEL 21

Wenn Liebe über Hass gestellt,
wenn Glaube deinen Geist erhellt,
wenn Sternenlicht dein Herz durchdringt,
dann der Sieg des Guten winkt.

(AUS DEM HOHEN LIED DER DRACHEN)

Razul brüllte vor Schmerz auf, als Verex die scharfen Klauen in seine Seite hieb. Mittlerweile blutete er so stark, dass er allmählich schwächer wurde. Der schwarze Teufel suchte nach einer Lücke in seiner Deckung, und die bot er ihm mit dem Schwund seiner Kräfte immer häufiger. Er war für den Anführer der dunklen Bruderschaft kein ernst zu nehmender Gegner – das wurde Razul in diesem Moment bewusst. Er konnte jetzt nur hoffen, dass es Ella schnell genug gelang, zu ihm vorzustoßen, und dass seine Brüder sie verschonen würden.

Ihre Ankunft in Illestia hatte er bemerkt. Für einen ganz kurzen Moment flackerte das Licht in seinem Herzen auf und es wurde wärmer in seinem Inneren. Aber diese Regung hatte nur kurz angehalten. Nur so lange, bis der Schwarze ihn erneut packte. Danach hatte Razul nur noch Finsternis gespürt und eisige Kälte, die immer wieder nach seinem Herzen griff. Er wusste, dass Verex dabei war, seinen Bann zu erneuern, und dass er aus ihm wieder die tödliche Waffe machen wollte, die er vor der Begegnung mit Ella gewesen war. Verex ragte riesig und siegessicher über ihm auf und plötzlich waren auch seine Untergebenen da. Allen voran sein ehemaliger Freund Chandra.

Razul tat es in der Seele weh, den einstmals stolzen Drachen aus den Donnerbergen so zu sehen. Die Augen trüb und stumpf, bedachte er ihn mit einem verschlagenen Ausdruck. Nur Verex' Tod würde Chandra erlösen, und diesen herbeizuführen stand im Moment außerhalb von Razuls Möglichkeiten. Gerade konnte er nichts für Chandra tun, sondern musste sehen, dass er seine eigene Haut rettete.

Fauchend schlug Razul Verex die langen Zähne in den Leib und riss an ihm, bis sich die Klauen lösten, die ihn gerade noch gepackt hatten. Razul schaffte es trotz seiner Verletzungen, die Flügel zu öffnen und nach oben zu schießen. Die Decke der Grotte war kein Problem für ihn. Er durchbrach sie, als bestünde sie nur aus Papier. Felsbrocken und Geröll explodierten um ihn herum und wurden Hunderte Meter weit davongeschleudert. Staub und Sand raubten ihm für einen kurzen Augenblick die Sicht, doch dann hatte er es geschafft und schwebte über dem Plateau, unter dem sich Verex' Quartier befand. Die Freude über sein Entkommen währte allerdings nicht lange. In weiter Ferne erkannte er seine ehemaligen Kampfgefährten, und die Art, wie sie dort am Himmel kreisten, sagte ihm, dass sie auf Beute aus waren. Dass sie jemandem auflauerten –

und Razul konnte sich denken, wer dieser Jemand war. Sofort flammte heiße Furcht in seinem Herzen auf. Ella war ohne Frage stark, aber mit einer solchen Übermacht an Drachen würde sie es nicht aufnehmen können. Jetzt half nur noch ein Wunder. Kaum war dieser Gedanke in ihm aufgekommen, da spürte er auch schon wieder harte Krallen in seinem Rücken, und dieses Mal machte der Widerling ernst. Er vergrub sie so tief in seinen Körper, dass Razuls Muskeln rissen, doch er konnte nicht aufgeben. Der Drache in seinem Inneren brüllte voller Zorn auf, weil er seiner Gefährtin beistehen wollte, doch der Mensch in Razul wusste, dass er das hier zu Ende bringen musste. Er warf sich in der Luft herum und die Heftigkeit, mit der er das tat, zwang Verex dazu, ihn loszulassen. Razul legte seine Schwingen an und ließ sich fallen, dabei drehte er sich erneut und spie dem Ungeheuer über ihm sein Eis entgegen, jene furchterregende Kälte, die ihm innewohnte. Klirrend traf der Frost auf die Flügel des Schwarzen, doch sehr zu Razuls Entsetzen fügte ihm das Eis keinen Schaden zu. Es überzog seinen Körper, schmolz aber binnen Sekunden einfach weg.

Doch dann geschah etwas Seltsames. Obwohl die Nacht sternenklar war und der Mond hell vom Firmament schien, wurde es auf einmal stockfinster. Razul hob seinen Blick, und kurz bevor Verex ihn erneut ergriff, sah er, dass die Sterne verschwunden waren, und der Mond ebenso. Der Himmel war einfach nur noch schwarz, als hätte er sich in ein Leichentuch gehüllt.

Ella hielt ihren Gegner fest im Blick. Der riesige Drache fauchte ihr seine Aufforderung entgegen, doch davon ließ sie sich nicht aus der Ruhe bringen. Ihr Drache und sie selbst bildeten in diesem Augenblick eine Einheit. Keiner der beiden überwog.

Obwohl die beiden mächtigen Wesen sich kampfbereit gegenüberstanden, machte keines Anstalten zu beginnen. Offenbar wägte der ältere Drache seine Chancen ab und Ella war froh, dass sie noch eine Gnadenfrist bekam. Sie war sich nämlich ziemlich sicher, dass sie unterliegen würde, aber anscheinend konnte der Drachenwandler mit einem weiblichen Ungetüm nichts anfangen und sie brachte das Monstrum aus dem Konzept – Glück für sie, Pech für ihn.

Die Minuten tropften zäh dahin. Langsam wurde Ella ungeduldig. Sie wusste aber auch, dass es ein Fehler wäre, wenn sie den weißen Drachen angriff, denn er und seine Kameraden waren eigentlich ihre Verbündeten – auch wenn sie das offenkundig anders sahen.

»Lass mich passieren«, knurrte sie heiser, doch natürlich ging das Tier nicht aus dem Weg. Das hatte sie auch nicht erwartet. »Ich werde euch nicht schaden! Ich will nur zu meinem Gefährten. Der Drache in mir wird sich im schlimmsten Fall den Weg freikämpfen, und das will keiner von uns beiden.«

Ella dachte darüber nach, welch grausame Magie in ihrem Inneren ruhte, und sie fragte sich, ob sie den Drachen so weit kontrollieren konnte, dass dieser die unheilvolle Wolke nicht freisetzte. Bestimmt würden auch die Weißdrachen diesen quälenden Tod sterben, den sie über die Selkisvögel gebracht hatte, und das wollte sie nicht erleben müssen.

Doch dann setzte sich ihr Widersacher in Bewegung. Ohne Vorwarnung begann er mit seinen Flügeln zu schlagen und erhob sich in die Lüfte. Ella stieß sich ebenfalls vom Boden ab.

Ihre Schwingen waren in den letzten Tagen weitaus kräftiger geworden, doch noch immer weit davon entfernt, mit einem alten Drachen mithalten zu können. Sie musste sich vollkommen auf ihre Wendigkeit verlassen, und das war nicht viel, wenn man in einen ungewollten Kampf gezogen wurde.

Der Weiße schoss plötzlich nach vorne und zwang Ella dazu, auszuweichen. Blitzartig ließ sie sich fallen und öffnete erst wieder die Flügel, als sie sich weit genug aus dem Gefahrenbereich gebracht hatte. Es wirkte jedoch so, als würde der andere ihre Fähigkeiten erst ausloten wollen. Und die waren erschreckend dürftig, wie Ella sich eingestand. Die mächtigste Waffe, die sie besaß, war ihre Liebe zu Razul und zu allem, was lebte. Doch das zählte hier nicht. Ihr Gegner schien genug von den Spielereien zu haben. Jetzt wurde es ernst.

Mit den Klauen voran stieß er von oben auf sie herunter. Ella schaffte es gerade noch auszuweichen und trotzdem fuhren die Krallen einmal über ihren Rücken und das erste Blut begann zu fließen – schwarz und zähflüssig. Die Bestie warf sich erneut herum, um sie ein weiteres Mal zu attackieren.

Ella raste unmittelbar über der steinigen Oberfläche dahin und war sich bewusst, dass ihr Verfolger dicht an ihren Fersen klebte. Sie durfte sich auf gar keinen Fall umdrehen, auch wenn die Versuchung groß war. Doch dann spürte sie plötzlich einen Luftzug und einen Hieb, dass sie glaubte, ihr Rücken würde in der Mitte durchbrechen. Mit einem wilden Kreischen stürzte Ella mitten zwischen die scharfkantigen Steine und sah, wie der weiße Drache eine Wendung einleitete und erneut auf sie zuraste. Seine metallenen Klauen blitzten Unheil verkündend im Mondlicht auf, und das ließ ihren Drachen endgültig erwachen. Er riss so schnell und gnadenlos die Macht an sich, dass Ella nicht mehr reagieren konnte. Sein Rachen öffnete sich und sie spürte die dunkle Energie durch ihren Körper fließen. Die graue Wolke löste sich aus ihrem Maul und stob auf den weißen Drachen zu. Finster, Unheil verkündend und tödlich. Ella hätte am liebsten die Augen geschlossen, wollte das Grauen nicht mit ansehen, doch irgendetwas hinderte sie daran.

Der Himmel verdunkelte sich plötzlich, und als sie aufschaute, sah sie, wie die Sterne verschwanden. Einen Moment lang schien es, als würden sie vom Himmel fallen. Und dann verblasste auch der Mond – einfach so. Die Welt wurde stockfinster und doch auch wieder nicht. Ihre Drachenaugen erfassten ein Leuchten, das von ihrer magischen Waffe ausging – und nicht nur von dieser. Jeder Stein, jedes Lebewesen in ihrem Umkreis sonderte einen Ehrfurcht gebietenden violetten Schimmer ab, den Ella sich nicht erklären konnte. Und dann zerstob ihr todbringender Zauber in viele leuchtende kleine Gebilde, die allesamt wie Sterne funkelten und vom Wind davongetragen wurden.

Dem weißen Drachen erging es nicht viel besser, denn irgendeine Macht packte ihn und warf ihn zu Boden. Er rutschte über den felsigen Untergrund und blieb gleich neben ihr keuchend im Staub liegen. Dabei fletschte er die Zähne und knurrte Ella böse an, doch irgendetwas sagte ihr, dass er gerade keine Gefahr für sie darstellte. Da war etwas anderes, was ihr weitaus mehr Furcht einjagte als der Weiße, der nun versuchte wieder auf die Beine zu kommen und dabei kläglich scheiterte. Es lag in der Luft – zuerst nur eine Ahnung, ein Hauch, doch dann wurde daraus eine so gigantische Magie, dass selbst ihr Gegner sich duckte.

Über ihr begann der Himmel zu leuchten, aber das lag weder an den Sternen noch am Mond. Der Schein war warm und golden und breitete sich mit jeder Sekunde aus, bis er schließlich den gesamten Horizont einnahm. Erst jetzt erkannte sie die Umrisse eines gigantischen Drachen – eines goldenen Drachen. Er wirkte wie ein zartes Gespinst aus Sternenlicht – wie ein Geist aus einer vollkommen anderen, einer fremden Welt.

Jede seiner Schuppen schien aus Sonnenstrahlen gewebt und die Flügel aus purem Licht zu bestehen. Seine Augen strahlten so silbrig, dass Ella mit einem Stöhnen die Augen schloss. Auch den Weißdrachen neben ihr hörte sie keuchen und ächzen, als läge er in den letzten Zügen. Doch als sie sich ihm zuwandte, sah sie, dass auch er die Erscheinung anstarrte, die jetzt neben ihnen zu Boden ging, und dabei schien der Ankömmling das Licht aller Sterne in sich zu vereinigen.

Razul versuchte verzweifelt, sich Verex vom Leib zu halten. Als es finster um die beiden Kämpfenden wurde, hatte er einen Moment angenommen, dass der Feind von ihm ablassen würde, doch da sah er sich getäuscht. Verex attackierte ihn mit unverminderter Härte und seine Klauen rissen weiter an seinem Fleisch. Razul blutete bereits aus so vielen Wunden, dass er kaum noch etwas sehen konnte. Sein Lebenssaft rann ihm in die Augen und über seine schuppige Haut. Und jetzt griffen auch Verex' Untergebene ein und umzingelten ihn. Chandra war es, der Razul schließlich zu Fall brachte und ihn mit seinem Gewicht auf dem steinigen Boden festnagelte. Keuchend und wild mit seinem Schweif um sich schlagend, musste er sich schließlich geschlagen geben, doch die ganze Zeit über war er sich des seltsamen goldenen Lichtes bewusst, das ihn umgab.

Kein Mitglied der dunklen Bruderschaft schien das Strahlen wahrzunehmen, und wenn doch, ließen sie es sich nicht anmerken.

Chandras Augen ruhten voller Hass und Zorn auf ihm und Razul hielt dem Blick seines ehemaligen Freundes stand. Hinter der tiefen Wut blitzte für einen Moment der wahre Chandra auf. Der warmherzige, immer zu Späßen aufgelegte Wandler. Razuls Herz begann zu schmerzen. Chandra stand schon so lange unter Verex' Bann, dass er den Weg zurück wohl nicht mehr finden würde.

Der sanfte Schimmer wurde allmählich heller und hüllte Illestia schließlich in ein goldenes Licht, das selbst die Sonne überstrahlte – nur schien es außer Razul niemand sonst zu bemerken. Er fragte sich, ob sich so der Tod anfühlte. Waren seine Verletzungen so schlimm, hatte er so viel Blut verloren, dass er sich bereits auf dem Weg zu den Sternen befand? Razul atmete, er fühlte die Schmerzen und mit jedem Atemzug dehnte sich seine Brust. Er konnte noch nicht gestorben sein, denn dazu fühlte er sich …

»Ich versichere dir, dass du noch recht lebendig bist und es auch noch so lange bleibst, bis das Mädchen in meinem Besitz ist. Sie wird kommen! Sie wird ihren Drachengefährten nicht im Stich lassen und wie immer stehen euch eure Gefühle im Wege. Euer Herz ist eure größte Schwäche.« Verex ragte vor ihm auf, in seinen schwarzen, teerigen Iriden zeigten sich nur Kälte und Tod. Im selben Moment landete ein weiterer Angehöriger des dunklen Zirkels direkt neben ihm. In seinen Klauen Ellas kleiner Bruder, den er unsanft neben Razul fallen ließ. Tabor zitterte am ganzen Leib und seine Augen waren so unnatürlich weit aufgerissen, dass Razul befürchtete, er würde an seiner Angst zugrunde gehen. Wäre er stark genug, dann würde er Verex in der Luft zerreißen – doch dazu war er nicht in der Lage.

»Und nun, mein unbeugsamer Weißdrache, wirst du lernen, wer hier der Meister und wer der Schüler ist«, schnarrte Verex. »Ich werde deinen Bann jetzt erneuern. Wehrst du dich gegen die Dunkelheit, wird der Junge es büßen. Ich muss ihn nicht gleich töten, um ihn schreien zu lassen.« Razul verstand die Warnung hinter den Worten und sackte in sich zusammen. Er wusste, Ella würde leiden, wenn ihrem Bruder etwas geschah, und das konnte, das *durfte* er nicht zulassen. Doch wenn er sich wieder in das kalte Monstrum verwandelte, dann würde er sie jagen und Verex in die Hände spielen. Dieser Gedanke war für ihn schlimmer als der Tod – schlimmer sogar noch, als die Schreie des Knaben ertragen zu müssen, denn was Ella an Verex' Seite erwartete, war das Nichts … Das Fehlen von jeglichem Gefühl. Seine Gefährtin, deren Herz so strahlend schön war, in den Klauen der Finsternis zu wissen – das würde er nicht ertragen.

Er hörte den Singsang der Dunklen und spürte sogleich, wie sein Herz antwortete. Wie der Teil von ihm auf die finstere Macht reagierte, der seiner Liebsten gehören sollte – doch etwas war anders. Der Drache in seinem Inneren reagierte ganz von allein. Ob es das goldene Licht war, das Illestia flutete, oder ob es an der Bindung der beiden Drachenwesen lag, konnte Razul nicht sagen, doch der Zauber der dunklen Bruderschaft schaffte es nicht, in ihn einzudringen. Sein Herz pochte schmerzhaft in seiner Brust, aber der wilde Zorn, das Verlangen zu töten – es blieb aus.

Ganz deutlich konnte er Ellas Gesicht vor seinem inneren Auge sehen und sie war nicht allein. Sie befand sich mitten im Zentrum des warmen Leuchtens, neben einem Drachen, der so groß war und so hell strahlte, als ob die Sonne höchstpersönlich vom Himmel gestiegen wäre. Zu ihren Füßen erkannte er Danjar – den Anführer der Weißdrachen, und der sah nicht so aus, als würde es ihm gut gehen. Gelinde gesagt, schien der Mächtigste unter ihnen ziemlich mitgenommen zu sein. Seine Flügel waren an mehreren Stellen eingerissen und seine glänzenden Schuppen mit Staub bedeckt. Er lag im Dreck und allem Anschein nach konnte er sich nicht rühren – ja er startete nicht einmal den Versuch, in die Höhe zu kommen. Razul fragte sich, was das alles zu bedeuten hatte. Je stärker die Magie der Dunklen ihn erfasste, desto lauter brüllte das Tier in ihm und desto deutlicher konnte er Ella sehen.

Und dann verstummte der Singsang auf einmal – ohne dass Razuls Welt ins Wanken gekommen wäre. Stattdessen hörte er Verex laut und vernehmlich knurren. Er fasste nach seinem Kopf und riss ihn in die Höhe.

»Du stinkender Kadaver von einem verblödeten Drachen! Was glaubst du, was du hier tust?« Dem Atem des Bösen so nah ausgesetzt zu sein, ließ Razul frösteln, doch er gab sich nicht die Blöße zurückzuzucken, sondern funkelte Verex herausfordernd an. Wenn er Glück hatte, würde dieser kurzen Prozess mit ihm machen und der Widerling hätte ein Druckmittel weniger. Dann blieb nur noch Tabor, und Razul wünschte dem jungen Mann, dass er den Mut aufbrachte, sich von den Klippen zu stürzen – das ginge wenigstens schnell und ohne große Qualen vonstatten. Aus schmerzlicher Erfahrung wusste er, dass Verex den Knaben nicht verschonen würde.

Verex schleuderte ihn erneut zu Boden und Razul spürte, wie seine Wunden wieder aufbrachen und zu bluten begannen. In seinem Kopf drehte sich alles und er konnte kaum noch klar sehen. Schwäche und Angst erfüllten ihn und er starrte mit leeren Augen in den goldenen Himmel. Er wunderte sich noch immer, dass er anscheinend der Einzige war, der das Licht sehen konnte. Doch dann warf er einen Blick auf Tabor und sah, dass auch der Knabe staunend seinen Kopf hob und sich suchend umsah. Das Leuchten spiegelte sich verheißungsvoll in seinen Augen.

KAPITEL 22

Ist es nicht die Dunkelheit,
die uns das Licht erkennen lässt?
Und ist es nicht der Hass,
der uns lehrt, dass Liebe ein viel höheres Gut ist?

(AUS DEN CHRONIKEN DER DRACHEN)

Der goldene Drache hockte genau zwischen Ellas Angreifer und ihr und verströmte eine so gigantische Macht, dass sich selbst die silberne Bestie dagegen wie ein Breassel benahm. Dabei griff der hell leuchtende Drache nicht einmal an. Er saß nur da und beobachtete sie aus klugen Augen, die Ella seltsam vertraut erschienen. Es war nicht die Farbe der Iriden, die so strahlten, dass man kaum hineinsehen konnte, es war eher der Ausdruck, der Ella an jemanden erinnerte.

»Warum kämpfen meine Kinder?« Seine Stimme war so wunderschön, dass Ella für einen Moment die Augen schloss und tief einatmete. Wie der ferne Klang des Meeresrauschens erfüllte sie ihre Sinne und ließ sie ganz kurz vergessen, wie aussichtslos ihrer aller Lage war.

»Was ängstigt euch so sehr, dass ihr mit Zähnen und Klauen aufeinander losgeht?« Die Fragen berührten Ella tief in ihrem Herzen – an der Stelle, wo Razuls und ihr Drache sich aneinander gebunden hatten. Das goldene Licht flutete den dunklen Ort mit hellstem Schein. Es wurde so warm in ihrer Brust, dass ihr Drache vor Freude zu tanzen schien. So herrlich vertraut und weich war diese Begegnung, dass Ella am liebsten geweint hätte – und zwar vor Freude. Was es auch war, das sich in ihr Herz schlich, es gab ihr Kraft und Zuversicht, genau wie …

Ella erstarrte und schaute ein zweites Mal hin. Die Augen des fremden Drachen kamen ihr noch immer sehr bekannt vor. Und dann schnappte sie nach Luft.

»Trexos?« Sie konnte es nicht glauben. Sie wollte es nicht glauben, aber sie spürte, dass sie richtiglag.

»Ja, mein Kind, für dich bin ich Trexos gewesen. Für andere, wie dieses Wesen zu meinen Füßen, bin ich der Stern des Westens und wieder andere sehen in mir ihren schlimmsten Feind – aber das bin ich nicht.« Für einen Moment schloss die Erscheinung die Augen, und als sie die Lider wieder öffnete, da sah Ella plötzlich den alten Jäger vor sich stehen.

»Aber … wie ist das möglich? Du hast mitten unter uns in Mooresdahl gelebt und keiner hat etwas gemerkt. Wie kann das sein?«

»Jeder sieht das in mir, was er sehen möchte. Du, mein Kind, hast den Jäger gebraucht. Einen Freund, der über dich wachte.«

In Ellas Kopf wirbelten die Gedanken umher wie Schneeflocken, die über ihrem kleinen Dorf niedergingen. Dann, wenn der kalte, frostige Wind sie alle dazu zwang, in den Häusern zu bleiben. Unter ihnen hatte ein Wesen gelebt, das die Macht besessen hätte, den Hunger und die Kälte zu vertreiben. Während sich diese Erkenntnis in ihrem Inneren festsetzte, wurde sie von heftigem Zorn geschüttelt.

»Du hattest die ganze Zeit über die Kraft, das Leid meiner Freunde ... meiner Familie zu beenden. Du hättest die Kälte vertreiben können und hast es nicht getan. Stattdessen hast du dabei zugesehen, wie Menschen starben, die ich liebte. Warum?« Der Schmerz wollte Ella schier den Atem rauben. Das war nicht der Mann, der sie lehrte, das Leben zu achten und dafür zu kämpfen. Das da vor ihr war nicht der Mensch, den sie liebte wie einen Vater. Es war ein Fremder, der sie gerade mit einem nachsichtigen Lächeln betrachtete.

»Es ist nicht an mir, Veränderungen zu bewirken, und es liegt nicht in meiner Macht, das Schicksal zu betrügen. Ihr geht euren eigenen Weg – das solltest du auf dem Pfad der Unendlichkeit eigentlich begriffen haben. Nicht Kämpfe sind es, die euch den Sieg bringen. Nicht Hass ist es, was euch triumphieren lässt. Nur Liebe allein kann euch von dem Übel befreien und eurer Welt die Heilung bringen. Denn dort, wo die Liebe wohnt, wird Hass keine Chance haben zu gedeihen. Wo die Liebe wächst, wird alles andere klein werden und irgendwann verschwunden sein. Liebst du, Ella? Oder willst du hassen und ängstlich sein?«

Die Frage durchschnitt wie ein Messer Ellas Leib und sie warf einen Blick auf den silbernen Drachen, der ebenfalls der Stimme lauschte. Seine Augen flackerten unruhig und verloren nach und nach den Zorn, der ihn so unberechenbar gemacht hatte. Immer wieder flog sein Blick zwischen Ella und der Erscheinung hin und her, bis der Drache sich schließlich langsam wieder in einen Mann verwandelte. Groß und aufrecht stand er vor ihr und sah sie abwartend an, während Ella nur Augen für Trexos hatte. Oder vielmehr für das seltsame Wesen, das sie mit seiner Stimme so weit beruhigen konnte, dass auch der weibliche Drache zu einem schnurrenden Breassel wurde. Ella besaß noch nicht die starke Magie der Drachen und schaffte es noch nicht, sich gegen die Magie des goldenen zu behaupten.

Sie konnte nicht verhindern, dass ihre Bestie sich zurückzog, und bereits wenige Sekunden später war es Ella, die höchstpersönlich ihrem Mentor gegenüberstand. Ihre langen schwarzen Haare wehten im warmen Wind. Als sie an sich herabsah, stellte sie fest, dass ihre Bekleidung genauso seltsam war wie die unerwartete Begegnung in diesem toten Land. Sie trug unverkennbar einen Brustharnisch aus Drachenschuppen. Ihre eine Seite schmückte ein leuchtendes Silber, während die andere so schwarz war, dass Ella es mit der Angst zu tun bekam. Auch das weiche Hemd, die Beinkleider und die Stiefel waren in ähnlicher Art zweigeteilt und sie starrte Trexos an, als ob dieser die Antwort auf ihre Fragen wüsste.

»Du hast deine Kleidung selbst gewählt, Kind von Maphradun. Offenbar steht dein Weg noch nicht geschrieben. Noch ist alles in Bewegung und es liegt an dir allein, eine Wahl zu treffen.«

Ella wollte das nicht hören. Befeuerten die Worte doch sogleich wieder ihre Furcht vor dem, was der Weg der Unendlichkeit ihr offenbart hatte.

Plötzlich bemerkte Ella mit Entsetzen, dass ihr Lehrer immer durchscheinender wurde und mit dem Licht des neuen Tages zu verschmelzen schien. Sie wollte ihn noch so viel fragen, doch bevor sie ihren Mund öffnen konnte, hörte sie bereits die wärmende Stimme in ihrem Inneren.

»Schon bei deiner Geburt hast du Raum und Zeit erschüttert. Ich ahnte, dass gerade ein Kind geboren ward, das die

Kraft hat, Welten zu vereinen. Ich wusste, dein Weg würde kein leichter sein, doch was das Schicksal für dich bereithielt, erstaunt auch mich. Du brauchtest eine Hand an deiner Seite, die dich leitete und beschützte, bis der eine kam. Razul war immer schon für dich bestimmt. Von Anbeginn der Zeit war es dein Schicksal, der erste weibliche Drache zu sein. Die eine, die dem magischen Wandlervolk eine neue Hoffnung sein kann. Ein neuer Pfad, dessen Ende noch offen ist.«

Die Stimme wurde immer leiser und auch der goldene Schein, der gerade noch die Nacht zum Tag hatte werden lassen, verblasste allmählich – doch eine Frage musste Ella noch stellen.

»Ist es möglich, dass ich wieder ein Mensch werde? Kann der Drache in mir noch niedergerungen werden?« Sie wollte keine Wandlerin sein. Lieber blieb sie das unbefangene Mädchen, das im Flammenwald auf die Jagd ging – auch wenn das Leben beschwerlich und hart war. Eigentlich wusste sie die Antwort schon, bevor sie sie stellte, doch sie musste aus Trexos' Mund hören, dass ihre Vermutung richtig war.

»Warum willst du das, mein Kind? Ist deine Angst so groß?« Einen kurzen Moment flackerte die Erscheinung auf und wurde wieder strahlender. *»Erinnere dich an meine Worte: Angst tötet! Sie vernichtet deinen Verstand. Sie dringt in deine Seele ein und hinterlässt nur Kälte. Der Drache und du, ihr beide seid eine Einheit. Würde man versuchen, ihn von dir zu trennen, so wäre euch beiden der Tod gewiss. Du musst lernen, auf dich zu vertrauen und auf dein Herz zu hören. Das ist es, was ich dich in all den Jahren gelehrt habe. Jetzt ist es an der Zeit, Taten walten zu lassen. Geh deinen Weg, mein Kind! Aber gehe ihn mit Bedacht.«*

Und dann war das Licht auf einmal erloschen. Trexos verschwunden. Zurück blieb Ella, die am liebsten ihrem Mentor gefolgt wäre. In diesem Moment wurde ihr klar, dass sie Trexos nie wiedersehen würde. Dass ein geliebter Mensch für immer gegangen war. Sie blieb allein zurück, mit einem Drachenwandler an der Seite, der sie neugierig musterte.

Razul spürte die schweren Ketten, mit denen man ihn angebunden hatte, und er spürte auch die dunkle Magie, die ihn am Boden hielt. Inzwischen war die Nacht der Morgendämmerung gewichen und trotzdem zwang ihn irgendein abartiger Zauber, in seiner Drachengestalt auszuharren. Noch schlimmer war allerdings, dass die Angehörigen der dunklen Bruderschaft immer wieder versuchten, in sein Herz einzudringen und die Kontrolle über ihn zu gewinnen. Razul war am Ende seiner Kräfte und der Drache so müde, dass er kaum noch die Augen offen halten konnte. Tabor hatte man gleich neben ihn an einen Felsen gekettet. Der Junge atmete flach und Razul konnte die feinen Schweißperlen auf seiner Stirn erkennen. Der Geruch seiner Furcht stach ihm zusätzlich in die Nüstern und er wusste, dass es auch allen anderen Drachen nicht verborgen blieb.

In ein paar Stunden würde Illestia zu einem Glutofen werden, die Sonne unbarmherzig auf die schroffen Steine und den Sand brennen. Verex würde den Jungen dürsten lassen, sodass er am Ende ein Bild des Elends abgeben würde, wenn Ella eintraf.

Razul fragte sich, ob er sich nicht besser wünschen sollte,

dass sie fortblieb. Er wollte sie so gern noch einmal sehen, noch einmal ihre Nähe spüren. Doch so stark und hell Ella auch sein mochte, auch sie würde am Ende der Dunkelheit unterliegen. Nichts und niemand konnte dann noch den Siegeszug der dunklen Bruderschaft aufhalten. Razul erinnerte sich an die Prophezeiung, in der von ihm die Rede war. Von dem letzten Drachen seines Geschlechts, der das Böse vom Angesicht der Welt tilgen würde. Alle Drachen glaubten an Vorherbestimmung und Weissagungen. Razul war da auch keine Ausnahme und ihm war bereits seit geraumer Zeit klar, dass die dunkle Bruderschaft nur mit Ellas Hilfe zu besiegen war. Vom Moment ihrer ersten Begegnung an hatte er gespürt, dass sie etwas Besonderes war. Das Licht in ihrem Herzen so hell strahlte, wie Razul es noch bei keinem anderen Lebewesen bemerkt hatte. Dieses Licht war der Schlüssel zu allem. Er sollte mehr Vertrauen zu Ella haben und an ihre Stärke glauben. Doch im Angesicht von Verex' Boshaftigkeit fiel ihm das nicht leicht.

»Ihr seid am Ende. Lange genug hat es gedauert, doch jetzt solltest du dich der Dunkelheit ergeben und deinen angestammten Platz in meinem Reich annehmen. Allmählich verliere ich nämlich die Geduld mit dir, Razul!« Verex' Stimme war so unangenehm, dass Razul sie am liebsten ausgeblendet hätte, doch das würde er nicht schaffen. Nicht, solange das Böse noch immer in einem Teil seines Herzens verankert war.

»Wie ich sehe, wird dir allmählich bewusst, dass es keine Rettung für euch geben kann, Weißdrache! Und dir wird auch noch etwas anderes klar, nicht wahr?« Das dröhnende Gelächter war so kalt, dass Tabor an seinem Felsen zu wimmern begann und Razul dem schwarzen Drachen am liebsten die Krallen ins Herz gegraben hätte. Er stellte sich vor, wie er es dem Ungetüm aus der Brust riss, wie das schwarze Blut über seine Pranken lief und er das Herz des Feindes zerfetzte. Seltsamerweise verspürte er dabei nicht die Genugtuung, die er eigentlich empfinden sollte, sondern eher so etwas wie eine schleichende Furcht. War das wirklich noch Drachenart? War es schon so weit mit seiner Rasse gekommen, dass man sich den Tod eines anderen Drachen wünschte? Galten die Wandler nicht als Hüter allen Lebens, auch wenn es ein dunkles, ein unheiliges Leben war?

Razul schüttelte das mächtige Haupt. Das goldene Licht, das ihn vor kurzer Zeit noch gewärmt und getröstet hatte, war schon vor geraumer Zeit verschwunden. Zurück blieben viele Fragen. Razul wusste überhaupt nicht mehr, ob dieser Krieg wirklich hatte sein müssen. Plötzlich fühlte es sich falsch an, als Weißdrache in Illestia zu sein. Dieser tote, verbrannte Ort war nicht ihr Lebensraum und es gab hier auch nichts, was man retten, was ein Drache hätte schützen müssen. Warum also waren sie hier? War es nur die Angst gewesen, dass die Dunklen ihre Hände nach den Sommerlanden ausstreckten? Das hätten er und seine Kameraden mit weiteren Schutzzaubern verhindern können. War es das Wissen, dass die Dunklen über mächtige Zauberkräfte verfügten? Auch das hätte den Drachenwandlern egal sein können, solange die böse Brut nicht in ihr Gebiet eindrang.

Razul schaffte es kaum noch, einen klaren Gedanken zu fassen, denn der Singsang der finsteren Drachen schwoll erneut an, und dieses Mal gelang es ihnen, den Zauber zu verdichten. Das Letzte, was ihm in den Sinn kam, waren Ella und der Weg, den sie gemeinsam beschritten hatten. Ein Pfad, den sie nun alleine zu Ende gehen musste.

Rings um Ella gingen die Drachen zu Boden und die meisten wandelten sich sogleich zu starken Männern, die sie durchdringend ansahen. Einige verblieben in der Form der Tiere, und Ella wusste – diese waren gebunden. Die Sonne schickte jetzt ihre wärmenden Strahlen auf sie nieder und nur die gebundenen Drachen waren in der Lage, ihre Gestalt beliebig zu ändern. Plötzlich wurde Ella bewusst, dass sie noch immer menschlich war. Eigentlich hätte sie bereits dem Druck ihrer Bestie nachgeben müssen, doch diese schwieg. Offenbar hatte nun auch sie die Kontrolle darüber, wann sie das Tier von den Ketten ließ. Mit jeder Stunde, die verging, entwickelten sich ihre Fähigkeiten und sie wurde stärker. Doch jetzt musste sie sich den Weißdrachen stellen und diese betrachteten sie nicht alle freundlich. Einige zeigten Misstrauen, andere offene Feindschaft. Einige fauchten und ihre Schuppen stellten sich drohend auf, während die Männer ihre Fäuste ballten. Nur der silberne, der sie zuerst angegriffen hatte, musterte sie jetzt staunend und seine Augen leuchteten milde. Als ein vorwitziger Drache an ihm vorbeiwollte, hob er die Hand und hielt ihn auf. Anscheinend war er der Anführer.

Irgendwann hielt Ella das Schweigen nicht mehr aus. »Wir können den ganzen Tag hier rumstehen, aber das macht unsere Situation nicht besser. Mein Drachengefährte wird von den Dunklen gefangen gehalten und ich muss zu ihm. Wenn ich ihn und meinen Bruder nicht befreien kann, dann sind die beiden Menschen, die ich über alles liebe, verloren. Und wenn Razul fällt, sind die Ebenen von Maphradun dem Untergang geweiht.« Ella versuchte ihre Stimme ruhig zu halten, konnte den bitteren Ton darin jedoch nicht verbergen.

Seit sie Illestia erreicht hatte, konnte sie Razul nicht mehr spüren. Sie wusste nur, dass sie unbedingt zu ihm musste. Er würde dem Druck, den die dunkle Bruderschaft auf ihn ausübte, nicht lange standhalten können. Nicht, wenn sie nicht an seiner Seite war.

»Wenn wir jetzt zum Schlupfwinkel der Feinde aufbrechen, laufen wir dem Tod in die Arme. Am Tage sind wir nicht genug Drachen und unsere Kräfte sind schwach. Allein wirst du nicht einmal in die Nähe des finsteren Herrschers gelangen. Du bist noch nicht mehr als ein schwaches Drachenjunges. Verex wird dich, ohne mit der Wimper zu zucken, zerbrechen – oder Schlimmeres.« Er kam einen Schritt auf Ella zu, doch nun wich sie nicht mehr zurück. Vielleicht lag es am Ausdruck in seinen Augen, staunend und ehrfürchtig zugleich, und auch an der Sanftheit, die in seinen Worten mitschwang. »Wir werden dir helfen, doch bis zum Einbruch der Nacht wirst du dich gedulden müssen. Es hilft weder Razul noch deinem Bruder, wenn wir unüberlegt handeln.«

»Aber Razul gerät wieder …«

»Razul war die ganze Zeit über in Verex' finsterem Netz. Er ist nie entkommen, denn das ist nicht möglich. Sein Herz kann nur gerettet werden, wenn der Fürst der dunklen Drachen sein Leben aushaucht. Dann – und nur dann – wird Razul wieder wirklich frei sein.« Ella erinnerte sich daran, dass Razul so ähnliche Worte benutzt hatte, um ihr zu beschreiben, wie sich diese Knechtschaft auswirkte.

»Und ihr wollt mir wirklich helfen?« Ella konnte es noch nicht so recht glauben.

»So wahr ich Danjar heiße und der Anführer der Weißdrachen bin.« Ella sah, wie sich das Gesicht ihres Gegenübers verformte und streckte. Sie hörte die Schuppen an seinem Hals leise rascheln, und ehe sie sich's versah, hockte der Silberne wieder vor ihr im Staub, doch dieses Mal duckte er sich.

»Steig auf meinen Rücken, Gefährtin des Razul! Es ist an der Zeit, dass du mit der Gemeinschaft fliegst und dich ausruhst. Ich sehe, wie erschöpft du bist, und niemand soll unserem Clan nachsagen, dass wir das Recht der Gastfreundschaft nicht mehr achten!«

Ella starrte Danjar ungläubig an. Er schien tatsächlich zu glauben, dass sie auf seinen Rücken klettern und mit ihm durch die Lüfte segeln würde. Niemals! Es war an der Zeit, ihre neu erwachten Fähigkeiten zu testen. Sie konzentrierte sich und wieder einmal war es der Punkt, an dem die beiden Drachen sich umgarnten und der sie magisch anzuziehen schien. Das Weibchen kam ihr sofort entgegen und zum ersten Mal hatte Ella wirklich das Gefühl, dass sie den Drachen in sich willkommen hieß und mit ihm die Wandlung, die sich sogleich vollzog.

KAPITEL 23

In fernen Tagen, erinnert euch daran,
Kinder des Lichtes,
wird ein Mädchen euch geboren, das in sich trägt
die Saat des Bösen und des Guten.
Welch Los ihr bestimmt, entscheidet nur ihr Herz,
das ungebrochen und frei über das Schicksal der
Welt befinden wird.

(AUS DEN CHRONIKEN DER DRACHEN)

Nachdem Ella das Lager der Weißdrachen erreicht hatte, wies man ihr ein Zelt zu. Auch dieses Mal konnte sie sich ohne Probleme zurück in einen Menschen verwandeln. Danjar verlangte von ihr, dass sie den Tag nutzte, um sich auszuruhen. Sie sollte essen und ein wenig schlafen, damit sie in der Nacht bei Kräften war. Als ob sie auch nur einen Bissen runtergebracht hätte. Dabei hatte man ihr die erlesensten Köstlichkeiten zukommen lassen. Gebratenes Feyansteak und süße, saftige Früchte, die

Ella nie zuvor gesehen hatte. Ihr Duft war verlockend, ebenso wie der des frischen Brotes, das nur darauf wartete, verzehrt zu werden. Doch dafür hatte Ella keinen Blick. Die Platte mit den Speisen stand unberührt auf dem Tisch und auch das Bett war unbenutzt. An Schlaf war gar nicht zu denken – nicht in ihrem Zustand.

Stattdessen lief sie unruhig hin und her. Sie versuchte zum wiederholten Male, sich die Worte ihres Mentors ins Gedächtnis zu rufen, doch das war gar nicht so einfach. Trexos hatte die Frage in den Raum geworfen, warum seine Kinder Krieg gegeneinander führten. Es hatte sich fast so angehört, als ob es ihm nicht gefiel, dass die Guten gegen die Finsteren angingen. Je länger sie darüber nachdachte, desto verwirrter wurde Ella.

Immer wieder hatte sie die Zeltplane zur Seite geschlagen, um nachzuschauen, wie weit der Tag bereits fortgeschritten war, doch die Zeit schien stillzustehen. Dabei wollte sie nichts mehr, als Tabor und Razul wieder in ihre Arme zu schließen.

Ella ließ sich auf der Bettkante nieder und zog den magischen Dolch, den sie inzwischen auf ihr eigenes Blut eingeschworen hatte, aus der Scheide. Der Edelstein glühte noch immer in einem tiefen Schwarz, doch sie bildete sich ein, dass die Lichtpunkte in seinem Inneren heller geworden waren. Sogleich spürte sie das Vibrieren in der Hand. Die Waffe wollte Ella dazu zwingen, die Klinge gegen sich zu richten, doch noch war es nicht so weit. Das sollte ihr letztes Mittel sein, wenn alles andere versagte. Falls sie drohte, zu dem dunklen Dämon zu werden, den ihr der Weg der Unendlichkeit gezeigt hatte.

Nur mit Mühe gelang es ihr, den Dolch zurück in die Scheide zu stecken. Ella versuchte zu ergründen, woher diese schlimme Unruhe in ihr kam. Ihr Herz klopfte zum Zerspringen und plötzlich war es blanke Panik, die sie spürte. Das

Gefühl überrollte sie regelrecht und Ella sprang auf. Sie rannte nach draußen und gab sich alle Mühe, Razul zu erreichen. Sie konzentrierte sich, bündelte ihre magischen Kräfte, suchte ein weiteres Mal nach dem Drachen in ihrem Herzen. Doch alles, was sie fand, war ein dunkles Nichts. Die Stille war so schmerzvoll und so beängstigend, dass Ella ihre Hand auf die Brust legte. Irgendetwas ging gerade vor sich. Auch wenn sie keine Verbindung zu Razul hatte und nicht fühlen konnte, wie es ihm ging, so bemerkte sie doch, dass etwas nicht stimmte.

In diesem Moment erblickte Danjar Ella draußen auf dem Platz und seine glühenden Augen umwölkten sich. »Mädchen, du musst dich ausruhen. So wirst du niemandem eine Hilfe sein. Dein Körper ist schwach und dein Geist verlangt nach einer Pause.«

So gut sein Ratschlag auch gemeint war, Ella konnte ihn nicht annehmen. In den letzten Sekunden spürte sie immer deutlicher, dass ihr Drachengefährte sie brauchte, und jetzt zerrte auch bereits das Tier in ihr heftig an seinen Ketten.

»Das geht nicht … Razul braucht mich!« Ella richtete ihren Blick auf die weit entfernte Bergkette. Irgendwo dort waren Razul und ihr Bruder. Wurden von einem schwarzen Ungetüm gefangen gehalten und gequält und Ella wollte verdammt sein, wenn sie auch nur eine einzige Minute länger zögerte.

Danjar stieß noch einen lästerlichen Fluch aus, doch da war es bereits zu spät. Ella hatte sich blitzartig gewandelt und sich in die Lüfte geschwungen. Sie hielt sich nicht damit auf, einen Blick nach hinten zu werfen, denn sie wusste, dass zumindest Danjar ihr folgen würde. Sie konnte hören, wie sich das riesige silberne Untier mit dampfenden Nüstern an ihre Fersen heftete – aber aufhalten würde es sie nicht können.

Je näher sie der Bergkette kam, desto deutlicher konnte Ella ihren Gefährten plötzlich spüren. Razul litt Höllenqualen und wurde von Sekunde zu Sekunde schwächer und dunkler. Es schien, als hätte er aufgegeben.

Ella flog, so schnell ihre Flügel sie trugen. Plötzlich erkannte sie vor sich eine gigantische Formation schwarzer Drachen am Himmel. Die Feinde waren gekommen. Ella ließ sich abrupt fallen, drehte sich in der Luft, nur um zu sehen, wie viele Weißdrachen ihr neben Danjar gefolgt waren. Ein gutes Dutzend konnte sie ausmachen. Zu wenige, um gegen die Angreifer zu bestehen. Ella musste es schaffen, die finsteren Drachen vor ihren Verfolgern zu erreichen, denn nur dann würden diese beidrehen. Danjar war ein kluger Mann, das hatte Ella auf den ersten Blick erkennen können. Er würde die seinen nicht unnötig in Gefahr bringen, und sollte er merken, dass sie verloren war, würde er aufgeben – so hoffte sie zumindest.

Noch einmal legte Ella an Tempo zu und jetzt flog sie so haarscharf über den Boden, dass sie kleine Steinchen und Sand aufwirbelte. Die Weißdrachen fielen zurück. Ella gab alles und der Drache reagierte mit einem lauten, wilden Schrei. Es war, als ob es nur dieser Aufforderung bedurft hätte, um die Bestie dazu zu bringen, wie der Sturmwind über den Himmel zu rasen.

Angetrieben von Liebe und der Furcht um Razul, war Ella jetzt so schnell, dass die Landschaft verschwommen und unklar wirkte. Nur wenige Sekunden später traf sie auf die ersten Schwarzdrachen, doch auch die konnten sie nicht fassen. Ella durchbrach einfach ihre Reihen und stob wie ein Pfeil davon.

Verex erwartete das Drachenmädchen. Seit sie das Lager seiner Feinde verlassen hatte, fühlte er sie mit jedem Meter, den sie sich näherte, deutlicher. Ihre Kraft, ihre Magie und auch ihre innere Stärke. Da war etwas an ihr, das er nicht wirklich einordnen konnte. Etwas, das ihm einerseits vertraut erschien, doch andererseits so fremd war, dass es ihn unangenehm fröstelte.

Seit er sie das letzte Mal beobachtet, das letzte Mal ihren Geist gestreift hatte, war sie wieder stärker geworden. Wenn sie sich weiter so schnell entwickelte, würde sie ihm bald ebenbürtig sein und vielleicht sogar mächtiger werden, als er es jemals gewesen war. Dieser Gedanke gefiel ihm ganz und gar nicht. Er würde sie ständig unter seiner Kontrolle halten müssen, um überhaupt ihrer Herr zu werden. Doch die Gier, ein so machtvolles Werkzeug in seine Finger zu bekommen, eine Frau, die seine Einsamkeit beendete, war stärker als jeder Zweifel. Sie würde die Krönung seines Lebens sein und er wollte sie besitzen – nicht mehr, aber auch nicht weniger.

Unwillkürlich fiel sein Blick auf Razul und er lachte böse in sich hinein. Dieser Drache hatte ihm die längste Zeit Widerstand geleistet und jetzt war er wieder genau dort, wo er ihn haben wollte – nämlich in den Reihen seiner Gefolgsleute. Sein Blick wieder so stumpf und düster wie in dem Moment, als er ihn das erste Mal in sein Netz gezwungen hatte. Jetzt half ihm auch der Bund der beiden Drachen nicht mehr. Es war an der Zeit, ihn auf die Probe zu stellen. Während Razul auf das Eintreffen des Weibchens wartete, würde er sich auf sehr angenehme Art die Zeit vertreiben.

Natürlich hatte er mitbekommen, dass Razul unter den gefangenen und unter seinem Bann stehenden Drachen einen Freund hatte, doch Freundschaft stand bei Verex nicht sonderlich hoch im Kurs. Jetzt allerdings eignete sich die Kameradschaft der beiden wunderbar, um herauszufinden, inwieweit Razul ihm gehorchte. Wieder lachte Verex grausam und so laut, dass es von den Wänden der Berge widerhallte. Er schlich vorwärts und baute sich vor Razul auf.

»Nun bist du endlich wieder in den Schoß der Familie zurückgekehrt. Ich freue mich, dass du den Heimweg gefunden hast, und habe auch gleich einen Auftrag für dich.« Verex' Augen bohrten sich in die toten, kalten Iriden seines Gegenübers. »Dein Freund Chandra ist uns nicht länger von Nutzen. Ich will, dass du ihn tötest – jetzt sofort.«

Für den Bruchteil einer Sekunde erkannte er tiefe Trauer im Blick des Weißdrachen, dennoch setzte er sich augenblicklich in Bewegung. Er fauchte und zischte seine Aggressivität in den Himmel und erfüllte die Grotte mit seinem Gebrüll. Ja, das war genau in Verex' Sinne und spielte ihm in die Hände. Wenn er sich nicht irrte, würde das Drachenweibchen in wenigen Minuten ankommen und ihren Gefährten dabei beobachten, wie er zu einem eiskalten Killer wurde. Das würde dem Mädchen garantiert den Rest geben, und falls das nicht reichte, dann gäbe es da schließlich noch ihren kleinen Bruder.

Verex ließ Razul einen Moment aus den Augen und sein Blick wanderte in Richtung eines Steinblocks, der sich etwas abseits befand. Dort stand, oder vielmehr hing, der Bursche – nur noch ein Schatten seiner selbst. Die Haut war von der Sonne verbrannt und der Durst musste ihn halb wahnsinnig machen. Ja! Verex hatte alle Trümpfe in der Hand und er gedachte sie weise auszuspielen. Dann wandte er sich wieder Razul zu. Chandra fauchte seinem Angreifer entgegen, doch er würde keine Chance gegen seinen ehemaligen Freund haben. Dafür würde Verex sorgen. Dass Razul unterlag, war nicht in Verex' Sinn …

Ella hörte das Getöse, lange bevor sie den Hort der Dunklen erreichte. Zorniges Knurren, Fauchen und Brüllen drang an ihre Ohren und sie konnte eindeutig Razuls Stimme ausmachen. Er klang allerdings so kalt und so brutal, dass Ella eine eisige Furcht durch den Körper lief. Das war nicht der Mann, den sie kannte und liebte. Es war nicht der Razul, der Mooresdahl vor dem Schwarzdrachen schützte, sondern die Bestie, die sie in ihrer ersten Nacht auf dem Schloss kennengelernt hatte. Sorge und Schmerz schnürten ihr die Kehle zu, während sie sich immer mehr dem Ziel ihrer Reise näherte. Nun würde sich zeigen, ob sie diejenige war, die den Krieg beenden konnte. Ob sie tatsächlich stark genug war, um die richtige Wahl zu treffen – denn davon hing alles andere ab.

Ein letztes Mal schraubte sie sich in die Höhe, schmetterte der Sonne einen lauten Schrei entgegen, bevor sie ihre Flügel anzog und sich in die Tiefe stürzte. Wieder glitt sie pfeilschnell dahin, doch nur Sekunden später kam sie ins Trudeln. Irgendetwas blockierte zunächst ihre Flügel und kurz darauf ihre Sinne. Ella hatte das Gefühl, als ob die Welt sich um sie herum zu drehen begann, und ihr wurde so übel, dass ihr Flügelschlag immer öfter ins Stocken geriet. Und dann wurde sie in die Tiefe gerissen. Unaufhaltsam näherte sie sich dem Boden. Doch der harte Aufprall blieb aus. Ihr Sturz ging über in ein sanftes Gleiten, und erst jetzt konnte sie wieder genug sehen, um zu erkennen, welch grausames Schauspiel sich neben darbot.

Razul ging gerade auf den roten Drachen los, der Tabor entführt hatte, aber es sah nicht so aus, als ob er ihn deshalb strafen wollte. Er wirkte auf Ella viel mehr wie jemand, der nicht aus freiem Willen handelte. Er warf sich auf den Gegner, doch dabei fehlte ihm die Wildheit, die ihn im Kampf gegen den schwarzen Drachen ausgezeichnet hatte. Es fehlte ihm der Wille zum Sieg. Seine Bewegungen wirkten abgehackt und hölzern und seine Augen waren schwarz. Er war wieder vollkommen im Bann des Bösen und schließlich sah sie ihn …

Alle anderen Drachen an Größe überragend, hockte das finstere Wesen auf einem Felsen und starrte sie an. Er schien sie zu durchbohren und in den hintersten Winkel ihres Herzens sehen zu können. Eisige Kälte erfasste sie und gleichzeitig auch der Drang, dieser Dunkelheit zu entfliehen.

Gerade hieb Razul seinem brüllenden Widersacher die Klauen in die Seite und Blut spritzte bis zu ihren Füßen, doch noch immer konnte Ella ihren Blick nicht von dem Anführer der dunklen Bruderschaft lösen. Das also war Verex. Die Bestie, die als Erstes den Pfad des Bösen eingeschlagen hatte. Der Drache, der es vorgezogen hatte, sein unsterbliches Leben zu behalten, und der dafür die Liebe opferte, die ihm zugedacht war. Ein gigantisches Monstrum, wie es schlimmer gar nicht sein konnte.

Ella schüttelte sich. Welches Grauen musste diese junge Frau durchlebt haben, als sie erkennen musste, dass ihr nicht die Liebe, sondern der Tod gegenüberstand? Welche Qualen des Herzens musste sie durchlitten haben?

Markerschütterndes Gebrüll schallte über den Platz. Jetzt war es Chandra, der sich in Razul festkrallte. Staub wallte auf, als die beiden mächtigen Tiere ineinander verbissen über das Plateau rutschten und ihr dabei immer näher kamen. Und endlich war Ella in der Lage zu reagieren. Es war fast so, als ob sie aus einem langen Schlaf erwachte.

»RAZUL!« Ihr Schrei drückte allen empfundenen Schmerz aus, doch die beiden Kämpfenden ließen nicht voneinander ab. Im Gegenteil, das Fauchen wurde lauter und ihre wilden Kampfschreie übertönten alles andere – auch die Ankunft der schwarzen Drachen, die Ella eben noch gejagt hatten. Inzwischen war sie umringt, eingekesselt zwischen den finsteren Tieren, und sie wusste, dass auch ihr Drache sie nicht davor schützen konnte, wenn man sie angriff. Sie würde unterliegen, denn der geballten Kraft der dunklen Drachen konnte sie einfach nicht standhalten.

»Du kannst es beenden, Drachenweib! In deiner Macht liegt es, ob die beiden kämpfen, bis einer im Staub verendet!« Die Stimme drang in ihr Bewusstsein und sofort drehte sie den Kopf in Verex' Richtung. Ella wusste genau, wer ihr diese Botschaft geschickt hatte. *»Und es liegt auch an dir, ob dein Bruder den nächsten Tag erleben wird oder ob sein Geist sich zu seinen Ahnen gesellt. Du hast die Wahl! Triff sie schnell, denn viel Zeit bleibt dir nicht. Entscheide dich für die Dunkelheit an meiner Seite oder sieh zu, wie die beiden sterben. Lass dich von mir führen und rette ihnen das Leben oder verliere alles, was dir wichtig ist. Die finstere Macht wird dich berauschen, mein schönes Kind, und dir eine Kraft verleihen, von der du nie geträumt hast. Lass dich von ihr leiten und erkenne, was du wirklich bist.«*

Ella stockte der Atem, als nur einen Wimpernschlag später ein hochgewachsener, sehr muskulöser Mann vor ihr stand. Sein Haar war ebenso schwarz wie ihres und glänzte im Licht der untergehenden Sonne. Seine Augen, die von einem leuchtenden Stahlblau waren, bohrten sich in ihre. Seine Haut wirkte fast schon grau und er steckte in einer so finsteren Rüstung, dass sie alles Licht zu schlucken schien. Seine Lippen verzogen sich zu einem zynischen Lächeln, während er einen Schritt an die Seite trat und den Blick auf einen Jungen freigab.

Tabor! Ella entfuhr ein lautes Brüllen und sie stieß ein Fauchen aus, das von unbändigem Zorn und furchtbarer Ohnmacht zeugte. Hass zerrte an ihr und sie fühlte, wie er sie beinahe hinwegriss. Ihr Bruder hing in schwarzen Ketten und war mehr tot als lebendig. Sein Gesicht war aufgedunsen und die Verbrennungen durch die Sonne bereits so schlimm, dass sich schon Brandblasen auf der ungeschützten Haut gebildet hatten. Er wimmerte leise vor sich hin und war nicht mehr in der Lage, seinen Kopf anzuheben. Und während Ella voller Verzweiflung Tabor anstarrte, lachte der Mann so grausam, dass ihr übel wurde. Dieser finstere Drache kannte kein Mitleid – kein Erbarmen. Selbst ihr Drache konnte gegen diese Bestie nichts ausrichten und so wechselte Ella ebenfalls die Gestalt. Wenn sie schon sterben musste, dann als Mensch.

Der Schmerz über das, was ihrem Bruder angetan wurde, zerriss Ella das Herz. In diesem Augenblick öffnete sich in ihrem Inneren eine weitere Tür. Es war der Teil ihres Drachenherzens, der bis jetzt verschlossen gewesen war, und sofort spürte sie, wie er sich nach Razul verzehrte. Doch von ihm war gerade keine Antwort zu erwarten. Zu sehr stand er unter dem Bann des Bösen, zu sehr war er in den Kampf verstrickt, als dass er sie hätte hören können.

»Dir bleibt nicht mehr viel Zeit, Drachenmädchen«, schnarrte Verex' böse Stimme in ihrem Kopf. *»Siehst du, wie das Blut fließt? Sehr viel Blut … Wenn du dich nicht rasch entscheidest, wird einer der beiden bald tot sein – sofern sie sich nicht gegenseitig umbringen.«* Das Monstrum lachte und es war dieses Lachen, das Ella schlussendlich aus ihrer Starre riss.

Sie zog den Dolch aus der Scheide und da ging ihr auf, dass

sie nicht mehr die zweifarbige Bekleidung trug, sondern eine Robe, so weiß, dass ihr die Augen schmerzten. Es glitzerte und funkelte, als hätten sich die Sterne des Himmels darauf niedergelassen. Ella hatte ihre Entscheidung getroffen. Und mit dieser Entscheidung verschwand auch die Furcht.

KAPITEL 24

Warum das Böse bekämpfen, wo es doch in jedem von euch schlummert? Warum der Wunsch nach Licht, wo es sich doch in jedem von euch findet? Warum habt ihr Angst, anzunehmen, was ihr seid, Kinder der Sterne? Zwei Seiten einer Münze, zwei Seelen, die einander brauchen und die nicht sein können ohne die jeweils andere.

(AUS DEN CHRONIKEN DER DRACHEN)

Ella riss den Dolch in die Höhe. Die Klinge blitzte im schwindenden Tageslicht wie eine unselige Drohung und tatsächlich legte sich im selben Moment eine tiefe Stille über das Plateau. Selbst der heiße Wind schwieg für einen Augenblick. Ella betrachtete den Dolch und dabei glitten ihre Gedanken zurück in die Vergangenheit – zurück zu ihrem Mentor, der niemals das war, was sie in ihm gesehen hatte. Sie versuchte sich an alles zu erinnern, was er ihr jemals beigebracht hatte. Sie dachte an jenen Tag zurück, als Trexos sich anbot, sie in die Kunst der Jagd einzuführen. Sie erinnerte sich noch sehr genau daran, dass sie ihrem Lehrer sagte, er würde auf sie stolz sein, weil sie keine Angst hätte. Trexos hatte sie damals milde angelächelt, ihr das schwarze Haar gezaust und dann …

»Oh, mein Kind, du wirst Angst haben! Große Angst sogar, doch du wirst lernen, dich ihr zu stellen und dich nicht von ihr besiegen zu lassen.« Ganz deutlich hatte Ella diese Worte noch im Ohr und sie ahnte, dass ihr Mentor bereits damals wusste, was mit ihr geschehen würde. Er hatte stets danach getrachtet, aus ihr eine mutige und rechtschaffene Jägerin zu machen, und er hatte an sie geglaubt – immer. Mehr, als sie es selber tat.

Der Drache in ihr, das vermeintlich böse Tier, war ein Teil von ihr. Sie wollte ihn zunächst nicht annehmen, doch er gehörte ebenso zu ihr wie ihre Arme und Beine. Diese Tatsache konnte sie weder leugnen noch bekämpfen – wie sollte sie auch einen Krieg gegen sich selbst führen, den sie nicht gewinnen konnte?

Plötzlich sah Ella ihren Weg genau vor sich. Sie alle waren einem großen Irrtum aufgesessen. Nicht Verex war der Feind und auch nicht die dunkle Bruderschaft, denn auch sie gehörten zum Leben dazu. Vielleicht bekämpften die Weißdrachen ihre Brüder so sehr, weil sie in einen Spiegel sahen. Weil sie erkannten, dass auch in ihnen das Böse wohnte und jederzeit erwachen konnte. Und die schwarzmagischen Drachen? Was trieb diese an? Warum wollten sie so unbedingt die Weißen mit ihrer Finsternis verderben? Konnte es sein, dass sie sich tief im Inneren nach dem Licht und der Liebe sehnten, die sie einst besaßen und die sie für immer verloren hatten?

Ella glaubte, dass sie nahe an der Wahrheit dran war, doch

jetzt durfte sie nicht länger grübeln. Sie musste die Drachen heilen und ihnen Frieden zu geben. Und es gab nur einen Weg, dies zu tun.

Die letzten Strahlen der Sonne verschwanden hinter den schwarzen Bergen und die ersten Sterne glitzerten am Himmel. Niemand bewegte sich. Fernes Flügelrauschen kündigte die Ankunft der Weißdrachen an und jetzt wurde es langsam Zeit zu handeln, bevor die Kämpfe, die keine der beiden Seiten jemals gewinnen konnte, erneut aufflammten. Ein letztes Mal dachte sie an Tabor. An sein fröhliches Lachen, wenn er an einem sonnigen Tag mit ihr durch den Schnee getobt war. Ihr allerletzter Gedanke galt allerdings dem Mann, dem ihr Herz gehörte – Razul aus dem Geschlecht der Weißdrachen. Ihr Gefährte, den das Schicksal ihr bestimmt hatte und den sie mit aller Kraft ihres jungen Herzens liebte.

Ella spannte sich an und ließ den Dolch nach unten sausen. Im selben Moment ertönte ein irrsinniger Schrei, der bis hinauf zu den Sternen schallte und Ella das Herz zerriss. Es war Razul, der brüllte und sich plötzlich von Chandra löste, doch es war bereits zu spät.

In dem Augenblick, als der Dolch sein Ziel traf, blickte Ella hinauf in den Himmel. Der Stern des Westens stand im Zenit und strahlte so hell wie die Sonne bei Tag. Sein warmer Schimmer tröstete Ella und dann raste die Pein durch ihren Körper.

Die magische Waffe prallte auf den granitharten Felsen und zersplitterte in tausend Teile. Der Edelstein im Griff gab ein sirrendes Geräusch von sich und zerbarst in einer Explosion aus Dunkelheit und Licht. Wieder senkte sich Schweigen über das Plateau und nur die Landung der Weißdrachen war zu hören.

Razul stand noch immer unter Verex' Bann. Er wurde von

zwei Schwarzdrachen in Schach gehalten, sodass er nicht zu Ella durchdringen konnte. Der rote Drache ließ kurz von Razul ab, doch Ella wusste, dass er gleich wieder angreifen würde, um ihm den finalen Stoß zu versetzen.

»Das hast du gut gemacht, meine Braut.« Die kalte Stimme dröhnte überlaut in die Ruhe und Ella starrte ihm unverwandt in die Augen. »Der Dolch hätte dich nicht gerettet, das wusstest du. Du bist nicht nur eine Schönheit, sondern auch sehr klug.« Und dann lachte er. Böse, kalt und gemein.

»Nein!« Ella wusste nicht, woher sie in diesem Moment den Mut nahm, doch er war da, genau wie die Gewissheit, das Richtige zu tun. »Eine Waffe ist niemals die Lösung. Vergossenes Blut kann nicht verbinden, was eigentlich zusammengehört, und kein Krieg dieser Welt wird jemals Sieg bringen. Weder der einen noch der anderen Seite.« Wieder erklang das grausame Gelächter, während Ella bereits den Drachen in ihr rief und zu sich befahl.

»Du irrst, mein naives kleines Mädchen! Nur Macht, Stärke und der eiserne Wille führen zum großen Sieg. Und den kann nur einer erringen – ich!«

Ella war sich sicher, dass Verex irrte. Es würde keinen Sieger geben. Jeder Kampf endete mit Verlierern auf beiden Seiten.

Sie hörte das laute Kreischen von Razul und seinem Gegner. Ihr blieb nicht mehr viel Zeit, falls sie die beiden noch retten wollte. Ella blendete alles andere aus und verband sich mit der Bestie, die sie zunächst gefürchtet und abgelehnt hatte. Zum ersten Mal seit dem Beginn ihrer Reise hatte Ella keine Angst vor der Dunkelheit des Drachen. Sie hatte dessen Finsternis ebenso akzeptiert wie die Tatsache, dass kein Lebewesen nur gut sein konnte. Sie und das dunkle Wesen waren eins geworden in diesem Moment – wie es die ganze Zeit über ihr

Schicksal gewesen war. Für den Bruchteil einer Sekunde spürte Ella die überschäumende Liebe und Freude des Tieres und den Wunsch, gemeinsam mit ihr den Himmel zu teilen. Doch der schwerste Teil des Weges erwartete sie noch.

»Zögere nicht zu lange, schönes Kind! Dein Gefährte zerfetzt gerade seinen besten Freund. Ich denke, es würde ihn umbringen, wenn ich ihn von seiner Mordgier erlöse und er erkennt, was er angerichtet hat!«

Nein, Ella würde nicht länger zögern. Die Zeit war reif für Veränderungen. Sie gab dem Drachen in sich den deutlichen Befehl, Razul nicht weiter neben sich zu dulden. Das Tier wand sich in Qualen, wollte ihr nicht folgen, doch Ella nutzte ihre ganze Kraft, um zu bekommen, was sie verlangte. Als ihr Drache schließlich die Krallen in das Fleisch seines Gefährten senkte und diesen vor sich hertrieb, schrie Ella auf und Tränen schossen aus ihren Augen. Der Riss in ihrem Herzen wurde immer größer. Ella spürte sofort die lähmende Schwäche und die Kälte, die ihren Körper schüttelten. Ihr Drache wehrte sie gegen ihren Befehl, doch sie ließ ihm keine Wahl. Immer wieder drängte sie ihn dazu, Razul anzugreifen und ihn zu vertreiben. Sie trennte die beiden Drachen, die sich bereits aneinander gebunden hatten.

Chandra hatte kurz von Razul abgelassen. Der rote Drache war merklich schwächer geworden und brauchte Zeit, um seine Kräfte zu bündeln. Jetzt war der Zeitpunkt gekommen, den Kampf für sich zu entscheiden – den Widersacher zu vernichten. Razul schlich auf Chandra zu, sammelte bereits das eisige Feuer in seinem Inneren, als …

Eine Lichtblitz raste über die Gebirgskette und Razul spürte eine heftige Erschütterung seiner eigenen Magie – es war pure Macht, die seinen Körper flutete. Er erwachte wie aus einer Trance, als Ella den Dolch zerschmetterte. Die Waffe seiner Ahnen, die Klinge, in die das Herzblut seiner Drachenfamilie geflossen war – sie war auf immer zerstört. Doch gerade das gab ihm die Kraft, einen Teil seiner selbst wiederzugewinnen. Ella! Es war Ellas Anwesenheit, welche die Macht der Dunklen so weit zurückdrängte, dass er wieder klarer denken konnte. Sein Herz jubelte vor Freude, als er sie unversehrt auf dem Plateau stehen sah. Er erblickte nicht den Drachen, sondern eine kleine, windumtoste Gestalt, deren strahlendes Kleid das Licht der Sterne einzufangen schien. Es wehte wie ein Schleier um ihr einsames Wesen und ihr schwarzes Haar bildete einen wundervollen Kontrast zu dem leuchtenden Weiß. Und zum ersten Mal sah er Verex in seiner menschlichen Gestalt. Noch nie hatte der uralte Drache sich so gezeigt, sich so verletzlich gemacht. Doch Ella besaß keine Waffe. Zumindest konnte Razul keine an ihr ausmachen.

In diesem Moment hieb Chandra ihm schmerzhaft seine Krallen in die Flanken und Razul warf sich herum. Der Gegner hatte den Moment seiner Unachtsamkeit genutzt, um sich auf ihn zu stürzen. Zornig fauchte Razul den roten Drachen an und warf sich auf ihn. Rote Pünktchen tanzten vor seinen Augen, als Verex' Magie erneut nach ihm griff. Der Anführer der Dunklen ließ ihn nicht aus seinen Klauen, aber gleichzeitig spürte Razul, dass seine Macht nicht mehr so stark auf ihn einwirkte wie vor wenigen Augenblicken. Dafür ließ der rote Drache ihm keine Gelegenheit mehr, sich auf etwas anderes zu konzentrieren.

Gerade als seine Zähne sich in Chandras Kehle bohrten, als er bereits das Blut seines Angreifers auf der Zunge schmeckte, raste ein so wahnsinniger Schmerz durch sein Herz, dass er gequält aufbrüllte. Ein weiteres Mal rissen flammende Klauen an seinem Inneren – an einer Stelle, die Verex keinesfalls erreichen konnte. Und dann war da plötzlich nur noch eine gähnende Leere, groß und allumfassend. Hatte er gerade noch Ellas Drachen in seinem Inneren gespürt, so war dort jetzt nichts mehr. Die innige Bindung der beiden Tiere vollkommen verschwunden und aufgehoben. Die abrupte Einsamkeit wollte ihn verschlingen und Razul drohte, in einen Abgrund zu stürzen, der so tief war, wie er noch keinen gesehen hatte. Sein Licht, seine Liebe – sie waren verschwunden. All das, was ihn zum Teil noch gehalten hatte, nicht mehr vorhanden.

Als er sich herumwarf, sah er, wie Ella langsam auf Verex zuging, während das Leuchten um ihre Gestalt immer stärker wurde. Er sah allerdings auch ihr schmerzerfülltes Gesicht und dass jeder Schritt sie gewaltige Anstrengung kostete. Ihre Wangen waren so bleich wie der Mond, der im Strahlen der Sterne kaum noch zu erkennen war.

In diesem Augenblick brüllte nicht nur die Bestie in ihm, sondern auch der Mann. Die Frau, die er über alles liebte, würde sich der Dunkelheit opfern, um sie mit ihrem Glanz zu erhellen. Sie würde sich Verex ergeben, um das Böse in ihm mit Gutem zu füllen, und dabei würde sie selber zugrunde gehen.

Jetzt stand sie dicht vor Razuls ärgstem Feind. Razul verspürte plötzlich den Drang, diesen zu zerfetzen. Er wusste, dass Ella jetzt nur noch eins vor dem sicheren Tod bewahren konnte. Bevor sie sich Verex öffnete, musste er ganz in ihrem Herzen sein. Musste das Liebste, was er besaß, vor der dunklen

Macht schützen, die sie unweigerlich ergreifen würde, wenn sie den Dunklen in ihr Inneres ließ.

Noch nie hatte es jemand geschafft, sich gegen den Bann der Finsteren zu behaupten. Ihm selbst war die Flucht nur gelungen, weil sein Wärter unachtsam gewesen war. Das würde kein zweites Mal passieren und trotzdem fühlte Razul, dass sich gerade etwas grundlegend veränderte. Das finstere Netz, das Verex um sein Herz gelegt hatte, begann einzureißen. Es wurde immer dünner, so als ob der Mächtigste unter den Drachen nicht mehr die Kraft besaß, ihn zu halten. So, als ob Razul endlich genug Magie gesammelt hatte, um sich endgültig zu befreien.

Chandra wand sich in seinem Griff und plötzlich wurde Razul klar, was er dem Drachen unter seinen Klauen antat. Er musste zwar sein Leben verteidigen, doch dazu brauchte er Chandra nicht zu töten. Razul zuckte so heftig zurück, löste so abrupt seine Fänge aus der Kehle des roten Drachen, dass er mehrere Meter nach hinten taumelte.

Und dann waren auf einmal seine Brüder da. Danjar und all die Weißdrachen, die seit vielen Hundert Jahren vergeblich versucht hatten, den Krieg gegen die Dunkelheit zu gewinnen. Doch keiner seiner Freunde machte Anstalten, Ella zu helfen oder einzugreifen. Und das war der Moment, in dem Razuls Herz zu glühen begann. Immer heißer wurde es in seiner Brust, immer heller und gleißender das Licht in seinem Inneren … Razul begann zu schreien und dann setzte die Verwandlung ein.

Ella stand jetzt direkt vor Verex und schaute in dessen kalte Augen. Dort war kein Licht, keine Liebe und auch keine Hoffnung. Dort gab es nur den Abgrund, die Finsternis und die Furcht. Das war es, was das Böse auszeichnete. Es war die Angst. Angst, sich zu verlieren, Angst, keine Macht zu haben, und Angst vor dem Unbekannten, das hinter der Schwelle des Todes wartete. Jetzt begriff Ella, warum Trexos ihr immer wieder eingeschärft hatte, dass Angst tötete. Dass die Furcht alles zum Erliegen brachte. Ella spürte nun kein Entsetzen mehr, nur eine friedliche Gelassenheit.

Seit sie ihren Drachengefährten aus ihrem Herzen verbannt hatte, fühlte es sich an, als würden sich glühende Glassplitter durch ihr Inneres wühlen.

»Du bist also tatsächlich gekommen, Drachenmädchen! Ich hatte nicht gedacht, dass es am Ende so einfach sein würde, dich in meine Hände zu bekommen. Es war eine weise Entscheidung, den Dolch zu zerstören, statt ihn gegen dich selbst zu richten.«

Verex hatte nicht die geringste Ahnung, wie groß die Qualen waren, die Ella litt. Nur ihrem eisernen Willen war es zu verdanken, dass sie noch aufrecht stehen konnte. Doch Verex nächste Worte drohten Ella in die Knie zu zwingen.

»Hast du tatsächlich geglaubt, ich wüsste nicht, was du planst? Dass du vorhattest, deinem Leben ein Ende zu setzen? Dein Opfer wäre umsonst gewesen, denn es hätte nichts geändert.« Ella hörte die Worte kaum noch, denn sie brauchte ihre gesamte Kraft, um nicht zu Boden zu sinken. Der heiße Wind streichelte ihre Gestalt, doch er brachte keine Linderung, sondern nur noch mehr verzehrende Glut. Das Feuer, das der Drache in ihrem Inneren entfachte, weil er sich nach dem Gefährten sehnte, drohte sie zu verbrennen.

»Jetzt! Jetzt wirst du mein sein und dein Schicksal an meiner Seite erfüllen. Gleich wirst du merken, dass die Macht der Dunkelheit viel größer ist, als du es dir jemals hast träumen lassen«, schnarrte die kalte Stimme.

»Du willst mein Herz besitzen, Schattendrache? Ich bezweifele, dass es dir gelingen wird, es für dich zu gewinnen!« Ohne darüber nachzudenken, hatte Ella Verex einen Namen gegeben. Der Finstere sah sie erstaunt an.

»Seit unzähligen Jahren hat niemand mich mehr so genannt. Nicht seit dem Tag, als ich …« Ella beobachtete mit einem Brennen in den Augen, wie Verex sich schüttelte, seine große Gestalt sich dann jedoch straffte. »Willst du mich herausfordern, Jungdrache? Dann lass dir gesagt sein, dass das übel für dich enden könnte. Für dich und den Jungen, der sich ebenso in meiner Hand befindet wie der schwache Weißdrache namens Razul«, höhnte Verex und seine Augen begannen zu glühen. »Komm näher!« Ella tat noch zwei Schritte und stand jetzt so dicht vor dem Drachenwandler, dass sein Atem über ihr Gesicht fächerte. Für eine Sekunde hatte sie gedacht, dass seine Nähe sie endgültig zu Boden schicken würde, doch sie stellte erstaunt fest, dass dem nicht so war. Zaghaft hob sie ihre Hände und legte sie an Verex' Wangen. Dieser zuckte so heftig zusammen, dass Ella wusste: Seit Hunderten von Jahren hatte dieser Drache keine Berührung mehr zugelassen. Seit einer unendlich langen Zeit hatte er in der eigens gewählten Dunkelheit gehockt und kein Licht mehr gesehen. Tränen liefen ihr über die Wangen. Ella spürte sein Verlangen, in ihr Herz vorzudringen, und ganz langsam öffnete sie sich für ihn. Ella hörte Razuls wilden Schrei und dann geschah alles gleichzeitig.

Ella fühlte, wie der Dunkle ihr Herz erreichte, in dem das Licht heller brannte als die Sonne und heißer als Drachenfeuer.

Verex erstarrte und sah sie an, als würde er zum ersten Mal seit vielen, vielen Jahren aus einem Traum erwachen. Seine grauen Augen strahlten plötzlich und zeigten genau das Licht, das früher wohl einmal in ihm gewesen war. Er wirkte so erstaunt wie Ellas kleiner Bruder Erek, wenn er ein neues Wunder für sich entdeckte. Die Stille, die Ella und Verex umgab, breitete sich immer weiter aus. Sie beide schienen nicht mehr in Illestia zu sein, sondern an einem ganz anderen Ort, an den keiner ihnen folgen konnte. Ihre Körper weilten noch auf dem windumtosten Plateau, doch die Umgebung schien sich aufzulösen, um einer anderen Wirklichkeit Platz zu machen.

Ella wusste, dass sie einen Blick in Verex' Vergangenheit warf. Sie spürte die Strahlen einer warmen Sonne, saftiges Gras unter ihren Füßen und dort, wo gerade noch karger, heißer Fels gewesen war, blühten Tausende Blumen – davon eine schöner als die andere. Ein Meer von Farben umgab sie und ein leichter Wind ließ die üppige Pracht tanzen. In der Ferne ragte ein großes Schloss in den Himmel und bunte Fahnen flatterten auf den Zinnen, doch Verex und sie waren die einzigen Lebewesen an diesem Ort der Stille.

»Die Burg von Illestia?«, flüsterte der Dunkle ehrfurchtsvoll. »Dieses Schloss habe ich einst mit meinen eigenen Händen errichtet!« Er krümmte sich, doch Ella ließ ihn nicht los. Inzwischen hatte der Schmerz in ihrem Herzen eine Dimension angenommen, dass sie glaubte, es würde ihr aus der Brust gerissen. Lange würde sie nicht mehr durchhalten. *Nur noch ein bisschen,* beruhigte sie sich – bald schon würde sie erlöst werden und dann erwartete sie die Ewigkeit.

Verex sah sie nach wie vor erstaunt an und allmählich wurde sein Blick wärmer. Er streichelte ihre Haut und plötzlich spürte Ella den wilden Schmerz nicht mehr. Ob das ein gutes oder doch eher ein schlechtes Zeichen war, das konnte sie nicht sagen, aber für einen ganz kurzen Moment war sie in der Lage aufzuatmen.

»Warum tust du das?« Der Wandler sah ihr unverwandt in die Augen und ließ ihren Blick nicht mehr los.

»Weil nicht nur Dunkelheit in deinem Inneren ist, genauso wenig wie in mir nur Licht. Weil du nur vergessen hast, wie es sich anfühlt, wenn man im Gleichgewicht ist.«

Plötzlich hob Verex den Kopf und schien zu lauschen. So als ob er etwas hörte, das nur für ihn bestimmt war. Suchend ließ er seine Augen über die Wiese und das Schloss gleiten und dann entdeckte Ella ein junges Mädchen, das über die Wiese lief. Ihre langen rotgoldenen Locken flatterten im Wind und ihr grünes, juwelenbesetztes Kleid verschmolz mit dem wogenden Gras. Sie schien nicht wirklich zu sein. Eher schemenhaft, so wie ihre Umgebung, doch auch Verex starrte der Erscheinung nach und jetzt entdeckte Ella eine Träne, die aus seinen Augen rann.

»Niamh ... meine wunderschöne Niamh«, hörte sie ihn andächtig flüstern und sie ahnte, dass sein Weg noch nicht beendet war.

Noch immer ließ Ella ihr Licht leuchten, doch langsam wurde es schwächer. Sie hatte sich Razul aus dem Herzen gerissen, um den Weg für Verex frei zu machen, doch dafür litt sie jetzt Höllenqualen, und bestimmt erging es Razul genauso. Sollte das der Preis sein, um das Gleichgewicht wiederherzustellen, so war er unsagbar hoch. Nach und nach verblasste das wunderschöne Land und mit ihm die junge Frau, die wartend auf einer Anhöhe stand und nach Verex rief. Ganz deutlich hörte Ella das Wort »Schattendrache«.

Ihre Hände rutschten langsam von seinen Wangen und Ella

schaffte es jetzt nicht mehr, sich auf den Beinen zu halten. Ihr Licht war fast erloschen – nur noch ein winziger Funke glimmte in ihrem Inneren und sie sank auf die staubige, verbrannte Erde – zu schwach, um weiter gegen die Einsamkeit in ihrem Herzen anzukämpfen.

KAPITEL 25

Die Geschichten, aus denen Legenden werden,
sind nicht in Blut geschrieben, sondern Worte
voller Liebe und Glauben.
Die Legende von Illestia, die vom Mut
einer jungen Frau erzählt
und von ihrem Licht, das heller strahlte als der
Stern des Westens.

(AUS DEN CHRONIKEN DER DRACHEN)

Razul verwandelte sich so schnell in einen Menschen, dass es ihn einen Moment schwindelte. Es war ihm vollkommen egal, ob einer der Drachen ihn angriff – er wollte nur noch zu Ella. Als sie ihn aus seinem Herzen verbannte, als sie die Verbindung der beiden Drachen zerstörte, da hatte Razul bereits geahnt, was sie vorhatte. Doch er wusste auch, dass es sie zerreißen würde. Niemals würde sie es mit der Finsternis in Verex' Seele aufnehmen können und niemals würde sie es allein schaffen, sich aus der Dunkelheit wieder zu lösen. Sie würde hoffnungslos darin untergehen und den Weg zurück ins Licht nicht mehr finden – nicht ohne ihren Gefährten an der Seite zu haben. Und das war er.

Razul stolperte vorwärts. Das Leuchten um die beiden Gestalten wurde immer heller und schließlich wurden sie so durchscheinend, dass Razul seine Gefährtin nicht mehr sehen konnte. Im selben Augenblick änderte sich auch die Atmosphäre um ihn herum. Die Luft wurde klarer, stank nicht mehr nach Verwesung und Tod, und der Fels unter seinen Füßen fühlte sich plötzlich an, als ob dort …

Razul warf einen schnellen Blick nach unten, während er weiterrannte, und tatsächlich erblickte er zartes Grün. Die Spitzen von Gras und von … Razul traute seinen Augen nicht. Triebe der Steppenrose schoben sich aus dem kargen Felsen! Eigentlich gedieh diese Pflanze nur in gesundem Erdreich und Illestia war durch und durch verseucht. Voll von Gift, das die dunkle Bruderschaft in vielen Hundert Jahren hinterlassen hatte.

Razul bemerkte den warmen Schimmer, der sich über dem Boden auszudehnen schien und immer weiter wanderte. Wie Adern aus purem Licht zogen sich die Strahlen durch die Erde und jetzt konnte er das Grün noch deutlicher sehen. Das Leben kehrte nach Illestia zurück – in ein Land, das eigentlich so tot wie der karge Fels war, über den er gerade hastete. Razuls Gedanken überschlugen sich. Was hatte er übersehen?

Verbissen schaute er nach vorne. Er musste nur an drei weiteren Schwarzdrachen vorbei, um zu Ella zu gelangen. Blitzschnell schlug er einen Haken. Razul wollte unter den zuschnappenden Klauen des ersten Drachen hindurchrutschen, doch er hatte sich verschätzt. Der Schwanz des Drachen fuhr peitschend durch die Luft. Razul sah die mörderische Waffe auf sich zurasen und kniff die Augen zu. Doch der tödliche Schlag blieb aus und Razul riss irritiert die Lider auf.

Der schwarze Drache, der gerade noch in tödlicher Absicht seinen Schwanz als Waffe gegen ihn einsetzen wollte, begann von innen heraus in einem goldenen Licht zu glühen. Zuerst im Bereich der Brust, wo sein finsteres Herz zu finden war. Von dort breitete sich der warme Schein immer weiter aus, erfasste den Leib und den Kopf. Dabei riss der Drache sein gigantisches Maul auf, um seine Magie zu entlassen.

Razul stoppte abrupt. Wusste er doch, dass die giftige Magie der Schwarzdrachen alles Leben vernichtete. Doch kein dunkler Flammenstrahl verließ das Maul seines Gegners. Keine tödliche Wolke und auch kein Verderben, so wie Razul es gewohnt war. Stattdessen drangen aus dem gigantischen Rachen des Tieres winzige, glitzernde Partikel, die allesamt leuchteten wie kleine Sterne – und sie stiegen auf in den Himmel. Vor Razuls Augen begann der Drache sich aufzulösen und dabei tanzten immer mehr dieser goldenen Lichter in der Luft, bis der schwarze Drache so aussah, als wäre er nur noch ein sternenfunkelnder Schatten.

Razul warf einen erschrockenen Blick nach hinten, doch dort bot sich ihm das gleiche Bild. Die Mitglieder der dunklen Bruderschaft lösten sich auf, wurden zu goldenen Schemen, die das ganze Plateau erhellten. Über alldem strahlte der Stern des Westens und jetzt wurde Razul endlich klar, warum er keine Probleme hatte, seine menschliche Gestalt zu halten, und warum sein Drache nicht mit Gewalt die Freisetzung forderte. Diese Nacht war eine besondere – eine magische Nacht, doch ob sie gut enden würde, das wussten alleine die Götter und zu denen betete Razul gerade zum ersten Mal in seinem Leben.

Während Verex mit dem Herzen der jungen Frau verbunden war, hatte ihn ein Schlag getroffen. Bereits vorher war ihm bewusst gewesen, wie besonders dieser weibliche Drache war. Doch erst als er sie zu der Seinen machen wollte, sah er, dass sie ganz anders war, als er es erwartet hatte.

Er hatte damit gerechnet, in ihr die gleiche Finsternis vorzufinden, die auch ihn selbst umtrieb – aber das war nicht der Fall. Zuerst war es nur ein sanftes Schimmern, das ihn umgab, doch nachdem er ganz von ihrem Herzen Besitz ergriffen hatte, war es Helligkeit, die ihn erwartete. Ein leuchtendes Strahlen, wie er es nicht einmal bei den Weißen erlebt hatte, aber auch eine so tiefe Dunkelheit, dass er unwillkürlich zurückzuckte. Ehe er überhaupt reagieren konnte, riss ihn das strahlende Licht mit sich und er konnte sich nicht dagegen zur Wehr setzen. Das Drachenmädchen flutete ihn mit Wärme und zum ersten Mal in den verflucht langen Jahren, in denen er nur Dunkelheit gekannt hatte, erblickte er wieder den Glanz der Sterne. Und zum ersten Mal seit langer, langer Zeit hörte er sein eigenes Herz in der Brust schlagen. Erst recht, als er plötzlich die Burg sah, die wunderschönen Blumen und … Niamh. Seine Niamh! Das Mädchen, das ihm so vorbehaltlos vertraut und das er so schmählich verraten hatte. Die junge Frau, die sein Herz erobert hatte, aber seinen Verstand und seine Ängste nicht beruhigen konnte.

Er erinnerte sich daran, wie warm und weich ihr Körper gewesen war, wie sie sich voller Glück in seine Arme geschmiegt hatte. Er sah ihr Lächeln und ihre vollen Lippen, doch er wusste, dass er sie auf immer verloren hatte. Sie war in einer anderen, einer besseren Welt, in der es keinen Schmerz und keine Angst gab, und Verex verzehrte sich plötzlich vor Sehnsucht nach ihren Armen. Bis zu diesem Moment hatte er nicht gewusst, wie sich Trauer anfühlte, und der rasende Schmerz über den selbst verschuldeten Verlust holte ihn plötzlich ein.

Die Schemen aus seiner Vergangenheit lösten sich langsam auf. Auch der goldene Schein hatte nun an Kraft verloren, und erst jetzt wurde Verex bewusst, wer ihm das alles schenkte. Er flog herum, während sein Blick den einzigen weiblichen Drachen suchte, und dann erschrak er zutiefst.

Die junge Frau lag auf dem Boden, während rund um sie herum Steppenrosen in den leuchtendsten Farben blühten. Sie selbst, ihre Haut, war so weiß wie das fließende Gewand, das sie trug. In ihr schien kaum noch Leben zu sein. Vermutlich hatte sie all ihre Magie, jeden noch so kleinen Funken ihrer Kraft verbraucht, um seine Finsternis mit Licht zu füllen. Um das Gleichgewicht in seinem Inneren wiederherzustellen. Dabei hatte sie sich bis zum Letzten hingegeben – ihre gesamte Lebensenergie hatte sie ihm geschenkt, in dem Bewusstsein, dass es sie töten, sie zerreißen würde. Wieso hatte sie das nur getan?

»Weil ich liebe, Verex! Weil ich Razul liebe, meinen Bruder und all die Menschen, die nicht immer richtig handeln, aber dennoch einen Platz in meinem Herzen haben. Ich liebe die Ebenen von Maphradun, auch wenn das Leben dort hart und beschwerlich ist. Ich liebe den Himmel und die Sonnenstrahlen, den Wind und die Sterne. Und ich weiß, dass ich all das wiedersehen werde … in einem anderen Leben!« Verex hörte ihre Stimme klar und deutlich in seinem Inneren. Nur wenige Drachen schafften es, untereinander auf diese Weise zu kom-

munizieren. Dieses Mädchen war einer davon. *»Deine Angst hat dich gefressen, Herrscher von Illestia. Sie hat dein Land verdorren lassen und deine Liebe getötet, doch wenn wir unser Leben von Furcht bestimmen lassen, ist es keines mehr. Dann vertrocknen wir ebenso wie die Erde unter unseren Füßen. Angst tötet … weil sie Besitz von uns ergreift und unser Handeln bestimmt. Vergiss das nie, Schattendrache!«*

Er starrte sie an und ihm wurde bewusst, dass es so nicht enden durfte.

»Wie ist dein Name, Kind von Maphradun?« Selbst seine Stimme hatte sich verändert. War weicher und wärmer geworden und ähnelte wieder derjenigen, die er einst besessen hatte.

»Mein Name ist Ellianne …«

Plötzlich wusste Verex, was er zu tun hatte. Wie er all die schlimmen Dinge, die er begangen hatte, sühnen konnte. Er hatte nicht wirklich gelebt, doch jetzt würde er damit beginnen. Auch wenn ihm nicht mehr viel Zeit dafür blieb.

Für den Bruchteil einer Sekunde legte er seinen Kopf in den Nacken und sein Blick suchte den Stern des Westens.

»Ellianne! Das ist ein schöner, ein starker Name und einst wird man die Geschichte deines Lebens erzählen. Sie wird Einzug halten in die Chroniken der Drachen und es werden Legenden sein, die sich um deinen Namen ranken. Doch noch ist es nicht so weit, denn deine Reise ist noch nicht zu Ende.« Verex kniete sich neben das Mädchen und sah ihr in die Augen. Die Schleier drohten sich bereits über sie zu senken, doch das würde er nicht zulassen. In seinem Leben hatte er viel Unrecht begangen. Dieses letzte wollte er nicht auch noch auf seine Schultern laden. Er wollte nicht auch noch für Elliannes Tod verantwortlich sein – nicht, wenn er es verhindern konnte.

»Du hast mir gezeigt, was Mut ist, und ich zeige dir jetzt, was Magie alles bewirken kann.« Verex schloss die Augen und ein letztes Mal rief er nach Razul – nach dem Drachen, dessen Herz er einst gefangen nahm. Man hatte Razul vorhergesagt, dass er ihn, den Anführer der dunklen Bruderschaft, vernichten würde – doch die Wahrheit hinter dieser Prophezeiung war anders, als er erwartet hatte.

Razul durfte keine Zeit verlieren. Die schwarze Bruderschaft löste sich auf und er ahnte, dass sie alle die Reise zu den Sternen antraten. Wie das möglich war, konnte er nur raten, aber er wusste mit Bestimmtheit, dass Ella ihn brauchte. Dass sie dabei war, ihre gesamte Kraft und ihre Magie hinzugeben. Sie hatte die beiden sich liebenden Drachen voneinander getrennt, doch in dem Augenblick, in dem er selbst Verex' schwarze Ketten sprengte, war sie wieder in seinem Herzen gewesen. Er spürte sie mit jeder Faser, jetzt jedoch dort, wo sie von Anfang an hätte sein sollen. Von einer Sekunde auf die andere war sie einfach da, doch sie war sehr schwach und Razul merkte genau, dass noch eine andere Macht die Hand im Spiel hatte – eine, die deutlich stärker war, als er es wahrscheinlich jemals sein würde. Der Schock traf ihn einen Wimpernschlag später, als er Ella sehen konnte … und die Gestalt, die neben ihr auf dem Boden kniete. Flammen züngelten aus dem Boden und warfen bizarre Schatten auf die Szene. Es war Verex, der seine Gefährtin hielt, doch er war es auch wieder nicht. Dieser Mann, dessen Blick voller Bewunderung und Ehrfurcht auf Ella lag, hatte nichts mehr mit der Bestie gemein, die Razul kannte … nichts mit der Dunkelheit, die ihn vor wenigen Minuten noch beherrscht hatte. Offenbar stand er zum ersten Mal dem Wandler gegenüber, der Verex einst gewesen war.

Razuls Drache brüllte verzweifelt. Er wollte zu seiner Gefährtin, doch konnte Razul es wagen, ihn loszulassen – ihn nach dem Drachen in ihr suchen zu lassen?

»Wage es! Nur das kann sie und dich retten! Da, wo ich versagt habe, müsst ihr beide einen neuen Weg beschreiten. Einen voller Liebe, Glauben und Mut. Sie ist anders und du bist es auch. Noch nie hat sich Drache an Drache gebunden, doch ihr habt dieses Wunder vollbracht!«

Razul hörte die warme Stimme in seinem Inneren und suchte überrascht den Blick des Mannes, der bis vor Kurzem noch sein Todfeind gewesen war.

»Ein Stück weit habe ich zurückgegeben, was ich nahm, doch jetzt ist die Zeit gekommen, dass ich diese Welt verlasse und in eine andere wechsele. Vielleicht erwartet mich dort ein ebenso großes Glück, wie es euch in dieser beschieden ist. Vielleicht erwartet mich aber auch das Nichts – wer weiß das schon. Doch dafür, dass deine Gefährtin mir zeigte, wie wahrer Mut aussieht, dafür allein muss sie leben! Sie ist der Beginn einer neuen Ära, in der der Tod keine Rolle mehr spielen wird, und ich wünschte mir, ich könnte sie noch erleben … doch meine Zeit ist um.«

Auch Verex leuchtete jetzt immer heller und schimmernde Lichter lösten sich von seinem Körper, doch in seinem Fall waren es nicht die goldenen Lichter, die er bereits bei den anderen Drachen der Bruderschaft gesehen hatte. Es war ein so heller Glanz, dass Razul sogleich wusste, er wurde in das Strahlen getaucht, das aus Ellas Herzen stammte. Die Macht, die sie einfach fortgegeben hatte, um das Drachenvolk und all jene zu schützen, die sie liebte.

»Lass deinen Drachen fliegen, Razul! Er wird seine Gefährtin finden. Er wird sie liebevoll in die Arme schließen und vollenden, was ich euch beiden geben konnte! Es ist nur wenig, da ihr euren Weg selber finden müsst, aber die Minuten, die ich dir erkauft habe, sollten reichen.« Verex' Stimme wurde immer leiser, aber dass Razul keine Wahl haben würde, verstand er, auch ohne dass der mächtige Drache es ihm sagen musste. Die Flammen rund um Ella loderten immer heller und die Liebe ergriff Razuls ganzes Herz – auch den Drachen, der in diesem Moment seine Flügel ausbreitete.

Ella hatte keine Angst – im Gegenteil. Sie fühlte sich seltsam warm und geborgen. Wenn das der Tod war, dann war er wundervoll. In den letzten Sekunden spürte sie Razul wieder in ihrem Herzen. Spürte seine Liebe, seine Nähe und seine Stärke, aber auch die Furcht, sie zu verlieren. Am liebsten hätte sie ihm zugerufen, dass er keine Angst zu haben brauchte. Dass sie sich schon bald wiedersehen würden, doch dafür war sie einfach zu schwach.

Die Flammen, die Verex erschaffen hatte und deren Zweck Ella ebenso fremd war wie diese Welt, hielten sie zwar am Leben, aber auch sie wurden schwächer. Ihr Drache hatte sich in den hintersten Winkel ihres Herzens zurückgezogen und da hockte er jetzt und gab nur noch ein leises, schmerzerfülltes Wimmern von sich. Das Tier trauerte und Ella mit ihm. Immer wieder versuchte sie die Bestie zu trösten, ihr Mut zuzureden, doch der Drache war am Ende seiner Kräfte, genau wie Ellas Körper. Das Biest sehnte sich so schmerzlich nach der Nähe des Gefährten wie sie selbst auch, und als endlich Razuls Hände ihren Körper sanft anhoben, da wusste Ella: Jetzt war sie nicht mehr allein. Razul würde sie auf ihrem letzten Weg begleiten. Sie musste diese Welt nicht verlassen, ohne noch einmal seine Nähe gespürt zu haben.

»Halt durch, Ellianne! Nur noch ein bisschen! Warte auf mich«, flüsterte er nah an ihrem Ohr und Ella hörte nur noch die Stimme, ohne den Sinn hinter seinen Worten wirklich zu begreifen. Die geliebte Stimme, die sie zu den Sternen tragen würde und darüber hinaus. Ella hob den Blick in den Himmel. Der Stern des Westens leuchtete noch immer überirdisch. Noch einmal suchte sie den Drachen in ihrem Inneren, doch seltsamerweise wirkte er auf einmal gar nicht mehr so schmerzerfüllt und kraftlos, sondern öffnete gerade seine Flügel, so als wollte er …

Ella blickte weiter in den Himmel und auf den Stern, der sie warm und weich anfunkelte und dessen Licht sie plötzlich zu stärken schien. Und dann sah sie es …

Zwei spielende Drachen am Himmel, einen weißen und einen schwarzen. Sie wanden sich umeinander, neckten sich und vollführten die tollkühnsten Flugmanöver. Durchscheinend und zart wirkten sie und doch so lebendig, dass Ella die Tränen kamen. Sie fühlte geradezu, wie sie auf starken Schwingen über den Himmel glitt und wie Razul ihr immer wieder nahe war, um sie zu beschützen. Nur ein einziges Mal wäre Ella gerne an seiner Seite geflogen, so wie diese beiden Wesen gerade miteinander spielten. Die Sehnsucht nach dieser wilden

Freiheit wurde immer größer, und je mehr sie wuchs, desto kräftiger fühlte Ella sich.

Razul hob ihren Körper vorsichtig an und jetzt schaffte Ella es, aus eigener Kraft ihren Kopf zu heben, um den beiden Drachenwesen weiter bei ihrem wilden Treiben zuzusehen.

»Lass den Drachen wieder in dein Herz, Geliebte, denn dort gehört er hin.« Razuls Stimme zog an ihr, verstärkte die Sehnsucht in ihrem Herzen. »Sie dürfen ebenso wenig getrennt sein, wie wir es sind. Es ist neu, es ist aufregend, und was auch kommen mag – wir stellen uns dem gemeinsam. Die beiden Drachen und wir!«

Im selben Augenblick spürte Ella, wie ihr Herz sich öffnete und glühende Liebe empfing …

Es dauerte nur Sekunden, bis Razuls Tier sich zu ihrer Bestie gesellte. Nur einen Wimpernschlag, bis eine unbändige Macht sie flutete. Die beiden Tiere brüllten ihren Triumph in den Himmel hinein, während Ella Razuls Lippen auf ihren spürte. Einen Kuss voller Liebe, voller Leben und voller Hingabe.

»Du bist mein Leben, mein Stern und die eine, der mein ganzes Herz gehört. Wohin du auch gehst, ich werde dir folgen. Egal wie weit und steinig der Weg ist, an seinem Ende wirst immer du es sein, die mich erwartet.« Razul strich ihr die Haare aus dem Gesicht und sah sie voller Verlangen an.

»Du bist mein Hüter, der eine, der meinem Leben einen Sinn gegeben hat. Der Drache, der meinen gefangen nimmt, um ihn nicht mehr gehen zu lassen. Du bist meine Liebe, und wie lang unser Leben auch sein wird – daran wird sich nichts ändern.«

Ella schaute ihm in die strahlenden Augen und glaubte, nie etwas Schöneres gesehen zu haben. Sie bekam nur am Rande mit, dass die Weißdrachen sie umringten und ein Lied anstimmten – mitten unter ihnen Tabor, der von Danjar getragen wurde. Es war das Lied, das später zur Legende werden sollte. Zur Legende von Illestia.

EPILOG

*Höret von der Kunde aus fernen Landen!
Von einem Menschenkind, das den Weg der Drachen ging. Von einer Maid, die mutig und tapfer ward und den Krieg gegen die Dunkelheit beendete. Nicht mit Pfeil und Bogen, nicht mit Schwert oder Axt, sondern allein durch die Liebe wurde geheilt, was einst zerbrochen.
Nicht durch Feuer und der Magie Macht wurde Finsternis in Licht gewandelt, sondern durch den Glauben an sich selbst.
Höret ihren Namen, Kinder der Sterne: Es war Ellianne von Illestia, die uns den Frieden brachte und einen neuen Weg beschritt. Ellianne aus dem Hause Razuls, der seine Gefährtin mit seinem Leben beschützt und mit seiner Liebe umgibt.*

(AUS DEM HOHEN LIED DER DRACHEN)

Seit der Nacht der Wandlung war ein Jahr vergangen. Ein Jahr voller Glück und Liebe für Ella und ihren Wandler. Noch immer hatte sie sich nicht daran gewöhnt, ebenfalls zu diesen machtvollen Wesen zu gehören, und jetzt, wo die Geburt ihres ersten Kindes nahte, wurde sie manchmal unruhig. Ihr Leib war rund geworden und sie behäbig. In den letzten Tagen war ihr das Fliegen sichtlich schwerergefallen und ihr überbesorgter Gatte hatte nach dem letzten Versuch beschlossen, dass es jetzt genug sei und sie sich schonen müsse, bis ihr Kind geboren war.

Unruhig lief Ella in ihrem Turmzimmer auf und ab, doch auch das trug nicht dazu bei, dass sie sich wohler fühlte. In der kommenden Nacht war der Kreis vollendet und wieder würde der Stern des Westens die Dunkelheit erleuchten. Ella ahnte, dass ihre kleine Tochter genau in dem Moment das Licht der Welt erblicken würde, wenn der Stern am hellsten strahlte. Dass es ein Mädchen sein würde, wusste sie bereits seit vielen, vielen Wochen. Seit dem Moment, als der winzige Funke Leben in ihrem Körper begann, sich zu regen. Ella glaubte sogar schon zu wissen, wie der Drache aussehen würde. Samira war silbrig – so leuchtend hell, dass sie selbst ihren wundervollen Vater in den Schatten stellen würde.

Ella trat an das große Fenster und ließ ihre Blicke über Maphradun schweifen. Über den Feuerwald, dessen hell lodernde Baumkronen alles in den Schatten stellten, was sie auf ihrer wundersamen Reise gesehen hatte. Über die Blütenpracht, die die Ebene bedeckte, und die große Herde Feyantiere, die friedlich im Schatten des Schlosses grasten. Es war warm geworden und der ewige Winter gehörte der Vergangenheit an, doch noch immer dachte Ella an den Schnee und die Kälte zurück. An die bitteren Tage voller Hunger und Entbehrungen.

Plötzlich spürte sie Razuls Hände, die sich warm auf ihre

Schultern legten. Anscheinend konnte er ihre dunklen Gedanken lesen. Sogleich zog er sie in seine warmen Arme.

»Was es auch ist, Ella, vertreibe die trüben Gedanken, sie haben keinen Platz mehr in unserem Leben.«

»Das behauptest du, doch eine Stimme tief in meinem Inneren sagt mir, dass unsere Tochter so besonders sein wird, wie wir es uns nicht vorstellen können. Ich glaube, dass auch sie einen Platz im Lied der Drachen haben wird – und dieser Platz macht mir Angst.«

»Wir werden sie immer beschützen. Sie ist ein Teil von uns und wird niemals allein sein. Mit einer so starken Mutter und mir als Vater wird ihr kein Leid geschehen.«

Ella wünschte, dass sie genauso sicher sein könnte, wie ihr Gefährte und ihr eigener Drache es waren. Der brüllte sie gerade an und fauchte ihr seinen Zorn entgegen, weil sie ängstlich war. Eigentlich war es zum Lachen, denn sie war stärker und mächtiger als jemals zuvor, aber offenbar wurden alle Mütter zu überängstlichen Feyantieren, die ihren Nachwuchs nicht aus den Augen ließen.

Ella lehnte sich in Razuls Arme und seufzte leise. »Wahrscheinlich hast du recht. Ein paar Tage und wir werden wieder gemeinsam am Himmel spielen. Es ist wahrscheinlich nur die Untätigkeit, die mich knurrig macht … und meinen Drachen ebenso.«

Lächelnd drehte sie sich in seinen Armen und schaute ihn an.

»Du meinst also, dass du die letzten Stunden vor der Niederkunft lieber am Himmel verbringst als in diesem Bett, wie es sich für die Herrin des Hauses gehört?« Jetzt lachte ihr Gefährte. »Dann komm mit!« Er umfasste mit festem Griff ihre Hand und zog sie hinter sich her.

Es dauerte nicht lange, bis sie den riesigen Hof erreichten, in dem eine ganze Armee aus Drachen landen konnte, und nur einen Wimpernschlag später kauerte der weiße Drache neben ihr. Ella war sofort klar, was Razul von ihr wollte.

»Steig auf meinen Rücken, Gefährtin der Nacht! Lass uns zu den Sternen fliegen und nachschauen, welches Schicksal unserem Kind angedacht ist. Lass uns sehen, ob die strahlenden Himmelsgebilde über den Wolken noch geheimnisvoll funkeln und uns mit ihrem Licht einfangen können! Und wenn wir über den Horizont hinausfliegen, werden wir sehen, was das Leben dort für uns bereithält, denn solange wir zusammen sind, wird nichts und niemand uns bezwingen können!«

Ella starrte auf ihre hinderlichen Röcke und dann lachte sie los. Als wäre das noch ein Problem für sie. Eine Sekunde später stand sie in Hosen vor Razul. In der Kleidung der Jägerin, mit der ihre Geschichte begonnen hatte. Sie kletterte, noch immer lachend, auf seinen warmen Rücken, und als ihr Drache sich in die Lüfte schwang, jauchzte Ella vor Glück.

Razul hatte recht! Warum sollte sie sich Sorgen machen? Ihren Brüdern ging es gut, selbst die alte Barka war im Laufe der letzten Monate wieder kräftiger geworden. So munter, dass sie Ella wie ein Schatten folgte und sie tadelte, wann immer sie es für richtig hielt – und das war recht oft der Fall. Genau wie in diesem Moment, als Razul und Ella über dem Burghof kreisten und Barka aus dem Schloss gestürmt kam. Sie fuchtelte mit ihrem Stock in der Luft herum und stieß wilde Verwünschungen aus, dabei wollte sie Ella nur in Sicherheit wissen. Am liebsten hätte die alte Frau sie in Watte gepackt!

Ellas Drachengefährte schraubte sich immer höher in die Lüfte und schon bald ließen sie das Schloss und den Feuerwald hinter sich. Vor ihr dehnte sich die unglaubliche Weite der Ebenen aus und sie ließ einen lauten Freudenschrei hören, als Razul sich in tollkühner Weise zuerst fallen ließ, um dann haarscharf über den Boden zu jagen.

Das Land gedieh endlich wieder und der ewige Winter hatte ein Ende. Nein, es gab wahrlich keinen Grund, sich Sorgen zu machen, und ob ihre Tochter ein eigenes Lied bekam oder ob sie ein Leben in Ruhe und Frieden führen konnte, würde nur die Zukunft beantworten können. Eine Zukunft, die Ella für immer an den Drachen namens Razul band, und an eine Liebe, die für die Ewigkeit Bestand haben würde.

ENDE

Lies dich rein:

Jennifer Wolf

Das Lied der Sonne

400 Seiten

Klappenbroschur

ISBN: 978-3-551-58420-5

1

Noch sind die Trommeln leiser als das Rauschen der Wellen. Doch sowie die Sonne sich gleich brennend am Horizont erheben wird, werden auch sie lauter werden. Die Kikili erklingt, ein Instrument, das man nur in Palilan kennt. Ich weiß, dass mein guter Freund Nalu sie in den Händen hält und dem hölzernen Körper durch das Zupfen der Saiten aus Pferdehaar eine vertraute Melodie entlockt. Ich halte meinen Blick auf das Meer gerichtet, meine Bewegungen sind routiniert. Der Tanz ist mir in Fleisch und Blut übergegangen. Meine nackten Füße sinken bei jedem Schritt ein kleines Stück im feuchten Sand ein. Eine leichte Brise weht mir ins Gesicht und trägt den Duft von Mango und Kokosnuss mit sich. Seifen und Cremes der Mädchen, der tanzenden Mädchen. Der Horizont färbt sich flammend rot und unser Häuptling Makaio singt mit seiner kraftvollen Stimme die ersten Zeilen des Lieds unserer Urahnen. Wir begrüßen die Sonne, helfen ihr, den Weg über das Meer zu uns zu finden. Ich hebe meinen rechten Arm in die Luft und biege meinen Körper dem Meer entgegen, während mein linker Fuß im Sand einen Kreis beschreibt. Die Trommeln werden lauter und unser Tanz nimmt an Tempo zu. Kanani singt nun zusammen mit ihrem Vater das Lied der Sonne. Sie ist meine beste Freundin und ihre Stimme geht mir jedes Mal tief unter die Haut. Das Meer umspült mit einer brandenden Welle meine Füße und der Wind trägt mein Haar von meinen Schultern. Gemeinsam mit der Sonne erheben wir alle unseren Gesang über das Meer. Die anderen Menschen des Kontinents Valean behaupten es nicht zu hören … das Lied der Sonne. Sie halten uns für verrückt. Doch jede Palila und jeder Palilo weiß es besser.

Sie singt.

Für uns.

Das Lied ist in uns, klingt in unseren Herzen. Vibriert und pulsiert in uns wie das Blut in unseren Adern. Wir mögen nur ein kleiner Landfleck sein, der südlichste Zipfel von Valean, aber wir sind ein stolzes Volk. Auch wenn man uns im restlichen Großkönigreich für Wilde hält. Großkönig Rasmus soll uns sogar schon als Tiere bezeichnet haben, wir taugten nicht mal als Diener. Den Palilos ist das recht, so lässt man uns in Ruhe. Die Morgenzeremonie endet mit lauten Jubelrufen, als die Sonne sich vollständig und kreisrund am Himmel zeigt. Wir klatschen und umarmen uns. Ich drehe mich um und sehe Nalu, wie er Kanani schöne Augen macht. Lächelnd suche ich nach meinen Eltern. Sie stehen beim Häuptling und mein Vater sieht gar nicht begeistert aus. Fragend schaue ich hinüber, als mein Blick den meiner Mutter trifft. Sie schüttelt ihren Kopf, und die dunkelroten Lippen sind fest aufeinandergepresst. Ihr Name ist Okelanie und mein Vater behauptet, dass sie die schönste Frau Palilans sei.

»Deine Lele wirkt angespannt«, sagt Nalu plötzlich neben mir. Er mustert meine Mutter und legt mir den Arm um die Schulter. »Was will Makaio von deinen Eltern?«

»Ich weiß nicht«, sage ich und lächle ihn an. »Aber ich werde es nachher herausfinden.«

Er grinst frech und raschelt an den Muschelketten an meinem Handgelenk. »Lanea?«

»Hm?«, brumme ich und schließe einen Moment die Augen, um die wärmenden Strahlen der Sonne mit allen Sinnen zu genießen.

»Denkst du … Kanani …?«

»Hat etwas für dich übrig?«, beende ich seinen Satz und öffne ein Auge, um ihn amüsiert zu mustern. Sein Haar ist so schwarz wie meins und das der anderen Palilos. Wir alle tragen es lang, egal ob Mann oder Frau. Unsere Haut ist sonnengebräunt, so wie die der meisten Menschen in den südlichen Ländern von Valean. Doch wir sehen nur selten Fremde in Palilan, da es durch eine große Gebirgskette vom Rest des Großkönigreichs abgeschnitten ist. Es ist fast unmöglich, sie zu überqueren, und nur wenige Palilos kennen überhaupt den Weg. Deshalb umschiffen wir sie, wenn es nötig ist, lieber mit Booten. Einen richtigen Hafen, wie ihn unsere Nachbarländer haben, gibt es nicht. So wie in Goldwind, der reichen Hafenstadt ganz im Norden Valeans. Ihren Namen hat sie von dem Metall, das von dort aus mit großen Segelschiffen in ferne, fremde Länder gebracht wird. Ich habe in Büchern darüber gelesen, bin aber noch nie dort gewesen. Mein Weg hat mich noch nie aus Palilan herausgeführt. Anders als der meiner Lele. Bis vor einiger Zeit, ich glaube, der Jahreskreis hat sich etwa um die fünf Mal geschlossen, hat sie in Süd-Merenda gearbeitet, einem Land, das nordöstlich an Palilan grenzt. Dort ist der einzige Hafen, den wir Palilos gelegentlich anfahren. Ich habe in den ersten elf Jahren meines Lebens meine Mutter nur selten gesehen. Mein Vater hat mich und meinen älteren Bruder großgezogen. Doch wir reden nicht über ihn. Wir Palilos glauben, dass es den Seelen der Verstorbenen schadet, wenn wir dies tun und ihre Namen nennen. Es weckt sie aus ihrem Schlaf und lässt sie unruhig umhertreiben. Doch anders als das Schweigen über meinen Bruder ist es für uns ungewöhnlich, unser Land zum Arbeiten zu verlassen. Was Lele in Merenda gemacht hat und wer sie angestellt hat, ist mir bis heute ein Rätsel.

»Lanea?« Nalus goldbraune Augen mustern mich amüsiert. »Träumst du?«

»Ein bisschen«, gebe ich zu und streiche mir eine Strähne, die eine sanfte Meeresbrise mir ins Gesicht geweht hat, hinter das Ohr.

Nalu zieht die Augenbrauen hoch. »Nun? Was denkst du?«

»Ich werde mal vorsichtig bei ihr auf den Busch klopfen.«

Mein Freund lässt die Schultern hängen und seine Gesichtszüge wirken enttäuscht. Mir ist schon öfter aufgefallen, dass er ihr hinterherschaut. Aber Kanani ist sehr verschlossen, ein sanftes Wesen, zerbrechlich.

»Kanani spricht also nie über mich?«

Ich sehe ihn entschuldigend an und schüttele den Kopf. »Aber du kennst sie doch. Sie behält vieles für sich.« Besonders in letzter Zeit. Etwas lastet schwer auf dem Herzen meiner Freundin und ich versuche schon seit Tagen etwas aus ihr herauszubekommen. Kanani ist eine wahre Häuptlingstochter, sie trägt bereits jetzt jede Sorge still für sich allein und kümmert sich immer erst um andere. Doch ich weiß, wie empfindlich sie hinter dieser Fassade ist und wie sehr sie manchmal leidet. Deshalb passe ich auf sie auf und bin für sie das, was man in anderen valeanischen Ländern wohl ihre Hofdame nennen würde. Bei uns gibt es so etwas nicht, jedenfalls nicht unter dieser Bezeichnung. Es war der Urgroßvater von Makaio, der beschlossen hat, dass Palilan keinen König mehr haben sollte. Er ernannte sich selbst zum Häuptling und beraumte einen Stammesrat an.

»Wir machen die Boote fertig und gehen fischen.« Nalu denkt mehr laut, als dass er mit mir spricht. Er betrachtet das in der Morgensonne glitzernde Meer. »Pass gut auf Kanani auf, ja?«

Ich lächle ihn an, als sein Blick wieder den meinen trifft. »Das mache ich doch immer.«

Er grinst, zeigt mir seine weißen Zähne und verabschiedet sich, um zu den Booten zu laufen. Nalu ist, wie die meisten Palilos, viel dunkler als ich. Er arbeitet den ganzen Tag an der Sonne, während ich mich mit Kanani im Haus des Häuptlings aufhalte. Meine Beine unter dem schlichten, bunten Rock, dessen Muster an die Strahlen der Sonne erinnert, sind sogar fast noch so hell wie bei meiner Geburt. Schon damals wurde ich vom Häuptling dazu auserkoren, Kanani eine Freundin zu sein. Das war eine große Ehre für meine Familie und eine Erleichterung für meinen Vater, übernahm doch die Häuptlingsfamilie einen Teil meiner Erziehung. Ich durfte zusammen mit Kanani mehr lernen als das, was Kinder für gewöhnlich bei uns an Bildung erhalten. Die Geschichte Valeans mit seinen so unterschiedlichen Völkern und Kulturen hat mich schon immer fasziniert.

Ich richte das Tuch, das ich mir als Oberteil umgebunden habe, und reibe über meinen nackten Bauch. Da drin grummelt es ganz schön. Ich sollte mir etwas zu essen nehmen, bevor ich mich auf den Weg zu Kanani mache. Nalu und einige andere junge Männer schieben singend ein Boot über den Sand hinüber zum Wasser. Ich winke ihnen zu und beobachte, wie sie durch die brandenden Wellen hinaufspringen. Meine Eltern stehen noch drüben beim Häuptling. Doch Kanani erwartet mich gleich, ich sollte wirklich losgehen. Das Lied der Fischer summend betrete ich den kleinen, sandigen Pfad, der mich vorbei an Palmen und dichten Bananenstauden zu unserer Hütte führt.

»Das Lied der Sonne erklinge heute in deinem Herzen, Kind«, begrüßt mich Ahio, unser Nachbar. Er sitzt auf einem Stuhl vor seiner aus Holz, Lehm und Palmwedeln selbst gebauten Hütte, die Hände auf einen Stock gestützt. Er trägt nur eine Hose und hält sein Gesicht in das sanfte Licht der Morgensonne. Er ist einer der Ältesten meines Stammes, sein Körper ist dünn und ausgemergelt von der vielen Arbeit, seine Haut runzelig und von der Sonne gegerbt. Ich nehme mir einen Moment und gehe zu ihm hinüber.

»Ein schöner Sonnenaufgang, nicht wahr, Ahio?« Ich hocke mich auf eine der Stufen, die zu seiner Hütte führen. Er dreht sich auf seinem Stuhl zu mir um.

»Wunderschön. Heute hat sie besonders laut gesungen.« Sein Blick wandert zur Sonne und er kneift die Lider zusammen.

»Hm«, brumme ich nachdenklich. Jeder nimmt die Stimme der Sonne anders wahr. Wir sind ihre Kinder und sie liebt uns alle.

»Hier.« Ahio reicht mir ein Bananenblatt. Darauf liegen, bereits mundgerecht geschnitten, Bananen und Mangos. »Iss etwas, Mädchen.«

»Danke, Ahio.« Ich nehme ein Stück Mango, sie schmeckt wunderbar süß. Er sagt nichts, Ahio war noch nie ein Mann vieler Worte und er hat es immer genossen, zusammen mit mir zu schweigen. Deshalb esse ich und schaue mit ihm den Kindern nach, die laut lärmend an uns vorbei zur Versammlungshütte rennen, wo sie unterrichtet werden. Sie singen und lachen und ich sehe aus dem Augenwinkel, wie Ahio alles mit einem Lächeln auf den eingefallenen, alten Lippen beobachtet. Seine Frau ist vermutlich schon in der großen Hütte, sie bringt unseren Kindern etwas über die Pflanzen und Tiere Palilans bei. Wie und wann man was sät und erntet oder was eine Ziege zum Leben braucht. Natürlich lernen sie auch rechnen, schreiben und lesen. Aber wenn wir ehrlich sind, brauchen das nur die wenigsten Palilos. Es ist uns wichtiger, dass unsere Zukunft weiß, wie man sich ein Heim baut und Nahrung in den Bauch bekommt. Ich lege das Bananenblatt beiseite und meine Hand auf Ahios Schulter. Er tätschelt sie, bringt damit meine Muschelarmbänder zum Klirren und verabschiedet mich ohne Worte.

Ich gehe in unsere Hütte und mache mir schnell die Haare, flechte einen Zopf und schmücke ihn mit Blumen, die ich heute Morgen, als ich mich am Brunnen gewaschen habe, gepflückt habe. Ich öffne vorsichtig den Topf mit zerstoßener Hilulu-Blüte. Sie wächst nur hier in Palilan und ihre roten Blätter lassen sich zusammen mit etwas Kokosöl wunderbar dazu verwenden, die Lippen zu röten. Ich tunke meinen Finger in die weiche Masse und verteile sie tupfend auf meinem Mund. Das kräftige Rot schmeichelt meiner sonnengebräunten Haut und lässt meine Zähne weißer wirken. Ich lächle mich in dem kleinen Spiegel an. Er stammt irgendwo aus Valean, vermutlich Germaine. Unsere Händler tauschen solche Dinge im Hafen von Süd-Merenda gegen unsere Feldfrüchte und Blumen ein. Sogar unsere Seifen und Cremes beginnen im südlichen Valean Anklang zu finden. Allerdings heißt es, dass die Verkäufer in Süd-Merenda behaupten, die Produkte seien dort hergestellt worden. Sicher nehmen sie dafür auch den doppelten Preis. Ich winke Ahio noch einmal zu, der zu schnitzen begonnen hat und mir ein fast zahnloses Lächeln schenkt. Ein paar Palilas kommen mir auf dem Weg zum Heim des Häuptlings entgegen, sie tragen Krüge mit Wasser vor dem Bauch und ihre kleinsten Kinder in Tüchern auf dem Rücken. Eins hat eine Hand ausgestreckt. Ich streiche im Vorbeigehen sanft dagegen und lächle das kleine Geschöpf an, dessen Augen freudig größer werden. Die Haut des Babys ist noch ganz hell, es ist erst ein paar Monate alt. Es quietscht fröhlich und ich lache leise vor mich hin.

»Lanea?«, höre ich jemanden von Weitem meinen Namen rufen. Es ist Kanani, die mich ruft und mir über den sandigen Weg entgegengelaufen kommt. Ich werde schneller, laufe nun auch fast und bleibe mit einem Lächeln auf den Lippen vor ihr stehen. Sie nimmt meine Hände und ich lege fragend den Kopf schief.

»Ist etwas passiert?«, frage ich und hebe eine Hand an das Gesicht meiner Freundin. Sie wirkt nervös.

»Großkönig Rasmus. Er liegt im Sterben.«

Die Nachricht ist spannend, keine Frage, aber ich verstehe nicht, warum es sie offenbar so aufwühlt. Kanani sieht sich um, scheint zu überlegen, wohin wir gehen können, um ungestört zu reden.

»Komm«, entscheidet sie schließlich, hakt sich bei mir unter und zieht mich mit sich. Ich folge ihr, weg vom sandigen Pfad unter unseren Füßen, vorbei an Hütten, Sträuchern und arbeitenden Palilos. Als wir auf einen kleinen, steinigen Weg kommen, ahne ich, wo sie hinmöchte. Ihr schwarzes Haar ist immer noch offen, weil ich es ihr noch nicht gemacht habe. Sie geht jetzt knapp vor mir und ich kann nicht anders, als es ihr mit einem Griff sanft von der Schulter zu ziehen. Wir kommen an dem kleinen Wasserfall an, der Süßwasser aus den Bergen nach Palilan bringt. Sein stetes Rauschen ist hier am Ufer des Wasserbeckens laut genug, um zu verhindern, dass uns jemand zuhören kann. Kanani zieht mich zu ein paar Steinen, auf denen wir schon als Kinder gesessen und geredet haben. Ich nehme Platz und mustere ihr besorgtes Gesicht. Sie schlägt ihre schönen Augen nieder und greift in den Stoff ihres Rockes.

»Kanani, sag mir doch, was los ist«, flehe ich, weil ich mit jedem Herzschlag mehr den Eindruck bekomme, dass etwas passiert ist.

»Dass der Großkönig erkrankt ist, hat mein Dede mir schon vor einigen Wochen erzählt.«

War es das, was sie so bedrückt hat? Aber warum? Nach allem, was man uns beigebracht hat, ist Rasmus grausam und gefährlich. Doch ich entscheide sie nicht weiter zu drängen und abzuwarten. Kanani streicht sich eine Strähne aus dem Gesicht und seufzt.

»Wenn er stirbt, wird sein Sohn Aaren der neue Großkönig.«

Ich nicke und in meinem Bauch macht sich ein eigenartiges Gefühl breit. Wir kennen beide die mysteriösen Geschichten um Prinz Aaren. Niemand hat ihn bisher gesehen. Rasmus hat ihn versteckt gehalten und keiner weiß warum. Einige behaupten, er sei grässlich entstellt, andere sagen, der Großkönig habe bloß Angst um ihn.

»Ich verstehe.« Ich nicke nachdenklich. »Du machst dir Sorgen, was er für ein Regent wird.«

Kanani schaut zum Wasserfall. »Das auch. Aber darum geht es nicht.«

Ich ziehe erstaunt die Augenbrauen hoch. »Sondern?« Ich streichle sanft ihren Arm.

»Aaren benötigt eine Frau. Ohne darf er nicht regieren. Es muss sichergestellt sein, dass die Linie fortgeführt wird.«

»Werden die Prinzen nicht seit jeher mit Prinzessinnen der nördlichen Königreiche verheiratet?«, frage ich.

»Ja, allerdings verlangen die valeanischen Gesetze, dass der Großkönig das ranghöchste Mädchen aus jedem Land in Valean in Betracht ziehen muss.«

Das eigenartige Gefühl in meinem Bauch breitet sich bis in meine Glieder aus.

»Ich muss an den Hof des Großkönigs.« Sie schluckt und ergreift meine Hände. »Ich habe Angst, Lanea. Wie wird man mich dort behandeln?«

Ich drücke ihre ungewöhnlich kalten Hände und schaue in ihre dunkelblauen Augen. Wir haben sie gehört … die Geschichten darüber, wie man uns außerhalb Palilans behandelt, und der Gedanke, dass meine Freundin das ertragen muss, sticht glühend heiß in meinem Herzen.

»Diese ganze Sache ist doch eine Farce!« Kananis Stirn kräuselt sich angespannt. »Es ist klar, dass Rasmus nicht mich für seinen Sohn erwählen wird, und die gütige Sonne möge verhüten, dass das je so kommt. Warum also muss ich dorthin? Um mich bespucken und als Wilde beschimpfen zu lassen?«

»Kanani …« Mir fehlen Worte des Trostes. Fieberhaft denke ich nach.

»Wir sehen nicht viel anders aus als sie … in anderer Kleidung könnte ich auch aus Nord- oder Süd-Merenda kommen.«

»Ich weiß …«

»Lanea, ich habe solche Angst vor dieser Reise.« Ihre Hände zittern, genau wie ihre Stimme.

»Nun warte doch erst mal ab. Ist denn schon sicher, dass du dorthin musst?«, frage ich und Kanani nickt. In ihren Augen beginnt es zu glitzern. Ich erhebe mich und ziehe sie in meine Arme. »Du weißt, dass ich immer an deiner Seite sein werde?«

Sie schluchzt und ich spüre ein zaghaftes Nicken an meiner Schulter. Ich streiche über ihr glattes schwarzes Haar. Es dauert nur einen kurzen Moment, dann strafft sie ihren Körper und tritt von mir zurück. Mit dem Handrücken trocknet sie ihre Tränen und schließt einen Moment die Augen. Das kenne ich nur zu gut von ihr. Sie zieht sich wieder in sich selbst zurück.

»Tut mir leid, Lanea.«

»Nein, entschuldige dich nicht«, raune ich leise gegen den Wasserfall an. »Ich bin für dich da, Kanani. Wir schaffen das irgendwie und ertragen alles, was sie uns entgegenwerfen. Weil wir wissen, dass wir danach nach Palilan zurückkehren. Gemeinsam. Für immer.«

Ein Lächeln legt sich auf ihre Lippen und sie öffnet wieder die Augen, um mich anzusehen. »Danke, liebste Freundin.«

»Die Sonne und ihr Lied werden uns auch dorthin begleiten.«

Kanani nickt und wirkt gefasster. Ob es echt oder gespielt ist, ist schwer zu sagen. Ich ergreife erneut eine ihrer Hände.

»Komm, ich mache dir die Haare, Prinzessin.«

Sie stößt mich leise lachend an, weil sie nicht so genannt werden mag. Aber für den Rest der Welt ist sie das: eine Prinzessin. Valean interessiert sich nicht dafür, dass wir schon seit vielen Jahrzehnten ein Stamm und kein Königreich sind.

Im Haus des Häuptlings herrscht großer Aufruhr. Der Stammesrat wurde einberufen, und während wir zu Kananis Zimmern gehen, hören wir aufgeregte Stimmen aus dem Empfangsraum. Häuptling Makaio übertönt sie und ruft zur Ordnung. Wie auch unsere Hütte ist das Heim des Oberhaupts aus Holz und Lehm gebaut. Es ist nur bedeutend größer und mit palilanischen Kunstwerken geschmückt. Hier gibt es abgetrennte Zimmer und die Wände wurden größtenteils auch innen mit Holz verkleidet. Trotzdem ist es genauso hellhörig wie die kleinen Hütten.

»Sie sind alle nervös wegen der Reise. Als damals Rasmus' Ehefrau gesucht wurde, kam es wohl zu Angriffen auf uns.« Kanani atmet bebend durch. »Warum kann man uns nicht, wie sonst auch, einfach in Ruhe lassen?«

»Nun, wir gehören zum Großkönigreich. Es gibt sicher viele Könige, die hoffen, dass der Großkönig einen Fehler macht. Ich will nicht wissen, wie viele Dolche im Rücken von Rasmus nur darauf warten, dass er sich zurücklehnt.«

»Manchmal machst du mir Angst, Lanea.« Kanani drückt meine Hand und zieht mich in ihr Schlaf- und Ankleidezimmer. Sie setzt sich auf den Stuhl vor dem großen mit Gold verzierten Spiegel, der seit Generationen im Besitz der Familie ist. Ich nehme eine der weicheren Bürsten und beginne ihr Haar zu kämmen.

»Dede hat Händler geschickt, um Kleider zu besorgen«, sagt sie nach längerer Zeit des beklommenen Schweigens zwischen uns. Ich bin gerade dabei, ein Band in eine Strähne einzuflechten.

»Darf ich auch mal eins anziehen?«, frage ich, teils aus Neugierde, teils, um ihr vielleicht ein Lächeln abzuringen. Es gelingt und ihr Spiegelbild sieht mich schmunzelnd an.

»Wenn du magst.«

»Würde mich mal interessieren, ob man darin laufen kann.« Ich kenne die Kleider nur von Bildern und aus Geschichten. Kanani und ich habe die gleiche Größe und Statur. Was ihr passt, passt auch mir.

»Meinst du, Aaren ist so brutal wie sein Vater?«, offenbart sie mir eine ihrer Sorgen.

»Hmh … ich weiß nicht. Ich finde es nur so eigenartig, dass noch niemand ihn je gesehen haben soll.« Irgendwas ist da faul.

»Mein Vater meint, dass Rasmus Angst hat, man könnte Aaren vergiften. Er hat nur den einen Sohn.«

Ich nicke nachdenklich. »Das könnte sein.« Dennoch … wieso kennt ihn dann absolut niemand? Ich stecke die Strähne ihres samtweichen Haares fest und nehme mir die nächste. »Wir können nur hoffen, dass wir ihm so egal sind wie seinem Vater.«

Kanani brummt zustimmend. Sie weiß, dass sie jetzt nicht nicken darf, ansonsten ruiniert sie meine Arbeit.

»Vor ihm habe ich am meisten Angst, dabei ist nicht mal klar, ob wir ihn überhaupt zu Gesicht bekommen.«

»Es ist das Unbekannte, das dich unruhig macht. Dass man sich von Rasmus fernhalten muss, ist weitgehend bekannt. Der Prinz bleibt ein Buch mit sieben Siegeln.« Es ist immer besser, seinen Feind zu kennen. »Ist es eigentlich üblich, dass der Vater die zukünftige Ehefrau für seinen Sohn aussucht?«

»Nein. Rasmus hat seine Frau selbst ausgewählt.«

»Scheint, als wolle der Großkönig seine Macht noch so lange voll ausschöpfen, wie er kann.« Das passt zu ihm, nach allem, was ich über ihn gehört habe.

»Zum Glück soll er schon bettlägerig sein. Von da aus wird er mich wohl kaum anspucken oder schlagen.«

Sie tut mir so leid, dass mir das Herz in der Brust wehtut. Dass sie vermutlich mehr Angst vor seinen Wachen und Untertanen haben muss, sage ich ihr nicht. Ich will sie nicht noch mehr ängstigen. Die Völker Valeans sind arm, selbst viele seiner Könige. Wir Palilos könnten willkommene Prügelknaben werden, an denen die anderen ihren Unmut über das Elend auslassen, weil sich niemand für uns interessiert und so auch keine Strafe droht. Jedenfalls ist es das, was meine Eltern dazu gesagt haben, und ich glaube ihnen.

»Wir werden uns unauffällig verhalten«, sage ich und spreche dabei meinen Plan laut aus, während ich die letzten Handgriffe an Kananis Haaren mache. »Wir gehen hin, schauen uns die Hochzeit an und reisen wieder ab.«

»Müssen wir bis zur Hochzeit bleiben?«

»Ich weiß nicht. Wird das nicht von uns verlangt?«

Meine Freundin presst die Lippen zusammen und sieht über ihre Schulter, da ich soeben mit ihrer Frisur fertig geworden bin.

»Du weichst mir dort nicht von der Seite?«

Ich lächle sie an. »Niemals, Prinzessin.«

Sie verengt ihre Augen. »Nun denn, Zofe. Man bringe mir mein Frühstück.«

Ich strecke ihr die Zunge heraus, mache mich aber dennoch auf den Weg zur Küche. Das gehört zu meinen Aufgaben, auch wenn Kanani mir nie das Gefühl gegeben hat, ihre Bedienstete zu sein. Ich spreche von mir gerne als Freundin oder Vertrauter. Einer Weggefährtin, so wie auch ihre Mutter eine hat. Jaimia kenne ich schon, seit ich denken kann. Für Kanani war sie immer so etwas wie eine Tante.

»Nein!«, höre ich eine aufbrausende Stimme und halte inne. Der Weg zur Küche führt vorbei am Versammlungszimmer. Es ist mein Dede, der dort vehement widerspricht.

»Kommt gar nicht infrage.«

»Aber Liebling, warum nicht?« Das ist meine Lele. Wieso sind sie dort? Sie gehören nicht zum Rat. Ich gehe näher zu der Tür, hinter der gesprochen wird, und presse mein Ohr gegen das Holz.

»Was ist, wenn jemand das durchschaut? Dann wird unsere Tochter als Betrügerin geköpft!«

Es geht um mich? Ich lege mir eine Hand auf die Brust, wo mein

Herz plötzlich so heftig klopft, dass ich jeden einzelnen Schlag spüre.

»Das wird nicht passieren. Ich werde sie als Zofe begleiten.«

»Okelanie, das ist eine sehr gute Idee.« Häuptling Makaio klingt entspannt, was mich stutzig macht.

»Er wird ihr nichts tun, wenn ich dabei bin.« Die Worte meiner Lele ergeben keinen Sinn. Von wem sprechen sie jetzt? Vater schweigt, vermutlich denkt er nach.

»Kanani muss hierbleiben. Sie ist mein einziges Kind.«

»Und Lanea meines.«

Ich entscheide, dass ich genug gehört habe, und reiße die Tür zum Saal auf. Die Mitglieder des Stammesrats, meine Eltern und unser Häuptling schauen überrascht zu mir herüber.

»Ich konnte euch hören«, sage ich. »Auch wenn ich nicht mitbekommen habe, worum es geht, finde ich, dass ich ein Recht darauf habe, zu erfahren, was ihr hinter meinem Rücken über mich entscheidet.«

Meine Mutter hat einen fremden Glanz in ihren Augen, der nicht so ganz zu dem passen will, was ich nun aus der Mimik meines Vaters lesen kann.

»Hat Kanani dir die Neuigkeiten schon erzählt?«, fragt der Häuptling und kommt auf mich zu. Er ist eine imposante Gestalt, sehr groß und stark. Seine Muskeln zeugen davon, dass er nicht den ganzen Tag nur auf einem Thron sitzt und regiert, sondern durchaus mit anpackt, wenn eine neue Hütte gebaut oder ein Baum gefällt werden muss. Makaio hat breite Schultern und seine Haare sind zu einem Zopf geflochten. Ich atme tief durch und schaue ihm fest in die Augen.

»Ja, das hat sie.«

»Gut, dann bist du im Bilde über die politische Lage Valeans. Du bist ein kluger Kopf, Lanea. Oft genug hast du meiner Tochter die Flausen ausgetrieben. Kanani ist eine gute Seele und ich weiß, dass sie eines Tages unser Volk mit der Hilfe des Rates und nicht zuletzt auch deiner wird führen können.« Er sieht zu meinen Eltern.

»Jedoch mache ich mir Sorgen wegen der Reise. Wie wir alle hier wissen, ist sie für uns Palilos im Grunde völlig überflüssig. Wir müssen nur anwesend sein. Natürlich wäre es für den zukünftigen Häuptling gut, etwas von Valean zu sehen. Aber das habe ich damals auch nicht. Und im Moment ist die Lage im Großkönigreich äußerst gefährlich.« Sein Blick trifft wieder meinen. »Du bist stark und klug. Ich wünsche mir, dass du an ihrer statt dorthin reist.«

Mir fehlen die Worte. Ich bin selten sprachlos, aber nun ist mein Kopf wie leer gefegt. Fragend sehe ich zu meinen Eltern. Dede mahlt mit den Zähnen und funkelt wütend die Dielen unter seinen Füßen an, während meine Mutter ... glücklich scheint. Das ist merkwürdig. Ich schließe einen Moment die Augen und sehe Kanani vor mir. Wie sie zittert und sich vor der Reise fürchtet. Da ist ein Gedanke in meinem Kopf, der sich augenblicklich über alles andere zu erheben scheint. Ich wäre ohnehin mitgereist, warum sollte ich ihr das alles nicht ersparen?

»Und meine Mutter kommt mit mir?«

»Ja, Okelanie wird dich zusammen mit unseren stärksten und tapfersten Männern begleiten.«

»Wir reisen hin, bleiben ein bis zwei Tage und kommen zurück, richtig?«

»Ja.« Makaio grinst siegessicher. »Es könnten auch drei bis vier Tage werden, aber ja.«

Wenn ich Kanani so die Angst nehmen kann, bin ich bereit. Für sie nehme ich das gerne auf mich.

»Ich mache es«, sage ich entschlossen. Was soll schon groß passieren? Den Spott und die bösen Blicke werde ich schon ertragen. Es werden andere Palilos bei mir sein. Ich bleibe einfach in ihrer Gesellschaft.

Der Mond glänzt silbern am Himmel und die Wellen des Meeres branden sanft am Strand. Ich sitze im Sand und kaue das süße

Fruchtfleisch einer Kokosnuss, den Blick hinauf zu den Sternen gerichtet. Kanani sitzt neben mir. Sie hat ihre Frisur gelöst und der Wind trägt den Duft ihrer Haare zu mir herüber. Sie hat ein schlechtes Gewissen, weil sie so erleichtert ist, macht sich aber dennoch große Vorwürfe. Ich habe den ganzen Tag damit verbracht, ihr zu sagen, dass dies die beste Lösung sei. Nachdem der Stammesrat gegangen war, nahm Makaio mich und meine Eltern zur Seite. Er erzählte von Hofintrigen und den Abgründen der menschlichen Seele. Er hat Sorge, dass sich seine Tochter, herzensgut und so zerbrechlich, in etwas verwickelt. Und das würde sowohl ihr selbst als auch ihm und ganz Palilan schaden. Ich kann es nicht genau sagen, aber ich hatte ein bisschen das Gefühl, dass er aus Erfahrung sprach. Seine Schwester war damals bei Rasmus' Brautschau. Wer weiß, was sie erlebt hat. Ich habe sie nie kennengelernt, sie starb, bevor ich geboren wurde. Vielleicht war es ihre Veränderung durch diese Reise, die Makaio heute Angst macht.

»Die Sonne und die Sterne werden dich hoffentlich wohlbehalten zurückführen.« Kanani hat es den Appetit verschlagen. Sie hat nichts von all dem gegessen, was wir in Weidenkörben hierhergetragen haben.

»Das werden sie«, verspreche ich.

»Hast du keine Angst?«

»Nein«, antworte ich. »Die galt nur dir und du bleibst hier, in Palilan. In Sicherheit.« Meine Mutter schien guter Dinge und ich freue mich nun sogar ein wenig. Endlich sehe ich die Orte, von denen ich immer nur gelesen habe. Dass Vater Angst hat, kann ich jedoch verstehen. Aber wieso sollte Rasmus etwas merken? Niemand außer den Palilos weiß, wie Kanani aussieht. Und selbst wenn sie es wüssten, müssten sie mir Aufmerksamkeit schenken, um es herauszufinden. Nein, ich halte es für sehr unwahrscheinlich und Lele tut dies anscheinend auch.

»Wenn dir etwas geschieht, werde ich mir das nie verzeihen können.«

Ich sehe zu ihr, die Nacht hat das Dunkelblau ihrer Augen in

Schwärze getaucht. »Ich verspreche dir, Kanani, bei unserer Mutter, der Sonne … Ich werde gut auf mich aufpassen.«

Meine Freundin greift nun doch nach einer gekochten Banane und lächelt mich an, dann wendet sie den Blick hinauf zu den Sternen. »In Ordnung.«

»Aber wehe, du lachst mich aus, wenn ich die albernen Kleider anprobieren muss«, warne ich sie.

»Das würde ich doch niemals tun«, schwört sie feierlich und das Zucken in ihren Mundwinkeln verrät sie.

»Du tust es doch jetzt schon«, schimpfe ich grinsend und werfe eine Handvoll Sand nach ihr.

»Lanea! Das schöne Essen!« Kanani klopft sich den Sand von der Kleidung. »Und meine Haare …«

»Mich hat Sand noch nie davon abgehalten zu essen.«

»Du Wilde!« Kanani zwinkert mir zu und wir kichern gemeinsam. Dann wird es still zwischen uns. Wir lauschen eine ganze Weile dem Meer und genießen die kühle Brise, die der Wind von jenseits des Horizonts zu uns herüberträgt. Irgendwann beginnt Kanani leise zu singen. Ich lehne mich zurück, mache es mir im Sand bequem, dann liege ich da und lausche ihrem Gesang. Eine Zeile schreibt ihre Stimme direkt in mein Herz: *Ich wende mein Gesicht der Sonne zu, dann bleiben die Schatten hinter mir.*

Kannst du das Schicksal aufhalten?

Ezlyn hat eine besondere Gabe, sie kann das Ende eines jeden Menschen voraussehen. Tag und Nacht verfolgen sie die schrecklichen Bilder ihrer Visionen. Und eine hat sich unauslöschlich in ihr Gedächtnis eingebrannt: ihr eigener Tod, verursacht durch die Hand eines Schattenkriegers. Einer jener Männer, die bekannt und gefürchtet sind für ihre Fähigkeit, durch bloße Berührung Leben zu nehmen. Als Ezlyn schließlich in den Dienst einer reichen Adelsfamilie tritt, führt ihr Schicksal sie ausgerechnet an die Seite eines solchen Schattenkriegers. Der schweigsame und unnahbare Dorian könnte der sein, der ihr den Tod bringt – und dennoch bewegt er ihr Herz wie kein anderer …

Karolyn Ciseau
Ezlyn. Im Zeichen der Seherin
384 Seiten
Klappenbroschur
ISBN 978-3-551-58422-9

CARLSEN

www.carlsen.de